RACHAEL TREASURE

Tal der Sehnsucht

Buch

Rosemary Highgrove-Jones arbeitet als Reporterin für den »Chronicle« in Casterton, einer Kleinstadt in der südaustralischen Provinz. Sie ist mit Sam Chillcott-Clark verlobt, einem der umschwärmtesten jungen Männer des ganzen Bezirks – und dem Sieger des lokalen Pferderennens. Doch die Siegesfeier endet tödlich: Sam kommt auf dem Heimweg bei einem Autounfall ums Leben.

Während Rosemarys Familie Normalität heuchelt und weiterhin Feiern mit Champagner und Gourmetküche ausrichtet, sieht nur Tante Giddy, wie schlecht es ihrer Nichte geht. Sie rät ihr, die familiären Konventionen für eine Weile hinter sich zu lassen. Kurzerhand zieht Rosemary ein Projekt an Land, das ihre Anwesenheit in Casterton nicht erfordert: eine Reportage über Jack Gleeson und die Kelpie-Zucht. Sie tauscht Designerklamotten gegen Jeans und Shirt ein, bezieht eine alte Arbeiterbaracke – und lernt Viehtreiber Jim Mahony kennen. Die beiden teilen die Leidenschaft für Hunde – und eines Sommerabends am Flussufer den ersten Kuss. Doch aus Furcht, dass die soziale Kluft zwischen ihnen zu Problemen führen könnte, behalten die beiden ihre Liebe für sich – bis das Geheimnis doch ans Licht kommt und die Umgebung entsetzt und bösartig reagiert...

Autor

Rachael Treasure wurde 1968 in Hobart, Tasmanien, geboren. Sie studierte Agrarwissenschaft und Journalistik und arbeitete für Presse und Rundfunk. Bei einer ihrer zahlreichen Reisen lernte sie ihren Mann John kennen, einen Viehzüchter in fünfter Generation. Mit Tochter Rosie leben sie auf einer Farm in Südtasmanien, wo sie Pferde, Kelpies und Merinoschafe züchten.

Rachael Treasure

Tal der Sehnsucht

Australien-Saga

Aus dem Englischen
von Christoph Göhler

blanvalet

Die Originalausgabe erschien unter dem Titel
»The Stockmen« bei Viking, the Penguin Group (Australia),
a division of Pearson Australia Group PTy. Ltd.

Der Abdruck der Songtexte von »Boots ›N‹ All« und »Lasso You«
erfolgt mit freundlicher Genehmigung von
Tania Kernaghan, Fiona Kernaghan und Andrew Farriss.

Der Abdruck von Peter Dowsleys Gedicht »Kelpie«, das diesen Roman inspirierte,
erfolgt mit freundlicher Genehmigung des Autors.
Die Übersetzung stammt von Christoph Göhler.

FSC
Mix
Produktgruppe aus vorbildlich
bewirtschafteten Wäldern und
anderen kontrollierten Herkünften

Zert.-Nr. SGS-COC-1940
www.fsc.org
© 1996 Forest Stewardship Council

Verlagsgruppe Random House FSC-DEU-0100
Das für dieses Buch verwendete FSC-zertifizierte Papier
Holmen Book Cream liefert Holmen Paper, Hallstavik, Schweden.

2. Auflage
Taschenbuchausgabe März 2008
Copyright © der Originalausgabe 2004 by Rachael Treasure
Copyright © der deutschsprachigen Ausgabe 2006 by
Blanvalet Verlag in der Verlagsgruppe
Random House GmbH, München
Umschlaggestaltung: HildenDesign, München
Umschlagbild: © Jeremy Turner, Australien
Redaktion: Regine Kirtschig
lf · Herstellung: Heidrun Nawrot
Satz: Uhl + Massopust, Aalen
Druck und Einband: GGP Media GmbH, Pößneck
Printed in Germany
ISBN: 978-3-442-36563-0

www.blanvalet.de

Prolog

Belfast, Port Phillip, 1856

Der Junge hörte das Muhen der Kühe, die in den schlammigen Pferchen bei den Docks nach ihren Kälbern riefen. Er atmete ihren Duft und die schneidende Meeresbrise ein, als wäre es Gottes schönstes Parfüm. Jack schnaufte in einem tiefen Seufzer aus. Dann rannte er auf die Docks zu, duckte sich dabei unter den Mäulern der Zugpferde weg und schlängelte sich zwischen Ponys und Karren durch, die sich auf der breiten Straße vorbeischoben. An den Höfen kletterte Jack auf den Lattenzaun, um das Vieh zu begutachten, das nervös in den Pferchen herumlief.

»Also, wenn das nicht mein junger Viehtreiber-Lehrling Jack Gleeson ist«, begrüßte ihn der alte Albert vom Pferch her, während sein kleiner Terrier aufgeregt die schlammigen Stiefel umtanzte. Hinter ihm stand Mark Tully. Jack konnte nicht anders, er beneidete Mark zutiefst. Mark musste kaum je zur Schule und brachte die Tage meistens damit zu, unten am Hafen auszuhelfen.

»Hallo ihr zwei«, rief Jack zurück.

Albert hustete kratzend.

»Maria, Joseph und heiliger Jesus. Ich muss heute bei Gott schwer für meinen Whisky arbeiten«, keuchte er. »Einen Penny für deine Gedanken. Was hältst du von diesen Tieren, Junge?«

Jack ließ den Blick über die Rinder wandern.

»Die meisten sehen gut aus, aber *die da*, die da würde ich nicht nehmen.« Jack deutete auf eine kleine Färse dicht am Zaun. »Die hat einen Kopf wie ein Sumpftroll, und ihre Zitzen sitzen ganz falsch am Euter.«

»Ah, gut gesprochen. Ich bin ganz und gar deiner Meinung. Und die hier? Was sagst du zu der?« Er deutete mit dem abgewetzten Treiberstock auf eine kleine schwarze Färse mit glänzenden, hochgedrehten Hörnern.

»Die ist in Ordnung.«

»Von wegen in Ordnung.« Albert ließ den Stock auf den Rumpf der Kuh knallen. »Mit diesen schmalen Stelzen wird sie sich beim Kalben verflucht schwer tun. Vor solchen wie ihr musst du dich in Acht nehmen, Jack. Das ist so, wie wenn du eine Frau anschaust – du brauchst die Gabe, unter ihre Kleider zu schauen oder noch besser unter ihre Haut, um zu sehen, ob sie wirklich gut für dich ist.«

Jack wusste nicht genau, wie Albert das meinte, aber er sah sich die Färse noch mal genauer an und nickte.

»Wo gehen die hin?«

»Die gehen überhaupt nicht – die *kommen*. Die sind den ganzen Weg über die sieben Weltmeere gesegelt und werden jetzt noch Hunderte von Meilen über die Straße bis nach Glenelg getrieben. Wenn du mich fragst – was die meisten Leute nicht tun – würde ich solche Rinder wie die hier nicht um die halbe Welt schicken, jedenfalls nicht so eine zusammengewürfelte Herde wie diese. Es ist eine echte Kunst, Gottes Vieh auszulesen, Jack, und manche von diesen Fatzkes daheim im Mutterland passen einfach nicht auf, was uns der Herr da alles zusammengepackt hat. Die sind viel zu beschäftigt mit ihren Papieren, ihren Stammbäumen und Rassen, als dass sie mit bloßem Auge ein gutes Rind erkennen könnten. Das ist eine Kunst, die ihr beide erlernen müsst, du und Mark, wenn ihr tatsächlich Viehtreiber werden wollt, so wie ihr immer sagt.«

Jack bemerkte zwei Männer, die auf sie zugeritten kamen. Es waren große, breitschultrige Männer, die locker auf ihren trabenden Pferden saßen. Ihre Satteltaschen waren prall gepackt, und jeder der vielen Sattelringe war behängt. Mit einer Bettrolle, einem

Trinkbecher, einem kleinen Henkelmann mit Tee und Mehl. Für den langen Viehtrieb bepackt. Jack spürte, wie sein Herz schneller schlug. Arthur tippte mit dem Stock gegen Jacks Knie und nickte zu den Männern hin.

»Die beiden Burschen haben diese Gabe – sieh sie dir an. Schau dir ihre Pferde an, sieh dir die Hunde an. Schau zu, wie ruhig sie die Herde über die volle Straße treiben.«

Der Hund des Treibers jagte herbei, um Alberts Terrier zu inspizieren. Neugierig umkreiste der große schwarze Hirtenhund den Kleinen mit dem drahtigen Fell. Beide beschnüffelten das Hinterteil des anderen. Der schwarze Hund hatte die Rute hoch nach oben gereckt, während Alberts Hund seine flach und schnell hin und her wedelte.

»Siehst du die Hunde, Bursche? Siehst du, wie sie sich gegenseitig am Arsch schnüffeln? Weißt du, warum sie das machen?«

»Nein«, sagte Jack, leicht vorgebeugt und begierig, mehr von dem alten Mann zu lernen.

»Vor langer, langer Zeit, als Gott genau diese Erde erschaffen hat, auf der ich jetzt stehe.«

Albert rückte näher an Jack heran und senkte die Stimme.

»Also«, begann er. »Gott war schon tagelang am Arbeiten. Immerzu am Erschaffen und Erschaffen. Am zehnten Tag wurde ihm die ganze Sache allmählich langweilig, und so dachte er bei sich, Er könnte sich ein kleines Späßchen machen... nur um ein bisschen Schwung in die Sache zu bringen. Also nahm Er allen Hunden die Arschlöcher weg.« Albert zupfte mit Daumen und Zeigefinger an der Luft. »Dann warf Er sie alle in einen großen Sack und schüttelte ihn gehörig durch.« Albert schüttelte seinen imaginären Sack. »Oh, Gott lachte sich halb tot, als Er das tat – Er fand, das war ein prächtiger Scherz. Also, nachdem Er alle Arschlöcher durcheinander geschüttelt hatte, setzte Er sie den Hunden wieder hinten dran. Und seither, mein Junge, beschnüffeln die Hunde gegenseitig ihre

Arschlöcher, wenn sie sich begegnen, weil sie hoffen, dass sie irgendwann ihr eigenes wiederfinden...«

Albert sah Jack stirnrunzelnd an, dann schlug er ihm aufs Bein und begann gleichzeitig zu keuchen, zu husten und zu lachen.

»Ha! Kapiert, Bursche? Von mir kannst du alles lernen, was du über Tiere wissen musst, glaub mir! Ha ha!«

Albert humpelte fort, um den Pferch zu öffnen. Der berittene Treiber pfiff, der schwarze Hund vergaß, weiter nach seinem Hinterteil zu suchen, und kreiste die Färsen ein, um sie durch das Tor zu treiben. Jack schaute zu, wie Mensch und Tier in wortlosem Einklang aus dem Ort abzogen in jenes Land, nach dem sich Jack so sehnte. Dann drehte er sich um, denn der Wind trug die Stimme seiner Tante Margaret heran, die auf dem mit Vorräten beladenen Karren saß, bereit für die Heimfahrt nach Codrington. Jack stieg vom Zaun und rannte zu seiner Tante, die Hände tief in die Hosentaschen geschoben und das Gesicht in grimmige Falten gelegt.

»Suchen nach ihrem Arschloch, leck mich doch«, brummelte er in dem breitesten irischen Akzent, den er zustande brachte.

Kapitel 1

Rosemary Highgrove-Jones visierte den Hund durch den Sucher ihrer Kamera an. Sie lachte leise und drückte dann auf den Auslöser. Klick. In der drückenden Hitze, inmitten der Eukalyptusbäume und betrunkenen Zuschauer beim Pferderennen hatte sie das Bild eines vorwitzigen Jack Russells eingefangen, der an Prudence Beatons stämmiges Bein pinkelte. Gelber Urin durchtränkte Prues beige Strumpfhose, während sie höflich und ahnungslos an ihrem ebenso gelben Chardonnay nippte.

Der Jack Russell sah zufrieden aus, reckte den Stummelschwanz zum Himmel und wirbelte mit seinen festen Beinchen vertrocknetes Gras und Staub auf. Danach wandte er seine Aufmerksamkeit Prues Malteser zu. Die beiden kleinen Hunde standen Schnauze an Schwanz beieinander, fast wie Yin und Yang, und begannen sich langsam im Kreis zu drehen, ohne sich um den Trubel über ihren Köpfen zu scheren. Rosemary hatte schon wieder die Kamera erhoben, um ihre Hinternschnüffelei auf den Film zu bannen, als sie die Stimme ihrer Mutter hörte.

»Rosemary Highgrove-Jones! Was in Gottes Namen tust du da?«, zischte Margaret und drückte die Kamera energisch nach unten. »Du bist zum *Arbeiten* hier! Duncan verlässt sich auf dich! Du wirst ihn doch nicht wieder enttäuschen, oder?«

»Warum machen sie das wohl, Mum?«

»Was?« Margaret legte die Stirn in Falten.

Rosemary nickte zu den Hunden hin. »Sich gegenseitig am Hintern beschnüffeln.«

»Aber Rosemary!« Margaret Highgrove-Jones umklammerte den Ellbogen ihrer Tochter wie mit einer Schraubzwinge und schob Rosemary auf das VIP-Zelt zu. »Jetzt komm, da drin gibt es ein paar Gäste, die es kaum erwarten können, ihr Gesicht in der Gesellschaftskolumne zu sehen.«

Margaret stand groß, schlank und aufrecht auf ihren Keilabsätzen und schien ihre Tochter weit zu überragen. Rosemary kniff die Augen zusammen, weil die Sonne so im rostfarbenen Organzakleid ihrer Mutter gleißte, und sang leise vor sich hin: »Wer die Gesellschaftsseite macht, darf nicht ungesellig sein, wer die Gesellschaftsseite macht, darf nicht ungesellig sein.«

»Und jetzt stellen wir uns alle für ein hübsches Foto im *Chronicle* auf«, kommandierte Margaret, die gleich darauf eine Gruppe älterer Damen zusammengetrieben hatte, die in ihren eleganten Blazern schwitzten.

Rosemary hob die Kamera und ließ ihr Auge über die Frauen wandern. Ihre Mutter posierte vorn in der Mitte der Gruppe wie eine blonde Jackie Onassis. Klick. Rosemary griff zu Stift und Notizblock, um sich hastig zu notieren, wer auf dem Foto war. Wie die Namen geschrieben wurden, brauchte sie nicht zu erfragen. Die Viehzüchter-Gattinnen gehörten bei allen Feiern ihrer Mutter zum festen Inventar.

»Hättest du trotz deiner gesellschaftlichen Verpflichtungen Zeit für ein Gläschen Schampus?« Margaret schwenkte eine Sektflöte in ihre Richtung.

»Geht leider nicht«, sagte Rosemary. »Ich muss Sam beim nächsten Rennen zuschauen.«

Rosemary schlenderte durch die Menschenmenge zur Rennbahn hinüber. Die Männer, die auf einem schmuddeligen Teppich von wertlosen Wettscheinen standen, wandten kurz den Blick von den Schiefertafeln mit den Wettquoten über den Kabinen der Buchmacher ab, um dem hübschen Mädchen nachzuschauen. Manche von ihnen trugen nur Shorts und die liebevoll »Blunnies« genannten Blundstone-Lederstiefel zu ihren Sonntagsjacketts.

Andere hatten zwar einen vollständigen Anzug angelegt, dafür aber die Ärmel hochgekrempelt und die Krawatten gelockert. Etwas entfernt von den Buchmachern und Glücksrittern hockten auf einem Sofa, das auf der Pritsche eines Lieferwagens montiert war, ein paar Bier trinkende Jungs in Jeans, blauen Trägerhemden und schwarzen Hüten. Sie umklammerten Dosen, die in kühlenden Schutzhüllen aus Neopren steckten, während aus den Boxen des Pick-ups Lee Kernaghans Lieder schepperten. Einer von ihnen pfiff Rosemary nach, als sie an ihnen vorbeiging. Verlegen wandte sie sich ab und kam ins Stolpern, weil eine grüne Mülltonne auf Rädern an ihr vorbeirollte. Ein untersetzter Bursche stand aufrecht in der Tonne wie Russell Crowe in seinem *Gladiator*-Streitwagen. Er reckte seine Bierdose empor und brüllte: »Attacke!«, woraufhin ihn sein Kumpel im Galopp über den holprigen Boden und durch die auseinander stiebende Menge schob. Rosemary schaute den beiden nach, bis sie außer Sichtweite waren. Als sie sich wieder umdrehte, blickte sie in das ernste Gesicht ihres Vaters.

Gerald Highgrove-Jones stand erhaben wie ein hoch gewachsener grauer Eukalyptus bei mehreren anderen Herren aus der »Tweedmantel-Brigade«. Dies waren die Männer aus dem Bezirk, die nie die Krawatte lockerten, so heiß es auch werden mochte und so viel sie auch getrunken hatten. An den dicken wollenen Aufschlägen ihrer Jacketts prangten gut sichtbar die Aufnäher der Landwirtschaftsausstellung. Unter ihnen stand auch, die langen schlanken Beine von einer ledernen Hose umhüllt, ihr Bruder Julian. Wie üblich wirkte er mürrisch und gelangweilt. Genau wie Gerald überragte er alle anderen Männer, aber statt aufrecht zu stehen, schien er in sich zusammenzusinken, so als wollte er sich verstecken.

Rosemary winkte ihm im Vorbeigehen zu, und Julian winkte zurück, nicht ohne die Augen zu verdrehen, um ihr zu zeigen, wie öde er das alles fand. An der Abtrennung zur Rennbahn ließ sie den Blick über die vertrauten Gesichter in der Menge wandern. Genau wie Julian hatte sie sich bemüht, sich anzupassen. Jedes Jahr versuchte sie aufs Neue, sich auf die anstehenden Rennen zu freuen. Schon Wochen im Voraus setzte unter den Damen im Distrikt ein Trommelfeuer von Telefonaten ein. Wer sollte die Vorspeisen zubereiten? Lachs oder Shrimps in den Blätterteigpasteten? Torte im Karamellmantel oder Kokoseis? Sie versuchte, sich für die Kleider im neuesten Katalog von *Maddison & Rose* zu begeistern und sich ausgiebig und euphorisch zu den Ausflügen zu äußern, die ihre Mutter dafür nach Melbourne zu *Laura Ashley* oder *Country Road* unternahm. Margaret strebte danach, ihr ganzes Leben perfekt nach dem *Country Style*-Magazin zu modellieren. Aber Rosemary und »perfekt« passten einfach nicht zusammen.

Sie schaute an ihrem frisch geplätteten weißen Leinenkleid hinab, das mit Kornblumen und Margeriten bedruckt war. Es war extra aus Melbourne geliefert worden und hatte eine Stange Geld gekostet. Immerhin hatte Sam gesagt, dass sie nett aussah. Jetzt hielt sie auf dem abgesperrten Sattelplatz nach ihm Ausschau. Hübsche Mädchen in engen Jeans, Cowboyhüten und Trägerhemden beschäftigten sich konzentriert mit ihren Pferden, trugen Eimer herum, rückten das Zaumzeug zurecht oder rieben ihre Tiere mit groben Bürsten ab. Es waren Mädchen ihres Alters. Ein paar davon kannte sie noch aus dem Ponyclub, aber ihre Mutter hatte ihr das Reiten verboten, als sie ins Internat geschickt wurde. Seit sie wieder heimgekommen war, hatten die Mädchen praktisch nicht mit ihr gesprochen. Außer wenn sie mit Sam zusammen war.

Sie sah ihn am anderen Ende der Rennstrecke. Er ritt gerade mit einer ganzen Gruppe von Reitern auf die Startlinie zu. Die kurz gehaltenen Pferde hielten den Kopf gesenkt und peitschten nervös mit dem Schweif. Sams schwarzer Wallach Oakwood tänzelte im Kreis. Sam ritt wie ein Viehtreiber, nicht wie ein Jockey, und hatte wie immer, wenn er ein Buschrennen ritt, die Steigbügel länger geschnallt als die anderen Reiter. Rosemarys Blick kam auf Sams kräftigen, gebräunten Händen zu liegen, die lässig die Zügel hielten. Unter der braunen Haut wölbten sich die Adern. Auch bei Oakwood konnte man unter dem glänzenden Fell das Delta der Adern erkennen. Auf dem dunklen Fell leuchtete das für alle australischen Treiberpferde typische Kaltbrandzeichen. Rosemary spürte ein Kribbeln, sobald sie darüber nachsann, wie phantastisch Sam und Oakwood zusammen aussahen. Es war, als würden Mensch und Pferd das gleiche Blut teilen, als würden ihre Adern im Gleichklang pulsieren. Als die beiden näher kamen, stöckelte sie in ihren Highheels ans Gatter und rief ihm winkend zu:

»Viel Glück, Sam!«

Sam und Oakwood machten eine Drehung und kamen auf sie zugesprungen.

»Pass auf, dass du ein Siegesfoto von uns bekommst, Pooky!«, rief Sam. Seine dunkelbraunen Augen funkelten, und er zwinkerte ihr grinsend zu.

»Bestimmt!« Sie zwinkerte zurück. Sie konnte es nicht leiden, wenn er sie Pooky nannte, aber so war er eben. Sam der Unglaubliche. Eine einzige Augenweide bis runter zu den Boxershorts.

Hinter ihm auf der Bahn kam Jillian Rogers angeritten, deren langer, dunkler Pferdeschwanz hinter ihr her flog. Sie donnerte auf ihrer langbeinigen braunen Stute vorbei und rief Sam dabei zu: »Kommst du jetzt, um den Arsch voll zu kriegen, oder nicht?«

»Das wirst du bereuen, Rogers!«, rief Sam ihr lachend hinterher. »Bis später, Pooks.«

Rosemary konnte sehen, wie sich Oakwoods muskulöse Hinterhand unter Sam zusammenzog, als er Jillian Rogers nachsetzte.

»Viel Glück«, rief sie ihm hinterher, aber ihre Stimme wurde vom Wind verweht.

Rosemary fasste nach dem Verlobungsring an ihrem Finger und drehte ihn versonnen. Während sie den Saphir und das glatte Gold betastete, fragte sie sich wie so oft, wie es kam, dass von allen Mädchen im Distrikt ausgerechnet sie Sam Chillcott-Clark heiraten sollte.

Aus dem Lautsprecher knisterte die Stimme von Rosemarys Chef beim *Chronicle*. Duncan Pellmet hielt sich für einen begnadeten Ansager. Für den einen Tag im Jahr, an dem die *Glenelg Bush Races* stattfanden, hatte er sich eine ganz eigene nasale Stimme zugelegt.

»Nun denn, Ladys und Gents, ich heiße Sie nochmals willkommen zur Fortsetzung unseres sonntäglichen Buschrennens«, tönte Duncan. »Jetzt ist die Zeit gekommen für das Hauptevent des Tages – den *Glenelg Stockman's Cup* – gestiftet von unserer hiesigen Zeitung, dem *Chronicle*. Dieses Rennen steht allen ortsansässigen Treibern und ihren Pferden offen. Und heutzutage, verehrtes Publikum, sind unter den ›Stock*men*‹ auch Ladys – ganz recht, Jungs... also aufgepasst! Eine junge Dame, die in diesem Jahr nur schwer zu schlagen sein wird, ist Jillian Rogers auf ihrer Stute Victory. Allerdings tritt sie gegen den dreimaligen Gewinner Sam Chillcott-Clark auf seinem großartigen Wallach Oakwood an. Oakwood ist kein Unbekannter auf dieser Strecke oder bei den anderen Buschrennen. Er ist außerdem ein Champ beim Polocross, er war Zweiter beim *National Stockman's Challenge* und hält sich ausgezeichnet bei den Viehtreiber-Wettbewerben überall im Land. Es ist kein Geheimnis, wen die Buchmacher als Favoriten führen...«

Das Lautsprechersystem begann zu pfeifen, als wollte es sich über Duncans Geschwafel beschweren. Aber kurz darauf schallte seine Stimme wieder durch die Lüfte und über ein Publikum hinweg, das ihm schon längst nicht mehr zuhörte.

»Äh... also, während sich die Reiter startbereit machen, noch eine private Durchsage... falls jemand meinen Jack Russell gesehen hat, soll er ihn bitte bei der Rennleitung abgeben... danke. Er hört auf den Namen Derek.«

Die Zuschauer verstummten gespannt, während sie darauf warteten, dass der berittene Rennleiter die Startflagge fallen ließ. Als die weiße Flagge unten war, jagten die Pferde am anderen Ende der Rennstrecke aus dem Stand los. Eine Gänsehaut lief über Rosemarys Rücken, und Duncan Pellmets aufgeregter Kommentar schien in ihrem Bauch zu vibrieren. Sie sah die Pferde in einer engen Gruppe durch den sommerlichen Hitzedunst galoppieren, den Staub aufwirbelnd und dahinfliegend wie ein einziges riesiges Ungetüm. Bis die Reiter um die Kurve und besser ins Blickfeld kamen, waren die langsameren Tiere zurückgefallen, Victory hatte sich gemeinsam mit Oakwood aus der Gruppe gelöst, und der Rappe und die braune Stute lieferten sich ein enges Kopf-an-Kopf-Rennen. Sam beugte sich vor und zischte seinem Pferd etwas ins Ohr. Jilian, auf ihren kurzen Steigbügeln kauernd, spornte ihr Pferd mit kehligen Lauten an. Dann, nur ein paar Längen vor dem Ziel, schoss Duncans Jack Russell auf die Strecke und kläffte wie besessen die Pferde an. Oakwood hatte als erfahrenes Treiberpferd für den kleinen Hund kaum einen Blick übrig. Aber Jillians Vollblutstute, die eher ans Hindernisspringen als ans Viehtreiben gewöhnt war, warf den Kopf zurück und machte genau vor der Ziellinie einen Satz zur Seite. Sam hatte gewonnen. Die Menge brach in Jubel aus, und die Jungs mit der Mülltonne rannten auf die Rennstrecke, um den Hund wie einen Rugbyspieler zu Boden zu werfen.

Rosemary eilte zum Sattelplatz, wo Sam, das gebräunte Gesicht in Schweiß gebadet und den Helm unter den Arm geklemmt, den schwer atmenden Oakwood im Kreis führte. Er rief Rosemary zu sich.

»Hier! *Jetzt* mach dein Siegerbild für deine Zeitung!«

Sie visierte ihn durch den Sucher an. Da stand er, der sensationelle Sam mit seinem staubigen, verschwitzten Gesicht, dem breiten, blendenden Grinsen und den Augen, die bei jedem Lächeln kleine Fältchen legten. Und daneben sein Pferd mit hoch erhobenem Kopf, bebenden Nüstern und aufgestellten Ohren. Klick.

Sam machte einen Schritt auf Rosemary zu. »Kannst du ihn ganz kurz halten?«, fragte er.

Ehe sich Rosemary versah, jonglierte sie mit ihrer Handtasche, der Kamera und den schweißbedeckten Zügeln. Oakwood warf ängstlich den Kopf herum und kickte dabei Rosemarys Hut zur Seite. Dann spielte er mit der Gebissstange, sodass sie gegen seine Zähne klapperte. Ein langer Speichelstrang tropfte auf Rosemarys Arm. Der Wallach rollte wild mit den Augen und tänzelte auf seinen schwarzen Hufen.

»Ruhig, Junge.« Rosemary kam ins Straucheln, weil ihre Absätze in dem weichen Boden einsanken. Dann senkte Oakwood, als wollte er sie zum Schweigen bringen, den Kopf und rieb sein schweißiges, staubiges Gesicht an ihrem weißen Kleid. Sie schaute auf, suchte nach Sam und sah ihn in einer Ecke des Pferdebereichs stehen, eine Hand auf Jillians Schulter gelegt, die sich eben die Tränen vom Gesicht wischte. Sie hatte den Hut abgesetzt, und ihre dunklen Haare hatten sich gelöst, sodass sie über ihre kräftigen Schultern fielen. Sam beugte sich leicht vor, um ihr in die Augen zu sehen, und lächelte sie freundlich an. Dann sah er kurz zu Rosemary herüber, sagte noch etwas zu Jillian und kam zu ihr zurückstolziert, wieder mit einem strahlenden Lächeln auf dem Gesicht. Er nahm ihr die Zügel ab.

»Danke.« Dann machte er eine Kopfbewegung zu Jillian hin. »Eine schlechte Verliererin, die Kleine, aber es war wirklich nicht ganz fair. Duncans blöde Töle. Jedenfalls sollte ich den Jungen lieber abspritzen.« Ein schneller Kuss auf ihre Wange, und schon führte er sein Pferd weg.

»Wann sehen wir uns?«, rief Rosemary ihm nach.

Sam drehte sich um. »Die Jungs erwarten, dass ich einen auf meinen Sieg ausgebe. Es wird nicht lang dauern. Versprochen. Nur ein paar Bier im Pub.«

Rosemarys Gesicht fiel in sich zusammen. Sam kam zurück und nahm ihre beiden Hände.

»Also gut, nur *ein* Bier«, sagte er.

»Kann ich nicht mitkommen?«, bettelte Rosemary. »Du nimmst mich *nie* mit in den Pub.«

»Deine Mum würde mich in der Luft zerreißen, wenn ich dich mitnehmen würde. Du weißt, was sie davon hält. Außerdem habe ich mitbekommen, wie deine Mum ein paar von den Mädels auf einen Drink zu euch nach Hause eingeladen hat. Du kannst mit meiner Mum ein paar Chardonnays kippen und Hochzeitspläne schmieden, ein paar Sachen für deinen Einzug klären.« Er fuhr mit der Hand über ihre schlanke Taille. Rosemary rümpfte die Nase.

»Du bist so süß, wenn du den Pooky spielst, Pooky.« Er schob ihren Hut nach oben und gab ihr einen Schmatz auf die Stirn. Sie senkte den Blick auf ihre eingestaubten Highheels von Diana Ferrari.

»Na schön. Also verpiss dich«, schmollte sie.

»Wie bitte?«

»Ich sagte, verpiss dich!«

»Oh! Wie damenhaft!«, sagte Sam. »Ich habe gerade den *Stockman's Cup* für dich gewonnen, und du lässt mich nicht mal mit meinen Kumpels in den Pub gehen! Willst du mir etwa einen Vorgeschmack darauf geben, wie es sein wird, wenn wir verheiratet sind? Ich dachte, du *wolltest* mit den Mädels heimfahren. Sie freuen sich schon darauf. Bist du dir vielleicht zu gut dafür?«

»Darum geht es nicht, Sam.«

»Worum dann?«

»Ich weiß es nicht.«

»Das weißt du nie. Das ist dein Problem. Genau darum brauchst du mich!«

Er zog sie an seine Brust und sah ihr in die Augen.

»Warte nur, bis wir verheiratet sind. Wenn Mum und Dad erst in die Wohnung in South Yarra gezogen sind, hast du die ganze Homestead, um die du dich kümmern musst. Dann hast du gar keine Zeit mehr fürs ›Nichtwissen‹. Das wird perfekt. Du wirst schon sehen. Okay?« Damit küsste er sie zärtlich auf die Nase.

Sie nickte und lächelte zaghaft, aber glücklich war sie nicht. Sie seufzte. Er konnte jedes Mädchen haben, so sah es jedenfalls ihre Mutter, und er hatte sie auserwählt. Sie sah ihn in seinen engen Blue Jeans und seinem schweißfleckigen Hemd davonschlendern.

Froh, endlich allein zu sein, saß Rosemary in ihrem schmutzigen Kleid am Glenelg River und lauschte Duncans weit entferntem, monotonem Kommentar. Wütend wischte sie eine unerwartete Träne von ihrer Wange und fragte sich, warum sie wohl weinte. Alle Freundinnen ihrer Mutter predigten ihr, was für ein Glück sie hatte, mit Sam verlobt zu sein. Trotzdem hatte sie das Gefühl, dass ihrem Leben etwas fehlte. Sie träumte davon, ein einziges Mal selbst auf einer halben Tonne Muskeln über die Rennstrecke zu donnern, statt nur hinter der Absperrung zu stehen und zuzuschauen. Sie knickte einen Stock entzwei und warf ihn in den olivgrünen Fluss. Warum konnte sie nicht wie die anderen Mädchen sein, die heute Abend im Pub mit Sam zusammen sein würden, fragte sie sich. Warum wollte er sie nicht mitnehmen?

Sie drehte den Kopf in den Wind. Sie wünschte, er würde ihr eine Ahnung davon zutragen, wie ihre Zukunft aussehen würde. Aber der Wind hob nur die glatten, kurzen blonden Haare aus ihrem verschwitzten Nacken und kühlte die Tränen auf ihren

Wangen. Bestimmt suchte ihre Mutter schon nach ihr. Sie schlug die Hände vor die Augen und atmete ein paarmal tief durch. Plötzlich spürte sie etwas Warmes, Nasses auf ihrer Wange.

Erschrocken sah sie auf. Ein rotbrauner Kelpie saß neben ihr und versuchte, ihr die Tränen vom Gesicht zu lecken.

»Verzieh dich!«, sagte sie und schob den Hund behutsam zur Seite.

»Er meint es nur gut«, hörte sie eine Stimme in ihrem Rücken.

Sie drehte sich um und blickte auf die Silhouette eines Mannes, der ein Pferd am Zügel hielt. Im nächsten Moment trat er in den Schatten eines Eukalyptusbaumes, wo sie ihn besser erkennen konnte. Es war Billy O'Rourke.

»Magst du keine Hunde?«, fragte er.

»Nein! Doch. Ich meine schon, aber ich...«

»Du *solltest* Hunde mögen.«

Rosie schaute in Billies wettergegerbtes Gesicht auf. Er lächelte sie freundlich unter seinem breitkrempigen Hut hervor an. Die Zügel hielt er locker in den sonnengebräunten Fingern. Sie hatte Billy oft in Casterton am Fluss gesehen, wo er nervöse, noch unerfahrene Pferde einritt. Und jede Woche kam er in die Redaktion des *Chronicle* geschlendert, um den neuesten Bericht über den Viehmarkt einzureichen.

»Ich mag Hunde«, sagte sie.

»Das trifft sich gut, denn ich habe einen Job für dich. Bist du morgen in der Arbeit?«

»Ja.« Rosemary nickte. Leider, dachte sie bei sich.

»Gut. Bis dann.« Damit führte er sein Pferd weg.

»Moment! Was für ein Job soll das sein?«

Er drehte sich noch mal um und zwinkerte ihr zu. »Du wirst schon sehen.« Dann machte er sich auf den Rückweg zur Rennstrecke, leicht o-beinig und mit eingefallenen Schultern, die von jahrelangem Schafescheren in gebückter Haltung zeugten.

Der rotbraune Kelpie sah ihm nach, blieb aber an Rosemarys Seite sitzen. Er schob seine warme Schnauze unter ihre Hand, damit sie ihn streichelte. Sobald Rosemary seine samtigen Ohren kraulte, legte er das Kinn auf ihre Knie, blickte mit schokoladebraunen Augen zu ihr auf und seufzte.

»Was willst du denn?«, fragte Rosemary.

Dann pfiff Billy, und der Hund war weg.

Kapitel 2

Der Konvoi von eingestaubten Geländewagen ratterte über den Viehrost und durch die weißen Holzgatter der Highgrove Station. Rosemary saß neben Prudence Beaton eingeklemmt in Margarets neuem Pajero. Während der vierzigminütigen Fahrt nach Hause hatte sie versucht, das dezente Aroma von Hundeurin zu ignorieren, das von Prue ausging. Jetzt lehnte sie die Stirn gegen das Seitenfenster und schaute in die Sonne, die über den hohen, goldenen Hügeln jenseits des Tales unterging. Schafe wanderten im Gänsemarsch über die trockene Weide auf den Fluss zu, um sich einen Abendschoppen zu genehmigen. Sie hielten die Köpfe gesenkt, und das Vlies auf ihren Rücken glänzte golden in der Sonne.

Noch vor zehn Jahren hatten fünfzehntausend Merinoschafe auf den viertausend Hektar der Highgrove Station geweidet. Die Station war eine der ältesten Zuchten für Merinos und Hereford-Rinder in Australien. Die Merinos hatten sich wie ein endloser Fluss durch den aus grauem Sandstein erbauten Scherstall geschoben und ein Gebirge aus heller, wunderschön gelockter Wolle zurückgelassen, das sich bis zu den dunklen Dachbalken türmte. Doch im Lauf der Jahre hatte das Geschäft nachgelassen. Inzwischen waren die Herden nicht einmal mehr halb so groß wie während Highgroves Blütezeit.

Mit einem stillen Seufzen dachte Rosemary an die aufregenden Zeiten zurück, als der Ruf ihrer Familie als Merinozüchter im Zenit gestanden hatte. Damals heimste ihr Vater für seine Zuchthammel einen Preis nach dem anderen ein, und die Frauen liebten ihn dafür. Sie drängten sich in ihren Röcken mit Black-Watch-Tartanmuster und ihren mit Goldschnallen besetzten blauen

Schuhen um ihn, befingerten den fransigen Saum des Siegesbandes und gurrten ihm zu, wie schlau er sei. Ihre in Tweed gewandeten Ehemänner buhlten um einen festen Händedruck von Gerald und boten lächerlich hohe Geldsummen für seine Hammel. Und mittendrin, stets an Geralds Seite, war Julian. Er war der ewige Stallbursche und hielt die unwilligen Schafe an der Wamme, während die Preisrichter stundenlang über die endgültige Platzierung berieten. Rosemary hatte jedes Mal darum gebettelt, aushelfen zu dürfen, aber ihr Vater hatte immer abgelehnt.

»Du bist einfach noch zu klein, um die Widder zu halten«, hatte ihr Gerald einmal erklärt. »Stell dir nur vor, was für einen Aufruhr es geben würde, wenn dir einer entkäme – das könnte uns den ersten Platz kosten.«

Stattdessen wurde sie von Margaret in Laura-Ashley-Kleidchen gezwängt und Jahr für Jahr dazu verdonnert, sich an der Handarbeits- und Gartenausstellung zu beteiligen. Hier explodierten die Blumen ihrer Mutter in strahlenden, üppigen Blüten, die kein Preisrichter übersehen konnte. Die geschmeidige Konsistenz von Margarets Schokoladekuchen und ihre goldenen Scones sicherten ihr Jahr für Jahr ein blaues Band in beiden Kategorien, Preisgelder in Höhe von fünfzig Cent und die Lobeshymnen der anderen Frauen im Distrikt. Aber dann begannen die Wollpreise zu fallen. Immer weniger Käufer lockten Gerald in eine stille Ecke des Pavillons, um ihm einen Handel vorzuschlagen. In den einst so geschäftigen Schurhütten auf Highgrove wurde es still, und die Hammel wurden allesamt auf die Weide geschickt, wo sie für sich selbst sorgen mussten. Die Helfer, »Jackaroos« genannt, zogen auf andere Farmen weiter, neue wurden nicht eingestellt, der Stallmeister erhielt seine Entlassungspapiere, und über die Siegesbänder aus Filz, die von den Dachsparren des Hammelstalls hingen, webten die Spinnen ihre silbernen Netze. Inzwischen huschten nur noch Mäuse und Ratten auf und über die Gitterroste, denen heute nur noch ein leichter Hauch von Lanolin anhaftete.

Ohne den Verfall der Farm zur Kenntnis zu nehmen, strebte der Konvoi schnatternder Ladys aus der Flussniederung dem großen alten Haupthaus auf der Hügelkuppe entgegen. Der zweistöckige Backsteinbau badete in der Abendsonne, und die breite Veranda legte einen fast streng wirkenden Schatten rund um das Gebäude. Mächtige Eukalyptusbäume reckten ihre Glieder elegant über die hohe schmiedeeiserne Einfahrt, die von Prestige und hohem Ansehen zu künden schienen. Es war eine hohle Geste, dachte Rosemary, als die Autos über den Viehrost darunter holperten. Sie hatte ihren Vater gebeugt in seinem Arbeitszimmer stehen und über den Kontoauszügen brüten sehen. Trotzdem kochte ihre Mutter immer noch kesselweise Gourmetspeisen und organisierte eine Party nach der anderen, so als wäre alles wie immer.

Fette Geländewagenreifen knirschten auf die runde Kiesauffahrt, die von einem perfekt gemähten englischen Rasen eingefasst war. Hier purzelten die Ladys beduselt, verknittert und verkatert aus den Autos. Alle konnten es kaum erwarten, in die kühlen Mauern des Haupthauses zu gelangen und Margarets Gastfreundschaft zu genießen.

Rosemary hing zusammengesunken in dem mit Chintz bezogenen Lieblingssessel ihrer Mutter im Salon und rieb an den Flecken, die Oakwood auf ihrem Kleid hinterlassen hatte. Während sie zuschaute, wie die Frauen Wein trinkend und kichernd herumschwirrten, fragte sie sich, was Sam wohl gerade trieb und wann er heute Abend anrufen würde.

»Wie steht es mit dir, Rosemary? Noch etwas Chardonnay?«, fragte Prue Beaton, die jede Sekunde ihr nachtblau und knallrosa

Seidenkostüm von Anna Middleton zu sprengen drohte. Prue senkte ihren ausladenden Allerwertesten auf die Armlehne von Rosemarys Sessel und goss noch mehr Wein in ihr schon volles Glas. Sie beugte sich so weit vor, dass Rosemary die winzigen Schweißperlen auf ihrer Oberlippe sehen konnte. Erst begann Prue zu kichern, dann sagte sie:

»Hast du vor, deinen Namen zu behalten, wenn du Sam Chillcott-Clark heiratest, so wie es inzwischen modern ist?«

»Warum nehmt ihr nicht einfach einen Doppelnamen?«, zwitscherte eine andere Lady.

»Au ja!«, quiekte Prue. »Perfekt! Rosemary Chillcott-Clark-Highgrove-Jones! Oder Rosemary Highgrove-Jones-Chillcott-Clark! Klingt das nicht bedeutend?«

Margaret servierte lächelnd ein Tablett mit Atlantiklachs und Kapern auf knusprigem, selbst gebackenem Brot.

»Der Name ist fast so lang, wie es die Zäune sein werden, wenn die beiden Güter erst zusammengelegt werden«, sagte Prue, und die Ladys kippten vor Lachen fast vom Stuhl.

Nicht lang danach entschuldigte sich Rosemary leise. Mit einem stillen Seufzen stieg sie die Treppe zu ihrem Zimmer hinauf.

Rosemarys Zimmer war ihr Zufluchtsort, obwohl es ihr zeitweise eher wie ein Gefängnis erschien. Auf der einen Seite führten hohe Glastüren auf einen breiten Balkon mit Blick auf den Vordergarten und darüber hinaus bis ins Flusstal. Der Ausblick von der Veranda schien sie zu verhöhnen und führte ihr vor Augen, wie gefangen sie sich in diesem Haus fühlte, in dem sie von der herrischen Stimme ihrer Mutter hierhin und dahin gezerrt wurde, als wäre sie an der Leine. Weil Rosemary spürte, wie sich schon wieder tiefe Melancholie breit zu machen drohte, durchquerte sie den Raum und trat an das tiefe Erkerfenster auf der anderen Seite. Das breite hölzerne Fensterbrett war der perfekte Fleck, um auf den gepflasterten Hof zu schauen. Von hier sah sie auf das steinerne Bogentor, wo früher die Landarbeiter in ihren rostigen Wagen angekommen und abgefahren waren, und auf die wunderschönen alten Ställe aus dunklem, narbigem Sandstein. Die Quartiere für die Arbeiter waren aus dem gleichen Stein erbaut. Manchmal hatte Rosemary, wenn sie nicht schlafen konnte, in der Dunkelheit gehockt und versucht, die aufsteigenden Fetzen der Männergespräche und die tiefen Lachsalven aufzuschnappen, die ihr die Einsamkeit erträglich machten. Am liebsten mochte sie die Geräusche während der Schur. Hinter dem Dach der Ställe konnte sie den Scherstall ausmachen. Sie liebte es, wenn die Musik aus dem kleinen Fenster des Stalles schepperte und mit dem Sirren der Maschinen mitzuhalten versuchte. Von ihrem Ausguck am Fenster konnte sie zuschauen, wie die Schafe mit dichtem Wollkleid in die Pferche getrieben wurden und wenig später leichtfüßig und verschreckt aus dem Tor stürmten, nachdem sie den Scherstall reinweiß und kurz geschoren verlassen hatten.

Heute Nacht beleuchteten die Strahler im Hof nur die alten, von Hand behauenen Steine der Gebäude. Die Geranien ihrer Mutter leuchteten, in riesigen Töpfen stehend, in Rosa und Grün. Julian und ihr Vater waren eben auf den Hof gefahren. Auch nach dem anstrengenden Tag bei den Rennen hatten sie noch bis spät abends gearbeitet. Am Knallen der zuschlagenden Wagentüren konnte Rosemary hören, dass sie schlechter Laune waren. Sie hörte ihren Vater fluchen, als er über ein altertümliches Fass voller Margeriten im Hof stolperte. Er beschwerte sich oft, dass seine Frau sogar den Arbeitsbereich, wo ihre Rosen und das Terrakotta eindeutig fehl am Platz waren, countrymäßig gestylt hatte. Früher hatten auch die Landarbeiter und Jackaroos gebibbert, wenn sie Margaret kommen sahen. Denn dann wollte sie bestimmt einen tonnenschweren Sandstein umgesetzt, eine Hecke beschnitten oder eine Lastwagenladung Schotter geharkt und auf der Auffahrt verteilt haben. Es interessierte sie nicht, dass die Schafe Pflege brauchten, die Tröge repariert oder die Wagen gewartet werden mussten. Irgendwann hatte Rosemary aufgehört zu zählen, wie viele Landarbeiter wegen der ständigen Anforderungen ihrer Mutter und der abweisenden Behandlung durch ihren Vater gegangen waren. Schließlich war nur noch Julian als Prügelknabe geblieben.

Rosemary konnte hören, wie ihr Bruder jetzt geräuschvoll die Schaufeln und die anderen Zaunreparaturwerkzeuge von dem verbeulten Toyota zog, der als Farmfahrzeug diente. Julian war nur ein Jahr jünger als sie und sehnig wie ein Windhund. Seine Arbeitskleider hingen schlotternd an ihm herab, und sein beschlagener Gürtel aus Känguruleder sah aus, als hätte er ihn wieder und wieder um den Bauch geschlungen. Das Haar fiel in braunen Wellen über seine Augen und fast bis auf die feinen Wangenknochen. Margarets unausgesetzten Nörgeleien zum Trotz trug er es seit Jahren länger als die meisten Männer im Distrikt.

Bruder und Schwester schienen aus einer längst vergangenen Welt zu stammen. Keiner von ihnen hatte viel für Punkrock oder für Singletreffen übrig, und keiner schickte SMS an seine Freunde, ob sie nicht einen Tag zum Melbourne Cricket Ground fahren sollten, um sich ein Spiel anzuschauen und sich volllaufen zu lassen. Die Kinder der Highgrove-Joneses wurden von ihrer Mutter dazu erzogen, die Tradition des ›niederen Landadels‹ am Leben zu erhalten. Rosemary seufzte. Sie träumte davon, über die weiten Ebenen und felsigen Höhen zu reiten, die zu den weitläufigen Ländereien der Highgrove Station gehörten. Aber bislang waren ihre Träume genau das geblieben, nämlich Träume, und das Leben tröpfelte weiterhin an ihr vorbei. Jahr für Jahr die gleichen Termine, säuberlich auf einem Rosenkalender von

David Austin vermerkt. Weihnachtsempfänge, Spendengalas für das Krankenhaus, Gartenfeiern, Kirchenfeste – das war die Domäne ihrer Mutter, und bei jedem dieser Anlässe musste Rosemary dabei sein.

Die Arbeitstermine, die wirklich zählten – die Schur, die Madenkontrolle, das Drenchen, um die Klauen zu desinfizieren, und das Kennzeichnen der Lämmer – waren auf dem *Weekly Times*-Kalender ihres Vaters vermerkt. Rosemary durfte immer nur von weitem zuschauen. Als sie sich mit Sam verlobt hatte, hatte sie im Stillen gehofft, dass sich dadurch eine Welt neuer Möglichkeiten auftun würde. Er besaß die besten australischen Treiberpferde im ganzen Distrikt und eine ganze Meute von schlanken Kelpies, wie man keine besseren finden konnte. Stundenlang hatte sich Rosemary ihr neues gemeinsames Leben auf dem Gut der Chillcott-Clarks ausgemalt. Sam würde ihr beibringen, ein Schaf zu Boden zu werfen und im Galopp in einen eiskalten Winterfluss zu reiten; einen gehorsamen, spitzohrigen Kelpie mit einem gellenden Pfiff in einem weiten Bogen um die frisch geschorenen Schafe zu lenken; andere Pferde im Gedränge eines Polocrosse-Matches aus dem Spiel zu drängen; kurz, das Farmgirl zu werden, das sie immer sein wollte.

Aber im ganzen letzten Jahr war nichts dergleichen passiert. Stattdessen merkte sie, wie sie in den Fängen von Mrs Chillcott-Clark gelandet war, die genau wie ihre Mutter in einem *Country-Style*-um-jeden-Preis-Wahn lebte. Rosemary biss sich auf die Lippe und rollte sich auf ihrem Bett zusammen. Gerade als sie die Augen schloss, hörte sie, wie das scharfe Schrillen des Telefons durchs Haus und über den Hof hallte. Ihr Vater war inzwischen im Haus und sprach deutlich vernehmbar.

»Highgrove Station. Gerald am Apparat.«

Rosemary war schon vom Bett gesprungen. Die Stimme ihres Vaters schallte die Treppe empor.

»Sam, mein Junge! Du musst lauter sprechen. Bei euch herrscht ein rechter Lärm. Nein, mein Junge. Das ist sie. Sie...«

Rosemary rannte die Treppe hinunter.

»Ja, ich glaube, sie ist schon zu Bett gegangen. Ich werde es ihr gleich morgen früh sagen. Adieu einstweilen.« Und dann legte er auf.

»Ach Dad!«, beklagte sich Rosemary. »Ich war doch gar nicht im Bett! Wo ist er denn? Kann ich ihn zurückrufen?«

»Sam sagt, dass er dich morgen Nachmittag nach der Arbeit abholen wird, damit ihr zusammen zum Quizabend des Rotarierclubs fahren könnt. Heute kann er leider nicht mehr vorbeikommen, weil er Oakwood heimfahren muss.«

»Aber Dad!«

»Lass gut sein, Rosemary«, befahl ihr Gerald. Dann drehte er ihr den Rücken zu und ging davon.

Wieder in ihrem Bett liegend kniff Rosemary die Augen zu und dachte an Sam. Er war ihr erster richtiger Freund. Sie meinte, immer noch den Bieratem in seinem Mund zu schmecken und seine Hände auf ihren Schultern zu spüren, als er sie das erste Mal geküsst hatte. Sie waren in der Küche gewesen, um ein paar Drinks für die Gäste auf der Tennisparty ihrer Mutter zu mixen, und er war dicht neben ihr stehen geblieben, als sie einen Krug selbstgemachter Limonade aus dem Kühlschrank geholt hatte. Er hatte sie mit seinen schmelzenden dunkelbraunen Augen angesehen und ihr versichert, sie sei »der Fang des ganzen Distrikts«. Dann hatte er sie geküsst. Rosemarys Knie waren so abrupt eingeknickt, dass sie befürchtet hatte, den Limonadekrug fallen zu lassen.

»Huch! Mum wird toben, wenn ich den kaputt mache«, war alles, was ihr noch einfiel, aber gleichzeitig schien sich alles um sie zu drehen, und ein Lächeln sprang auf ihre Lippen, als sie zu Sam aufsah.

Rosemary wälzte sich in ihrem Bett herum und erweckte noch

einmal jenen Tag zum Leben, an dem Sam ihre Knie zum Einknicken gebracht hatte.

Währenddessen knickten hinter dem Glenelg Hotel zwischen Stapeln von leeren Bierfässern und Kartons einem ganz anderen Mädchen die Knie ein.

Jillian Rogers hatte den Kopf in den Nacken gelegt, mit beiden Händen Sams muskulöses Hinterteil umfasst und ihr Becken mit aller Kraft gegen seines gedrängt. Sams Hände waren unter ihrem Top, wo sie ihre kleinen, festen Brüste kneteten, und seine Zunge hatte sich tief in ihren warmen, nach *Jim Beam* schmeckenden Mund geschoben. Genau in diesem Augenblick jagte ein Pick-up um die Ecke des Pubs, und beide verharrten, auf frischer Tat ertappt, im Scheinwerferstrahl wie zwei kopulierende Karnickel auf der Landstraße. Dann trompetete die Hupe die Erkennungsmelodie von »Ein Duke kommt selten allein«.

»Dubbo, du Arschloch!«, beschwerte sich Sam. »Ich dachte schon, ich wäre aufgeflogen.«

Jillian warf das dunkle Haar zurück und lachte.

Dubbo beugte sich aus dem Seitenfenster. In der Dunkelheit waren sein rundliches, rotes Gesicht, der sandblonde Schopf und sein gutmütiges Grinsen nur mit Mühe auszumachen.

»Los, steigt schon ein. Die Party findet bei mir zu Hause statt. Dann kann ich endlich auch mit dem Schnaps anfangen.« Dann hupte er um des Hupens willen noch mal.

Sam nahm Jill bei der Hand und führte sie zum Pick-up.

»Aber die Pferde, Sam«, protestierte sie.

»Die sind im Rennstall gut aufgehoben. Dubbo muss mich nur vor dem Morgengrauen aufwecken, dann fahre ich sofort los und hole sie ab.«

Er rannte hinten an Dubbos glänzenden schwarzen Holden Pick-up und begann, die Leine um die Persenning zu lösen.

»Was machst du da?«, fragte Jillian unsicher.

»Bis zu Dubbo nach Hause sind es gute vierzig Minuten. Mein Schlafsack liegt schon hinten. Wie wär's, wenn wir im Liegen rausfahren?« Sam lächelte sie frech an.

Dubbo verdrehte die Augen. Er war den ganzen Abend nüchtern geblieben, und jetzt durfte er heimfahren, während es sich sein Kumpel hinten gut gehen ließ.

»Typisch«, brummelte er und tastete nach seinen Zigarettenpapieren. Manchmal konnte er nicht anders, als sauer auf Sam zu sein. Wie konnte ein Typ nur so viel Glück im Leben haben? Die besten Pferde, das beste Land, die besten Hunde, die besten Frauen... und noch dazu mehrere gleichzeitig. Er besaß sogar den besten Pick-up. Dubbo ließ sein Feuerzeug aufflammen und paffte seine Selbstgedrehte, während er aus der Stadt fuhr. Er war mit Sam aufgewachsen, er war mit ihm aufs Internat gegangen, und er würde seinen Freund nie hintergehen. Aber Sams Verlobte tat ihm dennoch Leid. Ein so wahnsinnig hübsches und nettes Mädchen. Sehr ruhig, aber sie hatte eindeutig was Besseres verdient als das hier.

Trotzdem schaute Dubbo, während er durch die Nacht raste, immer wieder in den Rückspiegel, um zu beobachten, wie sich die Abdeckung rhythmisch hob und senkte.

Kapitel 3

Rosemary bog langsam mit dem alten Volvo ihrer Mutter auf die breite Hauptstraße von Casterton. Nach den Exzessen vom Vortag wirkte der ganze Ort verkatert, und die Straße war ungewöhnlich leer. Bob stellte gerade erst die Schilder auf den Gehweg vor seinem Zeitungsladen. Er starrte Rosemary nach, als sie vorbeifuhr, und klappte dann den Ständer auf, auf dem *Nicole heiratet wieder* zu lesen war und darunter, in winzigen Buchstaben: *behauptet Wahrsagerin*.

Beim Imbiss hängte Johnno eben die Eisflaggen heraus, während seine Frau Doreen lethargisch den Staub vom Gehweg fegte. Als Rosemary vorbeifuhr, hielt sie inne und stützte sich auf ihren Besen.

Rosemary parkte hinter dem Büro des *Chronicle* neben Duncans schnittigem roten Flitzer. Bevor sie die wacklige Hintertreppe hochstieg, drehte sie sich noch einmal um und schaute auf den Glenelg River. Dort, auf der ebenen Fläche unter den großen roten Eukalyptusbäumen am Fluss, arbeitete Billy O'Rourke mit einer jungen Vollblutstute. Die junge Stute tänzelte und schnaubte in der Morgensonne, während er ruhig auf sie einredete. Wie es wohl war, so frei zu sein, fragte sich Rosemary unwillkürlich. Den ganzen Tag mit unverdorbenen, frischen Tieren wie diesem halbwüchsigen Fohlen zu verbringen? Leicht angekatert nach dem Chardonnay und der vielen Sonne vom Vortag beschloss sie, später mit ihm über den Job zu sprechen, den er für sie hatte. Sie drückte die Tür auf und trat in die staubig riechende Redaktion des *Chronicle*.

Duncan war schon da, zusammen mit Derek, der aufgeregt loskläffte und auf den Hinterbeinen tanzte, um an Rosemarys Bein zu kratzen. Duncan stand an seinem Schreibtisch und schüttelte das klobige Goldarmband an seinem dicken Handgelenk. Schon jetzt verdunkelten Schweißflecken sein lachsrosa Hemd. Er sprach aufgeregt in ein Telefon und fuhr sich mit der Hand durch die drahtigen blonden Haare, die, so vermutete Rosemary, nicht nur getönt, sondern noch dazu in Form gesprayt worden waren. Mit dem Stift in seiner anderen Hand malte Duncan mit hektischen Strichen großbusige Weiber auf den Notizblock auf seinem Schreibtisch.

»Ich dachte, deine Mutter hätte dir Geld für Bücher geschickt? Jepp. Ah-ha. Na gut. Ich schicke dir einen Scheck. Aber gib nicht alles für Gras aus. Oder Schnaps. Nein, bin ich nicht! Wie *geht* es deiner Mutter überhaupt?«

Bemüht, Duncans Gespräch mit seiner Tochter nicht zu belauschen, ließ sich Rosemary auf ihren Schreibtischstuhl fallen und fuhr den klobigen Uraltcomputer hoch. Auch er surrte lethargisch, als wäre er verkatert. Sie legte eine neue Datei an und begann, die Texte für ihre Fotos vom Renntag einzutippen.

»*Mit zusammengekniffenen Arschbacken, um nicht allzu laut zu furzen, versammelten sich am Renntag v. l. n. r. Mrs Elizabeth Richards von Brookland Park, Susannah Morecroft von der Hillsville Station und Margaret Highgrove-Jones von der Highgrove Station.*«

Erst als Duncan den Hörer auf die Gabel knallte und in die Hände klatschte, änderte sie hastig die erste Hälfte des Begleittextes.

»Morgen!« Er strich seine Haare zurück und hüpfte auf der Stelle wie ein Fußballspieler beim Aufwärmtraining. »Alles bereit für eine aufregende Nachrichtenwoche?«

»Ehrlich gesagt nicht«, antwortete Rosemary leise.

Sie wollte gerade dem hüpfenden Duncan ihren Film überreichen, als ihre Mutter in einer Wolke von Moschusparfüm durch die gläserne Eingangstür geschwebt kam. Margarets Gesicht war in sich zusammengefallen und geradezu verzerrt. Rosemary zog beunruhigt die Stirn in Falten. So verängstigt hatte ihre Mutter nicht einmal dreingesehen, als am Freitag vor dem Wochenende des »offenen Gartens« die Schafe in ihre Blumenbeete geraten waren.

»Rosemary.« Margarets Stimme versagte. »Es hat einen Unfall gegeben.«

Duncan war augenblicklich an ihrer Seite.

»Mrs Highgrove-Jones. Kann ich Ihnen irgendwie helfen?«

Margaret sah zitternd ihre Tochter an und blinzelte die Tränen zurück.

»Mum? Es ist doch nicht Julian? Oder Dad?«, fragte Rosemary, während sich die Angst wie Blei in ihrer Magengrube festsetzte.

»Sam. Es ist Sam«, flüsterte ihre Mutter. »Er ist tot.«

Die Knie an die Brust gezogen, saß Rosemary seit Stunden auf dem Fensterbrett in ihrem Zimmer und wiegte sich vor und zurück. Seit drei Tagen hockte sie inzwischen in ihrem Zimmer. Heute aber musste sie es verlassen. Heute wurde Sam beerdigt.

Wieder und wieder hatte sie im Geist die Stunden durchlebt, seit sie von Sams Unfall erfahren hatte. Der Schock. Die plötzlich einsetzende Angst. Sie erinnerte sich, von ihrem Stuhl in der Redaktion gerutscht und auf den Boden gefallen zu sein, wo sie am ganzen Leib zu zittern begann. Dann spürte sie Duncans Hand auf ihrer Schulter und die Finger ihrer Mutter, die ihr übers Haar strichen. Behutsam halfen die beiden ihr auf und führten sie nach draußen. Bob kam neugierig aus seinem Zeitungsladen gelaufen, und Doreen, Johnno und ihre Tochter Janine schauten betroffen von ihrem Imbiss zu ihr herüber. Sie wurde in den Geländewagen ihrer Mutter gesteckt. Ihr Vater saß mit versteinerter Miene auf dem Fahrersitz und wartete auf sie. Sie wurde auf direktem Weg nach Hause gefahren und auf ihr Zimmer gebracht. Sie wusste nicht genau, was ihr der Arzt gegeben hatte, aber sie wusste sehr wohl, dass die Vorhänge in ihrem Zimmer seit Tagen nicht aufgezogen worden waren. Auch in ihrem Kopf schienen sich schwere, dunkle Vorhänge geschlossen zu haben wie ein dichter Nebel. Jedes Mal, wenn sich der Nebel ein wenig lichtete, holte die Wirklichkeit sie ein, und sie weinte in ihr Kissen, bis sie Kopfschmerzen bekam. Sie wünschte sich so sehr, dass Sam in seinem glänzenden roten Holden Pick-up vors Haus gefahren kam. Sie stellte sich vor, wie er sie anlachte, ihr erklärte, dass alles nur ein böser Traum gewesen war. Sie *wartete* auf ihn. Aber er kam nicht mehr. Er würde nie wiederkommen. Die Nachricht, dass auch Jillian gestorben war, war ebenfalls zu ihr durchgedrungen. Aber irgendwie hatte Rosemary diesen Gedanken immer wieder weggeschoben. Bis jetzt.

Jetzt musste sie zu Sams Beerdigung. Sie konnte ihre Mutter unten hören.

»Doch nicht *diese* Krawatte, Julian! Hast du den Kranz? Pass doch auf damit! Glaubst du, man kann sehen, dass die Blumen aus unserem Garten sind? Sollte ich das auf die Karte schreiben? Bestimmt würde es den Angehörigen etwas bedeuten, wenn sie wüssten, dass die Blumen aus meinem eigenen Garten sind. Gerald, hilf mir, die Schnalle zuzumachen, ja?«

Die dröhnende, autoritäre Stimme ihrer Mutter erinnerte Rosemary an damals, als ihr Großvater gestorben war. Ihre Familie hatte der Trauer praktisch keinen Platz gelassen.

»Er hatte ein gutes Innings«, war alles, was ihr Vater dazu gesagt hatte. Außerdem hatte man sowieso den Eindruck, dass ihr Großvater das Haus nie verlassen hatte. Seine Porträts und seine Besitztümer waren immer noch da, wo sie seit jeher gewesen waren. Die Gemälde von Rosemarys Ururgroßvater und seiner Frau hingen immer noch an der Bilderschiene, die durch den ganzen Flur verlief, ihre Spazierstöcke standen immer noch in dem eleganten Schirmständer, und ihr Porzellan wurde immer noch in hohen Stapeln in dem schweren Sideboard aufbewahrt. Bleich und ernst starrten die Gesichter ihrer Ururgroßeltern aus den dunklen Holzrahmen.

»Man kann aus ihren Gesichtern ablesen, wie das Blut weitergegeben wurde«, hatte ihr Prudence einmal auf einem Rundgang durchs Haus erklärt. »Die edle schottische Abstammung ist unübersehbar.«

»Zum Glück haben sich die eng zusammenstehenden Augen nicht vererbt«, hatte Rosemary dazu gemeint. »Oder das grässliche Hakennasen-Gen. Oder der Hang zu viel Speck in langweiligen Klamotten.« Nach dem letzten Kommentar hatte sie Prue beklommen angesehen. Prue stand in ihrem langweiligen Kleid im Flur und sah eindeutig fett aus.

»Aber Rosemary!«, schnaufte Prue. »Du weißt die Vergangenheit nicht zu schätzen... *Deine* Vergangenheit. Das ist dein Erbe. Es ist ein Teil von dir.«

»Ich will es nicht haben. Ich kriege eine Gänsehaut davon. Ein Haus voller miesepetriger Greise.«

»Ach Gott. Ich wäre begeistert, wenn ich in einem so großen Haus wie diesem leben dürfte und einen schicken Bauernburschen zum Heiraten gefunden hätte.«

Während Pruedence immer weiter schwadroniert hatte, hatte Rosemary die Gemälde neben den Familienporträts betrachtet. Es waren größtenteils Stillleben von toten Fasanen und von erschossenen, noch blutenden Hasen neben irgendwelchen Zinnbechern, wobei die Tötungswerkzeuge jeweils sorgfältig in Position gebracht und mit viel Liebe zum Detail abgemalt worden waren. Außerdem gab es Bilder von windgepeitschten schottischen Hochmooren mit wolligen Highland-Rindern, deren Hörner manisch in den sturmgepeitschten Himmel piekten. Auch wenn dies das Gebiet in Schottland war, aus dem die Familie ihres Vaters stammte, gab vor allem ihre Mutter historische Anekdoten aus dem Ahnenstamm der Highgrove-Joneses zum Besten. Rosemary hatte trotzdem nicht das Gefühl, dass all das irgendwas mit ihr zu tun hatte. Ihre Heimat waren die Eukalyptusbäume am Fluss und die rollenden Hügel von Highgrove. Es war ihr unbegreiflich, warum ihre Mutter so stolz auf diese düsteren Schinken und dieses Vermächtnis war.

Ein leises Klopfen an der Zimmertür riss sie aus ihren Gedanken.

»Rose, Schatz. Zeit zu gehen«, hörte sie die weiche Stimme ihrer Mutter. Sie trat ins Zimmer und ts-ts-te, als sie ihre Tochter so verknautscht auf dem Fenstersims sitzen sah. »Aber so kannst du *unmöglich* gehen!«

Sie richtete Rosemary auf. Dann zupfte sie ihr Kostüm gerade, zerrte eine Bürste durch Rosemarys Haare und reichte ihr einen kleinen roten Lippenstift.

»Trag den auf.« Rosemary gehorchte. »So. Viel besser. Jetzt komm.«

Widerwillig folgte Rosemary ihrer Mutter die Treppe hinunter, vorbei an den Porträts längst verblichener Familienmitglieder. Als sie an den Bildern vorbeiging, schienen die toten Augen sie zu verfolgen.

In der Kirche starrte Rosemary reglos auf die blauen und weißen Agapanthus, die in einer hohen Urne vor der Kanzel standen. Sie schluckte einen schmerzlichen Kloß in ihrem Hals hinunter. Ihre Mutter saß leise schluchzend neben ihr. Gerald saß neben seiner Frau, das graue Haar mit Gel geglättet und mit Tränen in den Augen. Den ganzen Gottesdienst hindurch starrte er zu dem Buntglasfenster mit Christus am Kreuz empor. Julian hatte die gleiche Position eingenommen wie sein Vater. In der Bank vor ihnen saß Sams Mutter Elizabeth. Normalerweise war sie eine strenge, aufrechte, präzise Frau, aber heute hing sie zusammengesunken im Arm ihres Mannes. Rosemary sah unauffällig auf Marcus, Sams Vater. Er war Sam so ähnlich, dass sie das Bedürfnis spürte, über die Banklehne zu springen und seine kräftigen braunen Hände zu ergreifen. Aber als er sich umdrehte und sie traurig ansah, erkannte sie, dass er keineswegs Sam war. Sam lag tot in dem Sarg, der vor ihnen auf der Rollbahre stand.

Als sie in die Kirche gekommen waren, hatten alle Trauergäste Sams Eltern Trost gespendet, sie in die Arme genommen und ihnen leise ihr Mitgefühl ausgesprochen. In Rosemarys Nähe war niemand gekommen. Ihr hatten die Leute nur traurige Blicke zugeworfen, und dann waren sie weitergegangen. Was wussten die anderen wohl, rätselte Rosemary. Das Bild von Sam und Jillian, die nach dem Rennen auf dem Sattelplatz zusammengestanden hatten, blitzte in ihrem Geist auf. Rosemary schluckte ein Schluchzen hinunter und blickte auf das glänzende Holz von Sams Sarg. Sie wollte bei diesem endgültigen Abschied Liebe für ihn empfinden, aber stattdessen empfand sie nur den Griff der Angst und einen unseligen Verdacht, der jeden Gedanken verdüsterte.

Hinterher hielt sie, wie betäubt vor der Kirche in der Hitze stehend, in der herausströmenden Menge nach Dubbo Ausschau. Aber sie konnte ihn nirgendwo entdecken.

»Wo ist Dubbo?«, fragte sie ihre Mutter.

»Immer noch im Krankenhaus«, war die knappe Erwiderung.

Rosemary rätselte, ob Dubbo wohl zu der Beerdigung gekommen wäre, wenn er gekonnt hätte. Sein bester Freund war tot, und er hatte den Wagen gefahren, in dem er umgekommen war. Hätte er gewagt, hier aufzutauchen? Rosemary spürte, wie ihre Haut vor Zorn auf Dubbo kribbelte, und begann wieder zu weinen. Ihr einzigartiger Sam war tot.

Die Trauergäste blieben nicht lang bei den Clubsandwiches ohne Rinde und dem Tee in den dünnen Porzellantassen, die nach der Beerdigung im Heim der Chillcott-Clarks gereicht wurden. Sie unterhielten sich gedämpft, legten Marcus und Elizabeth beruhigend die Hand auf und verschwanden so bald und so unauffällig wie möglich aus dem riesigen alten Kasten. Rosemary saß aufrecht auf dem Sofa und fuhr mit den Fingern die Mulden und Falten in den braunen Lederpolstern nach. Als ihr Blick auf den kunstvoll geknüpften Teppich zu ihren Füßen fiel, verschwamm das Bild in Tränen. Auf diesem Teppich hatten sie und Sam sich das erste Mal geliebt. Sie hatte die weiche Wolle in ihrem Rücken gespürt, während Sam den Rock über ihre Taille geschoben und ihr die Bluse vom Leib gezogen hatte.

»Keine Angst, Rose. Vertrau mir.« Im nächsten Moment hatte sie gespürt, wie der Gummi des Kondoms an ihrer Haut rieb, und während Sam mit immer kräftigeren Stößen in sie eindrang, hatte sie die Zähne zusammengebissen und nach hinten und oben geschaut. Ihr Blick hatte sich mit dem unbeseelten, glasigen Blick eines Hirsches gekreuzt, dessen Kopf über dem Marmorkamin aufgehängt war.

Nachdem Sam fertig gewesen war, hatte er ihr erklärt: »Pass auf Mums Teppich auf, Pooky. Er ist aus England, verstehst du?« Rosemary hatte sich ein Kichern verkneifen müssen. Ehrlich gesagt hatte sie sich ihr erstes Mal ein wenig anders vorgestellt, aber dafür war Sam hinterher besonders nett zu ihr gewesen und hatte ihr ein selbst gemachtes Eis mit glasiertem Ingwer gebracht. Sie hatten sich auf der Couch zusammengekuschelt, Eis gegessen und einander angelächelt.

Jetzt kam Marcus Chillcott-Clark und setzte sich zu ihr auf die Couch. Sie hatte den Kopf zur Seite gedreht und versucht, den Hirsch wie damals kopfüber zu sehen.

»Wie hältst du dich?«

»Ehrlich gesagt weiß ich es selbst nicht«, antwortete sie heiser.
»Elizabeth und ich würden uns freuen, wenn du uns besuchen kämest. Du sollst nicht das Gefühl haben, dass du dich von uns fern halten musst.«

»Ach«, sagte sie, bemüht, die richtigen Worte zu finden. »Danke. Das ist sehr nett.« Dann starrte sie wieder auf den Teppich, und in ihrem Herzen nistete sich die Kälte ein.

Kapitel 4

Reich bitte deinem Vater die Soße.« Margaret setzte sich an den Esstisch, einen lila Papierhut auf den Kopf geklemmt und das Gesicht hektisch gerötet. Rosemary nahm die Soßenschale, sah ihrem Vater aber nicht in die Augen, während sie ihm die Sauciere reichte. Ihr Blick lag fest auf dem Plastikkrimskrams und den zerrissenen, glänzenden Verpackungen der Glückwunschkekse, mit denen der Tisch übersät war.

Julian begann, einen grauenhaften Witz vorzulesen, der auf dem Papier in seinem Keks stand, während Margaret dicke Scheiben Schinken und Truthahn aufschnitt und einen Teller vor Rosemary hinstellte.

»Nimm dir auch von dem Gemüse. Es gibt frisch gepalte Erbsen«, sagte ihre Mutter und reichte ihr die Schüssel vom Sideboard.

Rosemary fühlte sich elend. Wie konnten sie sich so aufführen? So tun, als sei nichts geschehen? Sam war erst vor drei Wochen beerdigt worden. Hatten sie das schon vergessen? Sie rammte die Gabel in eine dampfende Ofenkartoffel.

»Sollen wir den Baum vor oder nach dem Dessert schmücken?«, fragte Margaret leichthin.

»Scheiß doch auf den Baum«, entfuhr es Rosemary.

Gerald, der während der vorweihnachtlichen Schur wie üblich missgestimmt war, warf ihr einen wütenden Blick zu. Ihre Mutter erstarrte und leerte dann in einem Zug ihren gigantischen Weinkelch. Mit zitternden Händen fasste sie nach der Flasche. Julian senkte den Kopf und schob mit der Gabel das Essen auf seinem Teller herum.

Die Familie aß in tiefem Schweigen, das nur von dem Klirren der Messer und Gabeln durchbrochen wurde.

Schließlich sagte Margaret: »Also dann, fröhliche Weihnachten, verflucht noch mal.« Sie warf ihre weiße Leinenserviette auf den Tisch. »Ich hole das Dessert, und anschließend können wir deinen *angeschissenen* Baum schmücken, Rosemary.« Damit stakste sie aus dem Zimmer.

Schuldbewusst deckte Rosemary den Tisch ab. Auf dem Weg zur Küche hörte sie die alte Glocke vor der Haustür dreimal anschlagen. Verwundert, wer sie am Weihnachtstag besuchte, setzte sie die Teller auf der Kommode im Flur ab und ging die Tür öffnen. Ihr Gesicht erstrahlte.

»Giddy! Ach, Tante Giddy!«, sagte sie und warf sich ihrer Tante in die ausgebreiteten Arme.

»Mein liebes Mädchen«, sagte Giddy und schloss Rosemary in eine warmherzige Umarmung. Rosemary atmete den verführerischen Duft von Sandelholz ein.

»Mein armes, armes liebes Mädchen.« Sie strich Rosemary übers Haar, und Rosemary spürte, wie in ihren Augen Tränen zu brennen begannen. »Wie geht es dir?«

Giddy hielt sie auf Armeslänge von sich weg, sah ihr ernst ins Gesicht und suchte nach dem Schmerz, den Rosemary in sich trug. Rosemary versuchte sich an einem Lächeln, spürte aber, wie sich ihr Gesicht verzog, weil die Gefühle sie überwältigten. Giddy schloss sie wieder in die Arme.

»Schon gut, mein Baby. Ich bin ja da.«

Sie nahm Rosemary bei der Hand. »Schikaniert dich meine Schwester immer noch so?«

Rosemary nickte und lenkte Giddys Blick auf die weiße Laura-Ashley-Bluse, die ihre Mutter ihr für diesen Feiertag aufgezwungen hatte.

»Na, dann komm«, sagte Giddy, schob ihren Arm in Roses und

hob ihren Korb hoch. »Wollen wir mal sehen, ob wir ein bisschen Schwung in die Bude bringen können.«

Lächelnd spazierte Rosemary neben ihrer Tante den Flur hinunter.

»Gott, ist das still hier«, flüsterte Giddy verschwörerisch. »Dabei ist Weihnachten, verflixt noch eins! Lass uns für ein bisschen Spaß sorgen!«

Doch dann blieb Giddy wie angewurzelt stehen, weil Margaret im Flur erschienen war.

»Was machst du hier?«, fragte Margaret kühl.

»Dir auch frohe Weihnachten«, gab Giddy zurück, ohne dass ihrer Miene etwas anzumerken gewesen wäre. Margaret bedachte sie mit einem grimmigen Blick. Giddy schob ihre Hand ins Roses.

»Du hast doch nicht geglaubt, dass ich Rose in einer so schweren Zeit allein lassen würde? Denk nicht immer nur an dich, Margaret. Rosemary braucht jetzt Trost.«

Margaret zuckte, bewahrte aber Haltung.

»Glaub bloß nicht, dass du hier übernachten kannst«, sagte sie. »Das werde ich nicht zulassen.« Damit rauschte sie in die Küche ab.

Auf dem Sofa im Salon drückte Gerald seiner Schwägerin einen kühlen Gin Tonic in die Hand. Julian saß zu ihren Füßen, in das Sachbuch von Tim Flannery vertieft, das sie ihm gerade geschenkt hatte.

»Gefällt dir das Leben auf der Farm?«, fragte ihn Giddy.

Julian sah kurz zu seinem Vater auf und zuckte mit den Achseln. »Ist schon okay«, sagte er tonlos.

Giddy wollte Gerald gerade die gleiche Frage stellen, als Margaret, ihr leeres Glas schwenkend, ins Zimmer trat.

»Ich nehme noch einen, vielen Dank, Gerald.«

Rosemary stöhnte lautlos. Ihre Mutter war betrunken und würde mit Sicherheit wieder ausfallend gegenüber Giddy werden. Rosemarys Blick kam auf dem rot gefärbten Haar und den unordentlichen, leicht exzentrischen Kleidern ihrer Tante zu liegen. Sie war immer wieder erstaunt, wie grundverschieden Giddy und Margaret waren. Man konnte sich kaum gegensätzlichere Schwestern vorstellen. Kein Wunder, dass die beiden nicht miteinander auskamen.

Rosemary hatte Giddy seit jeher vergöttert, obwohl sie ihre Tante nur selten sah. Sie liebte ihre Wärme und ihren Humor und die Haare, die in einem glänzend roten, glatten Vorhang über ihre Schultern fielen. Rosemary war fasziniert von Giddys Leben in ihrem Künstlerstudio auf der Mornington Peninsula in Melbourne.

Als sie zwölf gewesen war und ihre Mutter im Krankenhaus gelegen hatte, hatte sie einmal eine ganze Woche bei Tante Giddy verbracht. Das Haus hatte nichts von der unterkühlten Weitläufigkeit des Highgrovschen Anwesens. Es war eine winzige Hütte mit niedriger Wellblechdecke und wurde von vollgestopften Bücherwänden sowie freigiebig verteilten, farbenfrohen Stoffen auf Kissen, Sofas und Wänden erwärmt. Noch mehr Farbe strahlte aus Giddys Gemälden und von den Leinwänden, die an jedem freien Möbelstück lehnten. Bei diesem Besuch hatte sie auch gehört, wie Giddy einen jungen Mann geliebt hatte, der als Malschüler zu ihr gekommen war. Auch wenn sich Rosemary damals extra vor das Fenster geschlichen hatte, um einen Blick auf das Gewirr von Gliedern und auf das wilde Gestoße des weißen Männerhinterns zu erhaschen, hatte sie der Anblick doch so schockiert, dass sie am liebsten auf der Stelle heimgefahren wäre.

»Aber Rose«, hatte Giddy ihr freundlich erklärt. »Das ist etwas ganz Natürliches. Hat dir deine Mutter denn gar nichts beigebracht? Wenn du erst mal älter bist, wirst du das verstehen.«

Eine heiße Schokolade und ein paar Kekse später spielte Rosemary wieder fröhlich mit Giddys schwarzem Kater und genoss die fremdartige Umgebung. Bis zum Ende ihres Aufenthalts hatte sie das Geklimper der Perlenschnüre in den Türen und den sinnlichen Duft nach Sandelholz und Massageöl lieben gelernt.

Geralds lautes Lachen brach in Rosemarys Gedanken ein. Er hielt ein Paar Socken in die Höhe, die Giddy ihm geschenkt hatte. Sie trugen den Aufdruck »Alter Stinker«. Er sah ganz und gar nicht mehr stinkig aus, seit Giddy aufgetaucht war, dachte Rosemary. Ihre Tante hatte diese Wirkung auf ihre Mitmenschen.

»Hier, Margaret«, sagte Giddy und streckte ihrer Mutter eine wunderschön eingepackte Schachtel samt einer mit Muscheln beklebten Karte entgegen. Margaret wich kopfschüttelnd zurück.

»Ich habe entsetzliche Kopfschmerzen. Ich glaube, ich muss mich hinlegen.« Sie schwankte unsicher aus dem Zimmer. »Komm bald nach, Gerald. Ich brauche noch Tabletten. Und Wasser.«

Als sie Giddy später in ihr uraltes Auto halfen, bettelte Rosemary sie noch einmal an, über Nacht zu bleiben. Doch Giddy schüttelte den Kopf.

»Das ist keine gute Idee«, sagte sie und schaute zu Margarets Schlafzimmerfenster hoch. Rosemary senkte betrübt den Blick auf den Kies zu ihren Füßen.

»Hey«, meinte Giddy tröstend. »Es gibt schließlich das Telefon.« Sie streckte den Arm durch das offene Autofenster und nahm Rosemarys Hand. »Versprichst du mir, dass du dein Leben lebst?«

»Wie meinst du das?«

»Du musst deinen *eigenen* Weg durchs Leben finden, Rose. Nutze diese Tragödie, um einen eigenen Weg zu finden.«

Rosemary nickte unsicher und spürte im gleichen Moment, wie sich wieder die Wut und die Verunsicherung nach Sams Tod in ihr breit machten, gepaart mit der Frustration über ihre halsstarrige Mutter.

»Versprich es mir.« Giddy drückte ihre Hand. »Du könntest fliegen lernen; du müsstest nur endlich aus deinem Käfig ausbrechen.«

»Ich werde es versuchen«, sagte Rosemary. Sie trat zurück. Julian beugte sich durchs Fenster und gab seiner Tante einen Kuss. Dann trat Gerald vor und drückte Giddys Hand.

»Danke, dass du gekommen bist«, sagte er und gab ihr einen Abschiedskuss auf die Wange. Er hielt ihre Hand, bis sie den Wagen anrollen ließ.

»Frohe Weihnachten«, sagte er leise, als er ihre Hand losließ.

Die Worte ihrer Tante ließen Rosemary keine Ruhe, und so beschloss sie schließlich, sich nicht länger auf dem Familiensitz versteckt zu halten. Nach dem zweiten Weihnachtsfeiertag kehrte sie an ihren Schreibtisch beim *Chronicle* zurück. Sie fühlte sich wie ein Soldat, der von der Front zurückgekehrt ist.

»Du brauchst wirklich nicht schon wieder zu arbeiten, Rose«, sagte Duncan und schaute zwischen den Bergen auf seinem Schreibtisch zu ihr herüber. »Zwischen Weihnachten und Neujahr ist hier sowieso der Hund begraben, und du brauchst bestimmt noch Zeit zum Trauern.«

»Nein, es geht schon«, widersprach Rosemary fest, ehe sie sich über ihren Computer beugte.

Duncan zuckte mit den Achseln. Er lebte schon lange genug im Distrikt, um zu wissen, dass es klug war, sich mit Frauen wie Margaret Highgrove-Jones gut zu stellen. Darum hatte er Margarets Tochter, ohne zu zögern, eingestellt, obwohl sie keine Erfahrung vorweisen konnte. Während der letzten Jahre war er richtig froh gewesen, Rosemary um sich zu haben, dachte Duncan. Sie war auf eine fast jungfräuliche Art hübsch. Er rätselte, ob sie wohl tatsächlich noch Jungfrau war. Dann gab er sich im Geist eine Ohrfeige. Seine Frau war seit acht Monaten weg, und er hatte das Gefühl, langsam durchzudrehen. Er beschloss, seine erotischen Gedanken strikt auf Rosemarys Mutter zu beschränken. Duncan empfand Margaret als beängstigende Frau, aber er schaute sie gerne an. Sie roch immer so teuer und sah aus wie ein Exmodel. Wieso fühlte er sich immer zu extrem aufwändigen, älteren Frauen hingezogen?, sinnierte er. Seine Frau war genauso gewesen. Obwohl er seiner Frau nie wirklich untreu gewesen war, flirtete Duncan für sein Leben gern. Er hatte sich immer zugute gehalten, dass er genau wie Greg Evans aus *Perfect Match* aussah. Aber Greg Evans' Glanzzeit war längst vorüber. Seither suchte Duncan, mittlerweile unbeweibt, Trost im Essen. Infolgedessen drohte sein Bauch, seine Hosen zu sprengen, und unter seinen Augen hingen dicke Säcke, nach allzu vielen Abenden mit Scotch vor dem Fernseher.

Den ganzen Vormittag über war Duncans Blick immer wieder auf Rosemary zu liegen gekommen. Er fragte sich, ob sie die ganze Wahrheit über Sams Tod wusste. Außer ihr schien jeder im Ort Bescheid zu wissen.

Rosemary ging den Stapel von Fotos durch, die sie während des Rennens geschossen hatte. Ihr Auge fiel auf das Foto von Sam und Oakwood. Sams so hübsches Gesicht. Sie konnte immer noch seinen Schweiß und den des Pferdes riechen. Tränen traten ihr in die Augen. Wütend wischte Rosemary sie mit dem Handrücken weg. Sams Bild verfolgte sie Tag für Tag. Sam nach dem Rennen auf dem Sattelplatz, die eine Hand auf Jillian Rogers' Schulter. Sie wirbelte auf ihrem Stuhl herum und sah Duncan an. Ihre blauen Augen blickten direkt in seine.

»Ich mache heute länger Mittagspause, Duncan. Ist das okay?«

Ihre direkte Art brachte ihn kurz aus der Fassung. Er hatte das Gefühl, dass sie ihn nicht wirklich gefragt, sondern eher informiert hatte.

»Unbedingt«, antwortete Duncan. »Du weißt genauso gut wie

ich, dass hier nicht die Bohne zu tun ist.« Noch bevor er ausgesprochen hatte, hatte Rosemary ihre Handtasche geschnappt und war auf dem Weg zur Tür.

Die Luft schien zu glühen. Statt die Klimaanlage im Volvo aufzudrehen, rollte Rosemary das Fenster nach unten und ließ ihren Bubikopf vom heißen Wind verwuscheln, während sie in Richtung Hamilton fuhr. Das Radio war auf den Landfunk eingestellt, aber sie drehte auf der Skala über das statische Rauschen hinweg, bis sie Musik gefunden hatte. Es war ein Song von Alanis Morissette. Rosemary drehte die Lautstärke auf, bis sie den Bass im Magen spürte. Der wütende Text befeuerte ihren eigenen schwelenden Zorn, und sie stellte sich mit zusammengebissenen Zähnen Sam und Jillian zusammen in Dubbos Pick-up vor. Den Fuß aufs Gaspedal gestemmt, übertrat sie zum ersten Mal in ihrem Leben die vorgeschriebene Geschwindigkeit.

Auf dem Krankenhausparkplatz stellte Rosemary den Wagen schräg vor einem Schild mit der Aufschrift »Behindertenparkplatz« ab. Noch bevor sie die Tür zuknallte, rätselte sie, warum es keine »Beziehungsunfähigenparkplätze« für Menschen wie sie gab. Dann marschierte sie energisch durch die Krankenhaustür.

»Kann ich Ihnen helfen?«, hörte sie die näselnde Stimme der maushaarigen Schwester am Empfang.

»Äh, ich weiß nicht so recht. Ich möchte einen Patienten besuchen. Einen Mr... Mr Dubbo?«

Die Empfangssekretärin sah sie zweifelnd an. Es war kein guter Morgen.

Als Rosemary Dubbo endlich gefunden hatte, lag er dösend in seinem Privatzimmer. Sein Arm war eingegipst. Der Gips war von seinen Freunden mit einem Filzstift bearbeitet und mit dem Markenbären von *Bundaberg Rum* verschönert worden. Rosemary lief ein Schaudern über den Rücken, als sie erkannte, dass

Dubbos Beine in eine Art Stahlrahmen gespannt waren. Auf seinem Gesicht leuchteten immer noch blaue Flecke, und seine blonden Haare waren verfilzt. Als Rosemarys klickende Schritte ihn weckten, konnte er ihr kaum in die Augen sehen.

»Ich brauche wohl nicht zu fragen, wie es dir geht«, sagte sie leise.

»Ging schon besser«, sagte er und schaute zum Fenster, obwohl die Jalousien zugezogen waren.

»Kann ich was für dich tun?«

»Wieso solltest du was für mich tun wollen?«, fragte Dubbo verbittert. Dann herrschte verlegenes Schweigen. Langsam rannen Tränen aus Dubbos Augen. Es war merkwürdig, einen so großen Mann weinen zu sehen. Seine Stimme blieb tief und kräftig, als er wieder und wieder: »Es tut mir so Leid...« schluchzte. Dennoch wollte er sie immer noch nicht ansehen.

Rosemary ging um sein Bett herum, sodass er ihrem Blick nicht länger ausweichen konnte.

»Ich muss wissen, was wirklich passiert ist«, sagte sie.

Dubbo schüttelte den Kopf, und wieder glänzten Tränen in seinen Augen. Sie beugte sich vor und legte die Hand auf seinen Arm.

»Ich *muss* es wissen.«

»Ich weiß es nicht mehr«, gab er grob zurück. Dann hob er den eingegipsten Arm an die Stirn.

Rosemary ließ nicht locker. »Warst du betrunken?«

»Nein!«

»Habt ihr rumgealbert?«

»Weiß ich nicht mehr!«

Rosemary merkte, wie ihre Stimme wütender wurde.

»Warum ist es dann passiert? Warum ist Sam gestorben?«

Dubbo wich zurück.

»Ich war es nicht! Ich wollte das nicht! Ich kann nichts dafür!«

Dubbo verzog schmerzvoll das Gesicht.

Rosemary ging neben seinem Bett in die Hocke. »Erzähl es mir. Bitte.«

Dubbo wand sich, als in seinem Kopf seine letzte Erinnerung an Sam aufblitzte. Sam hatte nichts als seine Stiefel angehabt. Sein bleicher Leib hatte in der dunklen Nacht geleuchtet. Er hatte sich von außen in das Fenster auf der Fahrerseite des Pick-ups gebeugt und versucht, Dubbo Jillians BH über die Ohren zu ziehen, während Dubbo ihn lachend angeschrien hatte, damit aufzuhören. Im Rückspiegel hatte Dubbo die nackten Brüste von Jillian aufblitzen sehen, die kreischend versucht hatte, Sam auf die Ladefläche zurückzuziehen. Im selben Moment hatte der Viehfänger einen Wegweiser aus der Verankerung gerissen. Erst kam das widerlich gellende Reißen des Metalls, als sich der Pick-up wieder und wieder und wieder überschlagen hatte. Danach nichts mehr. Jetzt, im Krankenhaus, kniff Dubbo die Augen zusammen und versuchte, die Übelkeit hinunterzuschlucken. Rosemary setzte ihm noch mal zu.

»Er war nicht vorn bei dir, stimmt's?«, fragte sie ruhig.

Der Muskel in Dubbos Kiefer zuckte.

»Er war zusammen mit Jillian hinten auf der Ladefläche, stimmt's?«

»Hör auf! Es ist nun mal passiert, jetzt hör auf!«

»Sie waren zusammen hinten, stimmt's? In Sams Schlafsack.« Tränen füllten Rosemarys Augen, weil sie daran denken musste, wie sie Sam kurz vor Weihnachten angefleht hatte, sie zu einem Campdraft-Wettbewerb im Hinterland von Queensland mitzunehmen. Er hatte abgelehnt, weil es dort keine Motels gab und es ihr bestimmt nicht gefallen würde, mit ihm in seinem miefigen Schlafsack im Pferdeanhänger zu übernachten.

»Ich kann nichts dafür«, sagte Dubbo noch mal. »Es war Sam... er... er hat Scheiß gebaut. Mit Jillian. Er... sie... haben mich abgelenkt.«

Er sah Rosemary verzweifelt an, und sie erkannte, dass dies nicht Sams erster Betrug gewesen war. Sie stand auf und wollte gehen.

»Es tut mir Leid«, sagte Dubbo. »Manchmal hat er sich wie ein Arschloch aufgeführt. Ein richtiges Arschloch.«

»Ich weiß«, sagte sie. Dann nahm sie ihre Handtasche und ging.

Kapitel 5

Rosemary konnte sich kaum erinnern, wie sie von Hamilton heimgekommen war. Die ganze Zeit über sah sie Sam und Jillian im Schlafsack vor sich, während Dubbos Pick-up über die Schotterstraße brauste. Sie malte sich Sams nackte, pumpende Hinterbacken aus und Jillians langes dunkles Haar, das über Sams schmierigen Schlafsack gebreitet war. Sie stellte sich vor, wie Dubbo nach hinten schaute und der große Suchscheinwerfer des Pick-ups die Wegweiser vor ihnen aus dem Dunkel zerrte. Wie der massive stählerne Kuhfänger durch den Dreck pflügte, als sie in den Graben rammten, und den Drahtzaun durchtrennte wie einen Seidenfaden. Wie der aufgesprühte Bundaberg-Bär auf der Kühlerhaube immer weiter zerknautscht wurde, weil der Pick-up nicht aufhören wollte, sich zu überschlagen. Wie in der Dunkelheit das Blut auf die Aufkleber der zahllosen Singletreffen spritzte. Die gebrochenen, zerschmetterten Gliedmaßen der verschlungenen Liebenden. In Sams miefigem Schlafsack.

Rosemary schüttelte die Gedanken aus ihrem Kopf. Wieder kochte Wut in ihr auf. Nur dass sie diesmal auf sich selbst wütend war. Weil sie so verflucht dämlich gewesen war.

»Wann fängst du endlich an zu leben?«, schrie sie ihr Gesicht im Rückspiegel an, ehe ihr neue Tränen die Sicht raubten.

Sie raste über die Brücke und die Hauptstraße von Casterton hinauf, bevor sie mit quietschenden Bremsen vor einer Ladenfront hielt. Ihr Volvo ermahnte sie piepend, dass sie die Zündschlüssel stecken gelassen hatte.

»Mein Gott! Halt die Klappe, blöde Karre!« Sie riss den Schlüssel aus dem Schloss, knallte die Wagentür zu und marschierte geradewegs in den *River Gum Country Clothing Store.*

Rosemarys Mutter kaufte ihre Kleider grundsätzlich am anderen Ende der Straße bei *Monica's Fashion*, wo man die neuesten Modelle von *Country Road* oder *Anthea Crawford* auf Lager hatte. Monica und Margaret taten sich oft zusammen, um mit dem örtlichen Veranstaltungskomitee Modeschauen anlässlich des Tennisturniers Melbourne zu organisieren. Rosemary wurde regelmäßig zum Mitmachen verpflichtet und spürte jedes Mal, wenn sie in schlecht sitzenden Kleidern an lauter alten Schachteln vorbei und eher stampfend als schreitend über den Laufsteg eilte, die peinigenden Stiche ihrer tadelnden Blicke. Wenn Kleider wirklich Leute machten, dachte Rosemary, dann würde sie von außen nach innen vorgehen und mit ihren Anziehsachen anfangen.

Im *River Gum* stand sie vor den Regalen mit *Blundstone*-Arbeitsstiefeln und groben Holzregalen voller *Wranglers, King Gee, Bull Rush* und *R. M. Williams* Jeans. Neben süß duftenden Ledergürteln hingen Bügel mit farbenfrohen Hemden und T-Shirts im Cowgirl-Style. Aus den Lautsprechern im Laden dudelte eine Tania-Kernaghan-CD. Die kühle klimatisierte Luft und Tanias Geträller machten Rosemary eine Gänsehaut. Das war schon besser, dachte sie. Sie würde ihrer Familie zeigen, dass sie kein Weichei war. Sie würde das Mädchen werden, das sie schon immer sein wollte.

Hinter der Theke saß Kelly, die Verkäuferin, bei einer Tasse Kaffee und las in einem Hochglanzmagazin alles über Nicoles hellseherisch prophezeite Wiederverheiratung. Endlich sah Kelly auf und hätte sich fast an ihrem Kaffee verschluckt, als sie Rosemary Highgrove-Jones in ihrem Laden stehen sah.

»Hi, äh, kann ich dir helfen?«, fragte Kelly und wischte dabei unauffällig den Kaffee von ihrer Zeitschrift.

»Ja«, sagte Rosemary. »Wie geht's denn so? Ich, äh, ich glaube, ich brauche ein paar neue Arbeitssachen. Du weißt schon, für die Arbeit auf der Station.«

»Echt wahr?« Kelly sah zweifelnd auf Rosemarys rotes Designer-Leinenkleid.

Als Duncan die Hintertür aufgehen hörte und das Mädchen hereinkommen sah, hätte er um ein Haar gerufen: »Verzeihung! Nur für Angestellte! Sie müssen vorn reinkommen.« Selbst Derek sprang aus seinem Körbchen unter Duncans Schreibtisch und tanzte mit gesträubtem Fell, bellend und zähnebleckend auf die Tür zu. Aber zur Überraschung von Herr und Hund handelte es sich um Rosemary. Sie trug ein blaues Arbeitshemd, Jeans und Blundstone-Stiefel, die noch auf ihre erste Schramme warteten. Um ihre Taille zog sich ein Ledergürtel mit einer angestickten Messerscheide.

»Rosemary?« Er sah sie scheel an. »Rose?«

Sie baute sich vor ihm auf.

»Duncan«, eröffnete sie ihm, »ich habe beschlossen, dass ich nicht für Frauenthemen und Gesellschaftsreportagen geschaffen bin.«

»Ach ja?«, fragte er vorsichtig.

»Ich möchte gern Wirtschaftsberichte schreiben und die Viehmärkte im Distrikt besuchen. Über Landwirtschaft berichten. Ich glaube, das würde mir mehr liegen.«

»Aber die Verkaufsberichte liefert Billy O'Rourke, und das schon seit Jahren! Er kennt die Rinder. Er kann beim besten Willen kein Foto machen, und wenn sein Leben daran hinge, aber die Männer auf den Märkten reden mit ihm. Die Farmer würden eine Krise kriegen, wenn jemand wie du in nagelneuen Stiefeln aufkreuzen würde, um über so komplexe Sachen zu schreiben, die für sie von größter Bedeutung sind... und die Farmberichte schreibe ich selbst, das weißt du genau. Das ist mein Ressort.«

»Könnten wir uns nicht wöchentlich abwechseln?«

»Nein! Man braucht Kontinuität, wenn man die Märkte und die Trends im Auge behalten will. Rosemary, bitte, mach es mir nicht so schwer. Du bist wie geschaffen für die Gesellschaftsseite.«

Rose spürte Neid in sich aufkeimen. Sie wollte endlich ihrem Leben entkommen. Wie Billy O'Rourke sein, ein Exscherer, Viehtreiber, Zureiter. Ein Mann, der sich ganz entspannt unter den Farmern bewegte und immer einen Kelpie zu seinen Füßen hatte.

»Gib mir wenigstens eine Chance!«

Duncan schüttelte den Kopf. »Das kann ich nicht.«

»Bitte!«

»Wie gesagt, du bist wie geschaffen für die Gesellschafts- und für die Handarbeitsseite. Es tut mir Leid.«

»Nein, tut es nicht. Du hast mir diesen Job nur wegen meiner Mutter gegeben. Du hast Angst vor ihr! Wenn du mal nicht davon träumst, sie zu poppen. Du bist ein Jammerlappen!«

»Es reicht, junge Dame!« Duncan wich unter diesem ungeahnten Ausbruch zurück. »Wenn ich nicht wüsste, was du in letzter Zeit durchgemacht hast, würde ich dich auf der Stelle feuern! Nimm dir den Rest des Tages frei. Ich will dich hier erst wieder sehen, wenn du dich wieder eingekriegt hast.« Die Farbe stieg aus Duncans Hemdkragen auf, bis sein Hals rot-weiß marmoriert war. Derek umtanzte sie beide laut kläffend.

»Na schön«, sagte Rosemary mit zusammengebissenen Zähnen. »Dann gehe ich jetzt zum ersten Mal in meinem Leben ins Pub.« Sie schnappte ihre Handtasche, deren Lackleder in auffälligem Kontrast zu ihren Arbeitskleidern stand, und kehrte auf dem Absatz um.

»Rosemary! Warte!«

Sie drehte sich noch einmal um, die Wangen flammend rot, und spie ihm entgegen: »Was denn?«

»Mein Gott, Rose«, sagte Duncan ungerührt. »Mach wenigstens

das Preisschild von deinen neuen Stiefeln ab. Du siehst aus wie eine Stadtpflanze.«

Betreten stand sie da, während Duncan mit der Schere in die Hocke ging, um das Preisschild von ihrem Stiefel zu schneiden. Müde lächelte er zu ihr auf. »Und wenn du schon dabei bist, dann trink einen für mich mit.«

Das Pub war wie im Nachmittagslicht gebadet. Die Sonne schien jede durchgewetzte und fleckige Stelle auf dem rot-golden gemusterten Teppichboden und jeden Riss in der alten braunen Tapete hervorzuheben. Aber Rosemary war das egal, sie atmete tief den abgestandenen Bier- und Zigarettendunst ein und ließ ihre angespannten Nerven vom monotonen Singsang der Kommentatoren auf dem Sportkanal beruhigen. Schon immer hatte sie einmal in den Pub in der Ortsmitte gehen wollen. Sie hatte gehört, dass dort die Arbeiter im Ort trinken gingen. Zu ihrer Enttäuschung war weit und breit kein Schafsscherer zu sehen. Genauer gesagt gab es außer ihr nur einen weiteren Gast. Sie hätte für ihr Leben gern mit ein paar Schafsscherern getrunken und ihren Unterhaltungen gelauscht... wie jenen, die abends von den Quartieren zu ihrem Zimmer hochgeweht waren.

Sie kletterte auf einen Hocker und ließ ihren Blick ans andere Ende der Bar wandern. Sie hatte einen grauhaarigen, fassbäuchigen Barkeeper mit riesiger Erdbeernase erwartet, aber der Barkeeper war jung, braun gebrannt und gut aussehend.

Er zapfte gerade ein Bier, das er vor dem krustenlippigen Stammgast abstellte, der zusammengesunken auf seinem Hocker kauerte. Dann kamen seine flinken braunen Augen auf ihr zu liegen.

»Was darf's sein, Darling?«

»Äh... ich weiß nicht.«

»Ein Bier?«

»Ja. Danke.«

»Groß?«

»Verzeihung?«

Er hielt zwei verschieden große Gläser hoch.

»Das größere, danke«, sagte Rosemary.

»Gute Wahl, Liebes.« Er zwinkerte ihr freundlich zu, als er es vor ihr abstellte.

Das Bier fühlte sich eiskalt in ihrer Hand an. Sie hob es an den Mund und nahm vorsichtig einen Schluck. Es kitzelte im Rachen. Dann kippte sie das ganze Glas in einem Zug hinunter. Der Pubwirt lehnte am Kühlschrank, die Arme vor der kräftigen Brust gefaltet, die Beine übereinander geschlagen. Mit schief gelegtem Kopf betrachtete er das fremde Mädchen, das in brandneuen Sachen vor seiner Theke saß.

»Noch eins?«

»Ja... danke.« Sie schob das Geld über die Theke.

Nachdem er ihr ein zweites Bier gezapft hatte, beugte er sich über den Tresen und streckte ihr die Hand hin.

»James Dean«, sagte er.

»Verzeihung?«

»James Dean. Das bin ich. Eigentlich heiße ich Andrew Dean, aber die Leute meinen, ich wär' hübsch genug, um als James Dean durchzugehen.« Er strich eine imaginäre Fünfziger-Jahre-Tolle zurück. Dann grinste er Rosemary an, um ihr zu zeigen, dass er es nicht ernst meinte.

»Nett, dich kennen zu lernen, James Dean.« Rosemary nahm seine Hand, schüttelte sie kraftvoll und erwiderte sein Lächeln.

»Und du bist?«

»Ähm.« Sie stockte. »Rosie. Rosie Jones.«

»Sehr erfreut, Rosie Jones.« Das Wandtelefon schrillte. »Entschuldige... das ist garantiert mein Agent«, erklärte er augenzwinkernd, ehe er davonschlenderte, um das Gespräch anzunehmen.

Dass es so einfach war, brachte Rosie zum Lächeln. *Rosie Jones*, wiederholte sie für sich. Der Barkeeper hatte nicht mal mit der Wimper gezuckt. Er hatte nicht gesagt: »Ach! Highgrove-Jones von der Highgrove Station? Sie sind eine von *den* Highgrove-Joneses, nicht wahr?« Stattdessen hatte James Dean gerade eben Rosie Jones kennen gelernt. Die gute alte Rosie Jones. Sie kippte das restliche Bier hinunter und rülpste leise angesichts dieses unerwarteten Gefühls einer neu gefundenen Freiheit.

James Dean legte den Hörer auf.

»Das war meine Liebesgöttin – die Missus. Sie wollte mir nur Bescheid sagen, dass immer noch keine Filmangebote eingegangen sind.«

»Ach?«

James Dean zuckte mit den Achseln. »Dann werde ich dir eben noch ein Bier zapfen«, sagte er und nahm ihr Glas. »Oder möchtest du lieber was anderes? Wie wär's mit einem Square Bear? Du siehst aus wie ein Mädchen, das einen ganzen Schuppen voller Square Bear trinken könnte.«

»Im Ernst?«

»Und?«

»Ja«, sagte Rosie, ohne genau zu wissen, was sie da bestellte.

Als James Dean den zischenden *Bundaberg* mit Cola vor ihr abstellte, spürte Rosie einen atemberaubenden Freiheitsrausch. Rosie Jones zu sein machte Spaß. Mehr Spaß, als ihn die langweilige alte Rosemary Highgrove-Jones je gehabt hatte. Sie schluckte die Cola-Rum weg wie ein durstiges Kind eine Limonade.

Allmählich wurde es draußen dunkel, und Rosie hatte eben zum neunten Mal hintereinander Tania Kernaghans *Boots 'N' All* in die Jukebox eingegeben. Selbst der alte Säufer begann, scheele Blicke in Rosies Richtung zu werfen, doch Rosie drehte unbeeindruckt ihren Barhocker im Takt der Musik hin und her.

»*My friend Beccy outrides the boys, leaves 'em in a cloud of dust*«, sang Rosie nicht ganz im Takt mit Tania. Sie schwenkte ihr Glas durch die Luft und tat so, als würde sie Gitarre spielen, wobei sie ihre neue Jeans mit Rum und Cola besprenkelte.

»*She's the best at being a bad influence and it's rubbing off on me... Boots 'n' all, boots 'n' all! If you're gonna do it throw your heart into it!*«

Das Lied von der wilden Beccy, die wie der Teufel ritt und deren schlechter Einfluss und Leidenschaft angeblich auf die Sängerin abfärbten, ging Rosie so zu Herzen, dass sich ihre Augen jedes Mal mit Tränen füllten, sobald Tania sang: »*Here she comes, down the aisle, in her long white satin gown, and the shiniest pair of Blunnies ever, she's not mucking around!*«

Rosie sang den folgenden Refrain aus voller Kehle, um den Klumpen in ihrer Kehle wegzudrücken. Sie musste an das Hochzeitskleid denken, das sie nie tragen würde. Nie würde sie wie Beccy in einem langen, weißen Seidenkleid und glänzenden *Blundstone*-Stiefeln den Gang zum Altar entlangschreiten. Als die Jukebox nach der elften Runde *Boots 'N' All* endlich verstummte, fummelte Rosie in ihrer rumbekleckerten Handtasche nach dem nächsten Fünfdollar-Schein. James Dean kam zu ihr her. Er hatte sich schon ausgerechnet, dass sie Sams Verlobte gewesen sein musste, und sie tat ihm Leid. Sams Tod und der von Jillian waren das Stadtgespräch. James Dean hatte endlos viel Klatsch über Sams letzte Eskapade gehört.

Als Wirt hatte er Sam nicht allzu gern in seinem Etablissement gesehen. Natürlich hatte Sam nach jedem Pferde- oder Hundetrial seine ganze Clique ins Pub geschleppt, und alle hatten reichlich Geld über die Theke geschoben, aber die Burschen hatten sich meistens abgefüllt und dann Streit mit den hiesigen Arbeitern gesucht. Vor allem Sam hatte jedes Mal nach einer Rauferei oder einer Frau oder am besten nach beidem Ausschau gehalten.

James Dean hatte Sams Eliteschulen-Sprechweise und seine herablassende Art nicht ausstehen können. Er hatte die Drinks bestellt, als wären die Barkeeper seine Leibeigenen.

Jetzt sah James Dean das betrunkene Mädchen an der Bar an. Er legte die Hände auf ihre und suchte ihren Blick.

»Rosie, Darling, glaub mir, ich kann dir nichts mehr zu trinken geben. Ich konnte ja nicht ahnen, dass du so eine Schnapsdrossel bist. Du bist voll wie eine Haubitze.«

»Aber Buck Rogers, bitte...«

»Zeit zum Heimgehen, Kleine.«

»Nein«, lallte sie. »Und wer bringt mich jetzt heim?«

Rosie fiel in verstocktes Schweigen. James Dean zuckte mit den Achseln, stellte ein britzelndes Glas Limonade vor sie hin und entfernte sich, um seinen einzigen anderen Gast zu bedienen. Genau in diesem Augenblick erschien Duncan in der Tür, mit einem Pappkarton voller Bücher und Papiere beladen. Billy O'Rourke folgte ihm auf den Fersen.

»Meine Güte, Rosemary!«, sagte Duncan, als er sie mit schwerer Schlagseite auf ihrem Barhocker hängen sah. Das Haar fiel ihr ins Gesicht, während sie leise brummelnd in ihrer sündhaft teuren Handtasche nach dem Autoschlüssel wühlte.

»Kackblöde Handtasche«, lallte sie. Dann warf sie die ganze Tasche auf den Boden. Als sie Duncan in der Bar stehen sah, erstrahlte ein Lächeln auf ihrem Gesicht.

»Dunks!« Sie lief auf ihn zu und schlang die Arme um seinen Hals. »Was ich vorhin gesagt hab', tut mir so Leid, Dunks. Wirklich, wirklich Leid.«

Duncan setzte die Schachtel ab, löste ihre Arme von seinem Hals und setzte Rosie wieder auf ihren Hocker.

»Rosemary, ich glaube, ich sollte dich heimfahren«, sagte er.

»Rosie«, sagte sie.

»Wie bitte?«

»Ich heiße *Rosie*. Meinen nächsten Artikel unterschreibe ich nur mit Rosie Jones! Schluss mit diesem Bindestrich-Quatsch!«

Billy O'Rourke lächelte.

»Genau darüber wollten Duncan und ich mit dir reden, Rosem-Rosie.« Billy hob die Schachtel wieder auf, stellte sie auf die Theke und suchte dann ihren Blick.

»Wir können dich nicht die Marktberichte schreiben lassen«, sagte er. »Das kommt nicht in Frage... aber wir haben einen anderen Teufelsplan ausgeheckt.«

»Du schmeißt mich also raus! Ha! Mum wird dir was erzählen!«

»Nein. Ich schmeiße dich nicht raus!« Duncan schüttelte den Kopf.

Billy legte eine Hand auf Rosies Schulter. Plötzlich kam sie sich vor wie eines seiner jungen Pferde, die er mit einer bloßen Berührung zur Ruhe bringen konnte.

»Weißt du noch, dass ich gesagt habe, ich hätte einen Job für dich?«, fragte er. Rosie nickte. »Ich wollte schon früher mit dir reden. Aber nach dem Unfall und so...« Er ließ den Rest des Satzes in der Luft hängen. »Ich weiß, dass du viel durchmachst, und das tut mir sehr Leid.«

Rosie nickte wieder.

»Aber jetzt brauche ich dich. Duncan und ich möchten, dass du etwas für uns recherchierst. Du sollst eine wöchentliche Serie für die Zeitung zusammenstellen und uns bei einer Marketingkampagne helfen. Du könntest von zu Hause aus arbeiten... du brauchst etwas Zeit für dich, Rosie, um mit deiner Trauer fertig zu werden.«

»Trauer«, echote Rosie, und Sams Gesicht blitzte in ihrem alkoholgetränkten Hirn auf.

»Genau«, sagte Duncan. »Es wird dir gefallen. Es wird unserer Stadt neuen Auftrieb geben. Und du musst dazu mit einigen

Viehtreibern reden«, lockte er sie. Rosie sah ihn an, und ein Funken von Interesse glomm in ihrem Gesicht auf.

»Es ist Billys Idee. Du sollst für uns alles über einen irischen Viehtreiber namens Jack Gleeson recherchieren, der früher in der Nähe von Casterton gearbeitet hat. Erzähl es ihr, Bill.«

Rosie blickte auf in die gütigen Augen des Viehtreibers, der vor ihr stand. Seine Beine waren nach zahllosen Jahren im Sattel leicht nach außen gebogen. Seine Hände waren braun wie die Lederzügel, die er Tag für Tag hielt. Sein Alter war schwer zu schätzen, vielleicht Ende vierzig, aber in seinen sommerhimmelblauen Augen leuchteten die Kraft und Energie der Jugend.

»Also, man nimmt an, dass dieser Gleeson-Bursche sich eine kleine Hündin besorgt hat, die er Kelpie genannt hat, und diese Hündin war die Urmutter der gesamten Kelpie-Rasse. Das ist eine geschichtliche Fußnote, von der kaum jemand weiß, aber sie ist es wert, dass man sich daran erinnert, und sie könnte in dieser Stadt ganz schön was in Gang bringen.«

Er wartete auf Rosies Antwort, aber die blinzelte nur langsam mit den blauen Augen. Darum setzte Billy noch einmal nach.

»Man erzählt sich, dass er irgendwo hier in der Nähe sein Pferd gegen den Welpen eingetauscht hat. Du musst das für uns nachforschen und aufschreiben!«

»Bockmist!«, sagte Rosie unvermittelt.

»Verzeihung?«, fragte Duncan.

»Bockmist, Bockmist, Bockmist! Du willst mich bloß nicht mehr in der Redaktion haben!«

»Wir brauchen jemanden, der das erledigt, Rosem-Rosie, und mir fehlt die Zeit dafür. Billy hier bettelt mich schon ewig an, die Sache anzugehen. Es ist der perfekte Job für dich.«

»Eine tolle Idee«, sagte James Dean. Er kam herangeschlendert und stützte beide Ellbogen auf die Theke.

»Wenn die Geschichte stimmt, könnte Bill mit seinem Ruf unter den Hundezüchtern in unserer Stadt die größte Kelpieauktion im ganzen Land aufziehen. Für mich klingt das genial. Das würde Leben in dieses Kaff bringen. Vielleicht würden dann endlich ein paar Säufer mehr durch die Tür von diesem alten Misthaufen kriechen.« Er sah sich um.

»Ist nicht persönlich gemeint, Neville!«, rief er dem Alten zu, der dösend an der Bar saß. »Komm schon, Rosie. Setz deinen Hintern in Bewegung, und tu was für deine Stadt. Wenn wir hierbei alle zu Bill stehen, könnte uns das wer weiß wie weit bringen. Zu landesweitem Ruhm und Reichtum... vielleicht sogar auf die große Leinwand... man kann nie wissen.«

»Also, was sagst du dazu, Rosie?«, fragte Duncan.

Rosie sah die drei Männer an, die vor ihr standen. Wollte sie sich wirklich an diese Aufgabe wagen? Sie versuchte, die Anfrage in ihrem benebelten Gehirn zu verarbeiten. Jetzt, wo Sam weg war, wusste sie überhaupt nicht mehr, was sie mit ihrem Leben anfangen sollte. Aber könnte sie von zu Hause aus überhaupt arbeiten? Was wusste sie schon über Kelpies? Sie wollte einwenden, dass sie möglicherweise nicht die Richtige für diesen Job war, als plötzlich die Tür des Pub aufging. Billys roter Kelpie zwängte sich durch den Spalt und kam an die Bar getrottet.

»Raus, Trevor!«, befahl Billy, aber der Hund wedelte nur mit dem Schwanz und legte die Pfoten auf Rosies Knie, um sich tätscheln zu lassen.

»Was soll das werden?«, fragte sie. »Eine Szene aus *Lassie* oder so?« Sie nahm die Vorderpfoten in beide Hände.

»Komm schon, Trev. Machen wir den Boogaloo, bis wir beide kotzen müssen!« Sie begann zu tanzen.

»*Boots 'n' all, boots 'n' all, if you're gonna do it, throw your heart into it. Everything you do, throw your heart into ... Red dirt gum tree country, red dirt gum tree country. Boots 'n' all.*«

Umkreist von dem bellenden, schwanzwedelnden Trevor hob

Rosie die Bücherkiste hoch und tanzte damit zur Tür. Die Männer schauten von der Theke aus zu, wie sie mit dem Hund nach draußen tanzte.

»Ich glaube, Sie können das als Ja nehmen«, sagte James Dean und zwinkerte Duncan und Billy zu.

»Falls sie sich morgen früh noch daran erinnern kann«, schränkte Billy kopfschüttelnd ein.

Kapitel 6

Zum ersten Mal seit dem Unfall war Rosie Jones am Morgen aufgewacht, ohne von der Erinnerung an Sams Tod gepeinigt zu werden. Stattdessen fühlte sie sich vom ersten Moment an ihrem Kater zum Trotz wie aufgedreht. Geschichtsbücher und Broschüren lagen auf dem Bett verstreut. Sie griff nach einem der Bücher.

»*Ein grünes, schönes Land*«, las sie laut vor. Sie nahm ein anderes. »*Still steht das Schulhaus am Weg.*« Sie versuchte sich ins Gedächtnis zu rufen, was Duncan ihr über die Recherchen über den irischen Viehtreiber und seinen Hund erzählt hatte. Wo sollte sie anfangen?

Codrington, Victoria, 1861

Die winzige Viehtreiberhütte stank nach altem Urin und nach dem Rauch aus dem längst erkalteten Kamin. Der alte Albert lag verwittert und eingefallen unter der fleckigen Decke, den Mund halb geöffnet, die Augen tief in den Höhlen.

»Herr im Himmel. Ist er schon von uns gegangen?«, wandte sich Jack an Reverend Shinnick.

»Nein, Jack«, antwortete der Reverend. »Geh zu ihm. Aber pass auf, dass du ihn sanft weckst.«

Jack trat vorsichtig an das Bett und zupfte zaghaft an Alberts Ärmel. Der alte Mann hustete gurgelnd den Schleim aus seiner Kehle und begann sich halb wach die vertrockneten Lippen zu lecken. Dann sah er mit zusammengekniffenen Augen auf den großen jungen Mann an seinem Bett.

»Ach, Jack... mein Junge.«

»Albert. Kann ich irgendwas tun?«

»Du kannst mich höchstens zu unserer süßen Mutter Maria bringen, damit ich ihren Sohn im Himmel treffen kann«, antwortete Albert. »Ich hab' genug von dieser Welt gesehen.«

Albert tätschelte müde den freien Platz auf seinem Bett.

»Sogar mein kleiner Hund hat mich aufgegeben.« Er krümmte sich unter einem Hustenanfall.

Jack wusste nicht, was er tun oder sagen sollte, und blieb darum abwartend stehen. Dann hatte sich der Alte wieder gefangen.

»Geh hinten raus, Jack. Geh zum Stall, und hol dir alles raus, was du brauchen kannst. Dann reitest du die Stute heim. Der kleine Hengst wird ihr nachlaufen.«

»Deine Pferde?« Jacks Augen wurden groß. Er wusste, dass Alberts preisgekröntes Treiberpferd eine Vollblutstute war. Eine Kiste voller Münzen und verknitterter Pfundnoten war geleert worden, um sie zu kaufen. Nach einer einträglichen Kartenrunde hatte der alte Albert seine Stute dann zum besten importierten Hengst im ganzen Distrikt geschickt. Und jetzt bot er Jack eben diese Stute zusammen mit dem eleganten Fohlen, das sie noch säugte, an.

»Nimm sie, Junge.«

»Aber Albert –«

»Du wirst doch nicht mit einem Mann auf seinem Totenbett streiten«, pfiff Albert. »Du hast eine Gabe. Ich habe gesehen, wie du mit den Tieren arbeitest. So was gibt es nicht oft. Du darfst das nicht verschwenden, nur weil du für deinen Onkel James Kartoffeln anpflanzen musst. Dieser Laden, den er in Koroit aufmachen will – das ist nicht dein Traum, Jack. Wenn du jetzt nicht gehst, wirst du alte Weiber bedienen und alten Säufern wie mir Wein verkaufen, ehe du dich versiehst. Du wirst dabei versauern.«

Albert musste erst wieder Atem schöpfen.

»Also, nimm meine Stute mit. Und reite ihr Fohlen zu. Geh auf

Wanderschaft, Jack, das ist dir bestimmt. Mach dich mit deinen Gaben auf dieser Welt nützlich – vergeude sie nicht.«

Jack spürte, wie ihn die Worte seines Freundes im Innersten berührten. Genau dort, wo Jack seine Verzweiflung abgeladen hatte, eine stille Verzweiflung, gegen die er jeden einzelnen Tag seines Lebens auf der Farm mit seinem gütigen Onkel und seiner Tante ankämpfte, die ihn beide aufgenommen und wie ein eigenes Kind großgezogen hatten. Obwohl er seine Verwandten liebte, verzehrte sich Jack nach der Freiheit, auf dem Rücken eines Pferdes in das unermesslich große Innere dieses neuen Landes vorzustoßen. Die Rinder auf ihrer Flucht ins Unterholz einzuholen und die Tiere dann zu beruhigen, bis sie gemächlich auf ihrem Treck zogen; einen Hirtenhund an seinem Bein zu spüren, während er abends in ein Lagerfeuer starrte. Das war schon immer sein Traum gewesen.

Er spürte die Finger des Alten auf seiner Hand.

»Ich muss jetzt schlafen, Junge. Pass gut für mich auf die Pferde auf. Jetzt ist die Reihe an dir, Viehtreiber zu werden. Der beste, der du werden kannst.«

»Ade, Albert.« Jack flossen die Tränen aus den Augen. Dann drehte er sich um und ging.

Draußen in der Sonne zwitscherten die Vögel im Birnbaum. Unter dem Birnbaum waren zwei Erdhügel. Alberts Grab war bereits ausgehoben, und ein Kreuz aus zwei Zaunlatten lag daneben im Gras. Der zweite Haufen war kleiner, ein Miniaturgrab ohne Kreuz. Jack wusste, dass darunter der kleine Terrier des alten Mannes lag.

Er schüttelte den kühlen Hauch des Todes von seinen Schultern und ging weiter in den Stall, wo ein tröstlicher Geruch nach Pferden und Leder in der Luft lag. Er fuhr mit der Hand über den kühlen, gedrehten Knauf einer Reitgerte und über die gut geölten Riemen eines Zaumzeugs. Unter einer schweißverkrusteten Satteldecke verbarg sich ein wunderbar gearbeiteter Treibersattel. Er war alt und abgewetzt, von langer Arbeit, Lanolin und Liebe glatt gerieben. Jack hatte immer davon geträumt, einstmals so einen Sattel zu besitzen. Er öffnete die quietschende Hintertür des Stalles und trat in den Pferch. Dort stand die Stute leicht dösend, einen Hinterhuf halb erhoben, während das Fohlen an ihren Zitzen sog. Die Stute, Bailey, war ein dunkler Fuchs. Für ein Pferd ihrer Rasse war sie kräftig und stämmig, und sie hatte weiche braune Augen, die Jack ruhig ansahen. Das etwa drei Monate alte Fohlen mit den klaren Augen war ein schlanker, langbeiniger Brauner. Der kleine Hengst drehte Jack den Kopf zu und musterte ihn ängstlich. Jack stand nur da, den Blick auf die glänzenden Felle dieser himmlischen Kreaturen geheftet, und wagte kaum zu glauben, dass die Tiere ihm gehören sollten.

Dann wieherte Bailey und machte einen Schritt auf ihn zu, den Hals vorgestreckt, um an seinem Hemdsärmel zu schnuppern. Sie kam noch näher und drückte ihr Gesicht an Jacks Brust. Als Jack ihren kräftigen Hals streichelte, spürte er, wie ihn die Aufregung über diese neuen Aussichten durchlief wie ein Buschfeuer.

»O Mädchen. Was werden wir zusammen für Abenteuer erleben!«

Rosie schreckte aus ihrem Tagtraum und machte sich ein paar Notizen. Dabei hörte sie von draußen Hufe über Pflastersteine klappern und dazu Gewieher. Sie kletterte aus dem Bett, zog die Vorhänge zurück und sah, wie Julian und Sams Vater eine Fuchsstute vom Pferdehänger luden. Selbst Rosie konnte sehen, dass sie trächtig war. Gerald hielt währenddessen Oakwood, der seine neue Umgebung ängstlich in Augenschein nahm. Auf der Ladefläche des Pick-ups der Chillcott-Clarks waren drei schlanke, elegante Kelpies angekettet, in denen Rosie Sams Hunde erkannte. Zwei waren schwarz und braun, der dritte hatte fast die Farbe von Lagerfeuerrauch, ein ungewöhnlich bläuliches Grau. Beim

Anblick von Sams Tieren überlief Rosie eine Gänsehaut. Bestimmt würde Sam gleich selbst aus dem Stall treten oder aus dem Anhänger klettern? Rosie drehte den Ring an ihrem Finger und beobachtete mit ernster Miene, wie Julian mehrere Tüten voller Hundefutter und Säcke mit Spreu in den Stall schleifte.

»Was ist da draußen los?«, fragte sie sich und wühlte im nächsten Moment in ihrem Schrank nach etwas zum Anziehen.

Das kühle Wasser, das sie sich ins Gesicht spritzte, linderte ihren Kater etwas, während sie sich gleichzeitig dafür wappnete, Sams Vater gegenüberzutreten. Im Bad hörte sie schon ihren eigenen Vater, der von unten nach ihr rief. Die Ungeduld in seiner Stimme zerrte an ihren Nerven.

»Rosemary? Rosemary! Du hast Besuch!«

»Ich komme schon!«, schrie sie.

Margaret Highgrove-Jones legte größten Wert darauf, dass alle Gäste entweder in den nördlichen Wintergarten geführt wurden, von wo man auf den Kräutergarten blickte, oder in den Salon. In ihrem Haus gab es keine informellen Küchengespräche. Es sei denn natürlich, die Besucher waren Landarbeiter oder Viehhändler – *die* nahmen ihren Tee auf der verglasten Veranda auf der Rückseite des Hauses.

Rosie fand Marcus Chillcott-Clark im Wintergarten, wo er auf einem weißen Rattanstuhl saß. Sein Gesicht war grau, und unter seinen Augen lagen tiefe Schatten. Für Marcus war jeder Tag seit dem Tod seines Sohnes eine nicht endende Hölle gewesen – nur die Nächte waren noch schlimmer. Wenn er in der Dunkelheit neben seiner schluchzenden Frau lag, durchlebte er wieder und wieder den entscheidenden Anruf, bei dem er ganz sachlich gebeten worden war, ins Krankenhaus von Hamilton zu kommen.

Bis er und Elizabeth eingetroffen waren, war es bereits zu spät. Sam war tot. Ihr kräftiger, schöner Junge lag blutverschmiert und reglos auf einer Rollbahre im Leichenkeller des Krankenhauses, diesen Anblick bekam Marcus nicht mehr aus seinem Kopf. Jeden Tag drohte ihm die Brust vor Trauer zu zerspringen, sobald er Sams Hunde und Pferde füttern ging. Die Tiere machten ihm solchen Kummer, dass Marcus es bald nicht mehr ertrug, ihnen auch nur nahe zu kommen. Tagelang waren die Hunde und Pferde ungefüttert und ungetränkt geblieben. Marcus wusste, dass das grausam war, aber er konnte nicht mehr. Am Rand des Zwingers an einen Pfosten geklammert, hatte er sich zusammengekrümmt und seine Trauer und seinen Schmerz erbrochen. Einmal hatte er sich früh am Morgen mit einem Gewehr in den Händen vor den Hunden wiedergefunden, bis Elizabeth schreiend im Nachthemd angelaufen kam und ihn wieder ins Haus zerrte.

Als wüssten sie von dem drohenden Unheil, hatten die Hunde in einem schauerlichen Chor zu heulen begonnen. Elizabeth hatte zusammengekauert wie ein verängstigtes Karnickel in der Ecke ihres Schlafzimmers gehockt, während Marcus aus dem Fenster brüllte: »Platz! *Platz*, ihr verfluchten Biester!«

Als die Hunde unbeeindruckt weiterheulten und Sams Pferde wie wild am Zaun auf und ab galoppierten und einander zuwieherten, konnte Elizabeth sehen, wie ihr Mann seiner Trauer nachgab.

»Es reicht«, sagte er und griff nach seinen Stiefeln. »Sie müssen weg. Alle miteinander.«

Rücksichtslos hatte er die winselnden Hunde am Halsband gepackt und sie auf seinen Pick-up gezerrt. Dann kuppelte er den Pferdehänger an und ging los, um Oakwood und die Stute zu holen.

Kaum war er wieder im Haus, wo ihm seine Frau wie ein Schatten folgte, telefonierte er gedämpft mit Gerald Highgrove-Jones. Als Elizabeth hörte, wie Marcus fragte, ob Gerald die Tiere nehmen würde, brach sie in Tränen aus.

Jetzt saß Marcus Kaffee trinkend im Wintergarten der Highgroves und rätselte, ob er die richtige Entscheidung gefällt hatte. Gerald redete gerade davon, dass die Verantwortung für Sams Tiere seiner Tochter überlassen bliebe. Marcus sah Rosie zweifelnd an. In ihren ausgebeulten Trainingshosen und dem übergroßen Teddybären-T-Shirt wirkte sie kleiner und jünger als sonst. Ihr Gesicht war bleich, und ihre Augen waren rot umrändert. Sie sah aus wie ein kleines Schulmädchen, das wegen einer Grippe zu Hause bleiben muss.

»Ich habe doch keine Ahnung, wie man sie versorgen muss«, sagte sie. »Und erst recht nicht, wie man mit ihnen arbeitet.«

Marcus rutschte auf seinem Stuhl nach vorn und beugte sich zu ihr herüber.

»Du kannst mich jederzeit um Rat fragen«, sagte er. »Bitte, Rose. Es setzt Elizabeth zu sehr zu, wenn sie die Tiere jeden Tag sehen muss. Wir könnten sie auf keinen Fall verkaufen. Aber wir wollen sie auch nicht *irgendwem* geben. Du weißt, wie viel sie Sam bedeutet haben, und darum sollst du sie bekommen. Du schaffst das schon. Deine Familie wird dir bestimmt helfen«, sagte er und zweifelte schon jetzt an seinen eigenen Worten.

»Na gut.« Rosie nickte unsicher. »Ich kann es ja versuchen. Ich werde mich um sie kümmern.«

Sie konnte Marcus' Erleichterung beinahe spüren. Er kam auf sie zu und nahm sie in die Arme. Es war keine warmherzige Geste. Er hielt sie einfach ein paar Sekunden lang fest. Dann trat er einen Schritt zurück und murmelte: »Wir hätten dich wirklich gern als Schwiegertochter gehabt. Du warst perfekt für Sam.« Er schluckte die Tränen hinunter und ging ohne ein weiteres Wort aus dem Wintergarten.

Rosie blieb schweigend sitzen und schaute zu, wie ihr Vater die Tassen und die unangerührten Biskuits auf das Tablett zurückstellte.

»Und was mache ich jetzt?«, fragte sie nach einer Weile. Rosie war so mit Sams Tod beschäftigt gewesen, dass sie ihren Vater in den letzten Wochen kaum beachtet hatte. Er sah... anders aus. Auf seinem Gesicht lag eine so entrückte, leere Miene, dass sie das Gefühl hatte, einen Fremden anzusehen.

Er blinzelte sie an und sagte dann kühl: »Ich kann dir nicht helfen. Ich habe andere Dinge im Kopf.«

»Aber Dad!« Rosie traute ihren Ohren nicht.

»Lass dir von Julian helfen.«

»Ich will aber *deine* Hilfe! Warum willst du mir nie helfen?«

Gerald drehte ihr den Rücken zu.

»Du bist ein geiziger alter Miesepeter!«, schrie Rosie ihn an.

Gerald wirbelte herum. Sein Gesicht war bleich und angespannt.

»Das *reicht*, Rosemary. Du hast ja *keine Vorstellung*, wie viel ich für dich geopfert habe.«

»Und was? Indem du für Schulgebühren und Designerkleider gelöhnt hast? Wie steht es mit deiner *Zeit?* Mehr will ich doch gar nicht, Dad, ich will nur etwas von deiner Zeit. Warum kannst du mir nicht beibringen, was auf der Farm zu tun ist und wie ich mich um Sams Tiere kümmern muss? Ich wette, wenn mir Sam ein Service aus Wedgwood-Porzellan hinterlassen hätte, wärst du überglücklich! So was passt doch viel besser zu einer verfluchten Gutsbesitzersgattin! Und hör auf, mich Rosemary zu nennen – von jetzt an heiße ich Rosie! Schlicht und einfach Rosie. Ich habe keinen Bock mehr auf diesen Highgrove-Jones-Quatsch!«

Kochend vor Wut und Frustration, schlug Rosie mit dem Arm auf das silberne Kaffeetablett, dass die Tassen und Kekse zu Boden purzelten. Schwarze Kaffeespritzer sprenkelten die Couch. Die Kanne zerschellte auf dem gebohnerten Dielenboden.

»Wie kannst du es wagen!«, brüllte Gerald sie an. »Nach allem, was ich für dich getan habe! Ich hätte wissen müssen, dass es irgendwann rauskommt.«

Rosie stand kopfschüttelnd vor ihm.

»Was? Was meinst du damit? Dad?«

»Frag deine Mutter«, spie er ihr entgegen, ehe er aus dem Wintergarten stürmte.

Die Worte ihres Vaters immer noch im Ohr, zog Rosie ihre Stiefel über und rannte zu den Ställen hinüber. Oakwood und die Stute standen in den Boxen und zupften hungrig an den Heunetzen. Das rhythmische Kauen der beiden Pferde beruhigte Rosie. Sie atmete den süßen Duft der Pferde und des frischen Heus ein. In der dritten Box hörte sie Stroh rascheln und lautes Geschlabber. Auf den Zehenspitzen stehend schielte sie über die Tür der Box und sah Sams Hunde, die sich schnüffelnd mit ihrer neuen Umgebung vertraut machten. Dixie, die rauchgraue Hündin, schlabberte gerade Wasser aus dem Napf. Mit einem leichten Anflug von Panik erkannte Rosie, dass auch die Hündin trächtig war. Plötzlich bemerkten die beiden schwarz-braunen Rüden, dass Rosie sie über die Tür hinweg beobachtete. Verängstigt und mit aufgestellten Nackenhaaren bellten sie sie an. Rosie trat einen Schritt zurück und spürte, wie sich ihre Panik verstärkte. Was ging in ihrem Vater vor? Was hatte er vorhin gemeint? Ein lähmendes Gefühl packte sie. Sie musste fort von hier.

Sie sprang in den Arbeits-Pick-up ihres Vaters und drehte den Zündschlüssel, ohne erst abzuwarten, dass die Vorglühlampe erlosch. Dann jagte sie mit heulendem Motor aus dem Hof, fort von Sams Tieren und dem Familiensitz der Highgroves.

James Dean gab sich alle Mühe, nicht zu lachen, als er das Mädchen in Trainingshosen und Teddybären-T-Shirt vor seiner Bar stehen sah.

»Ein kleiner Katerkiller gefällig?«, fragte er und lächelte sie an.

»Nein. Bloß nichts mit Tieren. Und entschuldige meinen Aufzug.«

Rosie kam in den leeren Pub und setzte sich auf einen Hocker. James Dean wartete auf ihre Bestellung, aber die kam nicht.

»Was ist denn?«

Als er sich vorbeugte, um ihr in die Augen zu sehen, brach sie in Tränen aus.

»O Mann, hör auf! In meiner Bar wird eine Runde fällig, wenn jemand am Tresen heult.« Er kam um die Theke herum und auf sie zu. »Du machst meine schönen sauberen Untersetzer schmutzig. Dabei haben wir die gerade erst gewaschen! Komm mit, Darling«, sagte er und legte den Arm über ihre Schultern. »Komm mit nach hinten. Meine Missus, die bezaubernde Prinzessin Amanda, ist heute hier. Die macht dir erst mal eine Tasse Tee, und dann kannst du ihr alles erzählen.«

Er führte Rosie durch die Bar.

»Mands!«, rief er aus. »Da ist wieder so eine Irre für dich!« Dann ergänzte er leiser: »War nur Spaß, Kleine. Wir kriegen dich schon wieder hin.« Dabei tätschelte er ihr den Rücken.

Kapitel 7

Als Rosie schluchzend den Weg in die Küche des Pubs gefunden hatte, machte Andrew »James« Dean sie mit seiner Frau bekannt. Amanda hatte die längsten und braunsten Beine, die Rosie je gesehen hatte. Sie hatte kurz geschnittenes blondes Haar, trug Turnschuhe und Shorts und hätte eher auf einen Stabhochsprungplatz gepasst als zwischen die Edelstahlgeräte in der professionell eingerichteten Küche des Pubs. Sie sah Rosie mit warmen, mandelförmigen Augen an, Augen hübsch und gütig wie die einer Jersey-Kuh, dachte Rosie. Amanda machte ihr eine heiße Schokolade mit Marshmallows, die verführerisch in der dampfenden Tasse zerschmolzen, und schob ihr dann ein Päckchen mit bärenförmigen Schokokeksen zu.

»Passend zu meinem T-Shirt.« Rosie lachte und schluchzte zugleich und fragte sich, warum sie ausgerechnet am Tisch einer völlig Fremden Trost suchte. James Dean war immer noch in der Küche und schilderte Amanda ausführlich, wie sich Rosie am Vortag voll laufen lassen hatte.

»Rosie war mit Sam Chillcott-Clark verlobt«, sagte er Amanda. »Du weißt schon. Der Kerl, der bei Dubbos Unfall mit dem Pickup getötet wurde.« Weder versuchte er wie die Freundinnen ihrer Mutter, dem Unfall mit sterilen Worten das Grauen zu nehmen, noch umschrieb er ihn vorsichtig oder schönfärberisch. Er kam direkt auf den Punkt, und Rosie fand seine Offenheit tröstlich.

Während der nächsten zwei Stunden schüttete sie Amanda ihr Herz aus und erzählte ihr alles von Sam und Jillian, von ihrem Gefühl, nicht in ihre Familie zu passen, und von dem Streit mit ihrem Vater. Wie sie in die Stadt gerast war, ohne zu wissen, wohin sie gehen und was sie jetzt anfangen sollte.

»Und um das Maß voll zu machen«, erklärte sie Amanda, »hat Sams Vater Sams sündhaft schöne Pferde und Hunde in unserem Stall abgestellt, damit ich mich darum kümmere. Wie soll ich das denn anstellen? Ich habe Julian und die anderen Männer mit Hunden arbeiten sehen, aber ich selbst durfte nie einen haben... und was die Pferde angeht... ich habe auf Trixie reiten gelernt... aber das war vor Jahren. Sam hat mich *nie* zum Reiten mitgenommen. Er sagte immer, ich könnte mit so hochgezüchteten Pferden nicht umgehen. Dass ich ihnen mit meiner Unerfahrenheit schaden könnte. Und jetzt... stehen sie in unserem Stall! Was denkt sich Sams Dad nur dabei?«

Amanda lauschte ihr aufmerksam, während sie gleichzeitig das Gemüse für die Gerichte auf der Abendkarte schälte und hackte. Als Rosie kurz verstummte, um Luft zu holen, sagte Amanda: »Nenn mir die drei Dinge, die du am liebsten hast. Ganz schnell.«

»Was?« Rosie wunderte sich, was das sollte.

»Komm schon. Drei Dinge«, wiederholte Amanda und zielte dabei lässig mit dem Küchenmesser auf sie.

Rosie lehnte sich stirnrunzelnd zurück. Ein paar Sachen kamen ihr sofort in den Sinn... Gärtnern? Essen geben? Dekorieren? Aber natürlich hatte ihr vor allem ihre Mutter eingeschärft, dass sie sich dafür interessieren sollte. Sie verzog das Gesicht, weil ihr aufging, wie wenig sie über sich selbst wusste. Weil ihre Mutter jeden ihrer Gedanken beherrschte.

»Mir fällt nichts ein«, gestand sie und rümpfte die Nase.

»O doch. Streng dich an«, sagte Amanda, während sie sich mit dem Öffner rund um eine Riesendose mit roten Beten vorarbeitete. Rosie dachte noch mal nach.

»Das Scheren!«, sagte sie plötzlich. »Aus irgendeinem Grund

freue ich mich jedes Jahr darauf, obwohl mich Dad immer wieder aus dem Stall jagt, weil ich stattdessen beim Kochen helfen soll... aber ich liebe den Lärm und den Geruch beim Scheren. Jedes Mal versuche ich, es so hinzudrehen, dass ich das Vesper in den Stall bringen kann, und dann bleibe ich, so lange ich kann, bis Mum einen Anfall kriegt, weil ich die Schüsseln und den Korb nicht rechtzeitig zum Abwaschen zurückbringe.« Rosie seufzte und dachte noch mal nach.

»Dann den Hunden beim Arbeiten zuschauen. Das liebe ich. Wir hatten im Lauf der Jahre ein paar Treiber, die wirklich tolle Hunde hatten. Natürlich gibt es auch Treiber, die zu nichts zu gebrauchen sind... deren Hunde jedes Mal hinten auf den Pick-up scheißen und wie blöd bellen, bis die Männer sie mit ihrem Gürtel bis aufs Blut prügeln. Aber die Männer mit guten Hunden... o Mann, die beobachte ich zu gern, wenn sie in den Pferchen arbeiten. Und dann sind da noch die Schafe. Ich kann gar nicht genug davon kriegen, wenn ich sehe, wie sie abends ans Wasser ziehen oder wie begeistert sie fressen, wenn sie auf eine neue Weide verlegt wurden, vor allem schau ich ihnen gern zu, wenn sie denken.«

»Denken?« Amanda sah sie zweifelnd an. »Du willst mir erzählen, dass Schafe denken?«

»Aber ja. Natürlich denken sie. Wenn du ihnen zuschaust und sie nicht merken, dass du da bist. Du weißt schon... den Blick, den sie dann bekommen, so als würden sie denken. Ich bin überzeugt, dass Schafe wirklich denken. Wenigstens *denke* ich, dass sie denken... denke ich doch?«

Rosie schüttelte den Kopf. »Jedenfalls sind das alles Dinge, die ich liebe... ach, und... ich liebe die Hügel rund um Highgrove. Ich liebe es, wie sie von der Sonne zum Leuchten gebracht werden und wie sich die Bäume in den Mulden und auf den Kuppen zu grünen Mustern ballen.«

»Sehr schön«, sagte Amanda und lächelte sie an. »Hört sich an, als wärst du dazu geboren, auf dem Land zu leben, das du liebst... als Viehtreiber und Schafhirt.«

»Viehtreiber?«

»Genau.«

»Aber Dad hat noch nie weibliche Treiber geduldet. In unsere Quartiere dürfen ausschließlich Männer.«

»Das ist, als würde man sagen, dass nur Frauen in die Küche dürfen«, kommentierte Amanda.

»Außer der Mann nennt sich Chefkoch.«

»Selbst dann überlässt er den Abwasch den Frauen.«

»Das nervt, wie?«, sagte Rosie.

»Nur wenn du es zulässt. So muss es nicht sein. Du musst dich nicht an diese Regeln halten. Andrew und ich teilen alles. Heute habe ich Küchendienst, morgen Andrew, und jeden dritten Tag kommt Christine, seine Mum. Sie hat ihn dazu erzogen, alle Hausarbeiten zu erledigen.«

»In unserer Familie käme das nicht in Frage! Ich durfte nie irgendwelche Männerarbeiten erledigen. Nie. Mum braucht immer jemanden, der ihr im Haus hilft oder im Garten oder bei ihren ›gesellschaftlichen Verpflichtungen‹.«

Rosie verdrehte die Augen.

»Dad ist keinen Deut besser. Die Arbeit auf der Station ist nichts für mich, meint er, die macht ausschließlich Julian. Ich gehöre nicht auf die Weiden, das gibt er mir deutlich zu spüren. Und ich schätze, irgendwie hat Sam das genauso gesehen... komisch, aber mir war gar nicht aufgefallen, wie unnachgiebig er in diesen Dingen war. Er hat mich kaum je über seinen Grund geführt. Als würde er annehmen, dass mich das sowieso nicht interessiert.«

»Dabei könntest du echte Leidenschaft für die Landarbeit und die Tiere entwickeln«, sagte Amanda. »Und ein Leben ohne Leidenschaft ist eigentlich kein Leben. Warum lässt du dir von anderen Menschen diktieren, was du zu tun oder zu lassen hast?«

Rosie schaute in ihren Schoß.

»Ich wüsste nicht mal, wo ich anfangen soll.«

»Fang dort an, wo dein Herz ist. Und indem du deiner Mum und deinem Dad erklärst, dass sie sich ihre altmodischen Vorstellungen in den Arsch schieben können.«

»Mmm. Wie ein Zäpfchen!«

»Genau! Wie ein Zäpfchen, nehme ich an. Auf geht's, Mädchen!«, rief Amanda und boxte dabei mit rote-Bete-fleckigen Händen in die Luft.

Lächelnd verstummten die beiden jungen Frauen. Rosie schälte gedankenverloren eine Kartoffel, während sie über die ungeahnten Möglichkeiten nachsann, die sie auf den goldenen, wogenden Hügeln von Highgrove erwarteten.

»Aha, du hast sie endlich an die Arbeit bekommen«, sagte James Dean, als er mit einer Kiste voll grünem Salat in die Küche spaziert kam. »Dann bleibt mir das erspart!«

»Du ahnst nicht, was Rosie von Sam gekriegt hat«, sagte Amanda.

»Den Tripper?«, fragte er. Rosie warf ihm einen strafenden Blick zu. »Entschuldige, ist mir so rausgerutscht. Das war nicht komisch.«

»Nein. Schon okay. Eigentlich ist es durchaus komisch«, sagte Rosie, »wenn man es richtig bedenkt...«

»Also, was hast du von Mr C-C geerbt?«, fragte er. Amanda antwortete an Rosies Stelle.

»Drei Zuchtkelpies mit Stammbaum und zwei registrierte australische Treiberpferde! Die noch dazu mehrere Preise gewonnen haben. Und sie wird bei sich zu Hause lernen, mit ihnen zu arbeiten. Stell dir nur vor, was für Abenteuer sie erleben wird!«

Rosie hatte Highgrove nie als »ihr Zuhause« empfunden. Es

gehörte ihrem Vater und den bleichen Gesichtern der toten Vorfahren, die in ihren Goldrahmen im Flur hingen. Rosie hatte immer genau gewusst, dass Highgrove eines Tages Julians Zuhause wäre. Es war *sein* Recht, über die Weiden und Hänge zu reiten... nicht ihres. Aber, erkannte Rosie, das könnte sich ändern. Niemand konnte sie daran hindern, die Station gemeinsam mit Julian zu betreiben. Nur sie selbst.

»Wahrscheinlich könnte ich mit Sams Tieren *wirklich* Abenteuer erleben. Wir besitzen draußen im Busch noch jede Menge Weideland. Es gibt dort auch eine Hütte hoch über dem Fluss. Julian und die Treiber übernachten dort, wenn sie im Weidegebiet zu tun haben, aber ich war noch nie dort. *Ich war noch nie dort!* Ist das zu glauben? Man kommt nur mit dem Pferd hin, ich könnte auf den Weiden für Dad arbeiten und dieses Jahr für die Auslese rausreiten... ich könnte auf Sams Pferd reiten und einen Hund mitnehmen!«

»Aber natürlich!«, bekräftigte Amanda.

»Sicher kannst du das, Darling«, sagte auch James Dean.

»Ich schätze, mir ist endlich aufgegangen, wonach ich mich immer gesehnt habe, ohne dass ich es gewusst hätte.«

»Ganz genau. Also reite da raus, und probier dein Glück!«, sprach ihr James Dean Mut zu und zielte dabei mit einem Kopfsalat auf ihre Brust.

»Aber ich kann es mir immer noch nicht vorstellen.«

»Dann streng dich an.«

»Mhm. Ich weiß nicht.«

»Sie braucht mehr als bloß Blundstone-Stiefel, damit sie überzeugt ist«, stellte James Dean fest. Er überlegte. »Ich weiß! Sie braucht einen Pick-up. Wenn sie erst einen Pick-up hat, wird sich ihr Leben von Grund auf ändern.«

»Einen Pick-up?«, wiederholte Rosie.

»Genau. Einen Pick-up. Es geht nicht, dass du Hunde und Pferde hast und sie in einem Volvo herumfährst. Dieses Mädchen braucht verflucht noch mal einen Pick-up.«

»Bist du sicher?«

»Ja... in den berühmten Worten des Pickup-Man persönlich ist ein Pick-up ohne Hunde wie ein Schlafsack ohne ein Mädchen – irgendwie einsam. Und genauso geht es Hunden, die keinen Pick-up haben!«

Dann schnalzte er mit den Fingern und zeigte auf Rosie.

»Ah ja! Schon habe ich den perfekten Deal für dich!«

»Was hast du jetzt wieder vor?« Amanda sah ihn mit schmalen Augen an.

»Neville!«, sagte er zu ihr. Amanda ließ sich das schweigend durch den Kopf gehen. Dann grinste sie.

»Genau! Neville«, sagte sie, und beide rannten hinaus in die Bar.

Neville saß zusammengesunken an der Theke, schaute den Sportsender und stupste mit den vergilbten Stummelfingern seine schmauchende Selbstgedrehte in den Aschenbecher.

»Hast du Glück mit den Viechern?«, fragte James Dean und nickte dabei zu den Greyhounds auf dem Bildschirm hin.

»Nee«, krächzte Neville.

»Auch egal. Vielleicht beim nächsten Rennen.« James Dean schlug ihm auf den Rücken. »Sag mal, Sonnenschein, erinnerst du dich an Rosie?«

»Die vermaledeite Jukebox-Königin«, Neville blinzelte sie aus verhangenen Augen an.

»Genau, das Girl mit den *Boots 'N' All*. Also, inzwischen hat sie ihre Boots, und sie hat auch ein paar Hunde dazu, aber ihr fehlt immer noch ein Pick-up.«

»Wirklich?«, fragte Rosie.

»Ja«, bestätigte Amanda. »Du träumst davon, einen Pick-up zu haben.«

»Wirklich?«

Im nächsten Moment bekam Rosie von Neville zu hören, wie ihm die Gicht in seinem Bein das Leben zur Hölle machte.

»Kann nicht mehr schalten. Das ist mein Kuppelbein, schau her!« Er tippte an sein linkes Bein und bewegte es langsam vor und zurück, indem er es vom Barhocker baumeln ließ. »Die Gicht bringt mich noch ins Grab.«

»Mit einer Automatikschaltung würde der gute alte Nev ein bisschen weiter in der Welt rumkommen«, sagte James Dean lächelnd.

»Und ein Pick-up würde bedeuten, dass Rosie Jones und ihre Hunde ein bisschen weiter rumkommen würden«, sagte Amanda.

»Ihr wollt, dass ich Mums alten Volvo gegen Nevilles alten Pick-up tausche?« Entsetzt, was ihre Mutter dazu sagen würde, sah Rosie der Reihe nach alle an.

Im nächsten Moment fand sie sich neben Neville an der Bar wieder. Sie übten sich in der Kunst des Schaltens. Mit weit ausholenden Armbewegungen schoben sie den imaginären Schaltknüppel auf und ab.

»Er hat eine Dreigang-Lenkradschaltung. In den Ersten nach oben«, pfiff Neville.

»In den Ersten nach oben«, wiederholte Rosie.

»In den Zweiten nach unten. In den Dritten nach hinten und oben.«

Konzentriert ahmte sie seine Bewegungen nach.

»Und der Rückwärtsgang?«, fragte Neville.

Rosie zeigte ihm den Schaltvorgang für den Rückwärtsgang, und er schlug ihr feixend und lachend auf den Rücken.

»Du hast es kapiert, Mädchen. Was ist mit deinem Auto? Wie komm ich mit dem rum?«

»D steht für fahren. Und hör gar nicht hin, wenn er anfängt zu piepsen, weil du den Gurt nicht angelegt hast. Das ist alles«, sagte sie. Dann lachte sie schallend los. Rosie Jones besaß jetzt einen Ford Pick-up, mit dem sie ihre Hunde herumfahren konnte!

»Das ist alles!«, sagte sie wieder. Nachdem sie für Neville ein Bier und für sich eine Limonade bestellt hatte, wandte sie sich ihm zu und fragte: »Hey, du weißt nicht zufällig was über die alten Zeiten und darüber, wie es war, damals Viehtreiber zu sein... so um 1850?«

»Ich bin vielleicht ein alter Knacker«, lallte Neville, »aber *so* alt bin ich auch wieder nicht!«

»So habe ich es nicht gemeint. Ich versuche nur, mehr über diesen irischen Viehtreiber rauszufinden. Einen Burschen namens Jack Gleeson.«

Neville setzte sein Bier ab und lächelte.

Als Rosie den Pub verließ, fühlte sie sich deutlich besser. James und Amanda hatten Wunder gewirkt. Diesmal nicht durch ihr Bier, sondern mit einer guten Tasse Tee und einem gemütlichen Plausch. Rosie blinzelte in die Sonne und lächelte. Sie würde ihre Träume wahr machen... nachdem ihr James Dean und Amanda vor Augen geführt hatten, wovon sie eigentlich träumte.

Statt in den Pick-up ihres Vaters zu steigen, den sie auf der Hauptstraße geparkt hatte, ging Rosie um den Pub herum auf den Kiesparkplatz. Der alte Volvo ihrer Mutter stand immer noch genau dort, wo sie ihn am Vortag abgestellt hatte. Der Wagen parkte schräg zu einem Stapel leerer Bierfässer und sah aus, als würde er schmollen, weil er die Nacht über allein gelassen worden war. Sie tätschelte das kantige Heck. »Tut mir Leid, dass ich dich gestern stehen lassen habe, aber ich muss dir sagen – Adieu, Good Bye und auf Nimmerwiedersehen.«

In ihrer Handfläche tanzte ein Schlüsselbund. Auf dem angehängten bronzenen Namensschild stand der Name »Neville« eingraviert. Schlendernd hielt sie auf einen klobigen alten XF Ford

Falcon zu. Sie fuhr mit den Fingern über die verbeulte Flanke des Pick-ups und schloss die Tür auf. Dann rutschte sie auf die karmesinrote Vinylbank und atmete, stolz hinter dem Steuer thronend, den Duft des Wagens ein. Die Sonne hatte das Vinyl aufgeheizt, und sie meinte zu riechen, dass dem Pick-up immer noch das Aroma der siebziger Jahre anhaftete, jenes psychedelischen Jahrzehnts, in dem der Wagen gebaut worden war. Sie schob den Schlüssel in die abgenutzte Zündung und drehte ihn auf Start. Dass der Wagen im Gegensatz zu ihrem Volvo nicht altklug piepte, weil sie sich nicht angeschnallt hatte, brachte sie zum Lächeln. Sie trat die ausgeleierte Kupplung durch, zog kurz am Ganghebel und drehte dann den Schlüssel bis zum Anschlag. Der Ford erwachte grummelnd und mit einem kehligen Knurren.

»Irre«, sagte Rosie, dann fuhr sie die Hauptstraße hinunter und aus dem Ort hinaus in Richtung Highgrove.

Kapitel 8

Die Sonne stand glühend rot am Himmel, als Rosie in ihrem neuen Pick-up über den Viehrost in den Garten auf der Vorderseite des Hauses fuhr. Der Falcon kam vor dem vornehmen Haupthaus zum Stehen und furzte, als sie den Motor abstellte, eine letzte knallblaue Rauchwolke in die Luft. Ihr Hochgefühl verpuffte ebenso. Sie atmete tief durch und stieg dann aus. Als sie das Haus betrat, beschlich sie eine düstere Vorahnung.

Vor der Küchentür blieb Rosie unschlüssig stehen. Dahinter hörte sie die aufgeregt flüsternden Stimmen ihrer Eltern. Sie konnten nur mit Mühe den Zorn zügeln, der von ihren Lippen schäumte.

»Wie konntest du nur?«, hörte Rosie ihre Mutter durch die zusammengebissenen Zähne zischen. Ihr Vater antwortete mit einem halblauten Murmeln. Rosie trat einen Schritt näher und legte das Ohr an die Tür.

»Du hast *versprochen*, dass du ihr das nie sagen würdest.«

»*Du* hast damit angefangen!«

»Das habe ich aber anders in Erinnerung«, widersprach Margaret eisig.

»Es ist doch gleich, wer schuld ist. Früher oder später muss sie die Wahrheit sowieso erfahren.«

»Sie hat noch nicht einmal den schlimmen Schock mit Sam verwunden!«

Rosie hielt es nicht länger aus. Sie zog die Tür auf und sah ihre Eltern an der Spüle stehen, ihre Mutter in einer geradezu lächerlichen Schürze mit Blumenmuster, ihr Vater mit der Brille auf der Nasenspitze. Beide Gesichter waren knallrot vor Zorn.

»Was für eine Wahrheit?«, fragte Rosie.

Sie erstarrten und sahen sie erschreckt an. Margaret löste ihre Schürze und zog sie über den Kopf. Gerald schob seine Brille nach oben.

»Ich habe versucht, mich damit abzufinden«, sagte er kopfschüttelnd und ging dabei zur Tür. »Aber das geht schon zu lange so. Es tut mir Leid, Rose.« Er warf Rosie einen Blick zu, aus dem sie nicht schlau wurde. »Von nun an musst du dich an deine Mutter wenden. Ich habe mit der Sache nichts mehr zu schaffen.«

»Schleich dich nicht wieder aus der Affäre!«, schrie Margaret ihm hinterher. »Komm zurück, und steh dazu!«

»Wozu soll ich stehen, Margaret?«, fragte Gerald von der Tür aus. »Es ist nicht an mir, ihr alles zu erzählen. *Du* hast das zu verantworten. Es war dein Fehltritt. Du musst die Konsequenzen tragen.«

Margaret begann zu zittern. »Bitte, bitte! Du musst mir helfen, ihr das zu erklären! Es geht nicht nur um mich, es geht um uns alle!«

Tränen rollten über ihre Wangen, und sie umklammerte das Geschirrtuch in ihren Händen so fest, dass ihre Knöchel weiß hervorstanden.

»Ich habe deinetwegen mein Leben lang genug auf Eis gelegt. Es reicht, Margaret. Hast du mich verstanden? Es reicht!«

Völlig verwirrt sah Rosie ihren Vater weggehen. Sie wandte sich wieder an ihre Mutter.

»Mum? Was ist denn los, verdammt noch mal?« Margaret schüttelte nur den Kopf und weinte noch hemmungsloser.

»Mum?« Angst lag in Rosies Stimme. In diesem Moment kam Julian in die Küche spaziert.

»Nettes Outfit«, meinte er mit Blick auf Rosies Teddybären-Shirt und die Trainingshose, die sie mit ihren Blundstone-Stiefeln gepaart hatte. Aber die gutmütige Ironie in seiner Stimme war wie weggeblasen, als er seine Mutter sah.

»Ist alles okay, Mum?«

Margaret konnte nur hilflos den Kopf schütteln.

»Mum hat mir etwas zu sagen, Julian«, erklärte ihm Rosie, »und sie wird es mir *jetzt* sagen!« Ein Beben hatte sich in ihre Stimme geschlichen, trotzdem machte sie einen Schritt auf ihre Mutter zu, nahm sie bei den Schultern und sah ihr in die Augen.

»Es tut mir so Leid«, schluchzte Margaret. »Es tut mir so schrecklich Leid. Es war ein Fehler. Es war nur ein dummer Fehler. Ich wollte das nicht.«

»Herr Gott noch mal, Mum, sag es endlich!«

»Gerald ist nicht dein richtiger Vater«, platzte es aus Margaret heraus.

Rosie blinzelte. In ihrem Geist blitzte ein Regalfach voller verstaubter Bücher im Arbeitszimmer auf. Sie enthielten die Zuchtaufzeichnungen der Highgrove Station. Ihr Großvater hatte einst die Bücher vor ihr ausgelegt, und sie hatte mit ihren kleinen Fingern die Abstammungslinien der Stiere und Hammel nachgefahren. Dann hatte er das Ritual mit einem alten Familienstammbuch wiederholt. So hatte sie den Stammbaum ihrer Familie von den Wurzeln in Schottland bis zu jenem Punkt nachvollzogen, an dem ihr eigener Name stand. Rosemary Margaret Highgrove-Jones... Tochter von Gerald und Margaret.

Plötzlich fühlte sie sich wie eine Schiffbrüchige auf hoher See. Das Tau, das sie bis jetzt mit einem stolzen, mächtigen Schiff verbunden hatte, war gekappt, und sie wurde abgetrieben. Mutterseelenallein. Sie schluckte ihre Übelkeit hinunter. Inmitten des Chaos in ihrem Kopf fühlte Rosie eine mächtige Frage aus den Wogen auftauchen. Wer dann? Wer ist dann mein Vater? Sie war wie gelähmt. Sie konnte sich nicht mehr rühren, sie spürte nicht einmal Julians Hand auf ihrer Schulter. Sie sah nur noch die rot geränderten Augen ihrer Mutter, aus denen Tränen über Tränen strömten. Rosie sah ihre Mutter an und schluckte mühsam.

»Und wer *ist* mein Vater?«

»Das weiß ich nicht«, schluchzte Margaret.

»*Das weißt du nicht?*« Rosie glaubte sich verhört zu haben.

Margaret schüttelte den Kopf und kniff mit aller Macht die Augen zu. »Es hatte nichts zu bedeuten! Gar nichts! Es war nur ein Unfall. Ich kann nicht darüber sprechen, Rosemary. Das wird mir zu viel.«

»Aber Mum!«

»Es tut mir Leid! Das wird mir zu viel! Erst muss ich Gerald finden!«

Margaret floh aus dem Zimmer. Wie versteinert sah Rosie Julian an. Sie las Mitleid und gleichzeitig tiefe Angst in seinem Gesicht. Er breitete die Arme aus, um sie zu trösten, aber sie stieß ihn zurück.

»Nein!«, sagte sie. »Lass mich in Ruhe!« Sie hielt es keine Sekunde länger in diesem Haus aus.

Rosies Schädel pochte, als sie das schwere Eichentor an den Ställen zuzog und Atem schöpfte. Die Felle der Tiere glänzten unter der Stallbeleuchtung. Die Hunde schnüffelten an ihren Hosenbeinen, als sie sich zwischen ihnen niederließ.

»Hallo«, sagte sie mit Tränen in den Augen, während sie mit den Fingern über die schlanken Rücken strich. »Erst mache ich eure Box sauber, dann bringe ich euch was zu essen. Und morgen früh machen wir einen Ausflug.«

Die Hunde stellten die Ohren auf und blickten schwanzwedelnd zur Stalltür.

»Jetzt nicht«, vertröstete Rosie sie mit belegter Stimme. »Ihr müsst noch warten.« Beim Wort »Warten« hörten die Ruten wie auf Kommando auf zu wedeln.

Die Gefühle drohten sie zu überwältigen. Sam hatte seine Hunde exzellent ausgebildet. Sie wünschte, er wäre jetzt bei ihr und würde ihr sagen, was sie tun sollte. Dann spürte sie einen schmerzlichen Stich, weil ihr klar wurde, dass ihn das Geständnis ihrer Mutter schwer getroffen hätte. Sie schluckte ihre Tränen hinunter und kämpfte gegen ihre Angst an. Sie musste stark bleiben.

Um sich abzulenken, konzentrierte sie sich auf Sams Tiere. Sie brauchten sie. Sie spürte, wie ihr Herz schneller schlug. Um die Pferde zu füttern, würde sie zu ihnen in die Boxen müssen, vor dieser Vorstellung graute ihr. Das waren nicht die zotteligen Ponys, mit denen sie im Pony-Club gespielt hatte. Ihr Blick wanderte zu den großen Pferden in ihren Boxen hinüber. Wenn nur jemand da gewesen wäre, um ihr zu helfen, aber ihr Vater hatte erst diesen Monat den letzten Stallarbeiter entlassen. Und zwar nachdem ihre Mutter verkündet hatte, dass der Stallbursche keine fremden Frauen aus der Stadt auf ihre Station mitbringen dürfe.

Puh, dachte Rosie jetzt, ihre Mutter hatte gut reden. Rosie musste daran denken, wie der Stallarbeiter Margaret angesehen hatte, die sich kerzengerade, hoheitsvoll und stolz vor ihm aufgebaut hatte. Sie sah von Kopf bis Fuß nach einer Großgrundbesitzerin aus und gab ihr Bestes, ihn spüren zu lassen, dass er nur ein einfacher Tagelöhner war. Aber dieser Kerl hatte schon öfter mit Frauen wie ihr zu tun gehabt und ihr genüsslich erklärt, dass es sie einen feuchten Dreck anging, was er in seiner Freizeit mit fremden Frauen anstellte. Dann hatte er mit einem gehässigen Grinsen gesagt: »Wenn Sie mich fragen, sind Sie nur eifersüchtig, Mrs H-J. Bringt es Ihr Alter nicht mehr, oder was?«

Danach hatte Gerald kaum noch eine Wahl gehabt, und so hatte ein weiterer Arbeiter seine Sachen zusammengepackt und war zum letzten Mal von der Highgrove Station weggefahren.

Rosie trat an die Futterschütten am Ende des Stalls. Sie hob die schweren Klappen an, schaute in jede hinein und rätselte, welches Getreide wohl in welcher Schütte lag und welche Spreu wohin gehörte.

»Bring es einfach hinter dich, Rosie«, ermahnte sie sich ärgerlich und ließ gleich darauf mit einem Aufschrei die Klappe fallen, weil eine Maus über ihren Handrücken gehuscht war. Rosie atmete tief durch, um sich zu beruhigen, und beugte sich mit eiserner Entschlossenheit in die Schütten. Sobald die Pferde hörten, dass Getreide in die Futtereimer geschaufelt wurde, begannen sie, aufgeregt zu wiehern.

»Ich komme schon! Ich komme schon!«

Sie schleifte die Eimer zu den Boxen und trat zuerst in Oakwoods. Er drehte den Kopf, um an dem Plastikeimer zu schnüffeln, und warf dann den Kopf auf und ab, als wollte er sagen: »Beeil dich!« Rose gab ihm sein Fressen und streichelte anschließend seinen langen, geschmeidigen Hals. Ihr Puls normalisierte sich spürbar, während sie ihm zuschaute, wie er zufrieden seine Spreu kaute. Vor Oakwood brauchte sie keine Angst zu haben, erkannte sie. Er war ein sanftmütiges Tier und geriet nur vor einem Rennen in Wallung, aber das tat jedes Pferd.

In der nächsten Box streichelte Rosie die goldene Fuchsstute beim Fressen. Sie fuhr mit den Händen sanft über den angeschwollenen Bauch, weil sie zu spüren hoffte, wie sich das Fohlen darin regte. Die Stute ignorierte sie und kaute stoisch weiter, bis Rosie über eine Stelle oberhalb des Schweifes strich. In diesem Moment lehnte sich die Stute in ihre Hand, woraufhin Rosie sie fester zu kraulen begann. Ihr fiel wieder ein, wie gern es Julians Pony Trixie gehabt hatte, wenn man ihr das Gesicht kratzte. Rosie schrubbte eine Weile den Rumpf der Stute und versuchte, sich gleichzeitig ihren Namen ins Gedächtnis zu rufen. Sam hatte ihr beim Tennis von seiner neuen Zuchtstute aus dem

Hunter Valley erzählt. Wie hieß sie noch? Rosie versuchte, das Bild von Sams sexy Mund heraufzubeschwören und ihn den Namen aussprechen zu lassen. Sally? Nein. Sassy? Ja, genau. Jetzt war sie sicher.

»Sassy«, wiederholte sie laut und brach im nächsten Moment in Tränen aus. Lange blieb sie so stehen, die Arme um den Hals der Stute geschlungen, während vor ihrem inneren Auge Szenen vorbeiflogen, die sie mit Gerald erlebt hatte. Wie er sie angeschrien hatte. Sie ignoriert hatte. Sie verächtlich angesehen hatte. Plötzlich bekam alles einen Sinn.

Rosie ging nach draußen und schaute über den Hof auf das Haupthaus. Am einen Ende konnte sie Licht sehen. Bestimmt saß Gerald im Wohnzimmer, las Zeitung oder döste vor dem Fernseher. So als wäre überhaupt nichts passiert. Ihre Mutter hatte mit Sicherheit ihre Tränen hinuntergeschluckt und scheuerte wütend eine Vase oder einen Edelstahltopf aus, um ihrem Zorn Luft zu machen. Julian war bestimmt in seinem Zimmer, hatte die Kopfhörer auf und las ein Buch oder hörte *Radio National*. Rosies Blick wanderte hoch zum Obergeschoss. In ihrem Zimmer brannte Licht. Aber niemand saß im Fenster und schaute in den Hof hinunter. Das Fensterbrett war leer, das Mädchen war nicht mehr da.

Erschöpft legte sich Rosie in der Arbeiterunterkunft auf eine alte, gestreifte Matratze. Die Nacht war warm, aber sie zog dennoch die Beine an die Brust und umschlang sie mit den Armen. Sie schaute sich um. Der Schlafraum war ein angenehmer Ort, auch wenn er verstaubt und leer geräumt war. Er roch leicht nach Moschus, er roch nach Männern. Richtigen Männern, die in Staub und Schmutz schufteten. Männern, die schwitzten und Hammelfleisch aßen und sich den Mund mit dem Ärmel abwischten, die aus Emailbechern tranken und den Zucker und die Teeblätter am Boden kreiseln ließen.

Rosie hatte die Viehtreiber immer gebannt und fasziniert beobachtet und sie um ihre Freiheit beneidet. Wie gern hätte auch sie den ganzen Tag im Freien gearbeitet, bis sie verschwitzt, verschmiert und todmüde war. Und zum Ausgleich hätte sie dann ein großes, herzhaftes Mahl verschlungen, das sie mit Bier hinunterspülte. Nach langen Stunden des Zäuneflickens, Viehtreibens oder anderer Hilfsarbeiten hätte sie die übersäuerten Muskeln geduscht, glücklich, dass der Tag geschafft war. So wollte sie leben. Schon immer wollte sie eine von ihnen sein.

Vor der Tür der Unterkunft hörte sie ein Pferd schnauben und scharren. Dann klopfte jemand an die Tür.

»Rose?« Julian streckte den Kopf ins Zimmer.

Sie rollte sich zu einem Ball zusammen.

»Geh weg!«

»Ist alles in Ordnung?«

Rosie antwortete nicht. Julian kam herein und setzte sich auf die Bettkante. »Dad hat mich gebeten, rüberzukommen und nach dir zu sehen. Um sicherzugehen, dass du okay bist.«

Zorn kochte in ihr hoch. Er war nicht *ihr* Dad. Warum war ihre Mutter nicht gekommen? Als hätte Julian ihre Gedanken gelesen, fuhr er fort:

»Mum hat ein paar Tabletten genommen. Damit sie schlafen kann. Du weißt, wie sie sich immer aufregt.«

Rosie presste das Kissen auf ihren Kopf.

»Komm schon, Rosie«, bettelte Julian sie an. »Komm wieder ins Haus. Bitte?« Er zog an ihrem Arm, aber sie wand sich aus seinem Griff.

»Nein! Auf keinen Fall gehe ich da wieder rein!«

»Hör zu, ich weiß nicht, ob es dir hilft, aber ich bin genauso geschockt. Ich möchte auch nicht mit den beiden in einem Haus sein.«

»Aber du bist Dads goldener Junge. Jetzt erst recht.« Rosie setzte sich auf.

»Ach, Rosie, wenn du wüsstest.« Plötzlich klang Julian todmüde. »Wie oft ich ihm am liebsten eins über den Schädel gezogen hätte und wie oft ich Mum gern erklärt hätte, was sie sich alles wohin schieben kann. Ich weiß wirklich nicht, warum ich diese Scheiße so lange mitgemacht habe. Und jetzt, nach dieser frohen Kunde, dass Mum einen Fehltritt hatte und du... also, das ist total seltsam.« Er verstummte und sagte nach einer Weile leise: »Es tut mir Leid, dass sie dir so wehgetan haben.«

Rosie begann wieder zu weinen, und Julian zog sie an seine Brust. Er hielt sie fest, während Rosie allmählich begriff, welche Konsequenzen die Eröffnung ihrer Mutter hatte.

Nach einer Weile wischte sie sich die Augen trocken und sah zu Julian auf.

»Hilfst du mir, von hier wegzugehen?«, fragte sie.

»Aber sicher. Wohin denn? Auch egal. Du brauchst es nur zu sagen.«

»Auf die Farm. Hierher. Ich möchte von jetzt an hier wohnen.«

»Na dann komm.« Julian zog sie vom Bett hoch. Sie schlichen ins Haus, behutsam über alle knarrenden Dielen hinwegsteigend. Gemeinsam stopften sie Rosies Habseligkeiten in einen Rucksack, sammelten Handtücher und Bettzeug zusammen und schlichen, zusätzlich beladen mit Duncans Bücherkiste, die Treppe wieder hinunter.

Während der alte Wasserkessel in der Ecke der Unterkunft klapperte, spülte Julian die angeschlagenen Emailbecher aus. Rosie schüttelte die Kissen auf und stellte den Wecker auf den Nachttisch.

»Bitte sehr«, sagte Julian und reichte ihr einen Becher mit gezuckertem Tee. »Ich habe noch einen Schuss Rum reingegeben, den ich aus Mums Schnapsschrank abgezweigt habe. Sie wird ihn nicht vermissen.«

»Danke«, sagte Rosie, nahm die Tasse und setzte sich damit an den Küchentisch.

»Geht es wieder?«, fragte Julian.

»Sicher, es wird schon gehen. Und was ist mit dir?«

»Mir geht es gut. Je länger ich darüber nachdenke, desto klarer wird mir... du weißt schon... warum sie immer so verkniffen sind. Ich dachte immer, das wäre eben so, wenn man verheiratet ist. Aber zwischen den beiden liegt schon seit langem manches im Argen.«

»Gehst du wieder rein?«, fragte Rosie. »Oder willst du hier unten auf einem Schlafsack oder so schlafen?«

Julian schüttelte den Kopf.

»Ich kann damit umgehen. Ich habe eigene Pläne. Du wirst schon sehen.«

Rosie lächelte. »Dann sehen wir uns morgen bei der Arbeit.«

»Hundertprozentig«, bestätigte Julian. »Du könntest mit Oakwood rausreiten und nach der Herde sehen. Das wäre mir eine echte Hilfe.« Dann lächelte er sie liebevoll an und verschwand in der Nacht.

Die Vorstellung, auf Oakwood zu reiten, machte Rosie Angst. Sie vergrub sie tief in ihrem Inneren, gleich neben dem Entsetzen über die Entdeckung, dass Gerald nicht ihr leiblicher Vater war. Stattdessen fasste sie in Duncans Geschichtsbücherkiste.

Rosie setzte sich an den alten Küchentisch in der Arbeiterunterkunft mit den eingeschnitzten Namen von Arbeitern aus längst vergangener Zeit, um zu lesen. Sie versuchte nach Kräften, sich in der Geschichte zu verlieren, die in diesen Seiten enthalten war. Im Moment war es wesentlich besser, das Leben anderer Menschen auszuforschen, als sich mit ihrem eigenen zu beschäftigen.

Alberts Stallungen, Codrington, 1861

Jack Gleeson sprach leise auf Bailey ein, während die Bürste im ersten Morgenlicht über ihr Fell strich. Er ließ sie am Sattel und an der Decke schnuppern, ehe er beides auf ihren Rücken legte. Als er den Sattelgurt anzog und die Steigbügel herunterließ, dachte er voller Wehmut an Albert. Wo über Jahre hinweg die Schnalle eingerastet war, war das Loch schon ausgeleiert und geweitet. Jack zog das Zaumzeug über den Kopf der Stute und stieg dann leicht in den Sattel. Es war ein eigenartiges Gefühl, so als würde er in die ausgetragenen Schuhe eines anderen steigen, aber Jack wusste, dass sich Alberts Sattel im Lauf der Zeit wie ein Handschuh an seinen Körper anschmiegen würde.

Bailey blieb geduldig stehen, als er abstieg, um sein Kochgeschirr am Sattel festzuschnüren. Dann kamen die Beutel mit Zucker, Tee und Mehl. Seine kräftigen Finger kämpften mit den kleineren Schnallen der Satteltaschen, in denen seine Habseligkeiten verstaut waren. Den Mantel machte er vorn am Sattel fest, Alberts alte Bettrolle kam nach hinten. Das Fohlen stand dicht bei der Mutter und spitzte neugierig die Ohren. Der kleine Hengst reckte die schwarze Nase vor, schnupperte am Sattel und begann dann, an dem Mehlbeutel zu nagen und zu zupfen.

»Nimm deine Nase da raus, du freches Ding«, sagte Jack und streckte langsam die Hand aus. Das Fohlen schnaubte, blieb aber still stehen, während Jack es am Widerrist kraulte. »Wenn du meinen Proviant futterst, bekommst du Ärger.«

Jack schob behutsam das Halfter über den Kopf des Fohlens und erklärte ihm: »Du wirst schon bald deinen Teil tragen.« Das Fohlen senkte den Kopf und versuchte, das Halfter abzuschütteln, es würde sich schon bald daran gewöhnt haben, von der Stute aus geführt zu werden.

Jack dachte an die langen Stunden, die vor ihm lagen. Er hätte lang genug Zeit, einen Namen für das Fohlen zu finden.

Er führte Bailey aus dem Stall, gefolgt von dem Fohlen. Dann lenkte er das Pferd von der Meeresbrise weg, die von der grauen See hereinwehte, und ritt gemächlich die Straße in Richtung Norden entlang. Er drehte sich nicht mehr um.

Kapitel 9

Das Rascheln und Schnauben der Pferde, die unruhig in ihren Boxen standen, weckte Rosie schon bei Tagesanbruch. Sie streckte sich und stand auf, sofort aufbruchbereit und mit ihren Gedanken nur bei den Tieren, ohne Zeit mit Waschen oder Umziehen zu vergeuden. Auf keinen Fall wollte sie ihrer Mutter oder der Wahrheit ins Auge sehen. Von Julian war nichts zu sehen. Er hatte offenbar verschlafen, schloss Rosie.

In seiner Box blieb Oakwood starr und steif stehen wie ein königliches Gardepferd, während sie sich hochreckte und ihm mühsam das Zaumzeug über die Ohren zog. Geduldig wartete er ab, bis sie den Sattel auf seinen Rücken gehievt hatte. So weit, so gut, dachte Rosie und zog den Gurt um ein weiteres Loch an. Aber sobald er draußen im Freien war, wirkte er wie verwandelt. Er tänzelte und warf jedes Mal, wenn Rosie am Gebiss ruckte, den Kopf zurück.

»Bleib stehen!«, rief sie frustriert, aber Oakwood drehte sich weiter im Kreis. Vor Anstrengung stand ein leichter Schweißfilm auf ihrer Stirn. Sie blieb kurz stehen, atmete langsam und tief durch und versuchte, zur Ruhe zu kommen. Dann fasste sie die Zügel fester.

»Steh!«, befahl sie energisch. Diesmal kam Oakwood zur Ruhe. Sie kletterte in den Sattel und merkte zu ihrer Erleichterung, dass sich Oakwood unter ihr entspannte. Sein schlanker Hals schien sich endlos vor ihr zu erstrecken, und seine Ohren zuckten vor und zurück, während er sich im Hof umsah. Sie fühlte sich wie in schwindelnder Höhe. Sassy, die inzwischen in einem Pferch hinter dem Stall weidete, trottete ängstlich wiehernd am Zaun auf und ab. Rosie spürte, wie Oakwood unter ihr erbebte, als er ihr aus vollem Hals antwortete.

»Ach, krieg dich wieder ein!«, sagte sie. »*So* schlimm ist es nicht!«

Ehe sie Oakwood gesattelt hatte, hatte sie die Hunde aus dem Stall gelassen, die jetzt überall im Hof herumschnüffelten. Der größte, der schwarz-braune Diesel, hob in aller Seelenruhe das Bein an Margarets Topfpflanzen, und die rauchfarbene Hündin Dixie setzte gerade mitten im Hof einen Haufen.

Rosie schaute ihnen zu und spürte so etwas wie Schadenfreude. Der Groll gegen ihre Mutter wallte von neuem auf. Die ganzen Jahre hatte sie sich von Margaret herumschubsen und herumkommandieren lassen müssen, dieser scheinbar perfekten Dame – dabei war alles nur Fassade. Ihre Mutter hatte sie belogen! Tja, von jetzt an würde sie ihre Träume ausleben, sollte ihre Mutter doch denken, was sie wollte. Rosie nutzte ihre Gefühle dazu, ihre Nerven zu stählen, bevor sie Oakwood lostraben ließ, durch den Torbogen hindurch, am Scherstall vorbei und dann an den Pferchen entlang.

Sie war erst eine halbe Stunde geritten, als die Hunde die Schafe witterten. Rosie sah sie im Wind schnuppern und dann leicht geduckt voranlaufen, elastisch trabend. In der Ferne konnte sie die Schafe erkennen, die im Morgenlicht am Weiher tranken. Die Hunde gingen tiefer und stellten die Ohren auf. Vorsichtig schlichen sie näher.

»Nein«, sagte Rosie. »Kommt, Hunde!«

Aber sie reagierten nicht. Gibbo, der jüngste Hund, zitterte vor Aufregung. Als sie näher kamen, hob eines der trinkenden Schafe den Kopf und machte einen Satz zurück, wodurch es den Rest der Herde aufschreckte. Die Schafe begannen, unruhig vor den Hunden zurückzuweichen. Gibbo schoss los wie ein Windhund und hetzte in vollem Lauf auf die Schafe zu. Diesel umkreiste die Herde in einem weiten Bogen, während Dixie, die mit den Welpen in ihrem Bauch nicht so schnell laufen konnte, auf die andere Seite der Herde trottete.

»Nein! Hunde! Kommt her! Diesel! Gibbo! Gibbo! Dixie! Kommt her! Verdammte Scheiße!«

Die Hunde reagierten nicht. In jugendlichem Überschwang trennte Gibbo ein paar Schafe von der Herde ab und jagte sie herum, wobei er nach ihren Gesichtern schnappte. Währenddessen gaben Diesel und Dixie ihr Bestes, die Herde zusammenzutreiben. Sie umkreisten die Schafe und lenkten sie auf Rosie zu, wobei sie dem Weiher immer näher kamen.

»Hört auf!«, schrie Rosie.

Aber die Hunde wollten nicht aufhören. Bald lagen die ersten Schafe im Wasser und strampelten mit den Beinen in der Luft wie auf dem Rücken liegende Käfer. Instinktiv setzte Rosie Oakwood mit einem energischen Stoß in die Flanke in Marsch, aber er war kein Kinderpony, weshalb ihn der Druck ihrer Stiefel direkt angaloppieren ließ. So hielten sie auf den Weiher zu, Rosie saß gefährlich schief im Sattel, während sie gleichzeitig auf die Hunde einschrie.

»Folgt mir!«, kreischte sie. Sie erkannte ihre Stimme kaum wieder. Ihr Herz begann zu rasen, als Oakwood auf das erhöhte Weiherufer zu und darüber hinweg galoppierte. Als unübertroffenes Treiberpferd, das er war, kam er nur Zentimeter vor dem Wasser zum Stehen. Rosie spürte, wie die Luft an ihr vorbeirauschte, als sie über seinen Hals flog. Die Zügel fest in der Hand, schien sie wie in Zeitlupe tiefer und tiefer zu fallen. Dann spritzte um sie herum kaltes Wasser auf, und ihr Hinterteil prallte mit einem schmerzhaften Schlag, der ihr die Luft aus den Lungen trieb, auf dem schlammigen Grund des Weihers auf. Weil die Hunde immer noch alles daransetzten, die Herde zu ihr zu bringen, sah sie sich bald von aufgeregt mähenden Schafen umringt. Nach Luft schnappend ließ sie die Zügel los und griff stattdessen nach einem auf dem schlammigen Wasser treibenden Stock, den sie wütend in Richtung der Hunde schwenkte.

»Sitz! Sitz! *Sitz!*« Die Hunde hörten ihren Zorn und setzten sich tatsächlich. Die Schafe am Rand des Weihers kamen langsam zur Ruhe. Rosie stand schwer keuchend da, und ihre Brüste hoben und senkten sich unter ihrem klatschnassen Teddybären-T-Shirt. Die Trainingshose hing, schlammbraun und mit Schafsdung verschmiert, schwer unter ihrem Hintern. Oakwood war bis zu den Knien ins Wasser gewatet und stampfte jetzt mit den Hufen auf die Wasseroberfläche. Vor Anstrengung grunzend drehte Rosie ein paar durchnässte Schafe auf die Beine, damit sie wieder auf trockenen Boden trotten konnten. Als Gibbo die Bewegungen der wasserschweren Schafe sah, raste er erneut in die Herde hinein, aber diesmal rannte Rosie, den Stock drohend erhoben, ihm entgegen.

»Sitz, du verflixter Taugenichts! *Sitz!*«

Gibbo wich ein paar Schritte zurück, sah nervös zu ihr auf und senkte widerstrebend den Hintern auf den Boden, allerdings ohne seinen gebannten Blick von den Schafen zu wenden.

Bis Rosie Oakwood aus dem Wasser geholt und die Hunde von den Schafen weggelockt hatte, war sie völlig erschöpft. Ein scharfer Schmerz pulsierte in ihrer rechten Hinterbacke, mit der sie wahrscheinlich auf einem spitzen Stein gelandet war. Sie setzte sich ans Wasser und betrachtete ihre schlammverklebten Hände. Dann erkannte sie entsetzt, dass Sams Verlobungsring verschwunden war. Hastig watete sie ins Wasser zurück, wo sie im Schlick und Schlamm herumtastete und auf das Strahlen von Gold und Saphiren hoffte. Ihre Kehle war wie zugeschnürt.

»O nein! O Sam!«

Schließlich gab Rosie die Suche nach dem Ring auf und richtete sich mitten im Wasser auf. Die Arme weit ausgebreitet, ließ sie ein langes, frustriertes Heulen zum Himmel aufsteigen, bei dem die Hunde die Ohren anlegten und unsicher den Blick abwandten. Dann ließ sie sich rückwärts ins Wasser fallen, als sollte sie getauft werden.

Rosie sank in das faulig stinkende Wasser im Weiher und wünschte sich, sie würde ertrinken. Sie hielt den Atem an, schloss die Augen und lauschte dem Pochen ihres Herzens. Erst als ihre Lungen zu platzen drohten, tauchte sie wieder auf und sah die drei Hunde ängstlich am Ufer sitzen und nach ihr Ausschau halten. Sie heulten und bellten, als wollten sie Rosie anbetteln, aus dem Wasser zu kommen.

»Okay, okay«, rief sie. Ich hab' schon kapiert.«

Sie watete ans Ufer, ging in die Hocke und schloss alle drei Hunde fest in die Arme.

Kapitel 10

Wieder daheim bei den Stallungen griff Rosie, immer noch durchnässt und verschlammt nach ihrer unfreiwilligen Taufe im Weiher, zu einer Schaufel und öffnete sämtliche Tore zu den leicht erhöhten Hundezwingern. Die Bodenbretter waren mit Hundehaufen übersät, die von der Sonne weiß gebrannt worden waren. In einem der Zwinger sprang Julians zerzauster Collie auf und ab und bellte aus vollem Hals Sams Hunde an, die höhnisch vor ihm herumtrotteten. Rosie schabte mit der Schaufelklinge über das Gitter und versuchte, den Gestank zu ignorieren. Dann wickelte sie einen Schlauch ab und spritzte das Gitter sauber. Die Hunde blieben in ihrer Nähe, beschnupperten alles, setzten Haufen oder hoben ihre Beine in den Schafspferchen, bis Rosie sie herbeirief. Dann befahl sie den Hunden, nacheinander raufzuspringen, so wie sie es bei Sam beobachtet hatte, wenn er die Hunde wegschloss. Diesel und Dixie gehorchten, aber Gibbo ließ sich Zeit. Rosie ging in die Hocke und streckte ihm die Hand hin.

»Komm her, Gibbo.« Er senkte den Kopf und kam angetrottet. »Nur keine Eile«, sagte sie und kraulte ihn hinter den Ohren. Sie hob ihn in den Zwinger, schloss das Tor und wandte sich dann dem Stall zu. Im selben Augenblick wurde ihr eng ums Herz. Irgendwann müsste sie ins Haus gehen. Früher oder später musste sie ihren Eltern gegenübertreten ... oder genauer gesagt ihrer Mutter und dem Mann, der nicht mehr ihr Vater war. Mein Gott, dachte sie, wie sollte sie ihn in Zukunft nennen? Sie schloss die Augen und kämpfte ein weiteres Mal gegen die Tränen an.

In der Küche fuhrwerkte Margaret geräuschvoll mit ihren Töpfen und Schüsseln herum. Normalerweise bereitete sie ihre wöchentlichen »Essen-auf-Rädern«-Rationen für die Alten im Distrikt mit militärischer Präzision zu. Aber heute hatte sie hastig ein paar halb fertig gebratene Scheiben Lammbraten und einen Schlag halb rohes Gemüse auf die Teller gehäuft und alles notdürftig mit Alufolie abgedeckt. Rosie fiel auf, wie wacklig ihre Mutter die Mahlzeiten in den Weidenkorb stapelte. Als Margaret aufblickte und ihre schlamm- und dungbedeckte Tochter in den gleichen Kleidern wie gestern sah, brach sie in Tränen aus. Mit zitternden Händen kramte sie in ihrer Handtasche herum und zog die Autoschlüssel hervor.

»Ich fahre in die Stadt«, verkündete sie trotzig.

Rosie schüttelte seufzend den Kopf. Der Zorn auf ihre Mutter wurde von Mitleid gedämpft. Plötzlich kam *sie* sich vor wie die Erwachsene.

»Nicht so. Auf keinen Fall.«

Margaret drehte Rosie den Rücken zu und stützte sich auf die Bank.

»Ich muss das Essen rechtzeitig ausliefern«, sagte sie mit zittriger Stimme.

»Wann hörst du endlich auf, so zu tun, als sei nichts passiert?«, schrie Rosie sie an. »Wir müssen über diese Sache *reden*!«

Aber gerade als Rosie ihrem Zorn freien Lauf lassen wollte, bemerkte sie das kleine Pillendöschen neben der Spüle und die Whiskyflasche daneben. O Gott, dachte sie, sie könnte im Moment sowieso kein vernünftiges Gespräch mit ihrer Mutter führen. Sie seufzte und hörte sich im nächsten Moment sagen: »Ich fahre dich, Mum. Lass mir nur eine Minute Zeit zum Duschen.«

In ihrer Stimme lag eine Schärfe und Bitterkeit, die Margaret nie zuvor gehört hatte.

Margaret starrte eisern ins Leere, während sie in Richtung Casterton fuhren. Rosie musste sich zwingen, nicht laut zu werden.

»Also, wie ist es passiert?«

Ihre Mutter schaute weiter auf die Straße.

»Es ist schon so lange her«, war ihre Antwort.

»Ja, Mum. Genau dreiundzwanzig Jahre«, bestätigte Rosie sarkastisch.

»Du darfst nicht wütend auf mich sein, Rose. Dein Vater ist schon so wütend auf mich. Ich könnte es nicht ertragen, wenn du auch noch wütend wärst.«

»*Mein* Vater. Mum, Gerald ist *nicht* mein Vater – nicht mehr, dir zufolge!«

Margaret zuckte zusammen und rutschte, in dem fahrenden Wagen gefangen, auf ihrem Sitz herum.

»Bitte. Bitte sei nicht wütend auf mich.«

»Aber ich habe doch wohl das Recht zu erfahren, wer mein wahrer Vater ist, oder?«, rief Rosie und schlug auf das Lenkrad ein.

»Ich weiß, dass das ein Schock ist«, sagte Margaret. »Aber dies ist nicht der richtige Zeitpunkt. Im Augenblick zählt nur, dass die Familie zusammenbleibt. Dass dein Vater glücklich bleibt. Ich weiß, dass du Bescheid wissen musst.« Sie legte die Hand auf Rosies Knie, ihre erste tröstliche Geste. »Wir *werden* darüber sprechen, Ehrenwort. Aber nicht jetzt. Ich kann das im Augenblick einfach nicht. Das musst du verstehen.«

Rosie betrachtete den Schlamm, der unter ihren Fingernägeln trocknete, und wünschte sich in den Stall zu den Hunden und Pferden zurück. Sie legte eine Kassette der *Corrs* ein und drehte die Lautstärke auf, womit sie anzeigte, dass das Thema abgeschlossen war – wenigstens vorerst. Sie starrte auf die Landschaft, die an ihnen vorbeiflog. Die Blätter der hohen Bäume an der Straße hingen, halb im Staub erstickt, schlaff an ihren Zweigen. Die Gräser am Straßenrand winkten dem vorbeirasenden Auto nach. Sie wollte nicht mehr über ihr eigenes Leben nachdenken.

Sie wollte in Jack Gleesons Welt entfliehen. Ob er wohl auf dieser Straße entlanggezogen war?, rätselte Rosie. Ob Jack Gleeson an genau diesem uralten Baum vorbeigekommen war, dem mit dem knorrigen toten Ast, der sich durch die lebende Blätterkrone bohrte? Sie versuchte sich auszumalen, wie Jack die Straße nach Casterton entlanggeritten war.

Cobb & Co Kutschdienst nach Glenelg, um 1865

An einem frühen Freitagnachmittag Ende Februar holte Jack auf dem holprigen Fahrweg nahe dem Wannon River eine Kutsche ein, die nur langsam vorankam. Er ritt neben dem Gefährt her und sah behandschuhte Finger, die ihm zuwinkten. Eine junge Frauenstimme rief: »Versichern Sie uns, dass Sie *kein* Strauchdieb sind, Sir, denn sonst, so fürchte ich, könnten wir alle in Ohnmacht fallen!« Es folgte lautes Gekicher und gleich darauf die strenge, scheltende Stimme der Anstandsdame.

»Und woher weiß ich, dass nicht *Sie* mich meiner Sinne berauben werden, junge Dame?«, rief Jack den weiblichen Passagieren zu, die hinter den schweren, in den Kutschenfenstern schaukelnden Vorhängen verborgen blieben. Er ritt an der Kutsche vorbei, bis er auf einer Höhe mit dem Kutscher war. Der junge Hengst zerrte vorsichtig an der Führungsleine, weil er vor der quietschenden, rumpelnden Kutsche scheute. Jack bewunderte die muskulösen Rücken des fuchsfarbenen Vierergespanns, das die Kutsche über den schwierigen Untergrund zog.

»Ich wünsche Ihnen einen guten Tag, Sir«, sagte der Kutscher, der steif wie ein Gewehrlauf auf dem Kutschbock saß. Er hielt die Zügel stramm, und Jack fiel auf, dass sein frisch frisierter Bart exakt die Oberkante des gestärkten Kragens berührte. Der Mann war nicht viel älter als Jack, aber seine lange englische Nase und der elegante

Aufzug ließen ihn reifer wirken. Neben ihm saß ein Knabe von etwa sechzehn Jahren, der Jack argwöhnisch beobachtete. Der Junge war nicht in der Stimmung, über Strauchdiebe zu scherzen. Für ihn waren Strauchdiebe etwas Reales, das ihn bei seinem Gewerbe täglich aufs Neue in Angst versetzte. Die Hand hatte er an seiner Seite unter eine grobwollene Reisedecke geschoben, und Jack vermutete, dass er die Finger um eine Pistole geschlossen hatte.

»Euch auch einen guten Tag, meine Herren. Ich bin Jack Gleeson«, sagte er und tippte dabei an seinen Viehtreiberhut. »Ich bin auf dem Weg zur Station der Crossings, weil ich Arbeit suche.«

»Aha! Noch ein junger Mann, der von aufregenden Abenteuern träumt und nach Westen zieht! Sie werden gewiss Arbeit finden, Mr Gleeson... und Abenteuer dazu.« Der Kutscher lächelte ihn an und nahm gleichzeitig den schneidigen jungen Mann auf seinem stolzen Pferd in Augenschein.

»Ich bin Thomas Cawker. Ich würde Ihre Hand schütteln, aber ich wage die Zügel nicht aus der Hand zu geben, denn ich habe wertvolle Fracht geladen.« Er zwinkerte.

»Das habe ich im Vorbeireiten festgestellt«, bestätigte Jack lächelnd.

»Eine Gruppe von Damen auf dem Weg zu den dreitägigen Festivitäten während der Rennen in Casterton. Es sind die Töchter und Nichten eines edlen Herrn aus Geelong, der vorausgeritten ist und uns dort erwartet.«

»Es hört sich so an, als hätte ich meine Ankunft auf einen günstigen Zeitpunkt gelegt«, sagte Jack.

»Reiten Sie Rennen, Mr Gleeson?«

»Nun, das würde ich gern. Der alte Viehtreiber, dem diese Stute früher gehört hat, sagte, sie hätte mehr als einmal gewonnen, und ihr kleiner Hengst wurde von einem exzellenten Vollblüter gezeugt.«

»Ja, man sieht, dass sein Blut von hoher Qualität ist – was man von Ihrem Hund nicht behaupten kann!«

Jack schaute auf den alten Hund, der ihm mit hängendem Kopf und hängender Zunge folgte und dessen Lider so weit nach unten gesackt waren, dass rund um die trüben Augäpfel das rosa Fleisch zu sehen war.

»Ach ja, der Hund. Faulpelz heißt er. Er wurde mir von einer alten Witwe geschenkt, für die ich unterwegs gearbeitet habe.«

»So wie es aussieht, war sie nicht allzu zufrieden mit Ihrer Arbeit«, lachte Cawker.

Jack warf einen skeptischen Blick auf den schwarzen Hund mit der ergrauenden Schnauze und den arthritischen Beinen. Er hatte ihn aus Höflichkeit mitgenommen, aber auch, weil er wusste, dass er mindestens einen Arbeitshund brauchte, wenn er auf einer der großen Stationen im Westen Arbeit finden wollte.

»Den größten Teil des Weges musste ich ihn tragen! Er sieht nicht so aus, als wäre er versessen darauf, das Leben eines Treiberhundes zu führen.« Jack lachte leise vor sich hin und schüttelte dann den Kopf. »Allmählich wird es mir zur Gewohnheit, die Tiere der Toten aufzunehmen! Eines Tages werde ich mir den allerbesten Hund auswählen... keinen alten Streuner wie ihn! Nachdem er schon Faulpelz heißt, kann ich mich wohl glücklich schätzen, wenn ich ihn überhaupt zum Arbeiten bringe.«

»Und wie haben Sie Ihr Fohlen getauft? Der Name Quality würde ihm gewiss gut anstehen.«

Das Fohlen hatte sich mittlerweile an das Fuhrwerk gewöhnt und ließ sich nun problemlos von der Stute aus führen. Der fedrige Fohlenschwanz wurde allmählich voller, und in den Hinterbacken hatten sich über die Wochen schlanke, sehnige Muskeln gebildet.

»Ich habe ihn Cooley genannt, nach einer Geschichte, die meine Tante mir zu erzählen pflegte. Der Rinderraub von Cooley. Aber ein englischer Edelmann wie Sie kennt die Legende wahrscheinlich nicht.«

»Das kann ich wahrlich nicht behaupten«, sagte Cawker.

Jack hatte auf seinen Reisen festgestellt, dass viele, denen er begegnete, auf seine irische Abstammung herabsahen. Dieser Engländer schien ihn hingegen zu akzeptieren. Seine Tage als Kutscher mussten ihn gelehrt haben, auf den ersten Blick die Absichten eines Mitreisenden zu durchschauen. Auch Jack achtete darauf, in wessen Gesellschaft er reiste. Am liebsten blieb er für sich oder unter seinesgleichen. Manche seiner irischen Landsleute hatten ihm versichert, er sei von Sinnen, die zivilisierte Gegend um Koroit zu verlassen, um sich in das wilde Landesinnere vorzuwagen. Sie hatten ihn nachdrücklich vor den Städten gewarnt, in denen sich die Männer auf der Straße Faustkämpfe lieferten und sich betranken, bis sie in den Straßenstaub kippten. Es war eine Gegend, in die es nur wenige anständige Frauen aus eigenem Antrieb verschlug, erklärten ihm die Reisenden oft und nahmen dabei den gut aussehenden jungen Mann in Augenschein. Dann folgten wieder und wieder die Geschichten – von Männern, die mit Schweinen kopulierten, und von gottesfürchtigen Kirchenmännern, die ihr Bett mit jungen Knaben teilten; von Angriffen der Wilden und grauenvollen Metzeleien abseits der Lagerfeuer; von ganzen Bäumen voller Leichen der Schwarzen; vom Gestank der Kadaver im heißen Unterholz und von Fliegenschwärmen, dicht wie Schlamm, deren Flügelsurren lauter war als der Nordwind. Aber Jack hatte all ihre Geschichten in den Wind geschlagen. Er ließ sich nicht beirren. Er war auf dem Weg nach Westen, um die riesigen Schaf- und Rinderweiden zu finden, von denen er träumte.

In manchen Nächten winkte er klopfenden Herzens vorbeikommenden Aborigines zu, ihm an seinem Lagerfeuer Gesellschaft zu leisten, und teilte mit ihnen sein Mahl. Zu teilen war immer noch besser, als sich aufspießen zu lassen, war seine Überzeugung. Im Lauf der Zeit begann Jack, den Geruch des Kängurufelles zu mögen, wenn es über gelben Flammen versengte und die Haut blubbernd und spuckend aufplatzte. Die Eingeborenen rissen das frisch gebratene Fleisch mit Zähnen so strahlend und weiß wie Sterne vom

Knochen. Aber morgens erlosch jedes Mal das Lächeln der Männer und wich einem tiefen Argwohn in ihren ernsten Augen. Sie waren Krieger. Dann sammelten sie ihre Sachen ein und marschierten schweigend eine Weile neben Jack her, als wollten sie ihn beschützen. Irgendwann verschwanden sie dann jedes Mal im Unterholz und waren verschwunden.

Jack wandte sich erneut an Cawker.

»Wie weit fahren Sie noch, ehe Sie Ihre kostbare Fracht abliefern, Mr Cawker?«

»So wie der Weg beschaffen ist, benötigen wir noch drei Stunden – gewiss kommen wir vor Einbruch der Dunkelheit an, sodass unser junger Ted hier die Laternen nicht anzünden muss. Aber Sie, Sir, werden auf ihrem hübschen Ross lang vor uns ankommen.«

»Können Sie mir eine Unterkunft für mich und meine Pferde empfehlen?«

»Da gäbe es natürlich das Glenelg Inn, aber das kann ein ungemütliches Fleckchen sein – vor allem während der Renntage. Falls Sie Ihre Dienste anbieten wollen, können Ihre Tiere und Sie in meinem neuen Etablissement Unterkunft finden, den *Livery and Letting Stables*. Ich biete erstklassige Zimmer und aufmerksame Stallknechte. Es wäre mir eine Ehre, eine so exzellente Stute mit ihrem Fohlen zu beherbergen.«

»Und mir wäre es eine Ehre, meine Dienste als Stallknecht anzubieten«, antwortete Jack lächelnd. »Wenigstens bis ich Arbeit auf einer Station finde.«

»Nun denn, Mr Gleeson, damit wären wir handelseinig. Wir erwarten Sie dort heute Abend.«

Jack tippte erneut an seine Hutkrempe und ritt voraus, gefolgt von Faulpelz, der Bailey widerwillig nachtrottete. Die Stute hingegen wirkte wie erfrischt, so als wüsste sie, dass am Ende des Weges eine Box mit frischem Sägemehl in Mr Cawkers Stall und ein Futterbeutel voller Hafer auf sie wartete.

Kapitel 11

Rosie und Margaret stoppten vor Mr Seymours halb verfallener Hütte an der Hauptstraße von Casterton. Rosie trug einen Teller mit Essen zur Haustür und folgte ihrer Mutter hinein. Drinnen umfing sie Dunkelheit, und ein dumpfer Geruch legte sich über ihre Haut. Im Wohnzimmer stank es stechend nach Katzenurin.

Die feuchten Wände waren bis zur niedrigen Decke mit einer freudlosen Tapete beklebt. Rosies Augen überflogen eine Kollektion von gerahmten Schwarz-Weiß-Fotos aus einem anderen Zeitalter. Größtenteils zeigten sie elegante, langbeinige Rennpferde, deren Jockeys neben der Rennbahn ihre Trophäen in die Luft hielten. In der Ecke saß, so unordentlich und schmuddlig wie das ganze Zimmer, ein alter Mann zusammengesunken in einem modrigen Lehnsessel. Aus dem Sessel spross an unzähligen Stellen das Rosshaar, so als würde dem Möbel, genau wie dem Mann darin, ein struppiger Backenbart wachsen.

»Mr Seymour? Das ist meine Tochter Rosemary«, brüllte Margaret den verschrumpelten Alten an. Die verkrümmte, knochige Kralle auf den Gehstock gestützt, beugte er sich vor und sah Rosie aus zusammengekniffenen Augen an.

»Hübsch«, war alles, was er sagte.

»Hier ist Ihr Lammbraten«, brüllte Margaret, wobei sie Rosie den Teller abnahm, die Folie abzog und das Essen auf ein Tablett stellte. Sie legte Messer und Gabel links und rechts neben den Teller und platzierte das Tablett dann auf Mr Seymours Schoß.

»Nettes Füllen«, sagte er mit Blick auf Rosie. »Willst du mal zum Rennen gehen?« Dann schlug er sich so fest auf den Schenkel, dass das Tablett um ein Haar von seinem Schoß kippte.

»Iss endlich auf, dummer alter Bock«, murmelte Margaret, während sie das Tablett wieder in die Waagerechte brachte und das Fleisch in kleine Bissen zu schneiden begann. Er plapperte immer weiter, den Blick fest auf Rosie geheftet.

»Gute Tage, die Renntage. Feine Füllen am Renntag... sehr gute Beine. Verflucht gute Beine.«

»Ein Exjockey und Viehtreiber«, flüsterte Margaret ihrer Tochter zu. »Sein Vater war auch schon Jockey. Eine schreckliche Familie. Ganz schrecklich. Der hier ist stocktaub und dumm wie Brot.«

Sie verdrehte die Augen und beugte sich vor, um den Alten anzubrüllen: »Bis nächste Woche, Mr Seymour. Morgen bringt Ihnen Mrs Chillcott-Clark das Essen. Sie kann auch das Katzenklo sauber machen. Außerdem ist morgen Waschtag, legen Sie also Ihre schmutzigen Sachen bereit.« Dann richtete sie sich zu voller Größe auf und sah angeekelt auf ihn herab.

»Du brauchst ihn nicht wie einen Idioten zu behandeln. Er ist bloß alt«, flüsterte Rosie. Margaret warf ihr einen verletzten Blick zu und klackerte durch den Flur aus dem Haus.

Vorsichtig näherte sich Rosie Mr Seymour.

»Mr Seymour? Äh... Verzeihung, aber Sie kennen sich offenbar mit Pferden aus. Woher weiß man, wann eine Stute ihr Fohlen bekommt?«

»Füllen. Ein feines Füllen«, lallte er, und prompt rann ein Klecks Soße an seinem Kinn herab. Rosie legte die Hand auf den Arm des alten Mannes und wiederholte ihre Frage. Er drehte den Kopf und sah sie an. Sein Blick war so direkt, dass sie zurückzuckte.

»Deine Stute ist trächtig?«

»Ja, sie ist trächtig.«

»Ah ja!«, sagte er, als wäre erst jetzt der Groschen gefallen. »Erst hört sie auf zu fressen. Dann kriegt ihr Euter Flecken. Weiße Flecken. Und sie tritt. Gegen ihren Bauch. Und ihren Schlitz. Kriegt eine schön lockere Pflaume. Eine schön lockere Pflaume und weiche Hinterbacken. Ganz schlaff, nicht straff wie deine. Dann wird ihr Zitzenwachs klar. Erst gelb, dann klar. Und sie frisst wie der Teufel. Hast du gehört, Mädel? Sie kriegt ein hübsches Fohlen, diese Stute. Mit guten Beinen und einem strammen Rücken.«

»Danke. Jetzt weiß ich, worauf ich achten muss«, sagte Rosie.

»Sie hat einen ordentlichen Schlag einstecken müssen, deine Mum da«, brabbelte er weiter. »Einen ordentlichen Schlag. Kann ich riechen. Aber du machst das schon.« Der Alte lachte, und Rosie konnte das halb zerkaute Essen in seinem Mund sehen.

Sie wich langsam zurück. »Noch mal vielen Dank, Mr Seymour. Bis dann. Wiedersehen.«

Während sie durch den gewundenen Flur eilte, fragte sie sich, ob Seymour wohl etwas über Jack Gleeson wusste. Vielleicht sollte sie noch einmal umkehren und ihn fragen? Sie hatte den Flur zur Hälfte durchquert, als sie erschrocken aufschrie und einen Satz zurück machte. Sie war eben auf etwas geprallt, was sie für einen Schatten gehalten hatte, den die Mäntel am Garderobeständer warfen. Stattdessen war es ein Mann, kein Schatten, der sich als Silhouette vor dem grellen Licht der offenen Tür abzeichnete. Rosie presste den Rücken an die Wand und ließ ihn mit gesenktem Blick vorbei.

»Entschuldigung. Sie haben mich erschreckt. Entschuldigung. Verzeihung«, sagte sie. Sie bekam eine Gänsehaut, als er an ihr vorbeiging. Sie schaute auf und blickte in die unglaublich blauen Augen eines phantastisch aussehenden jungen Mannes. Schüchtern holte sie Luft und stürmte dann aus dem Haus.

Ihre Mutter wartete schon ungeduldig auf dem Beifahrersitz des Pajeros.

»Was hast du so lange bei diesem grässlichen Greis getrieben?« Sie sah, wie blass ihre Tochter plötzlich war. »Was ist denn? Du siehst aus, als hättest du einen Geist gesehen.«

Rosie schüttelte den Kopf und ließ den Motor an. »Wohin jetzt?«

»Wir müssen nur noch zwei Essen abliefern. Dann erwartet uns Susannah Moorecroft zu einem späten Lunch.«

Rosie sah ihre Mutter mit offenem Mund an.

»Das ist nicht dein Ernst.«

»Also, Rosie«, meinte ihre Mutter mahnend, »das ist schon ausgemacht, seit –«

»Nein! Auf keinen Fall, Mum! Du kannst dir deine Freundinnen wohin schieben. Mir *reicht* es. Ich setze dich dort ab, und du kannst sehen, wie du nach Hause kommst!«

Später, nachdem sie ihre fassungslose Mutter in der Einfahrt der Moorecrofts abgesetzt hatte, fuhr Rosie in die Stadt zurück, um in dem Museum am Rangierbahnhof auf die Jagd zu gehen. Lange betrachtete sie die alten Flaschen und historischen Überbleibsel, die dort still und stumm hinter Glas standen.

Dann fuhr sie den großen Hügel hinauf, der sich über Casterton erhob. Sie stieg aus, setzte sich ins lange, gelbe Gras und ließ ihr Gesicht von dem warmen Wind streicheln, während ihr Blick über den Fluss und die Hauptstraße schweifte. Zwischendurch betrachtete sie immer wieder die Fotokopie eines alten Fotos der Stadt, das sie in ihren Händen hielt. Hatte es damals, als Jack Gleeson in die Stadt geritten kam, so ausgesehen?

Casterton, The Crossing Place

Baileys Ohren zuckten nach vorn, als Jack sie auf der Kuppe des großen Hügels anhielt, von dem man auf Casterton hinabsah. Er schaute hinunter auf die Brücke, die das träge dahinfließende Wasser des Glenelg River überspannte. Die Brücke war von eindrucksvollen Eukalyptusbäumen flankiert, die ein olivgrünes Spiegelbild auf den Fluss warfen. Nahe der Brücke konnte er die gemauerte Front des Glenelg Inn erkennen. Es stand an der Ecke einer breiten, staubigen Straße, die vom Fluss weg einen Hügel hinauf führte und von vereinzelt stehenden Gebäuden gesäumt war. Trotz der Februarhitze stieg Rauch aus den Kaminen der Häuser, in denen die Frauen das Wasser zum Waschen erhitzten oder das Abendessen kochten.

Jack ritt den gewundenen Weg hinunter, und Cooley tanzte und schnaubte auf der Brücke, als er seine eigenen hohl klingenden Hufschläge hörte. An einer schattigen Uferstelle setzte eine Frau gerade einen Topf auf das schmauchende Lagerfeuer vor einem Zelt und richtete sich dann auf, um ihren Rücken durchzustrecken. Ihr Blick kam auf Jack zu liegen. Er tippte an seine Hutkrempe.

Jack ritt die Hauptstraße entlang und befahl Faulpelz dabei mit einem kurzen Pfiff, näher bei den Pferden zu bleiben. Er kam an einer Schmiede, einem Postamt, mehreren Hütten und Korbflechtereien vorbei. Am oberen Ende der Stadt wendete Jack vor dem Haus des Doktors, nachdem er die unangezündete rote Laterne am Fenster bemerkt hatte. Anschließend ritt er die Straße wieder zurück und stieg, froh endlich aus dem Sattel zu kommen, vor dem Mietstall ab. Er führte Bailey in den schummrigen Eingang des geschäftigen Stalles voller Knechte und Pferde. Die gespannt auf das Rennen wartende Stadt brummte wie ein Hornissennest. Jack hatte das Gefühl, dass in dieser Stadt sein Leben als Viehtreiber erst richtig beginnen würde.

Am nächsten Morgen trank Jack im Schatten der Uferbäume bei der Rennbahn von Casterton eine Tasse Tee. Die Ladys standen in ihren besten weißen Kleidern, hochgeschlossenen Spitzenkragen und mit Seidenbändern und Schleifen geschmückten Strohhüten unter einer riesigen Leinwand, die als Sonnenschutz diente. Kinder im Sonntagsstaat rannten herum und riefen einander mit schrillen

Stimmen. Unter die Ladys hatten sich vereinzelt ein paar Gentlemen gemischt. Von ihren Westen baumelten silberne Uhrketten, und die kniehohen Reitstiefel waren auf Hochglanz gewichst.

»Jack.« Thomas Cawker stand ein wenig abseits und winkte ihn zu sich.

»Kommen Sie, ich möchte Sie jemandem vorstellen.« Thomas machte eine Kopfbewegung zu einem kleinen Mann mit teigiger Haut und tief liegenden, dunklen Augen hin. Er stand blasiert neben seiner noch kleineren Frau, die in trübes Marineblau gekleidet war.

»George Robertson«, flüsterte Thomas. »Er und seine Frau sind kinderlos und haben ihr Leben auf Warrock ganz und gar ihrer imposanten Station verschrieben. Man hört, er würde seine Leute anständig behandeln und sie ermuntern, regelmäßig Gottesdienste abzuhalten, wenn auch nicht in Ihrem Glauben, wie ich annehme, Jack. Sollen wir uns an ihn wenden und ihn fragen, ob es dort Arbeit für Sie gibt?« Jack nickte, und sie gingen auf den kleinen Gentleman mit dem Zylinder zu.

»Dies ist George Robertson, der Besitzer der Warrock Station«, sagte Cawker. Jack streckte die Hand vor, spürte aber, dass Robertson sie nur widerwillig ergriff.

»Jack sucht Arbeit als Viehtreiber«, erklärte Cawker. »Er ist ein guter Reiter und ehrbar dazu.«

»Danke, dass Sie ihn mir vorgestellt haben, Mr Cawker, aber in diesem Jahr brauche ich niemanden mehr«, erwiderte Robertson leicht verstimmt. »Ich fürchte, Sie müssen sich an jemand anderen wenden.« Er wandte sich zum Gehen. Dann rief er, als bereute er seine Grobheit, Jack über die Schulter zu: »Ich würde Ihnen raten, es auf der Muntham Station zu versuchen.«

»Kommen Sie, Jack«, sagte Thomas und reichte einer beschürzten Dame seinen leeren Becher. »Wir werden schon noch Arbeit für Sie finden. Aber lassen Sie uns einstweilen etwas Spaß haben.«

Jack hatte noch nie so viel hochklassige Pferde auf einem Haufen gesehen. Alle waren schlank und in Form, und in allen Fellen glänzte die Sonne. Viele waren an Karren oder Bäumen angeleint und warteten darauf, für die anstehenden Rennen gesattelt zu werden. Jacks Augen kamen auf einem großen, muskulösen, fuchsfarbenen Vollblut zu liegen. Der Mann, der es sattelte, stach ebenfalls ins Auge. Sein schwarzes Haar war genau in der Mitte gescheitelt, und sein Schnur- und Backenbart rahmten ein schlankes, entschlossenes Gesicht und ernste, dunkle Augen ein. Als Thomas sich ihm näherte, erstrahlte sein Gesicht in einem Lächeln und wirkte weicher.

»Aha, Mr Cawker. Es ist mir eine Freude, Sie wiederzusehen.«

»Mr Cuthbert Featherstonhaugh!«, begrüßte ihn Thomas und schüttelte dabei kraftvoll seine Hand. »Welche unerschrockene Tapferkeit und Tollkühnheit werden Sie den Zuschauern heute vorführen?«

»Ach, Mr Cawker, ich garantiere Ihnen, dass mein Blut wieder in Wallung geraten wird, wenn ich erst gegen diesen Schurken Billy Trainor antrete!«

Jack hörte einen leichten irischen Singsang in der Stimme des Mannes, genau wie in seiner eigenen.

»Ich möchte Ihnen einen Neuling im Crossing Place vorstellen – Mr Jack Gleeson.«

Jack reichte ihm die Hand, und Cuthbert ergriff sie, ohne zu zögern.

»Lassen Sie sich nicht von seinem blumigen Namen nasführen, Jack«, sagte Thomas.

»Ay. Meine Mutter war nicht ganz richtig im Kopf, als sie mich taufen ließ«, bestätigte Cuthbert augenzwinkernd.

»Sein Name mag wie der eines butterweichen Gentleman klingen«, fuhr Thomas fort, »aber Cuthbert setzt mit seinem Pferd über jedes Hindernis, und sein Hengst hier, Robinson Crusoe, kann acht

Meilen galoppieren und siebzig Zäune überspringen, ehe er anfängt zu schwitzen.«

»Aye, er ist genauso verrückt wie sein Reiter«, lachte Cuthbert. »Werden Sie auch bei den Rennen antreten, Mr Gleeson? Die Novizenrennen stehen jedem offen, der nüchtern genug ist, um sein Pferd zu besteigen.«

»Ja, ich werde heute reiten«, bestätigte Jack. »Meine Stute ist durch den langen Ritt hierher gestählt, auch wenn sie sich möglicherweise zieren wird, wenn sie ihr Fohlen zurücklassen muss.«

»Wenn sie erst mit den anderen am Start steht, wird sie es im Nu vergessen haben! Ich wünsche Ihnen jedenfalls viel Glück«, sagte Cuthbert.

»Jack hier sucht Arbeit auf einer Station«, fuhr Thomas fort. »Ob es wohl lohnend wäre, auf Muntham nachzufragen?«

Cuthbert schüttelte den Kopf.

»Zu dieser Jahreszeit kaum. Wir haben bereits zwanzig Männer für das neue Jahr. Aber es gibt gewiss Arbeit. Ich würde es auf Mr Murrays Dunrobin Station versuchen. Er braucht immer gute Männer. Wenn Sie mich jetzt entschuldigen würden, Gentlemen, würde ich mich gern empfehlen und ausprobieren, ob ich mir bei dieser Runde über die Hindernisse nicht den Hals brechen kann.«

Jack spürte, wie ihm das Herz ein wenig schwer wurde, als er Cuthbert sein Pferd von dannen führen sah. Gestern Abend in den Ställen hatte er viel über die Muntham Station und über Cuthbert Featherstonhaughs legendäre Reitkünste gehört. Er hatte eine laute, fröhliche Gruppe von Arbeitern kennen gelernt, die auf dem Gut dienten. Sie hatten ihm erzählt, dass Muntham Station gute achtzigtausend Morgen Land umfasste und dass Jack auf seinem Weg in die Stadt schon über einige davon geritten sei. Auf den Buschweiden grasten fünfundfünfzigtausend Schafe, achttausend dicke Shorthorn- oder Durhamrinder und fünfhundert Pferde. Einige der zähen, goldwerten Pferde von Muntham nahmen an den heutigen Rennen teil. Mit Cuthbert zu arbeiten und zu reiten wäre Jacks Traum gewesen, aber allem Anschein nach sollte er nicht in Erfüllung gehen. Er runzelte die Stirn. Thomas spürte seine Enttäuschung und schlug ihm auf den Rücken.

»Kommen Sie, Jack. Wir haben drei Renntage vor uns. Lassen Sie uns die Gesellschaft der Damen genießen... eine Rarität in diesem Teil des Landes, wie Sie feststellen werden. Obwohl Sie nicht erwarten dürfen, einer davon in ernster Absicht den Hof machen zu können. Diese Mädchen sind größtenteils auf der Suche nach einem Gutsbesitzer, ob er nun ein Gentleman ist oder nicht. Einen schlichten Kutscher oder Viehtreiber würdigen sie kaum eines Blickes.«

Jacks Blick wanderte über die hübschen Mädchen, die im Schatten standen.

»Ich wünschte, sie täten es doch«, sagte er.

Am Ende der Zusammenkunft fand sich Jack in der notdürftig errichteten Bar an der Rennstrecke wieder. Cuthbert stand neben ihm auf dem schmutzigen Sägemehlbelag, hatte einen Arm um seine Schulter gelegt und reckte einen Krug Bier in die Höhe.

»Auf Jack Gleeson, den besten neuen Reiter im ganzen Distrikt!«, verkündete er und setzte den Krug an die Lippen.

Jack hatte das Fohlen in einem Pferch gelassen und Bailey für so viele Rennen wie nur möglich gesattelt. Sie hatte beim Hürden- und auch beim Hindernisrennen triumphiert. Er konnte Herz und Seele seiner Stute spüren, wenn sie die Ohren fest anlegte und den Hals nach vorn reckte, um über die Gräben hinwegzusetzen. Genau wie Jack gab sie alles bei diesen Rennen. Am letzten Tag der Rennen redete ein großer Teil der Besucher über den neuen irischen Burschen aus dem Süden.

Jack sah sich in der Bar um. Ein paar der Gäste sangen und tanzten Jigs, während ein junger Bursche den Bogen im Eiltempo über die Fiedel flitzen ließ. Andere hockten müde auf den ungehobelten Bänken, lehnten an den Zeltpfosten, eine schmauchende Pfeife in den Händen, und tauschten die wichtigsten Begebenheiten der diesjährigen Rennen aus. Viele durchlebten noch einmal im Geist, wie Cuthbert auf seinem schweißdurchtränkten, von den Sporen blutenden Pferd über das letzte Hindernis gesetzt und durchs Ziel gerast war. Immer noch klang ihnen der Aufschrei der Menge im Ohr, als Cuthbert am letzten Pfosten Billy Trainor überholte und so das Hürdenrennen gewann. Außerdem hatte er das Sweepstakerennen über drei Meilen gewonnen, und sein Pferd war wenig später schon wieder gesattelt gewesen, um das offene Hindernisrennen über zweieinhalb Meilen zu gewinnen. Jetzt stand Robinson Crusoe fest angebunden im Rennschuppen und schlief mit gesenktem Kopf. Nicht einmal der Lärm der Raufereien und das Gejohle der Betrunkenen konnten ihn aufwecken. In der Box daneben döste Bailey mit Cooley an ihrer Flanke, der erleichtert war, wieder bei seiner Mutter zu sein.

Erneut wurde Jack ein Krug in die Hand gedrückt. Er nahm ihn überglücklich entgegen. Er hatte so viel zu feiern. Nicht nur, dass er sich im Feld der Neulinge bewährt hatte, er hatte sich auch eine Stelle ergattert. Morgen sollte er zur Dunrobin Station reiten und bei Mr Murray um Arbeit nachfragen.

Kapitel 12

Rose parkte den Wagen ihrer Mutter neben den Gebäuden an der Pferderennbahn von Casterton. Ihr Blick wanderte über die leere Rennbahn und über die Hitzeschwaden, die über den fernen Baumwipfeln aufstiegen. Die Haupttribüne stand weit aufgerissen da wie ein riesiger, gähnender Mund. Der weite, verdörrte Rasen, auf dem sich noch vor kurzem die Menschen gedrängt hatten, strahlte eine gespenstische Leere aus.

»Hallo?«, rief sie, als sie den Kopf in das Büro der Rennleitung streckte. Keine Antwort. Nur das Klicken der Hitze in dem Blechdach. Dann hörte sie Hufschläge hinter sich. Sie fuhr herum, und im selben Moment stockte ihr der Atem, weil über ihr ein Mann auf einem unruhigen Pferd aufragte. So vor der grellen Sonne hätte es Sam auf Oakwood sein können. Aber als das Pferd in den Schatten tänzelte, erkannte sie, dass es Billy O'Rourke war, der ein weiteres Jungpferd für einen Kunden zuritt.

»Hallo, Rosie. Auf der Suche nach deinem Iren?«, fragte Billy.

»Allerdings.« Rosie fand es bewundernswert, wie ruhig er auf dem nervösen jungen Pferd saß.

»Geh nur rein. Da drin steht ein ganzer Aktenschrank mit alten Papieren. Du kannst gern ein bisschen darin rumkramen. Ich gehe nur schnell den Schlüssel holen. Bin sofort wieder da.«

Im Büro der Rennleitung rammte eine Fliege unermüdlich ihren Kopf gegen die Fensterscheibe, während Rosie die Fotos an der Wand betrachtete. Auf einem Foto standen feine Damen in weißen Kleidern im Schatten riesiger Eukalyptusbäume. Rosie überflog das Bild, um die Männer unter den Fotografierten zu entdecken. Es waren kaum welche unter den Ladys. Vielleicht, dachte sie, waren alle weggegangen, um sich die Pferde anzusehen. Sie schoss herum, als Billy lächelnd in den Raum trat.

»Das wird interessant«, sagte er.

Als Rosie über den Viehrost am Eingang zur Highgrove Station fuhr, kam ihr Julian entgegengefahren. Sein Collie beugte sich eifrig über die Seitenwand des Pick-ups. Sie hielt an und kurbelte das Fenster herunter. Julian blieb stehen und stieg aus.

»Wo ist Mum?«, fragte er.

Rosie zuckte mit den Achseln. »Ich hab' sie abserviert.«

»Im Ernst?«

»Nein. Reines Wunschdenken. Sie lässt sich später von irgendwem heimfahren.«

»Ach so. Na ja, ich hätte es dir nicht verdenken können.«

»Wo willst du hin?«, fragte Rosie, der die Taschen hinten auf seinem Pick-up aufgefallen waren.

»Ich gehe.«

»Hast du was in Melbourne vor?«

»Nein. Ich meine, ich *gehe*. Endgültig. Du weißt schon.«

»Was?« Rosie sprang aus dem Pajero und baute sich vor ihrem Bruder auf. »Das kannst du nicht!«

»Und wie ich das kann.«

»Aber was ist mit Mum und Dad?« Rosie schüttelte den Kopf. »Ich meine mit deinem Dad.«

»Es geht nicht um sie. Sondern um mich«, sagte Julian.

»Aber... die Station? Du –«

»Es ist nicht *meine* Station. Ich wollte sie nie haben – nicht solange mir Dad im Nacken sitzt.«

»Aber ich *brauche* dich. Was ist mit Sams Hunden und Pferden? Du musst mir mit ihnen helfen.«

»Nur darum geht es, oder?« Julians Kiefermuskeln mahlten grimmig. »Braucht jemand Hilfe? Julian muss her! Er kann es reparieren, er kann es wegschleppen, er kann es füttern, er kann es tränken, er kann es jäten, zurückschneiden, abhacken, wegkarren. Nein, Rose. Ich bin fertig hier. Ich gehe.«

»Aber –«

»Begreifst du nicht? Mein ganzes Leben lang stehe ich unter Druck. Und jetzt, wo die Wahrheit über dich ans Licht gekommen ist, hat sich der Druck verzehnfacht. Ich *will* nicht der alleinige und einzige Goldschatz sein. Leckt mich doch alle! Jetzt wird sich Dad auf dich verlassen müssen, ob es ihm gefällt oder nicht. Du bist die einzige Angehörige, der er diese Station noch überlassen kann. Ich will sie nicht, verflucht noch mal. Ich habe sie nie gewollt.«

»Aber Jules...« Rosie legte die Hand auf seinen Arm und machte einen Schritt auf ihn zu. Er sah gleichzeitig wunderschön und verletzlich aus.

»Nicht, Rose... mach es mir nicht noch schwerer.«

»Wo willst du hin?«

»Ich habe dir doch gesagt, dass ich Pläne habe. Und ich habe Freunde. Kumpel, mit denen ich auf der Schule war.«

»Aber du kannst mich nicht allein lassen!« Rosie hörte die Hysterie in ihrer Stimme. »Nicht jetzt!«

»Du brauchst mich nicht. Du schaffst das auch ohne mich. Es wird Zeit, dass ich endlich anfange, *meine* Träume wahr werden zu lassen. Scheiß doch drauf, was Dad sagt. Oder was die Leute sagen. Ich lasse mir keine Angst mehr einjagen. Rose... und du solltest das auch nicht. Dafür ist das Leben zu kurz. Das hat mir Sams Tod gezeigt.«

Julian schloss sie in die Arme, und Rosie spürte die Wärme seines muskulösen, knochigen Körpers. Sie atmete seinen Duft ein. Es war ein ungewohntes Gefühl, ihn so fest zu umarmen. In ihrer Familie gab es so gut wie keine körperlichen Kontakte.

»Ich weiß, dass du zurechtkommen wirst, Rosie. Und wir bleiben in Verbindung, versprochen. Du schaffst das schon. Vertrau mir.«

Sie nickte traurig und zog ihn zu einer letzten Umarmung an ihre Brust.

Dann war er fort. Rosie schaute den Heckleuchten seines Pickups nach, bis sie verschwunden waren.

Als Rosie den Pajero in der Garage parkte, hörte sie aus dem Scherstall das Schnurren einer Schermaschine. Im Hof liefen ein paar geschorene Lämmer herum. Wen hatte Gerald so kurzfristig zum Scheren gefunden? Die Stirn in Falten gelegt, ging sie zum Scherstall. Drinnen, am anderen Ende der langen Reihe von Schurständen, stand Gerald über ein Merino-Hammellamm gebeugt. Schweiß tropfte von seiner Stirn in die Wolle, und sein Gesicht war knallrot. Ein hinter ihm stehender Ventilator pustete die abgeschorene Wolle an die Fangwände, wo sie sich in einem Haufen ablagerte wie Schaum, den die Wellen am Strand zurücklassen. Der gesamte Schurstand, auf dem Gerald unter der Schermaschine stand, war mit köttelverklebten Flusen und verfilzter und fleckiger Bauchwolle bedeckt.

»Dad?« Rosie verzog das Gesicht. Sollte sie ihn überhaupt noch so nennen? Plötzlich wurde ihr alles zu viel, und sie schloss die Augen.

Gerald sah auf, schaltete die Maschine aber nicht aus. Stattdessen schor er die letzten Streifen ab. Anschließend ließ er das Lamm wieder auf die Hufe kommen, das sofort aus der Luke in den Pferch eilte, um sich zu der restlichen geschorenen Herde zu gesellen. Gerald richtete sich auf und wischte sich mit einem Tuch den Schweiß vom Gesicht. Plötzlich begriff Rosie, dass er auch Tränen von seinen Wangen wischte. Sie fragte sich, wie Julian ihm wohl beigebracht hatte, dass er wegging. Hatten sich die beiden gestritten? Oder hatte sich Julian in aller Stille verabschiedet? Plötzlich tat Gerald ihr Leid. Er hatte alles auf Julian gesetzt, sein Sohn hatte für ihn die Zukunft der Farm verkörpert. Und nun war er fort.

»Kann ich helfen?« Gerald antwortete nicht. Stattdessen verschwand er durch die Tür zum Pferch, warf das nächste Schaf zu Boden und schleifte es zum Schurstand. Rosie nahm sich einen Besen und begann zu fegen. Auf Geralds Gesicht zuckte Ärger auf.

»Kehr nicht alles auf einen Haufen, Weib«, fuhr er sie ungeduldig an. Er beförderte das Lamm in den Pferch zurück und nahm ihr den Besen ab.

»Schau zu. Die fleckige Wolle kommt auf einen Haufen. Die Köttel kommen auf einen anderen. Die Wolle vom Kopf und die saubere Rückenwolle kommt in die Tonne, und die Bauchwolle kommt in diese Ecke hier.« Beim Reden hob Gerald jeweils die entsprechende Wollsorte hoch. Rosie nickte ernst und konzentrierte sich ganz aufs Sortieren und Kehren. Schweigend arbeiteten sie nebeneinander her. In Rosies Kopf überschlugen sich die Gedanken. Warum war Julian weggegangen, und wie würde ihre Mutter wohl darauf reagieren? Wie musste Gerald unter der Last der Verzweiflung leiden? Aber gleichzeitig arbeitete sie unermüdlich weiter, immer schneller werdend, sodass der Arbeitsbereich bald sauber war und sie die Wolle in lockerem Rhythmus sortieren konnte. Sie bemerkte, wie Gerald sich stöhnend mit jedem Schaf abmühte. Sie hatte ihn kaum je bei einer körperlichen Arbeit gesehen und sah ihm an, wie sehr er sich anstrengen musste. Kaum dass der Pferch leer war und er sich im Aufrichten das Gesicht abwischte, baute er sich zu voller Größe auf und verschwand dann zu den Pferchen hinter dem Stall, um noch mehr Schafe zum Scheren zu holen. Während sie die letzten Köttelklumpen beiseite fegte, hörte sie, wie er vergeblich versuchte, die aufgeregten jungen Schafe in den Pferch vor dem Scherstall zu treiben. Nervös schaute Rosie nach draußen, wo sich ihr Vater lautstark fluchend abmühte.

»Verfluchte Biester!«, sagte er, als die Hammellämmer wieder knapp vor dem Gatter abdrehten. »Die Mistdinger wollen einfach nicht«, sagte er und warf dabei ein junges, verwirrtes Lamm in Richtung Tor. »Herrgott noch mal, Rosemary, geh da weg! Solange du da stehst, lassen sie sich garantiert nicht reintreiben!«

»Die lassen sich auch nicht reintreiben, wenn ich nicht hier stehe! Gib also nicht mir die Schuld!«

Gerald sah zu ihr auf.

»Warum holst du nicht einen von diesen sündteuren Hunden?«, meinte er müde. »Nachdem dein Bruder seine nutzlosen Köter mitgenommen hat, solltest du Sams Hunde einspannen.«

Als Rosie erneut zum Besen griff, fühlte sie sich schon viel aufgeräumter. Diesel war ihr gehorsam in den Schuppen nachgetrottet, und hatte, kaum dass sie »Bring!« gesagt hatte, den Zaun übersprungen und alle Schafe zu ihr getrieben. Sobald alle Lämmer zum Gatter drängten und nicht mehr hin und her rannten, hatte sie kurz gepfiffen und in die Hände geklatscht. Daraufhin war Diesel hinter die Herde gelaufen und hatte zu bellen begonnen. Wenige Augenblicke später war der Scherpferch gefüllt. Sie hatte den Hund zu sich an den Scherplatz gerufen, »Platz«, befohlen, woraufhin er sich auf den kühlen Holzboden gelegt hatte, die Pfoten dicht nebeneinander, und aus ernsten braunen Augen die Lämmer beobachtete, die eins nach dem anderen unter die Schermaschine geschleift wurden. Natürlich hatte sie gehofft, dass ihr Vater sie loben würde, aber der Anblick des vollen Scherpferchs schien ihn nur noch wütender zu machen.

Grob schleifte er ein weiteres Lamm heran und wollte schon die Maschine anwerfen, als Rosie ihn fragte: »Kannst du mir das beibringen?«

Ehe er ablehnen konnte, hatte sie sich vorgedrängt und ihn dabei mehr oder weniger beiseite geschubst. Sie packte die Vorderbeine des Lammes, das aufrecht auf dem Brett stand. Auf Geralds Gesicht trat für einen Moment ein angewiderter Ausdruck. Aber er war zu müde, um mit ihr zu streiten, und zu erleichtert, dass er wieder aufrecht stehen konnte. Also ging er nach nebenan in den Raum des Aufsehers, schaltete die Neonlampen über dem Schurstand ein und begann, Rosie zu zeigen, wie man Schafe schert. Rosie spürte, wie der warme Scherkopf in ihren Händen vibrierend zum Leben erwachte. Sie war erschrocken, wie warm das Handgerät wurde und wie eigensinnig es zu sein schien. Aber als sie Scherkamm und Scherblatt durch die Wolle zu führen begann, sah sie zu ihrem Vater auf.

»Schau, ich bin ein Naturtalent.«

Gerald sah sie säuerlich an und griff zum Besen, um die Köttel wegzufegen.

Kapitel 13

Während der nächsten Tage versuchte sich Rosie an die ungewohnte neue Gestalt ihrer Familie zu gewöhnen. Alle drei schienen sich auf Zehenspitzen zu umschleichen und vor den vielen unausgesprochenen Fragen zurückzuscheuen, die jeder mit sich herumschleppte wie einen Sack Steine. Das eiserne Visier, hinter dem Rosies Eltern ihren Schmerz verbargen, war wieder fest herabgezogen. Dass Julian erst ein einziges Mal aus der Stadt angerufen hatte, wurde praktisch nicht erwähnt. Und selbst da hatte sich Margaret vor allem nach dem Wetter in Melbourne erkundigt. Ihre Mutter und ihr Vater sprachen immer noch nicht miteinander, ihre Ehe war so brüchig wie der aufgeplatzte Boden auf den staubigen Weiden. Sie benutzten Rosie, um Nachrichten zu überbringen, oder hinterließen einander kurze, scharf formulierte Notizen auf dem Küchentisch. Abends verschwand Gerald in seinem Büro, wo er Stunden am Telefon verbrachte. Margaret genehmigte sich immer öfter einen heimlichen Schluck aus der Weinbrandflasche in der Küche und warf nachts Pillen ein, um schlafen zu können.

Rosie hatte sich in der Arbeiterunterkunft häuslich eingerichtet. Die eleganten Leinendecken ihrer Mutter wirkten befremdlich in den schmucklosen, alten Räumen, aber nachdem Rosie die Regale mit Büchern und die Schränke mit von ihrem Bruder geliehenen Arbeitssachen gefüllt hatte, begann sie sich allmählich heimisch zu fühlen. Die winzige Küche stattete sie für jene Tage, an denen sie ihren Eltern nicht gegenübertreten wollte, mit Nudelpäckchen und Dosengerichten aus. Ihr Körper hatte sich immer noch nicht richtig an die schwere Arbeit gewöhnt, und psychisch hatte sie die Schocks der letzten Monate noch längst nicht verarbeitet. Tagsüber verbrachte Rosie viel Zeit mit Sams Hunden und Pferden, und nachts tauchte sie, um den Schmerz auszublenden, in die Geschichtsbücher ein, die Duncan ihr gegeben hatte. Sie las von Faustkämpfen und von gut aussehenden Viehtreibern, die gegeneinander wetteten, wer sich trauen würde, mit dem Pferd von der Brücke in den Glenelg River zu springen. Sie las von Schafhirten, die von Eingeborenen umgebracht worden waren, und von Eingeborenen, die von Schafhirten umgebracht worden waren. Sie las von einer Siedlersfrau, die nacheinander jedes ihrer fünf kränklichen Kinder zu Grabe tragen musste, ehe sie zuletzt in einen anderen Distrikt weiterzog.

Abend für Abend wühlte sich Rosie durch ausschweifende historische Schilderungen, immer auf der Suche nach einem kleinen Hinweis auf Jack Gleeson. Sie machte sich Notizen für ihre Artikelserie, bis ihr die Augen schwer wurden und sie schläfrig nach der Nachttischlampe tastete. Dann lag Rosie wach in der Dunkelheit und malte sich, während sie den schnaubenden und kauenden Pferden nebenan lauschte, aus, wie es wohl sein mochte, in einer abgelegenen Hirtenhütte zu leben.

Dunrobin Station

Jack wickelte die Wolldecke um die Schultern und blickte mit zusammengekniffenen Augen in die Seiten des Buches. Die klein gedruckten Buchstaben wurden vom Schein der Kerzen erhellt, die hektisch flackerten, weil die Zugluft durch die Ritzen zwischen den ungeschälten Planken der Hüttenwand hereindrang.

In seinem Text hatte Charles Dickens geschrieben:

Ich kenne einen zottigen schwarz-weißen Hund, der sich einen Treiber hält. Er ist ein Hund von friedlicher Wesensart und erlaubt diesem Treiber allzu oft, sich zu betrinken. Bei solchen Anlässen pflegt der Hund draußen vor dem Public House sitzen zu bleiben, ein paar Schafe im Auge zu behalten und nachzudenken.

Jack seufzte. Er war mittlerweile seit einem Monat auf Dunrobin und wünschte sich von Herzen einen richtigen Hund. Faulpelz war das Gespött aller Männer, die auf Dunrobin arbeiteten. Statt nachts auf die Herde aufzupassen, kratzte er allabendlich an Jacks Tür und winselte darum, hereinkommen und am Feuer schlafen zu dürfen. Er schlief die ganze Nacht durch, während Jacks Schafe die schadhaften Stellen in den windschiefen Nachtpferchen fanden und über das uneingezäunte Land in der Flussebene zogen. Manche von ihnen querten gar den im Mondschein glänzenden Fluss und grasten am anderen Morgen auf dem anderen Ufer, das zur Warrock Station gehörte. An solchen Tagen schwang sich Jack schon vor Tag und Tau in den kalten, harten Sattel und ritt Bailey in einem weiten Bogen, bis er alle Streuner wieder eingesammelt und die Schafe über den Fluss zurückgetrieben hatte. Faulpelz tanzte dann, nach gut durchschlafener Nacht, vor Aufregung um ihn herum und half Jack gelegentlich, ein Schaf aus einem besonders struppigen Unterholz zu treiben. Jack wünschte sich sehnlichst einen Hund mit Abstammung. Einen Hund, dem er vertrauen konnte.

Jack klappte das Buch zu, blies die Kerze aus und bückte sich, um einen Scheit auf das knisternde Feuer zu werfen. Den Blick gedankenversunken in die Flammen gerichtet, erinnerte er sich daran, wie er den Weg nach Dunrobin hinaufgeritten war, um bei Mr Murray vorzusprechen. Kaum hatte er an die Hintertür geklopft, hatte ihm Mr Murray persönlich geöffnet, und wenig später hatten er und Jack einander unter dem schattigen Baldachin hinter dem Haus die

Hand gereicht. Damit war es abgemacht: Jack war von nun an Viehtreiber.

Anfangs war er einem älteren Mann nachgelaufen, um sich über seine Aufgaben kundig zu machen, die Station kennen zu lernen und ein Auge für die Ohrmarken und Brandzeichen der Herden zu entwickeln. Dunrobin hatte die amtliche Lizenz, dreißigtausend Schafe zu halten, aber bislang grasten lediglich neunzehntausend Tiere auf den nicht eingezäunten Weidegründen. Jack bekam eine eigene Herde anvertraut und Anweisung, sie entlang der Route Casterton-Apsley nach Norden zu treiben, wo er sie am Glenelg River grasen lassen sollte, genau an der Grenze zur Warrock Station. Ein Lastpferd, mit Essen und Ausrüstung beladen, wurde ihm gestellt. Bobby war ein flohgeplagter Grauschimmel mit wackligen Sprunggelenken und einem großen, hässlichen Haupt. Aber er war ein gutes Pferd und achtete darauf, seine Lasttaschen nicht zu zerkratzen, wenn der Weg durch dicht stehende, rauborkige Eukalyptushaine führte. So hatte sich Jack auf die Tagesreise vom Haupthaus zur Hirtenhütte gemacht.

Die Hütte stand unter einigen Roteukalyptusbäumen. Jack gefiel das Fleckchen Erde. Über ihm in den Baumwipfeln gluksten die Elstern, und nicht weit entfernt glitt in aller Ruhe der Fluss vorbei. Den ersten Nachmittag hatte er damit zugebracht, die Axt zu schwingen, um Schösslinge und größere Bäume zu fällen. Er verwendete sie, um die Behelfspferche zu flicken, in denen er die Schafe über Nacht einsperren würde, um sie vor den Attacken der Wildhunde zu schützen.

Die Tage in der Hütte waren zu Wochen geworden. Ab und zu kamen ein paar Treiber vorbei und nächtigten bei ihm. Oft erzählten ihm die Männer, dass man auf Warrock gute Hunde finden konnte. Jack war fest entschlossen, so bald wie möglich dorthin zu reiten, um sich davon zu überzeugen. Glücklicherweise waren ein paar Schafe aus den Herden von Warrock Station über den Fluss gestreunt und hatten sich seiner Herde angeschlossen, sodass er sie heimbringen und in George Robertsons Pferche befördern konnte. Bei der Gelegenheit würde er sich erkundigen, ob er dort einen guten, folgsamen und aufrichtigen Hund erwerben konnte.

Jack kletterte in seine Bettrolle am Feuer und war gerade weggedöst, als Faulpelz wieder einmal winselnd an der Tür kratzte.

»Dir auch eine gute Nacht«, sagte Jack ärgerlich, aber in seiner Stimme lag, ohne dass er es wollte, ein Lächeln. »Mach dir keine Sorgen. Wenn es stimmt, was man über die Hunde auf Warrock sagt, wirst du dich bald aufs Altenteil zurückziehen können.«

Rosie räkelte sich verschlafen unter ihrer Decke und strampelte sie dann fort. Dösend, nur in ihrer Unterhose und einem weißen Baumwollunterhemd lag sie da und streckte die braunen Glieder in der Hitze von sich. Sie wusste, dass sie verschlafen hatte, aber ihr Körper war noch erschöpft vom Tränken der Schafe und vom Klauenschneiden bei den Lämmern und weigerte sich aufzuwachen.

»Gehört das Dornröschen mit zur Unterkunft?«, hörte sie eine Männerstimme fragen. In der Stimme lag ein unüberhörbar irischer Singsang.

Rosie riss die Augen auf. In der Tür stand die hohe Silhouette eines jungen Mannes.

»Jack?« Sie rieb sich die Augen und befürchtete schon, den Verstand verloren zu haben.

»Rosemary!« Von draußen schallte die Stimme ihrer Mutter herein. »Ach du Schreck! Ich dachte, du wärst längst auf!«

Als Rosie begriff, dass die Erscheinung keine Erscheinung war, sondern ein leibhaftiger Mann, zog sie hastig die Decke an die Brust und fragte mit großen Augen: »Mum?«

Margaret drängte sich an dem Mann vorbei in den Raum.

»Das ist meine Tochter Rosemary.«

»Rosie«, korrigierte Rosie entschieden.

»Das ist unser neuer Viehtreiber. Jim Mahony.«

»Vielleicht ist das nicht der richtige Moment, uns bekannt zu machen, Mrs Highgrove-Jones. Wie wär's, wenn wir ihr erst mal Zeit lassen, sich anzuziehen?«, meinte Jim mit einem Funkeln in den Augen.

Rosie erkannte, dass es dieselben blauen Augen waren, die sie in Mr Seymours Flur gesehen hatte. Jim Mahony war kein Geist. Er war ein durchaus lebendiger Ire in Jeans und einem blauen Arbeitshemd. Die Hemdfarbe und seine braune Haut ließen seine Augen noch blauer wirken. Jedes Mal, wenn er etwas sagte, löste sich sein Gesicht in einem entspannten Lächeln auf, und seine breiten Schultern füllten den Türstock fast vollständig aus. Ohne dass sie es wollte, fiel Rosies Blick abwechselnd entweder auf die schlanken Hüften, den flachen, durch einen beschlagenen Ledergürtel abgesetzten Bauch oder auf die blitzblank polierten Stiefel.

Plötzlich flammte Zorn in ihr auf, denn ein neuer Viehtreiber bedeutete natürlich, dass sie nicht länger in der Unterkunft bleiben konnte. Ihre Mutter hatte ihr wieder mal einen Strich durch die Rechnung gemacht.

»Kommen Sie, Mr Mahony. Wir haben noch Zeit für eine Tasse Tee. Lassen wir Rosie allein, dann kann sie sich ankleiden und ihre Sachen zusammensuchen, damit Sie gleich einziehen können.«

»Nur wenn es keine Umstände macht. Ich möchte niemanden aus seinem Heim werfen.«

»Aber nein, keineswegs! Rosie gehört nicht hierher. Sie schläft hier nur, wenn es draußen zu heiß wird, nicht wahr, Liebes?«

Margaret schob Jim nach draußen und verschwand plaudernd mit ihm über den Hof. Sie setzte ihn auf einen alten Hocker im

Wintergarten. Dann ging sie in die Küche, um ihm Tee zu machen – im Becher natürlich, nicht in einer Tasse – und einen Teller mit Keksen – aus der Packung, nicht selbst gebacken – zusammenzustellen.

Rosie schlüpfte eilig in ihre Jeans. Immer noch im Unterhemd hüpfte sie barfuß über den Hof und knallte die Fliegentür vor dem Wintergarten zu.

»Verzeihung«, sagte sie mit hochrotem Kopf, bevor sie an Jim vorbei ins Haus rannte. Er schaute ihr nach, schlug die Beine übereinander und begann, in der vorletzten Ausgabe der *Weekly Times* zu blättern, während er sich im Stillen fragte, was in aller Welt mit dieser Familie los war.

In der Küche zischte Rosie ihre Mutter an: »Was sollte das?«
»Ich kann doch nichts dafür, dass du nicht angezogen bist.«
»Nein! Nicht das!«

Margaret kippte kochendes Wasser in die Teekanne – die alte aus Porzellan, nicht die feine Silberkanne. »Nun, wie soll ich meine Tochter denn sonst wieder ins Haus bekommen, wo sie hingehört? Und für Gerald ist es die positive Überraschung, die er so dringend braucht. Jetzt, wo Julian weg ist, ist es noch wichtiger, ihn glücklich zu machen.«

»O Mann, Mum!« Rosie war entnervt. »Wir kommen super zurecht – und außerdem könnte *nichts* Gerald glücklich machen. Er wurde schon miesepetrig geboren.«

»Hör zu«, mahnte Margaret, »dein Vater ist kurz davor, uns zu verlassen. Ich kann das spüren.«

»Hör auf, so paranoid zu sein«, zischte Rosie sie an. »Und außerdem ist er *nicht* mein Vater! Klar?«

Margaret schüttelte traurig den Kopf. Rosie kniff die Augen zusammen.

»Wo hast du diesen Typen überhaupt aufgelesen? Auf einer Müllkippe?«

»Sei nicht albern, Rose. Ich habe ihn kennen gelernt, als ich Mr Seymour das Essen brachte. Ihre Familien sind in Irland verwandt, und Mr Mahony besucht den Western Distrikt in der Hoffnung, auf einer Station Arbeit zu finden.«

»Ach so. Und worin ist er gut – im Kartoffelpflanzen?«

»Er hat mehr Erfahrung in der Schafzucht als du, junge Dame, darum will ich keine Widerrede mehr hören.«

Margaret kehrte Rosie den Rücken zu und ließ sie allein in der Küche stehen. Sie trug das Tablett in den Wintergarten und setzte unterwegs ein gütiges Lächeln auf. Um ihre Ehe zu retten, würde sie alles tun, auch diesen jungen Mann zum Bleiben bewegen.

Kapitel 14

Weiches Sonnenlicht kroch durch die Balkontüren im ersten Stock und erhellte langsam den Raum. Rosie setzte sich auf, das Haar zu einem Vogelnest zerzaust und immer noch grollend nach der durchwachten Nacht im eigenen Bett. Sie kam sich vor wie eine Gefangene. Die Holzdielen fühlten sich kalt unter den nackten Füßen an, als sie zum Fenster tappte und verstohlen in den Hof hinabsah. In der Unterkunft brannte Licht, aber Jim war nicht zu sehen. Die ganze Nacht durch hatte sie sich vorzustellen versucht, wie er in dem Raum schlief, der bis vor kurzem noch ihrer gewesen war. Stinkwütend auf ihre Mutter, die sie mit dieser Überrumpelung ins Haus zurück gezwungen hatte, biss sie die Zähne zusammen.

Rosie durchquerte den Raum, zog die Balkontüren auf und trat in Unterhemd und Unterhose nach draußen. Auf der anderen Talseite begann die Sonne, die abgegraste Weide zu bescheinen. Ein feiner, weißer Dunst lag über dem Buschland in der Talsenke. Rosie atmete tief ein und begann, ihren Tag zu planen. Sie würde mit Gerald zusammenarbeiten und ihm beim Klauenschneiden helfen. Sie streckte die Arme nach oben. Obwohl sie immer noch müde war, hatte sich ihr Körper noch nie so gut angefühlt. In ihren Armen ballten sich kleine, neu gebildete Muskeln, die sie voller Stolz anspannte. Zum Spaß ging sie eine Reihe von Bodybuilder-Posen durch. Sie brauchte nur noch etwas Babyöl, dachte sie. Während sie eine imaginäre Hantel hochriss, bemerkte sie aus dem Augenwinkel ein paar hundert Meter vom Haus entfernt eine Bewegung. Sie legte die Hand über die Augen und blickte vom Balkon aus über den Garten. Der neue Viehtreiber trottete auf einem kastanienbraunen jungen Pferd auf sie zu und schaute dabei zum Haus auf. Die Nüstern des jungen Hengstes waren von der Anstrengung weit gebläht, und jeder Atemzug dampfte in einer hellen Wolke. Während Jim den steilen Hügel auf das schmiedeeiserne Tor vor dem Haus heraufgeritten kam, winkte er ihr zu.

»O Gott! O Gott!«, hauchte Rosie und floh in ihr Zimmer, die Hand vor den Mund geschlagen. Jim Malony hatte sie eben dabei beobachtet, wie sie in ihrer Unterwäsche imaginäre Hanteln stemmte. Wie peinlich! Sie ließ sich bäuchlings aufs Bett fallen und stöhnte.

Im Scherstall, hinten auf dem Rost, hatte Jim die Planken und die Klauenschneidemaschine aufgebaut und schleifte jetzt noch den Kompressor hinüber. Ein roter, wenige Monate alter Welpe tappte ihm auf weichen Pfoten nach, die viel zu groß für seinen Körper zu sein schienen. Gerald war im Werkstattraum und schärfte die Klingen der Schneidemesser. Von dort aus unterhielt er sich laut rufend mit Jim.

»Ich sollte das wirklich von einem Fachmann machen lassen.«

»Nur keine Panik«, rief Jim zurück. »Wir schaffen das schon. Wenn Ihre Tochter mir die Schafe zutreibt, haben wir sie in Nullkommanichts durch.«

»Und Sie sind sicher, dass Sie mich nicht dabei haben wollen?«, fragte Gerald nach. »Rosie ist noch unerfahren. Und die Hunde... sind eigentlich nicht ihre, sie könnten also ungehorsam werden.«

»Sie macht das schon«, rief Jim zurück.

Gerald schüttelte seufzend den Kopf. Er wollte nur noch fort. Seit Sams Tod hatten Margarets Pillenkonsum und ihre Moralpredigten nie gekannte Ausmaße angenommen. Trotzdem bestand sie darauf, so weiterzumachen, als wäre nichts passiert. Schon plante sie Weihnachten für dieses Jahr. Gerald merkte, wie ihm die Brust eng wurde. Erst heute früh hatte er auf den Stapel von

Rechnungsbüchern gestarrt, die bis in die Anfänge des neunzehnten Jahrhunderts zurückreichten, und sich beklommen gefragt, ob seine Generation wohl diejenige wäre, die alles verkaufte. Die alles verlor. Er hatte das schon einmal miterlebt, als die Wollpreise in den Keller gefallen waren, als der Regen ausgeblieben war und die großen alten Eukalyptusbäume auf seinem Grund zu sterben begannen. Er malte sich seinen eigenen Tod aus... durch einen Herzinfarkt, einen Arbeitsunfall oder sogar durch die eigene Hand. Wie gern hätte er Julian alles übergeben. Aber Julian war nicht mehr da. Und jetzt steckte er hier fest. In einem Leben, das er nie gewollt hatte. Sollte er noch mal mit Giddy telefonieren? Sie wüsste, was er tun sollte. Gerald trug die Schneidemesser zur Maschine und hängte sie an den Kompressor. Jims Stimme riss ihn aus seinen Gedanken.

»Haben Sie ein tragbares Schermesser?«, fragte er. »Wenn Sie möchten, könnte ich den Tieren die Köttel vom Hintern rasieren, bevor ich sie wieder rauslasse.«

»Eine gute Idee. Die tragbaren Schergeräte sind in der Werkstatt. Ich hole sie Ihnen.«

Normalerweise hätte Gerald den Arbeiter hinübergeschickt, aber diesen Mann durfte er nicht verlieren. Anfangs war Gerald fuchsteufelswild gewesen, weil Margaret Jim eingestellt hatte, ohne ihn zu fragen. »Du weißt genau, dass wir ihn nicht bezahlen können!«, hatte er sie angebrüllt.

Aber Jim hatte sich mit einem Lohnabzug einverstanden erklärt, wenn er dafür am Wochenende mit seinen Hunden zum Trial fahren durfte. Und so hatten sie ihn eingestellt... den nächsten Viehtreiber. Gerald setzte die Brille ab und rieb sich müde die Augen, ehe er aus dem Schuppen verschwand.

Einen Augenblick später kam Rosie, immer noch einen Toast kauend, in den Scherstall gelaufen, dicht gefolgt von Diesel und Gibbo.

»Entschuldige die Verspätung«, sagte sie zu Jim, ohne ihn anzusehen.

»Dabei warst du heute schon so früh auf, um deine Übungen zu machen«, neckte er sie.

Rosie schaute auf und sah das Funkeln in seinen Augen. »Wenigstens hast du es diesmal geschafft, was anzuziehen«, fuhr er fort.

Rosies Schüchternheit schlug in Ärger um.

»Fangen wir an?«, fragte sie kühl.

»Unbedingt, aber könntest du erst dafür sorgen, dass dein Hund nicht länger versucht, meinen Hund zu besteigen?«

Rosie drehte sich mit hochrotem Kopf um und sah, wie Diesel auf Jims jungem Welpen hing und ihn zu bespringen versuchte.

»Diesel! Hierher!«, rief sie, aber Diesel hörte nicht.

Draußen vor dem Scherstall hatte Jim zwei Hunde mit kurzen Ketten am Zaun angebunden. Es waren hübsche Kelpies, eine Hündin und ein Rüde. Aus dem Schatten eines Pickups kam ein alter, schwarzer Rüde mit grauen Pfoten Schwanz wedelnd getrottet.

»Ah, da ist er«, sagte Jim freundlich zu dem alten Hund. Der fuchsrote Welpe hoppelte herbei und leckte den Hund an seiner ergrauenden Schnauze. Die beiden jungen Hunde saßen aufrecht da und sahen Jim flehentlich an, sie endlich arbeiten zu lassen. Rosie kam hinterher geschlendert, weil es ihr peinlich war, mit jemandem zusammenzuarbeiten, der so viel Kompetenz ausstrahlte.

»So viele Hunde werden wir nicht brauchen«, sagte Jim zu ihr. »Ich lasse meine angebunden, und wir können mit deinen arbeiten, wenn du willst. Bones... der alte Hund. Lazy Bones wird uns seine Dienste sowieso nicht anbieten, oder, Kumpel?« Er bückte sich und kraulte den Hund hinter den Ohren.

»Er hat den Ruhestand schon angetreten, ehe er überhaupt zu

arbeiten angefangen hat, aber ich habe ihn geschenkt bekommen, als ich nach Australien kam, und ich möchte seine Gesellschaft keinesfalls missen. Seine wichtigste Aufgabe ist es, mir stets vor Augen zu führen, dass man nicht davor zurückschrecken darf, für gute Gene gutes Geld auszugeben. Wenn du einen wirklich guten Hund willst, musst du die Abstammung eines Welpen studieren. Also, Bones hier hat ein paar Faultiere unter seinen Vorfahren. Ganz anders als dieser kleine Frechdachs.«

Jim hob den Welpen hoch, hielt ihn wie ein Baby im Arm und kraulte ihm den Bauch.

»Der Kleine hier stammt von den beiden da drüben ab, von Daisy und Thommo, und deren Stammbaum geht auf die Besten der Besten zurück. Ich kann ihm jetzt schon ansehen, dass er es drauf hat. Er arbeitet schon, obwohl er noch viel zu klein für so große Junghammel wie die da ist. Wenn er nicht aufpasst, wird er noch aufgespießt.« Rosie sah zu, wie Jims kräftige, sonnenbraune Finger auf dem rosa Bauch des kleinen Welpen auf und ab wanderten. Durch seinen irischen Akzent klang alles, was er sagte, einfach wunderbar. Rosie schluckte. Jim sah Rosies glasigen Blick, bückte sich, band den Welpen mit einer weiteren kurzen Kette an und strich ihm mit fester Hand über den Rücken.

»Entschuldige. Jetzt schwafle ich schon wieder über Hunde. Eine schlechte Angewohnheit von mir. Ich wollte dich nicht langweilen.«

»Nein! Nein, im Gegenteil. Mich interessiert so was«, sagte Rosie. »Warum nehmen wir nicht deine Hunde her? Dann binde ich meine so lange an.«

»Nein, nein. Ich bestehe darauf. Ich gehe am Wochenende auf einen Wettkampf mit ihnen. Ich möchte sie davor nicht allzu hart rannehmen. Thommo dreht manchmal ein bisschen durch, und Daisy beißt hin und wieder zu fest zu, wenn sie aufgedreht ist.«

Ehe Rosie protestieren konnte, spazierte Jim davon. Sie rief

Diesel und Gibbo zu sich und folgte Jim um den Scherstall herum zu dem Pferch, in dem die Schafe warteten. Ihr Herz klopfte. Die Aussicht, vor Jim mit ihren Hunden arbeiten zu müssen, machte sie so nervös, dass sie Schweißrinnsale zwischen ihren Schulterblättern spürte.

»Gibbo ist noch jung«, sagte sie, während sie über den Zaun kletterte. »Er ist ein bisschen schwerhörig.«

»Hunde hören mindestens vierzigmal besser als wir, darum glaube ich keine Sekunde lang, dass er schwerhörig ist«, meinte Jim augenzwinkernd.

»Es sind eigentlich gar nicht meine Hunde. Sie arbeiten nicht wirklich für mich.«

»Komm schon. Sie machen das schon.«

Aber sie machten es nicht. Gibbo trennte einzelne Schafe aus der Herde und jagte sie an den Zaun. Diesel rannte vor der Herde her und blockierte den Durchgang zum Stall. Hitze prickelte unter Rosies Kragen, und die Verärgerung malte sich immer deutlicher auf ihrem Gesicht ab. Ihre Stimme wurde zusehends lauter.

»Diesel! Diesel! DIEEEE... SEL!«, brüllte sie.

Jim stand mit verschränkten Armen abseits und schaute sich das Chaos an. Gibbo war am schlimmsten. Er lief hin und her, schlug an und trieb dadurch die Herde gegen das Geländer, wo er ein einzelnes Schaf aussonderte und durch den Pferch jagte, dass es gegen einen Zaun krachte.

»Gibbo! Gibbo! *Sitz*!«, brüllte Rosie. Aber Gibbo war so mit Schafetreiben, Springen und Laufen beschäftigt, dass er sie gar nicht zu hören schien.

»Manchmal arbeiten sie nicht besonders«, sagte sie tief beschämt zu Jim.

»Darf ich?«, fragte er und machte einen Schritt nach vorn.

»Dein Vater wird mir die Schuld geben, wenn wir heute nicht fertig werden. Und er wird mir den Lohn kürzen, wenn sich ein Schaf den Hals bricht.«

Rosie trat zurück und lehnte sich gegen das Gatter. Einen Moment lang blieb Jim ganz ruhig stehen. Im nächsten Augenblick tanzte er im Staub herum, klatschte in die Hände und hob direkt vor Gibbo die Arme hoch in die Luft. Er platzierte seinen Körper direkt vor dem jungen Hund und reagierte auf jede seiner Bewegungen, sodass Gibbo keine andere Wahl hatte, als den Blick von den Schafen zu wenden und zu dem großen Mann aufzusehen, der eine solche Autorität ausstrahlte.

Sobald Gibbo Jim ansah, wurde er von Jim gelobt. Bald kam Gibbo auf Jim zu und setzte sich auf dessen Befehl. Zu Rosies tiefer Verstimmung wurde Jim kein einziges Mal laut. Er redete immer ruhig und fest mit Gibbo.

Auch Diesel war auf Jim aufmerksam geworden.

»Diesel, komm«, sagte Jim und ließ einen schrillen Pfiff folgen. Diesel gehorchte, und schon bald strömten die Schafe in den Schuppen, während die Hunde Jim auf den Fersen folgten.

»Ich kann sie auch so zum Arbeiten bringen, aber nur, wenn niemand zusieht«, sagte Rosie aufgebracht, als sie die alten Torflügel des Schuppens zuschob.

»Daran habe ich nicht den geringsten Zweifel«, sagte Jim freundlich, aber mit einem Lächeln.

Stundenlang arbeitete Rosie neben Jim her, und immer noch brannte die Schmach. Das rhythmische Zischen des Klauenschneiders und das Ab- und Anschalten des Kompressors ließen kaum Raum für ein Gespräch. Hier lenkten Diesel und Gibbo die Schafe geschickt von außerhalb des Gatters durch den kleinen, engen Laufgang und bellten jedes Mal, wenn das nächste Schaf in die Halterung musste. Obwohl Rosies Laune nach der katastrophalen Darbietung am Morgen immer noch am Boden war, konnte sie nicht anders, als Jims Muskelspiel zu beobachten, wenn er die

Halterung kippte und die Klauen der Schafe beschnitt. Er arbeitete hoch konzentriert, was es Rosie erlaubte, in aller Ruhe sein Profil zu studieren. Seine blonden Haare waren kurz geschnitten. Seine Haut war honigbraun, und das kantige, glatt rasierte Kinn gab ihm ein kräftiges, maskulines Aussehen. Obwohl Jim durch und durch männlich wirkte, lag in seinen Augen eine sanfte Güte, die aus seinem Inneren zu kommen schien. Rosie gab sich Mühe, nicht allzu oft zu ihm hinüberzusehen, aber das kostete sie Kraft. Sie versuchte, sich stattdessen auf die störrischen Schafe zu konzentrieren, die sich in den Boden stemmten und nicht über die Rampe laufen wollten.

Während der Vormittagspause schaltete Jim den Kompressor ab, der Lärm erstarb und machte einer Stille Platz, die von dem Hufgetrappel auf dem Rost und dem leisen Hecheln der Hunde noch unterstrichen wurde.

»Danke für deine Hilfe, Rosemary«, sagte er und sah ihr dabei offen in die Augen.

»Rosie.«

»Entschuldige. *Rosie.*«

Er ging zu dem Spülbecken in der Ecke des Schuppens. Rosie hätte sich für ihr Leben gern mit ihm unterhalten. Sie wollte wissen, woher er kam. Ganz offensichtlich war er Ire, aber was tat er hier draußen? Wo hatte er das Handwerk eines australischen Viehtreibers gelernt? Sie hätte ihn gern persönlichere Dinge gefragt, wie... ob er eine Freundin hatte. Stattdessen folgte sie ihm ans andere Ende des Schuppens und fragte: »Wie hast du es geschafft, die Hunde so auszubilden?«

Jims Gesicht leuchtete in einem warmherzigen Lächeln auf.

»Es geht allein darum, wie *du* als Mensch bist, Rosie – mit den Hunden hat das wenig zu tun. Dein ganzes Leben lang werden dir die Menschen und Tiere auf der Nase rumtanzen, wenn du es zulässt. Und wenn du zu viel von den Menschen oder Tieren verlangst, werden sie sich abwenden. Aber wenn du Format zeigst und ihren Respekt einforderst... dann tun die Menschen und die Tiere alles für dich, und zwar freiwillig und gern. Also zeig Format, Mädchen! Nicht durch Rumschreien. Ich meine *Format*... hier drinnen.«

Er tippte gegen ihren Bauch und drehte sich dann von ihr weg, um seine Hände zu waschen.

»Format?« Rosie legte stirnrunzelnd die Hand auf ihren Bauch. Das kapierte sie nicht.

»Es ist nur eine Frage der Kommunikation«, sagte Jim. Plötzlich drehte er sich wieder um, richtete sich auf, die Augen weit aufgerissen, und schrie: »Rosie! ROSIE! ROSIEEEE!«

Sie zuckte zusammen und wich verdutzt einen Schritt zurück.

»Siehst du?«, fragte er. »Du reagierst verwirrt und abweisend. Genau so hast du Diesel vorhin im Hof angeschrien. Du hast seinen Namen gebrüllt, ohne ihm zu sagen, was er tun soll. Woher soll er wissen, was du von ihm erwartest? Du musst deine Wünsche klar und deutlich ausdrücken, du musst direkt, aber nicht aggressiv sein. Setze deine Körpersprache ein, um ihm zu zeigen, was du von ihm willst. Und wenn ich jetzt sagen würde: ›Rosie. Komm her zu mir‹.« Er öffnete seine Arme und neigte auffordernd den Kopf.

Als er die Worte noch einmal aussprach, klangen sie wie geschmolzene Butter. »Rosie. Komm her zu mir.« Leise, einladend und köstlich. Rosies große blaue Augen schauten offen in seine.

»Rosie. Komm her.« Wieder lockte er sie mit seinem offenen Blick und seinem leichten Tonfall. Instinktiv machte sie einen Schritt auf ihn zu, und sofort tanzten Wärme und Lob in seinen Worten: »Rosie! *Gutes Mädchen*.«

Rosie musste unwillkürlich lächeln. Sie spürte, wie sich ein warmes Gefühl in ihr ausbreitete.

»Siehst du? Bei den Hunden ist das nicht anders. Du musst klar sein. Erst den Hund ohne Zorn mit seinem Namen ansprechen und dann das Kommando geben, und zwar bittend, nicht fordernd. Und hinterher loben. Nicht nur mit deiner Stimme, sondern mit innerer Energie. Verstehst du? Du musst ihnen ein guter Chef sein.«

Damit war die Vorstellung zu Ende, und Jim wandte ihr wieder den Rücken zu, um unter der Spüle seine Arme abzuschrubben. Die Wärme, die Rosie für ihn empfunden hatte, kippte in Ärger um. *Sie* würde er nicht mit seinem super Körper, seinem Aussehen und vor allem seinem Akzent einwickeln. Er hatte sie eben gerufen wie einen Hund. Rosie hätte wetten können, dass er schon Millionen Frauen mit seinen blauen Augen und seinem irischen Singsang verführt hatte. Er war genau wie Sam, er sah gut aus und bekam alles, was er nur wollte. Sie hatte genug von Jim Mahony gesehen. Sie wollte sich gerade entschuldigen und die nächste Ladung Schafe aus dem Fußbad holen, als ihre Mutter in den Schuppen spaziert kam. In ihrer Armbeuge trug sie einen gigantischen Weidenkorb.

»Vesper!«, sang Margaret mit hoher Stimme. Sie stellte den Korb auf dem Tisch im Wollschuppen ab und machte sich daran, ein Tischtuch auszubreiten. Darauf stellte sie eine Thermosflasche, zwei Becher, Milch und Zucker. Dann zog sie ein Tuch von einem Teller mit dampfenden Fleischbrötchen. Scones, Kekse und ein Kuchen folgten.

»Mum? Du bringst sonst *nie* das Vesper in den Schuppen.«

Margaret sah kurz zu Jim hinüber.

»Sei nicht albern, Schätzchen. Natürlich tue ich das.«

Jim kam angeschlendert, ein Handtuch über der Schulter.

»Mmm. Das sieht phantastisch aus, Mrs Highgrove-Jones.«

»Dann fangen Sie am besten gleich an«, sagte Margaret und hielt ihm ein Fleischbrötchen hin.

»Soll ich sofort kotzen oder erst später?«, murmelte Rosie und ging.

Kapitel 15

Während Rosies Eltern in tiefem Schweigen aßen, starrte Rosie auf das dunkle Holz des Esstisches.

Kaum hatte Gerald fertig gegessen, stand er auf und stakste aus dem Zimmer. Ihre Mutter schaute ihm nach und warf verärgert die Serviette auf den Tisch.

»Danke für das Essen«, zischte sie zwischen zusammengebissenen Zähnen hervor, während sie die Teller abzuräumen begann. »Jetzt, wo Jim alles unter Kontrolle hat, kannst du wieder mit in die Stadt fahren, Rosemary. Und du kannst mir helfen, meine Tennisparty zum Saisonende vorzubereiten. Das Fleisch habe ich schon in einer Metzgerei in Hamilton bestellt, wir müssen also nur noch mit der Bäckerei telefonieren... und uns um die Blumen kümmern... Ida habe ich schon angerufen, sie kommt morgen und macht sauber, während wir weg sind.«

Rosie merkte, wie sie zu köcheln begann. Wie konnte ihre Mutter immer noch so tun, als wäre nichts geschehen?

»Vielleicht sollte ich Sage anrufen«, plapperte Margaret weiter. »Sie könnte dir die Haare schneiden, Rose, und ich müsste mir mal wieder die Wimpern färben lassen.«

Rosie wollte ihrer Mutter schon erklären, was sie mit ihren gefärbten Wimpern anstellen konnte, als jemand an der hinteren Veranda läutete.

»Ich gehe schon.« Rosie konnte es kaum erwarten, dem stickigen Esszimmer und ihrer affektierten Mutter zu entfliehen.

Jim stand in sauberen Sachen und frisch gewaschen mit dem Rücken zur Tür auf der Veranda. Als er die Tür aufgehen hörte, drehte er sich zu Rosie um.

»Ach! Du bist es! Ich dachte, das Dienstmädchen würde mir aufmachen. Oder arbeitest du gleichzeitig als Viehtreiber *und* als Dienstmädchen?«

»Was willst du?«, fragte Rosie eisig.

Er spürte ihre schlechte Laune und lächelte freundlich.

»Ich wollte nur kurz mit deinem Vater sprechen – ich bin auf dem Weg in die Stadt. Der alte Mr Seymour möchte ein paar Sachen in seinem Haus repariert haben, und ich schaue kurz bei ihm rein, um zu helfen. Wenn du das deinem Vater ausrichten könntest.«

»Du brauchst meinen Eltern nicht *alles* zu melden, was du tust.« Rosie verschränkte die Arme und sah ihn mit schmalen Augen an. »Sie brauchen zum Beispiel nicht zu wissen, wann du das nächste Mal einen Furz lässt.«

»Ach nein? Das ist gut zu wissen. Danke. Ich habe mir in der Unterkunft nämlich heute Nachmittag ein paar Bohnen in Tomatensoße gemacht, ich hatte also schon damit gerechnet, mich ziemlich regelmäßig melden zu müssen. Aber ich werde dir eine neue Dose hinstellen. Sieht so aus, als könntest du sie brauchen. Du wirkst ein bisschen verstopft.« Er wandte sich ab, doch ehe er in seinen Pick-up stieg, blieb er noch einmal stehen und drehte sich zu ihr um.

»Ach ja. Ich wollte dir noch was sagen, bevor ich fahre... ich glaube, deine Hündin wirft.«

Mit offenem Mund sah Rosie Jim abfahren. Ihre Hündin? Warf?

»Dixie!«, rief sie aus. In ihrem Kopf herrschte Chaos. Sie schlüpfte in ein Paar Stiefel, die an der Hintertür standen, und lief zu den Hundezwingern, nicht ohne Jim bei jedem Schritt inbrünstig zu verfluchen. Er hätte ihr auch seine Hilfe anbieten können.

Im Halbdunkel konnte sie erkennen, wie die anderen Hunde an dem Hammel kauten, den Jim für sie geschlachtet hatte. Dixie lag kratzend und winselnd im letzten Zwinger. An der Gittertür hing eine Plastiktüte. Rosie band sie los und schaute hinein. Darin lag ein Buch, *Die Hundefibel*, und ein Fetzen Zeitungspapier markierte das Kapitel über die Geburt. Rosie öffnete das Gitter und schleifte Dixie am Halsband heraus. Ihre Pupillen waren weit und ängstlich aufgerissen, und ihre rosa Zunge hing weiter heraus, als Rosie je gesehen hatte.

»Komm schon, Mädchen. Wir suchen dir einen gemütlicheren Fleck.«

Im Stall kratzte Dixie ausgiebig an ihrem Lager, das aus ein paar alten Säcken und einer dicken Strohschicht bestand. Sie kreiste eine halbe Ewigkeit darüber und legte sich zuletzt winselnd und hechelnd nieder. Gleich darauf leckte sie ihre Flanke und begann dann von neuem zu kreisen. Hechelnd. Immerzu hechelnd. Rosie saß im Schneidersitz unter der nackten Glühbirne, die von den alten Dachbalken herabhing. Sie las konzentriert in dem Buch und legte es nur gelegentlich beiseite, um Dixies Hinterteil zu inspizieren.

Als Rosie den ersten Welpen sehen konnte, hielt sie fasziniert die Luft an. Die Hündin krümmte sich und leckte eifrig an dem winzigen Köpfchen, das zwischen ihren Beinen zum Vorschein kam. Rosie griff mit den Fingern nach der warmen, glitschigen Beule und zog sie sanft heraus. Eine Blase flutschte heraus, bis zum Platzen mit einem Kelpiewelpen gefüllt. Wie in Jims Buch beschrieben, zerrte Rosie an der zähen Hülle, während der kleine Welpe nach Luft schnappend zu zappeln begann. Er sah eher aus wie eine Ratte als wie ein Kelpie. Rosie lächelte glückselig, während Dixie den Welpen sauber leckte, ihn hin und her rollte und behutsam an der Nabelschnur knabberte. Minuten später suchte der Welpe blind, aber instinktiv nach Dixies Wärme und nach einer vollen Zitze. Rosie schaute auf ihre Uhr. Dem Buch zufolge musste sie jetzt nur auf den nächsten Welpen warten.

»Braves Mädchen, Dixie. Braves Mädchen.« Rosie streichelte Dixies silbrigen Rücken, und die Hündin schien aus ihrer Berührung Trost zu ziehen. Die Aufregung, bei der Geburt eines winzigen Kelpiewelpen zuzusehen, ließ Rosie daran denken, was sie erst vor kurzem über die Hunde auf der Warrock Station gelesen hatte. Ob die Menschen damals die Geburt eines Wurfes auch so aufgeregt verfolgt hatten?

Warrock Station, circa 1870

Während Jack auf Bailey durch den Fluss spritzte und die verirrten Schafe von der Warrock Station das Flussufer hinauftrieb, fragte er sich gespannt, wie es auf Warrock Station wohl aussehen würde. Er hatte gehört, dass George Robertson ursprünglich ein schottischer Möbeltischler aus Port Glasgow war, der während der letzten zwanzig Jahre seiner Säge und seinen Leuten kaum eine ruhige Minute gegönnt hatte. Jetzt würde Jack das Ergebnis mit eigenen Augen sehen.

Als er schließlich das Haupthaus und die Nebengebäude der Warrock Station erblickte, meinte er, in ein kleines Märchendorf geraten zu sein. Insgesamt standen hier mindestens dreißig Gebäude, allesamt mit Kreuzblumen verziert, die stolz und kunstvoll von jedem Dachgiebel vorragten. Alle Bauten waren gut proportioniert und mit glänzender Farbe, schmucken Fensterläden und dunklem Fachwerk versehen. Auf dem Weg zum Scherstall kam Jack mit seinem Trupp verirrter Warrock-Schafe an einem Lagerhaus für die Schaffelle, an einem Schuppen, in dem Zutaten für den Kaltbrand gelagert wurden, sowie einem Verschlag mit geschlachteten Schafen für die Küche der Station vorbei. Alle waren frisch gestrichen und dekoriert. Selbst die Waschräume für die Scherer wiesen beeindruckende Schnitzereien an ihren Balken auf.

Ein Mann in Dungarees trat mit hochgerollten Ärmeln aus der Dunkelheit des Scherstalls.

»Verschonen Sie uns mit diesen wolligen Nichtsnutzen!«, begrüßte er Jack mit kaum noch hörbarem schottischen Akzent. »Ich dachte, wir wären endlich mit allen durch!«

»Sie haben drüben auf dem Gebiet von Dunrobin gegrast, wo ich arbeite, darum dachte ich, ich bringe sie wieder heim.«

»Also, Mr Robertson wird hocherfreut über Ihre Tat sein.« Der junge Mann setzte über einen Zaun, dass seine Stiefel mit einem dumpfen Schlag auf dem staubigen Boden aufkamen. Er öffnete das Gatter zu einem Pferch. Dann jedoch stieß er, statt die Schafe hineinzutreiben, nur einen kurzen Pfiff aus.

»Hierher!«, rief er. Zwei schwarze Hunde mit spitzen Ohren kamen aus dem Schuppen gehetzt, die Augen weit aufgerissen und mit heraushängender Zunge. Sie umkreisten die Schafe in einem weiten Bogen und trieben sie durch das Tor, an dem der Mann stand.

Jack warf einen strafenden Blick auf Faulpelz, der sich hechelnd im Schatten eines Eukalyptusbaumes niedergelassen hatte.

»Könntest du dir nicht etwas davon abschauen, Faulpelz?«, fragte Jack und sprang von seinem Pferd. Er wandte sich an den Mann. »Woher haben Sie diese Hunde?«

»Ach, das sind nicht meine. Sie gehören dem Boss. Sie sind aus Schottland. Die besten, die man kaufen kann. Aber er ist sehr eigen mit ihnen. Nur die Erfahrensten unter seinen Leuten dürfen mit ihnen arbeiten«, verkündete er stolz. »Archie McTavish«, stellte er sich dann mit ausgestreckter Hand vor.

»Jack Gleeson.« Sie begrüßten sich mit einem kräftigen Händedruck, über dem Archie den großen Blonden genau in Augenschein nahm.

»Kommen Sie, Jack, Sie können den Männern die frohe Kunde überbringen, dass sie noch mehr Schafe zu waschen und zu scheren bekommen! Zum Glück wird es nicht lange dauern. Wir sind zwölf Männer an zwölf Scherplätzen. Was für ein Anblick, wenn da die Klingen fliegen! Und weil wir gleich fertig sind, herrscht auch gute Stimmung. Ich bin sicher, dass sie nicht allzu verärgert sein werden.«

Noch ehe nach dem letzten Schaf des Tages die Glocke geläutet wurde, führte Archie Jack wieder aus dem Schuppen heraus.

»Was halten Sie davon, wenn ich Sie über die Station führe, ehe die Sonne untergeht?«

Während sie mit Bailey durch die Station schlenderten, gefolgt von Faulpelz und den Collies, wies Archie stolz auf die Unterkünfte für die Scherer weiter oben am Hügel. Dann zeigte er Jack den großen Speisesaal, aus dem der Duft nach gebratenem Lamm wehte.

»Wenn die Männer fertig gegessen haben, finden Sie in der Hütte hinter dem Herd ein Plätzchen für Ihre Schlafrolle. Ich bin sicher, dass sich Mr Robertson geehrt fühlen würde, wenn Sie mit den Männern essen, nachdem Sie ihm einen so großen Gefallen erwiesen haben.«

»Das wäre überaus freundlich«, sagte Jack, und sein Gesicht hellte sich bei der Aussicht auf ein Abendessen in Gesellschaft auf.

»Dort hinten, dem Haupthaus zu, haben wir auch eine Schmiede, wo Sie Ihr Pferd unterstellen können. Mr Robertson ist gut zu ehrlichen, schwer arbeitenden Männern, bei Ihnen wird er da keine Ausnahme machen, davon bin ich überzeugt. Er selbst arbeitet unermüdlich an seiner Drehbank. Ein Mann, der das Holz liebt. Wenn Sie möchten, zeige ich Ihnen noch die Werkstatt und die Sägerei, bevor ich Sie in sein Büro bringe.«

Jack war eher erpicht darauf, Robertsons Hunde zu sehen. Ihm war aufgefallen, dass die schwarze Hündin, die Archie auf den Fersen folgte, Milch in den Zitzen hatte, was bedeutete, dass es Welpen geben musste. Just in diesem Moment hatte ihn Archie an den schönsten Zwingern vorbeigeführt, die Jack je gesehen hatte. Sie waren aus rotem Backstein gemauert, und aus den Schlitzen im Mauerwerk sah er schnüffelnde, bellende Hundeschnauzen ragen. Weiße, schmiedeeiserne Pfosten reckten ihre Spitzen himmelwärts, um die Hunde am Herausspringen zu hindern.

»Also, die sind sicherlich komfortabler als meine Schäferhütte!«, sagte Jack.

»O ja«, bestätigte Archie. »Der Hundewärter ist mächtig stolz auf diesen Bau. Hier, werfen Sie einen Blick auf Mr Robertsons Hunde für die Kängurujagd. Die besten aus England.«

Jack legte das Auge an einen Spalt in dem fest gezimmerten Tor. Aus dem gepflasterten Zwinger bellten ihn vier Hunde mit herabhängenden Tränensäcken und Ohren an.

»Im nächsten Zwinger haben wir den Wurf Scotch Collies, den uns die lütte Hirtenhündin hier beschert hat. Der Hund und die kleine Schlampe waren während der Überfahrt aneinander gekettet, und das hier ist das Ergebnis. Die besten Welpen im ganzen Land.«

Archie bückte sich und kraulte die schwarze Colliehündin, die geduldig darauf wartete, wieder zu ihren Welpen zu dürfen. Jack konnte das aufgeregte und gespannte Kläffen der Welpen hören, die eben im Schutz ihres Zwingers erwachten. Als Archie die Tür öffnete, kamen fünf kleine schwarz-braune und rot-braune Welpen zu ihrer Mutter gerannt und begannen augenblicklich, an ihren Zitzen zu saugen.

»Lange wird sie sich diese grobe Behandlung nicht mehr gefallen lassen. Sie sind inzwischen acht Wochen alt und werden bald abgestillt.«

Die Welpen ließen sich auf ihren Hintern nieder und begannen, mit aller Kraft zu saugen, wobei sie mit den kleinen Pfoten die Zitzen ihrer Mutter bearbeiteten. Ihre Mäuler waren wie Klammern. Jeder sog mit aller Kraft und schubste und stupste dabei seine Mutter, die mit leicht gespreizten Beinen und schmerzverzogener

Miene dastand. Als die kleinen Bäuche anzuschwellen begannen, drehte sich die Hündin knurrend um und schnappte nach dem stärksten der Welpen. Ihre Zähne schlossen sich dicht neben dem Ohr eines kleinen, schwarz-grauen Rüden. Dann spazierte sie davon und ließ die Welpen auf dem Boden liegen, wo sich die Kleinen hektisch aufrappelten, um ihr nachzulaufen. Sie sprang auf eine umgekippte Kiste in ihrem Zwinger, außerhalb der Reichweite der Welpen, und begann, ihre wunden Zitzen zu lecken. Die Welpen umtanzten die Kiste, blickten sehnsüchtig nach oben und kläfften nach ihrer Mutter. Alle bis auf einen. Die kleine schwarz-braune Hündin war mit vollem Bauch und ernstem Blick vor den Männern sitzen geblieben. Sie sah zu Jack auf und gab ein scharfes, klares Kläffen von sich, ehe sie sich auf seine Schnürsenkel stürzte.

»Darf ich?«, fragte Jack Archie.

»Nur zu. Der Hundewärter sagt, je mehr man mit ihnen spielt, desto besser.«

Jack hob die kleine Hündin hoch und hielt sie auf Augenhöhe. Sie sträubte sich nicht und winselte auch nicht. Stattdessen entspannte sie sich in seinen Händen und blickte mit ihren tiefbraunen Augen in seine. Dann schnüffelte sie neugierig an seiner Haut.

»Na, du bist aber ein Goldstück, hm?«, sagte er freundlich zu ihr, und die kleine Hündin wedelte mit dem Schwanz.

»Wie viel müsste ich wohl aufbringen, um die Kleine zu kaufen?«, fragte Jack.

»Nun ja«, antwortete Archie, »jedenfalls ein hübsches Sümmchen.«

Rosie hielt das winzige Neugeborene fest umschlossen in der Hand und hob es an ihr Gesicht. Gerade als sie es vorsichtig neben Dixie absetzte, hörte sie, wie die Stalltür aufging. Es war Jim.

»Wie viele sind es?«, fragte er und ging im gleichen Moment neben Dixie und der wimmelnden Welpenmasse in die Hocke.

»Ähm. Fünf. Das Letzte ist um zehn gekommen.«

»Jetzt ist es fast zwölf. Dann ist sie mit Sicherheit fertig.«

Rosie blickte auf die Ansammlung winziger bläulicher, roter und schwarzer Welpen, die an den Zitzen ihrer erschöpften Mutter hingen.

»Oh. Ein wirklich guter Wurf«, fuhr Jim fort. »Meinst du nicht, dass sie über Nacht gern was zu beißen hätte? Ich hab noch was in meiner Unterkunft. Ich werde es ihr bringen.«

»Du musst wirklich nicht... ich kann doch...«

»Ich weiß, dass ich nicht muss. Aber ich tue es gern.«

Rosie sah ihn zweifelnd an und zupfte einen Strohhalm aus ihrem Haar. »Wieso bist du plötzlich so hilfsbereit? Warum bist du vorhin nicht dageblieben?«, fragte sie unvermittelt.

»Du hast meine Hilfe nicht gebraucht. Das Buch erklärt dir genau, was du zu tun hast. Außerdem wirst du nie was lernen, wenn du nur dabeisitzt und den Männern das Arbeiten überlässt.«

»Wie meinst du das?«

»Ich habe mit deinen Freunden im Pub geplaudert. Mit James Dean und seiner Lady. Sie haben mir von dem Ärger erzählt, den du hattest. Ich habe auch das von deinem Verlobten gehört. Es tut mir Leid.«

Rosie wandte sich von der Güte in Jims Blick ab, denn sie wollte auf keinen Fall vor ihm weinen. Sie beschloss, nicht länger wütend auf ihn zu sein. Nach ein paar Sekunden drehte sie sich wieder zu ihm um und lächelte traurig.

»Danke – aber ich bin sicher, dass dir James Dean die düstere Wahrheit über Sam und unsere... Beziehung erzählt hat.«

»Du bist ein tolles Mädchen, Rosie Jones«, versicherte ihr Jim und schlug ihr kräftig auf den Rücken.

»Danke.« Sie wandte sich wieder den Welpen zu und begann, Dixies Flanke zu streicheln.

»Tja«, sagte Jim. »Wir sehen uns dann morgen früh.«

»Es ist schon Morgen, du großer irischer Tölpel«, sagte Rosie lächelnd.

Jim zog eine Grimasse und lachte leise, ehe er in seine Unterkunft verschwand und die Tür entschieden ins Schloss zog. Rosie ließ sich wieder ins Stroh sinken und schaute den Welpen beim Schlafen zu. Ihre winzigen Bäuche hoben und senkten sich regelmäßig, und ihr Fell begann bereits zu glänzen. Sie brachte einfach nicht die Kraft auf, ins Haupthaus und in ihr eigenes Bett zu gehen. Sie fühlte sich dort oben so allein. Sie hätte sich gewünscht, dass Jim noch länger bei ihr geblieben wäre... dass er ihr mehr über sein Leben erzählte. Hatte er Geschwister? Was machten seine Eltern? Was hielt er wirklich von Rosie Jones ohne Bindestrich und ihrer Mutter und ihrem Vater mit Bindestrich? Rosie zuckte mit den Achseln. Vorerst konnte sie nur abwarten. Sie beugte sich wieder über die Welpen und streichelte sie mit dem Zeigefinger.

»Jeder von euch ist ein kleines Wunder«, flüsterte sie leise.

Kapitel 16

Venus Williams oder wie?«, rief ihr einer der Moorecroft-Brüder zu, dem Rosie eben einen Tennisball übers Netz hingeschmettert hatte. Der Ball kam auf und schoss an ihm vorbei. Zum Glück ahnte er nicht, dass sie in Wahrheit auf seinen Kopf gezielt hatte, weshalb es für sie ein armseliger Schuss gewesen war. Bei jedem Schlag kochte neue Wut in Rosie hoch.

Während der letzten Wochen hatte sie sich Geralds Schweigen und seinem Seufzen zum Trotz draußen auf der Farm abgearbeitet. Sie hatte sich an Jims Fersen geheftet, ihm zu- und manches abgeschaut. Alles ausprobiert, was ihm an Aufgaben aufgetragen worden war. Sie war wie sein Schatten gewesen, auch wenn sie wusste, dass sie ihm manchmal im Weg war. Falls die Zeit es zuließ, gab sich Jim redlich Mühe, ihr möglichst viel beizubringen. Aber Rosie hatte dennoch das Gefühl, dass er sie nur duldete, weil sie die Tochter seines Chefs war. Sie bombardierte ihn mit Fragen und strapazierte seine Geduld durch ihre tollpatschigen Versuche, mit Stacheldraht oder Werkzeug zu hantieren oder die Fahrzeuge zu rangieren. Trotzdem sprach er ihr immer wieder Mut zu. Weil er sie mochte? Oder nur aus Pflichtgefühl? Rosie hätte ihm zu gern die Wahrheit gesagt... dass sie gar nicht Geralds Tochter war. Aber irgendwie schaffte sie es nicht, die Worte auszusprechen. Vorerst wollte sie nur vergessen.

Es gab Zeiten – meist gegen Abend, wenn sie die Arme auf das Pferchgatter stemmte und Jim beim Training mit seinem jungen Pferd beobachtete –, da fühlte sie sich wie Sigrid Thornton in *The Man From Snowy River*. Es kam ihr so ungemein romantisch vor, wenn sie zwischendurch seinen Blick auffing und er seine unglaublichen Lippen zum Ansatz eines Lächelns nach oben zog. Doch im nächsten Moment schüttelte sie die Vorstellung mit einem eisigen Schaudern wieder ab. Es war noch zu früh nach Sam – oder etwa nicht? Erst vier Monate nach dem Unfall. Obwohl die Gäste bei der Tennisparty, die ihre Mutter organisiert hatte, offenkundig der Meinung waren, dass sie wieder in die Zukunft schauen sollte. Den ganzen Tag über hatten Margaret und ihre Freundinnen Heiratskandidaten an Rosie vorbeiparadieren lassen. Selbst Dubbo hatten sie eingeladen.

Sollten doch alle Männer zum Teufel gehen, dachte Rosie, und drosch ein weiteres Mal auf den Tennisball ein. Sam hatte sie betrogen. Ihr leiblicher Vater hatte sich offenkundig aus dem Staub gemacht. Gerald ignorierte sie, und Jim war irgendwo draußen auf der Weide, in freier Natur, und ritt mit seinem jungen Hengst zu den Mutterschafen.

Rosie selbst fühlte sich alles andere als frei. Sie stand hier in ihrem blütenweißen Tennisdress und spielte die Co-Gastgeberin bei dem Spätsommer-Barbecue mit angeschlossenem Tennisturnier, das ihre Mutter Jahr für Jahr veranstaltete. Sie fühlte sich gefangen, sie fühlte sich elend, und sie war stinkwütend auf ihre Mutter.

Als Rosie Dubbo gesehen hatte, abgezehrt, hager und auf einen Stock gestützt, hatte er ihr für einen kurzen Moment Leid getan. Er hatte sich vorgebeugt und sie auf die Wange geküsst, wobei die blonden Haare über sein eines Auge gerutscht waren. Trotzdem versetzte die Begegnung Rosie einen Stich. Dass Dubbo hier war, führte ihr noch einmal vor Augen, dass Sam tot war. Dubbo war tatsächlich dabei gewesen, damals in der Dunkelheit, als Sam und Jillian getötet wurden.

»Kacke!«, entfuhr es Rosies Gegner, als der Tennisball auf seinen fleischigen Schenkel prallte und einen roten Abdruck hinterließ.

Wie konnte ihre Mutter ihr das nur antun? Rosie sah verstohlen zu Gerald hinüber, der sich an den Rand des Partygeschehens zurückgezogen hatte. Er fuhr pflichtbewusst fort, den Gästen Pimms und Limonade einzuschenken, wirkte dabei aber so zerstreut und geistesabwesend, dass die Menschen einen weiten Bogen um ihn machten. Es war unübersehbar, dass Gerald sich abgeschottet hatte. Rosie hatte schon öfter erlebt, dass er sich so zurückzog, und sie konnte die Anzeichen auch jetzt in seinen Augen sehen. So schlimm wie heute war es allerdings noch nie gewesen. Rosie schmetterte einen Aufschlag übers Netz, und der junge Moorecroft ging in Deckung.

Neben dem Tennisplatz lagerten arrogante junge Männer mit ihren Biergläsern auf Margarets neuen Gartenmöbeln und glotzten auf Rosies nackte Beine. Prudence mit ihren gut dreißig Jahren saß zwischen ihnen, kicherte laut über ihre Witze und zwirbelte ihre schwarzen Locken. Trotz ihres teuren Tennisoutfits und der blendend weißen Sportschuhe mit passendem Schweißband wirkte Prue alles andere als sportlich. Auf den fleischigen Schenkeln wabbelte die Zellulitis, wenn Prue die Beine übereinander schlug, und ihre Oberarme schwabbelten, wenn sie Rosie zu einem gewonnenen Punkt applaudierte. Animiert von den neuen männlichen Gästen bei den Highgrove-Joneses hatte sie »die Stimme« aufgesetzt, um Eindruck zu schinden. Ihre übertrieben deutlich betonten Kommentare schallten zwischen knallrosa leuchtenden Lippen hervor.

»Guter Punkt, Rosemary! Eins zu null für uns Mädels!«, bellte sie.

Halb zufrieden, dem kleinen Moorecroft den fetten Arsch versohlt zu haben, stampfte Rosie vom Court. Aber als sie Prue laut schwadronieren hörte, sackte ihre Laune sofort wieder ins Bodenlose.

»Iha da!«, sagte Prue gerade zu den Jungen. »Am Fraaitag bin ich drüben, und dann könnt iha mia einen Chaardonnaay spendian.« Ihr Blick nagelte unter den dunklen Wimpern hervor die Männer fest, die vor dieser Aussicht unübersehbar zurückschreckten. Rosie plumpste in einen Stuhl, ließ ihren Tennisschläger fallen und seufzte laut. Im nächsten Moment kam ihre Mutter anscharwenzelt, in einen vorteilhaften blauen Tennisdress gekleidet und mit einer silbernen Uhrkette um den Hals.

»Rose, Schätzchen, warum schaust du nicht kurz in die Küche und holst frische Limonade und ein paar neue Gläser? Der Krug ist schwer. Bestimmt wird dich David begleiten und dir beim Tragen helfen.«

Margaret legte eine feste Hand auf Dubbos Schulter, der sofort sein Bier absetzte.

»Klar. Sicher. Klar«, sagte er und sprang in Habachtstellung. Eifrig hinkte er Rosie hinterher über den Rasen ins kühle Haus.

In der Küche standen die mit straff gespannter Haushaltsfolie abgedeckten Salate fürs Abendessen aufgereiht wie durchsichtige Trommeln im Kühlschrank. Die Anrichte war sauber abgewischt, und der Nachmittagstee wartete in einem Nest aus blütenweißer Gaze, die mit goldenen Hummeln bestickt war. Auf mehreren Tabletts standen hoch aufgestapelt blitzblanke Gläser bereit.

»Die Limonade ist im Kühlschrank«, erklärte Rosie mürrisch, während sie einen Eiswürfelbehälter aus der Gefriertruhe holte. Dubbos braune Augen zuckten kurz nervös zu ihr herüber, argwöhnisch angesichts der aggressiven Energie, die Rosie ausstrahlte.

Rosie sah zu ihm hin. Was dachte sich ihre Mutter nur? Natürlich hatte in Margarets Denkweise Dubbo die richtige Abstammung. Seine Familie besaß eine der größten Stationen in der Gegend, und sie verfügte über Verbindungen in der City! Wen interessierte es da, dass er der Mann war, der am Steuer gesessen hatte, als Sam getötet wurde! Die unterschiedlichsten Gefühle ballten und bekriegten sich in Rosie, die plötzlich daran denken musste, wie sie Sam in dieser Küche geküsst hatte. Sie schauderte vor der Vorstellung, dass sich die Geschichte wiederholen könnte... mit Dubbo. Er war zwar Sams bester Freund gewesen, aber sie kannte ihn trotzdem kaum. Dass er hier in ihrer Küche stand, schien die kaum verheilten Narben aufzureißen, die Sams Tod und seine Untreue hinterlassen hatten. Als sie es nicht schaffte, die Eiswürfel aus der Plastikform zu drücken, knallte sie den Behälter laut fluchend gegen die Spüle.

Dubbo, der noch in den riesigen Kühlschrank geschaut hatte, sah sichtlich erschrocken über ihren Ausbruch auf.

»Lass mich das machen«, erbot er sich. Er kam zu ihr und drückte mit seinen starken Farmerfingern das Eis ohne jede Schwierigkeit aus den Formen.

»Entschuldige«, sagte Rosie verlegen und mit schlechtem Gewissen.

»Ich kann dich verstehen«, sagte Dubbo. »Ich weiß auch nicht, was ich sagen soll...«

Sie rang sich ein Lächeln für ihn ab. Der arme Bursche, dachte sie, bekam ihren ganzen Zorn ab.

»Ich bin nicht auf dich so wütend«, sagte sie. »Sondern auf meine Mutter. Sie treibt mich zum Wahnsinn.«

»Ja. Ich weiß, wie das ist. Seit dem Unfall behandelt mich meine Mutter, als wäre ich wieder zwölf und könnte nicht in die Schule, weil ich Fieber habe. Was für eine Scheiße. Jeden Tag stecke ich zu Hause fest und muss mich von ihr bemuttern lassen!«

»Du arbeitest noch nicht wieder auf der Farm?«

»Ich taste mich langsam vor. Immerhin fahre ich schon wieder mit dem Wagen rum. Und ich helfe Dad bei diesem und jenem.«

»Ach ja?«

»Also, um ehrlich zu sein, tüfteln wir gerade aus, wie wir die

Stoppellähme bekämpfen sollen. Nach einem so schrecklich trockenen Sommer rechnen alle mit einem feuchten Winter, darum dachten wir, wir sollten schon jetzt was unternehmen. Aber erzähl es nicht rum, okay? Dass wir mit Stoppellähme zu kämpfen haben.«

Rosies Gesicht hellte sich auf. »Ach was! Wir doch auch.«

»Entschuldige?«

»Wir machen zurzeit das Gleiche – die Stoppellähme bekämpfen. Nehmt ihr Zinksulfat oder Formalin?«

»Diesmal Zinksulfat, aber nächstes Mal versuchen wir es mit Formalin.«

»Jim, unser Viehtreiber«, berichtete Rosie eifrig, »hält es für das Beste, die Schafe eine Weile im Pferch zu lassen, nachdem sie im Fußbad waren – damit das Zeug besser in die Hufe eindringen kann, bevor sie wieder auf die Weide kommen. Diesmal haben wir sie zusätzlich auf dem Rost im Schuppen abgespült, das haben Dad und Julian letztes Jahr nicht gemacht.«

Dubbo stand mit offenem Mund vor ihr, den Krug mit Margarets selbst gemachter Limonade in beiden Händen. Im Unterschied zu manch anderen Mädchen ihres Alters aus dem Distrikt hatte er Rosemary Highgrove-Jones noch nie auf einer Schafauktion gesehen, und doch plauderte sie kenntnisreich über Stoppellähme und Zinksulfat. Die Kleine war wirklich immer für eine Überraschung gut, dachte er.

»Haut es dich auch jedes Mal um, wenn du ein Schaf auf den Rücken geworfen hast und an den Hinterhufen beschäftigt bist und das Vieh in diesem Moment einen fahren lässt?«, fragte Rosie lächelnd.

Dubbo zog die Brauen hoch und nickte.

»O Mann! Das reine Methan!«, bestätigte er.

»Ich schätze, beim Klauenschneiden atmet man so viel davon ein, dass nachts die eigenen Fürze wie Schafskacke stinken.«

»Ich kann nicht behaupten, dass mir das schon aufgefallen wäre.«

»Denk beim nächsten Mal dran. Ich bin fest davon überzeugt. Dann kannst du dir unter der Bettdecke deinen eigenen Schafstall aufblasen.«

Dubbo sah sie kurz an und warf dann lachend den Kopf zurück. Unter lockerem Geplauder füllte Rosie die Eiswürfel in eine Schüssel und arrangierte anschließend die Zitronenscheiben so, wie es ihre Mutter immer tat.

Als sie schließlich über den Rasen zu den anderen Tennisspielern zurückschlenderten, unterhielten sich Dubbo und Rosie gelöst. Sie hatten sogar vereinbart, dass er irgendwann vorbeikommen und Dixies Welpen anschauen würde. Er hatte darauf bestanden, dass Sams Kelpies einen zu guten Stammbaum hatten, um sie gratis wegzugeben, aber Rosie meinte: »Mach dir deshalb keine Gedanken. Ich will kein Geld für sie haben!«

Margaret lächelte glückselig, als sie die beiden sah. In ihrem Kopf entfalteten sich die schönsten Pläne, während sie sich gleichzeitig ins Gedächtnis zu rufen versuchte, wie groß der Besitz von Dubbos Familie war. Dass er groß war, wusste sie. Groß genug, um Gerald aus seinen Schwierigkeiten herauszuhelfen, dachte sie. Als Rosie das Tablett auf dem Tisch abstellte, bemerkte sie, wie ihre Mutter schmunzelte.

»Danke«, sagte Rosie abrupt zu Dubbo. Dann ließ sie ihn ohne weitere Erklärung stehen und fiel so weit wie möglich von Margaret entfernt auf einen Stuhl. Dubbo sah Rosie verdattert und verletzt nach.

Genau in diesem Moment trottete Jim auf seinem staksigen Jungpferd um die Ecke des Haupthauses. Das Pferd scheute kurz vor den vielen Menschen und Möbeln auf dem sonst leeren Rasen, aber Jim hielt den Hengst ruhig genug, um zu Rosie herüberreiten zu können. Erstaunt über das plötzliche Erscheinen eines tänzelnden jungen Pferdes und eines großen Viehtreibers in ihrer Mitte schauten die Gäste auf. Rosie spürte, wie ihr warm wurde. Sie war so froh, Jim zu sehen, vor allem hier. Er war ganz eindeutig ihretwegen hier.

»Es geht um deine Stute, Rosie.« Sein unüberhörbarer irischer Akzent schnitt durch das höfliche Gemurmel der Gäste. »Ich glaube, sie wird bald fohlen. Es sieht so aus, als hätte sie ziemliche Mühe damit.«

Rosies Augen wurden vor Aufregung und Spannung kreisrund.

»Gehen wir!« Sie sprang von ihrem Stuhl und raste auf die Ställe zu. Jim wendete den jungen Hengst und folgte ihr.

»Rosemary!«, rief ihre Mutter ihr nach. »Du hast gleich wieder ein Spiel!«

Aber Rosie war schon weg.

Später blickten Jim und Rosie unter der kühlen Stallbeleuchtung auf das neugeborene Fohlen.

»Was für ein Prachtbursche«, sagte Jim strahlend wie ein stolzer Vater. Er hielt das Fohlen fest, damit es bei seinem ersten Stehversuch nicht gleich wieder umfiel. Danach ließ er es los, und der kleine Fuchshengst stolperte auf seinen spitzen kleinen Hufen los. Er drehte den Hals, reckte den hübschen Kopf mit der weißen Blesse vor und suchte nach etwas zu trinken. Sassy schnaubte zufrieden und fraß in aller Ruhe, während das Fohlen das Maul über ihrer Zitze schloss und zu saugen begann.

»Hast du dir schon einen Namen für ihn überlegt?«, fragte Jim.

»Ich glaube, ich werde ihn Morrison nennen«, sagte Rosie leise. »Du weißt schon, nach Van.«

»Ach ja, einer von Irlands größten Musikern. Aber hast du dir das wirklich gut überlegt... bist du sicher, dass du ihn nicht Sinead nennen willst?« Jim sah sie herausfordernd an.

»Nee... dazu hat er zu viele Haare. Er heißt Morrison.«

»Oder Bono?«, schlug Jim vor.

»Nein! Nicht U2!«

»Aber Rory Gallagher!«

»Nein! Vergiss es, Jim. Er heißt Morrison.« Rosie sah ihn rätselnd an. Flirtete er mit ihr?

»Du könntest auch was Skandinavisches nehmen und ihn Björk nennen.«

»Er heißt *Morrison!*« Rosie verschränkte die Arme in einer übertrieben ärgerlichen Geste.

»Ich will doch nur helfen«, sagte Jim schmollend. Rosie verstummte.

»Und was ist mit den anderen Kleinen?«, fragte Jim mit einem Nicken zu der Box nebenan, in der Dixie auf ihrem Strohbett lag und ihren winzigen, wuselnden Nachwuchs säugte.

»So viele Namen fallen mir im Moment nicht ein.«

»Willst du sie beim Kelpie Council registrieren lassen?«

Rosie zuckte mit den Achseln.

»Du könntest einen Abstammungsnachweis für die Tiere bekommen. Du könntest eine Zucht für Arbeitspferde und für Kelpies aufziehen. Damit sie dir was einbringen. Das würde ich jedenfalls machen.«

»Wer würde mir schon Arbeitshunde oder ein Pferd abkaufen? Ich verstehe doch nichts davon.«

»Das wirst du nie herausfinden, wenn du es nicht probierst... und außerdem werden dir die Gene in diesen wundervollen Tieren alles verraten, was du wissen musst. Du musst nur lernen, sie zu lesen. Gute Tiere lehren ihre Züchter. Was meinst du?«

Rosie sah Jim an. Sie wollte ihn küssen, hier unter der kühl leuchtenden Stallbeleuchtung, umgeben vom süßen Duft nach Heu und Pferden. Sie *musste* ihn küssen. Sie stellte sich auf die Zehenspitzen, kniff die Augen zu und legte die Lippen auf seinen Mund. Sie spürte, wie er ihren Kuss erwiderte, anfänglich nur zögernd, aber dann mit immer größerer Leidenschaft. Er zog sie an seine Brust, und sie spürte, wie sein Körper auf sie reagierte. Aber genauso plötzlich ließ er sie wieder los.

»Verzeih mir, Rosie«, sagte er. »Du bist ein unglaubliches Mädchen, aber... ich weiß nicht.«

Rosie spürte, wie sie knallrot anlief.

»O Gott. Das ist mir peinlich. Ich dachte, du...«

»Nein! Ich meine ja. Ich finde dich sehr attraktiv.« Er fuhr sich mit der Hand durchs Haar und wandte verlegen den Blick ab. »Du bist phantastisch. Aber die Sache ist, ich möchte gern hier bleiben. Von hier aus habe ich es nicht weit zu Ronnie Seymour und kann ihm ab und zu zur Hand gehen. Und wenn dein Vater rauskriegen würde, dass ich mit seiner Tochter rummache... also... ich möchte meinen Job nicht verlieren.«

Rosie trat lächelnd einen Schritt vor und wollte ihm schon erklären, dass Gerald nicht ihr leiblicher Vater war, aber Jim war noch nicht fertig.

»Ich meine, sehen wir den Tatsachen ins Auge. Du bist einfach zu vornehm für mich. Zu Hause werden Leute wie ich von den Snobs als ›Prolo‹ bezeichnet. Ich weiß genau, was du denkst. Du meinst es nicht ernst, stimmt's? Du willst dich nur ein bisschen mit dem Stallburschen amüsieren.«

Seine Worte trafen Rosie. Sie merkte, wie ihr Zorn aufflammte.

»Du hältst mich für eine gelangweilte, verzogene Göre, wie? Dabei weißt du rein gar nichts über mich! Du täuschst dich, Jim Mahony. Du hast keine Ahnung, wie sehr du dich täuschst!«

»Hey«, beschwichtigte Jim, »ich wollte wirklich nicht –«

»Schon gut. Vergiss es.« Rosie wich langsam zurück. »Vergiss es einfach.« Sie floh aus dem Stall quer über den Hof ins Haus zurück.

Kapitel 17

Warrock Haupthaus

Ein weitläufiger Garten zog sich um das Haupthaus auf der Warrock Station und sonderte es von den Wirtschaftsgebäuden ab. Am schmiedeeisernen Tor zum Garten blieb Jack unschlüssig stehen. Es war, als wären Englands grüne Wiesen hierher transplantiert und allen Widrigkeiten zum Trotz unter der gnadenlosen Sonne Australiens am Leben erhalten worden.

»Ich hätte meinen Sonntagsstaat anziehen sollen«, sagte er, während er gleichzeitig seine staubige Jacke glatt strich und die Ärmel nach unten zog. Er dachte an seinen Onkel und seine Tante und stellte sich vor, wie sie ihn schelten würden, weil er Mr Robertson in dieser Aufmachung gegenübertrat. Seine Stiefel waren verschrammt und die Linien in seiner Hand vom Staub gezeichnet. Der Schotter der Auffahrt knirschte unter Jacks und Archies Füßen, als sie gemeinsam die Hecke umrundeten, die den Tennisplatz säumte. Hinter der Laubmauer konnte Jack das Kichern der Frauen und die Rufe der jungen Männer auf dem Court vernehmen. Von dem grünen Garten hoben sich leuchtend wie Kakadus mit schwefelgelbem Kopfputz die lustwandelnden Damen in ihren weißen Kleidern ab, begleitet von jungen Männern, die in gewebten Westen, mit Strohhut und Krawatte mit stolzgeschwellter Brust neben ihnen her stolzierten. Nicht weit vom Tennisplatz entfernt lagerte eine Gruppe von Gästen wie Löwen nach einem reichen Mahl im Schatten eines Moreton-Bay-Feigenbaumes.

Als George Robertson Archie bemerkte, löste er sich mit einer Entschuldigung von seinen Gästen und kam auf ihn zu. Jack erkannte ihn auf den ersten Blick von den Rennen wieder. Er war ein kleiner Mann, dessen unnatürlich bleiche Haut durchscheinend wirkte wie der Bauch einer Forelle. Seine lange Nase endete in einer krummen Spitze, und die Wurzel war flankiert von kleinen, schmalen, schwarzen Augen.

»Wie geht es mit dem Scheren voran, Archie?«, fragte er.

»Alles bestens, Mr Robertson«, sagte Archie. »Dank der Ehrlichkeit und Aufmerksamkeit von Mr Gleeson hier hatten wir sogar noch mehr zu scheren. Er hat eine ansehnliche Gruppe von Ausreißern auf den Weiden der Dunrobin Station aufgelesen und sie über den Fluss zu uns zurückgetrieben.«

»Ah ja, Mr Gleeson«, sagte George Robertson. Falten furchten seine hohe Stirn, als er die Brauen hochzog und Jacks Gesicht betrachtete. »Ich glaube, wir sind uns bereits begegnet, damals bei den Pferderennen am Crossing Place. Ich habe Sie mehr als einmal den Sieg davontragen sehen. Wirklich zu schade, dass wir hier auf Warrock keinen Platz für Sie hatten. Sie scheinen mir mit Pferden umgehen zu können.«

»Wenn ich mir Ihre großartige Station und Ihre bemerkenswerten Collies ansehe, dann kann ich nicht anders als zu bedauern, dass ich hier keine Anstellung finden konnte, Sir.«

Mr Robertson wandte sich an Archie.

»Tragen Sie Sorge, dass Mr Gleeson etwas zu essen und ein gutes Nachtlager erhält, ehe er auf seine Weiden auf der Dunrobin Station zurückkehrt.«

»Aye. Das werde ich.«

Aus der Gruppe der im Schatten sitzenden Gäste schallte die Stimme einer jungen Dame zu ihnen herüber.

»Also, wenn das nicht unser Strauchdieb ist!« Sie lief auf Jack zu, dass ihre Röcke raschelten und das Medaillon um ihren Hals auf ihrer Brust hüpfte. Ihr dunkles Haar war mit Bändern nach oben gebunden, und ihre Wangen leuchteten nach der Anstrengung auf dem Tennisplatz. »Wir sind Ihnen vor ein paar Monaten unterwegs begegnet... auf dem Weg zu den Rennen.«

George Robertson sah die junge Dame entgeistert an und blickte dann auf Jack, als befürchte er, es könnte Ärger geben.

»Aber Onkel George«, kicherte das Mädchen, als sie seine strenge Miene gewahrte, »er ist doch nicht *wirklich* ein Strauchdieb – ich wollte ihn damit nur aufziehen. Möchtest du ihn nicht zu uns bringen, damit er uns von seinen Abenteuern erzählt? Wir langweilen uns so schrecklich beim Tennis... ein paar Anekdoten würden uns wieder aufmuntern.«

Mit einer eleganten Rockdrehung wandte sie sich in der festen Erwartung ab, dass die Männer ihrem Wunsch nachkommen würden.

»Das, Mr Gleeson«, erklärte Mr Robertson müde, »ist die Verlobte meines Neffen. Ich fürchte, wir müssen ihr diesen Wunsch erfüllen.«

»Ähm, Verzeihung«, meldete sich Archie verlegen. »Ich muss wirklich zurück in den Scherstall. Wir sehen uns bei Sonnenuntergang in der Kantine, Jack. Bringen Sie Ihr Pferd zur Schmiede, bevor Sie rüberkommen.«

»Danke. Das werde ich. Wir sehen uns später.« Jack fühlte sich zerrissen. Er hätte sich lieber unter die Schafscherer in ihren mit Lanolin getränkten Dungarees gemischt, als sich in das Gedränge der elegant gekleideten Ladys und Gentlemen am Tenniscourt zu wagen. Aber er richtete sich auf und stolzierte mit dem gesamten irischen Stolz, den er aufbringen konnte, hinüber.

Neben dem glatten Stamm des großblättrigen Feigenbaums ließ Jack den Blick über die versammelten Damen und Herren schweifen, ehe er ihn wieder auf George Robertson richtete, der unter ihnen saß, als führte er das Kommando über die gesamte Gesellschaft. Jack räusperte sich, ehe er ihn ansprach.

»Mr Robertson, dürfte ich erfahren, wie Sie zu so feinen Arbeitshunden wie den zwei Collies in Ihren Zwingern gekommen sind?«

George Robertson nippte an seinem Tee und stellte die Tasse auf einem verzierten Weidentischchen ab, bevor er sich zu einer Antwort bequemte.

»Nun, Mr Gleeson, wo soll ich da anfangen?«

Er hatte die langen, eleganten Finger eines Kunsthandwerkers. Seine Hände wirkten poliert und glatt wie das von ihm gedrechselte Holz. Er griff nach einer winzigen Gabel und schnitt damit durch eine dicke Scheibe Rührkuchen.

»Sie sind aus keinem anderen Zwinger als dem von Mr Richard Rutherford im schottischen Sutherlandshire. Ein Mann mit einem exzellenten Blick für Hunde. Ach, Schottland! Wie ich den Biss der frischen Seeluft und den Geschmack des Salzes auf meiner Zunge vermisse! Frühmorgens ließen wir seine Hunde immer über den Sand hetzen, und sie tanzten in der Dünung über den glänzenden nassen Kelp-Tang. Bellend, hetzend und einander anknurrend wie ein Wolfsrudel... aber sobald ihr Herr pfiff, war Schluss mit dem Spiel, und sie eilten herbei wie wohlerzogene Kinder. Mr Rutherford verstand sich vorzüglich auf Hunde.«

»Aus Sutherlandshire?«, wollte einer der jungen Männer wissen, die auf dem Gras lagerten. »Verbrennt man dort nicht den Kelp, um Jod zu gewinnen?«

»Genauso ist es, William. Ich meine ihn immer noch zu riechen.« George Robertson sog die Luft durch seine lange Nase, als wollte er beweisen, dass er es noch konnte. »Mein glückliches Schottland!«

»Genau!«, pflichtete ihm William mit erhobener Bierflasche bei.

»Sie, Mr Gleeson«, sagte Mr Robertson, »sind irischen Geblüts, wenn mich nicht alles täuscht?«

»Allerdings.«

Einer der jungen Männer murmelte etwas zu seinen Nachbarn, und ein paar der jungen Damen kicherten hinter vorgehaltener Hand. Jack spürte, wie ihm die Röte in die Wangen schoss, weil er die Verachtung spürte, die ihm hier entgegenschlug.

»Nun, man sollte das Beste aus dem machen, was einem gegeben ist«, sagte Mr Robertson, und ein Lächeln spielte dabei um seine schiefen Mundwinkel. Ehe Jack eine Erwiderung einfallen konnte, bog ein von Apfelschimmeln gezogener Buggy in das üppige Grün des Gartens.

»Ach, da kommt George!«, rief das junge Mädchen aus und lief auf den Buggy zu.

»Mein Neffe George Robertson-Patterson Junior«, erläuterte Mr Robertson.

Jack drehte sich zur Seite und sah einen elegant gekleideten jungen Mann aus dem Buggy steigen. Er begrüßte das Mädchen mit einem Lächeln und einem Handkuss. Sie umtanzte ihn wie ein kleines Hündchen und schob dann die Hand energisch in seine Armbeuge. Die übrigen Männer erhoben sich und näherten sich ebenfalls, um ihn zu begrüßen.

»Nun denn«, sagte Jack. »Für mich wird es Zeit, ins Quartier zurückzukehren.«

»Wohl wahr«, bestätigte Mr Robertson. »Ich danke Ihnen nochmals, dass Sie meine Tiere zurückgebracht haben.«

»Es war mir ein Vergnügen, Sir.«

Kurz herrschte Schweigen zwischen den beiden Männern, dann platzte Jack doch noch mit seiner Bitte heraus.

»Verzeihen Sie mir die Kühnheit, aber dürfte ich fragen, ob ich wohl die kleine schwarz-braune Hündin aus Ihrem Zwinger erwerben dürfte, Mr Robertson?«

Robertsons Brauen zogen sich zu einem strengen Blick zusammen. Er legte eine schwere Hand auf Jacks Schulter und senkte vertraulich die Stimme. »Jack, mein guter Mann. Sie müssen sich klar darüber sein, dass ich viel Zeit und Geld investiert habe, um diese edlen Tiere von den fernen Gestaden Nordschottlands einzuführen. Ich verkaufe keine meiner Hündinnen und gedenke das auch in Zukunft nicht zu tun. Ich könnte eventuell in Betracht ziehen, mich von ein paar Rüden zu trennen, aber von den neu geborenen Hunden sind alle schon meinen vornehmen Freunden versprochen.«

George Robertson streckte ihm die Hand hin. »Guten Abend, Jack.«

Jack ergriff seine Hand und schüttelte sie, aber nachdem er sich eine derart unmissverständliche Abfuhr eingehandelt hatte, war sein Griff nicht ohne Spannung.

Noch mit verquollenen Augen nach einer langen Nacht mit Archie und den anderen Schafscherern am Lagerfeuer begann Jack am nächsten Morgen, Bailey zu satteln. Um Mitternacht hatten sich von Westen her dunkle Wolken über den Himmel geschoben, und jetzt kam der Regen in unablässigen Böen, die die Eukalyptusbäume zum Schwanken brachten. Archie hatte Jack davon abgeraten, Mr Robertson noch einmal zu fragen, ob er die kleine Hündin kaufen dürfe.

»Die Antwort wird auch diesmal Nein lauten, Jack«, erklärte er mit Nachdruck. »Ich kenne ihn, er lässt sich nicht umstimmen, nachdem er einmal eine Entscheidung getroffen hat. Sehen Sie sich hier um, dann wissen Sie, wie entschlossen der Mann ist. Aber wenn ich irgendwann einen guten Hund zu viel habe, soll er Ihnen gehören. Ich weiß jetzt, in welcher Hirtenhütte Sie zurzeit wohnen, und ich werde auf jeden Fall dort Halt machen.«

Jack dankte ihm, aber ihm war trotzdem das Herz schwer, als er sich im strömenden Regen in den Sattel schwang. Immer noch sah er das Gesicht der kleinen schwarz-braunen Hündin mit den Hängeohren vor sich. Die ihm so tief in die Augen geschaut und sich so verspielt auf seine Schnürsenkel gestürzt hatte. Sie war der einzige Hund, den er haben wollte.

»Komm, Faulpelz, du nutzloser Schatz, machen wir, dass wir zu unseren eigenen Schafen zurückkommen.«

Der Hund gähnte, ehe er widerwillig in den Regen herausgeschlichen kam.

»Passen Sie auf, wenn Sie auf dem Rückweg den Fluss queren«, warnte ihn Archie unter dem schützenden Baldachin des Quartiers hervor. »Behalten Sie einen kühlen Kopf, und hüten Sie sich vor dem Kelpie-Geist.«

»Dem was?«, fragte Jack.

»Dem Kelpie-Geist. Diese Geister hausen bei uns daheim in Schottland. In dunklen, stürmischen Nächten kommen sie raus... in dichten Nebel gehüllt sehen sie aus wie ein riesiges Schlachtross. Wer einen Kelpie-Geist sieht, weiß, dass er bald ertrinken muss. Sie warnen uns, Jack, also passen Sie auf, wohin Ihr Pferd seine Hufe setzt, wenn es den Fluss durchquert.«

»Der *Kelpie*-Geist?«, wiederholte Jack.

»Ja, er warnt uns, Jack. Halten Sie die Augen offen.«

»Ihr Schotten mit eurem Aberglauben!«, sagte Jack mit einem Lachen in der Stimme.

»Ihr Iren mit eurer Skepsis«, erwiderte Archie im gleichen Tonfall, und beide lachten los, ehe Jack losritt, den Kragen hochgeschlagen und das Gesicht vom Wind abgewandt.

Kapitel 18

Verwirrt und verlegen, nachdem ihr Jim nach ihrem Kuss eine so barsche Abfuhr erteilt hatte, lief Rosie durch den dunklen Hausgang.

»Kacke!«, fluchte sie, als sie über die Krocketschläger stolperte, die die Gäste ihrer Mutter liegen gelassen hatten. Vor der offenen Küchentür sah sie ein helles Viereck auf dem Teppich liegen. Der Gestank von Verbranntem hing wabernd unter der Decke.

In der Küche stand Margaret, schon im Schlafrock, und schenkte sich aus einer Ginflasche ein Glas voll ein. Auf dem Grill brutzelte eine vollkommen verkohlte Frittata.

»Was machst du da, Mum?« Rosie zog die Bratpfanne herunter und schaltete den Grill aus.

»Das ist das Abendessen für deinen Vater«, erklärte Margaret gedankenverloren. Rosie stellte die Pfanne in die Spüle, wo das heiße Metall unter dem Wasserhahn aufzischte. Dann nahm sie ihrer Mutter die Flasche ab.

Margaret schob die freie Hand in die Manteltasche und holte eine kleine Plastikdose heraus. Sie zog den Deckel ab und kippte mehrere Tabletten auf den Tisch, wo sie die Pillen mit dem Zeigefinger zu kleinen Häufchen sortierte.

»Mum? Was machst du da?«, wiederholte Rosie.

»Ist doch egal. Mein Leben ist sowieso vorbei.«

Margaret zitterte am ganzen Leib.

»Was redest du da?«

»Dein Vater hat mich verlassen.«

»Dich *verlassen?* Aber warum denn?«

Margaret drehte sich zu ihr um und sah sie befremdlich an. »Warum fragst du das nicht deine geliebte Tante?«

»Was?« Rosie begriff gar nichts mehr.

»Sie wollte ihn immer für sich selbst haben.«

Rosie versuchte zu begreifen, was ihre Mutter da sagte. Giddy und *Gerald?* Erst erschien ihr das völlig absurd. So absurd, dass Rosie fast losgelacht hätte. Aber dann blitzten vor ihren Augen immer mehr Erinnerungen an Gerald und Giddy auf. Wie die an letzte Weihnachten, wo Gerald Giddy so liebevoll geküsst und so laut mit ihr gelacht hatte. Er hatte sie zum Bleiben überreden wollen. Er hatte ihre Hand gehalten. Und an jenem Tag war er aus seiner üblichen schweigsamen Muffigkeit aufgetaut und hatte fröhlich und glücklich gewirkt. Und dann war da noch Margarets frostige Reaktion auf ihre Schwester. Seit Rosie denken konnte, war da etwas zwischen ihnen gewesen... eine unausgesprochene Verbitterung.

»Bist du sicher?« Rosie war immer noch bemüht, diese letzte Wendung der Ereignisse zu verdauen.

Margaret schlug leise mit der Stirn gegen die Tischplatte und begann hysterisch zu lachen.

»Ob ich sicher bin? Glaubst du etwa, ich hätte mit einem Schafscherer geschlafen, wenn ich Gerald nicht in flagranti mit Giddy ertappt hätte? Wofür hältst du mich?«

Glaubst du etwa, ich hätte mit einem Schafscherer geschlafen? Die Worte hallten in Rosies Kopf wider. Sie wich langsam zurück, während sich ein Puzzleteilchen zum anderen fügte. Margaret, die vor so vielen Jahren das Liebespaar überrascht und daraufhin Rache genommen hatte. Eine Liebelei mit einem Schafscherer. Einem *Schafscherer.* Ihrem Vater. Rosie bekam keine Luft mehr. Sie stolperte in den dunklen Hausgang. Immer noch hörte sie ihre Mutter in der Küche schreien, dass ihre Stimme im ganzen Haus widerhallte.

»Bei den Highgrove-Joneses hat sich noch nie jemand scheiden lassen!«, tobte Margaret. »Niemals! Pah! Und jetzt das! Nach all den Jahren brennt Gerald mit meiner Schwester durch!«

Rosie lief auf die Veranda vor dem Haus und konnte gerade noch sehen, wie ihr Vater in dem uralten Mercedes ihres Großvaters losfuhr. Im Schein der Verandalampe erkannte sie, dass er stur und mit versteinerter Miene nach vorn blickte. Er nahm sie überhaupt nicht wahr. Er fuhr einfach davon, bis die Heckleuchten wie schmale rote Augen in der Ferne verschwanden.

»Dad?«, brüllte ihm Rosie hinterher und krümmte sich zusammen, weil ihr alles so unfassbar erschien. Er hatte kein Wort davon gesagt. Er war gegangen, ohne mit ihr zu reden. Panik überkam Rosie, sie fühlte sich unendlich allein und unerwünscht. Sie brachte einfach nicht die Kraft auf, wieder ins Haus zu gehen und ihrer tobenden Mutter gegenüberzutreten, aber Jim konnte sie ebenso wenig ins Gesicht sehen.

»O Gott«, flüsterte sie. »Was soll ich denn nur tun?«

Draußen bei den Pferchen riss Rosie scharf an Oakwoods Zügel, warf ihm dann einen Sattel über und öffnete das Gatter. Noch bevor sie sich richtig aufgeschwungen hatte, trieb sie ihn mit den Hacken in den Galopp und ritt in den Nebel hinaus.

Verschlafen und mit verquollenen Augen trat Jim mit blanken Füßen auf die Pflastersteine im Hof und blieb bibbernd stehen. Er spähte in die dunkle, kalte Nacht.

Oakwood kam im Nebel kurz ins Straucheln und fiel daraufhin in einen langsamen Trott, die Nüstern dicht über dem Boden, um den Weg zu erschnüffeln und um sich schnaubend und behutsam durch die Dunkelheit vorzuarbeiten. Die niedrigen Äste der Bäume zerkratzten Rosies Gesicht und hinterließen rote Striemen auf ihren Wangen, aber sie spürte so gut wie nichts. Die Gedanken rasten so schnell durch ihren Kopf, dass ihre Schläfen pochten und sich ein stechender Schmerz hinter ihrer Stirn breit machte. Immer tiefer ritt sie in die Nacht. Plötzlich fiel der Weg steil ab, und Rosie lehnte sich im Sattel zurück, während Oakwood die Hinterbacken zusammenzog. Halb schlitternd, halb stolpernd rutschte er das Steilufer hinunter. Jeden Schritt bekam Rosies Körper schmerzhaft zu spüren. Sie war nicht sicher, wohin der Weg sie führte, aber das war ihr auch egal. Es war ihr egal, selbst wenn sie tagelang im Gestrüpp umherirren musste, das am Fluss wuchs. Hauptsache sie war weit weg von ihrer durchgeknallten Familie und dem riesigen alten Haupthaus, in dem die düsteren Porträts von Menschen hingen, die plötzlich nicht mehr ihre Verwandten waren.

Unten am Ufer folgte Oakwood durch das Dickicht einem schmalen Tunnel, der eher ein Wallaby-Wechsel war. Immer wieder blieben Rosies Füße an schlanken Baumstämmen hängen und wurden aus den Steigbügeln gerissen. Die Büsche kratzten ihr die Arme auf und gaben ihr das Gefühl, mit Spinnweben überzogen zu sein, während über ihren Nacken lauter kleine Spinnen liefen.

Als sie endlich aus dem Dickicht stießen, hatte sie das Gefühl, eben durch den magischen Schrank gegangen und in Narnia gelandet zu sein. Der Nebel wich zurück und gab den Blick auf eine abgeschiedene Lichtung frei. Der verhangene Mond goss sein kühles Licht auf eine heitere, mit Gras bewachsene Uferstelle. Riesige Eukalyptusbäume reflektierten das Mondlicht, und der flache, silbrige Fluss glitt lautlos vorbei. Ein aufgeschreckter Vogel ergriff die Flucht und klatschte dabei mit den Flügeln blindlings durch das Geäst, woraufhin Rosie, nicht aber ihr Pferd, erschrocken zusammenzuckte. Sie glitt von Oakwoods Rücken und wickelte die Zügel um einen liegenden Baumstamm. Dann setzte sie sich ins feuchte Gras und begann zu weinen. Ihre Tränen waren still und silbern wie der Fluss. Die Knie an die Brust gezogen, saß sie bibbernd in feuchten Jeans und einem T-Shirt da. Ihre Zähne begannen zu klappern. Sie wischte die heißen Tränen von ihren kalten, blutigen Wangen und wiegte sich leise vor und zurück.

Nach einer Weile wurde das Bibbern übermächtig. Rosie wusste, dass es nicht nur von der Kälte, sondern auch vom Schock her rührte. Sie schlang die Arme um Oakwoods festen Hals und wärmte ihr Gesicht unter seiner langen Mähne. Dann schob sie die Hände unter seine warme Satteldecke und weinte noch mehr Tränen an seinen Hals. Am liebsten wäre sie hier und jetzt gestorben. Sie wünschte sich, der Fluss würde mit einem Mal ansteigen und sie wegreißen.

Dann hörte sie ein Rascheln zwischen den Büschen, und ihr Herz setzte vor Angst einen Schlag aus. Eine schwarze Silhouette trat aus dem Dickicht. Erst dachte Rosie, es sei ein wilder Dingo. Aber die schwarze Silhouette wedelte mit dem Schwanz, und gleich darauf leckte ihr Diesel winselnd und glückselig die Hand.

»Du bist mir gefolgt!«, sagte sie zu Diesel. »Aber wie bist du aus deinem Zwinger gekommen?«

Diesel bellte sie aufgeregt an und lief ins Gebüsch zurück. Gleich darauf erschien Jim auf seiner kastanienbraunen Stute zwischen den Büschen. Er konnte Rosies weißes T-Shirt im Mondlicht leuchten sehen und machte das Gleißen der Steigbügel und des Gebisses aus, das Oakwood trug.

»Wie hast du mich gefunden?«, fragte sie ihn wütend.

Jim ritt bis vor sie hin. Oakwood wieherte leise und reckte die Nase vor, um Jims Stute zu begrüßen.

»Ich habe dich nicht gefunden. Die Tiere haben mich hergeführt. Sie sind viel schlauer als ich.«

»Geh weg.« Beschämt wandte sie ihm den Rücken zu. Er glitt von seinem Pferd und legte die Hände auf ihre nackten Arme.

»Oh, aber du bist halb erfroren! Hier, lass mich.«

Er schlug seinen weiten, wachsbeschichteten Langmantel auf und legte ihn um sie, bis er sie an seine Brust gezogen hatte. Liebevoll sah er auf ihr Gesicht herab und wischte dann vorsichtig den Dreck und das Blut von ihren Wangen.

»Du hast dich geschnitten.«

»Ich weiß. Es brennt.« Rosie tupfte mit der Fingerspitze auf die Wunde. Es war befremdlich, wie ein bemitleidenswertes Mädchen in Jim Mahonys Armen zu stehen. Sie wollte nicht schwach und bemitleidenswert sein. Er hob ihr Gesicht an, bis sie ihn ansah. »Was hat dich so durcheinander gebracht?«

Weil sie nicht wusste, wo sie anfangen sollte, schüttelte sie wortlos den Kopf.

»Dad hat eben Mum verlassen.«

»Oh.« Jim zog sie an sich.

»Aber das ist nicht alles. In Wahrheit bin ich gar keine Highgrove-Jones. Ich habe eben erfahren, dass sich Mom von einem Schafscherer vögeln ließ. Und *der* ist mein leiblicher Vater.« Im nächsten Moment brach sie wieder in Tränen aus.

»Pst«, tröstete Jim sie und umfasste mit beiden Händen ihren Kopf, dessen Wange sie an seine breite, warme Brust geschmiegt hatte. »Ich bin bei dir.«

Rosie sah zu ihm auf, und im nächsten Moment küsste er sie. Sie spürte, wie Leidenschaft in ihr wach wurde. Seine Lippen waren so warm. Unwillkürlich legte sie den Kopf in den Nacken und erwiderte seinen Kuss. Weil sie ihn mehr wollte als alles andere. Vor Lust wurde ihr die Brust eng, und so küsste und küsste sie Jim Mahony, den Iren, dort unten am Fluss. Sie konnte ihn schmecken, und sie schmeckte ihr eigenes Blut von dem Schnitt an ihrer Unterlippe. Lust und Schmerz trieben sie zur Raserei. Am liebsten hätte sie sich auf der Stelle ins hohe Gras sinken lassen und ihn in sich aufgenommen. Sie lud seine Hände ein, über ihren Rücken zu gleiten und sich unter ihr nasses T-Shirt zu schieben. Rau und warm strichen seine großen Hände über ihre weiche, kalte Haut. Sie spürte, wie sich sein Körper gegen ihren presste. Dann wich Jim unvermittelt zurück. Er sah ihr ins Gesicht und strich ihr die Haare hinter die Ohren. Begierde glühte in seinen blauen Augen.

»Ach, Rosie«, seufzte er im weichsten irischen Singsang, »du bist so wunderschön wie eine Sirene. Wie ein Wassergeist. Als wärst du aus dem Fluss gestiegen, um mich in Versuchung zu führen. Wohin entführst du mich, mein Mädchen?«

Seine Stimme klang rauchig vor Lust. Rosie war so sanfte Töne nicht gewohnt, sie hatte bisher nur Sams grobe, wortlose Annäherungsversuche erlebt. Hier jedoch, mit Jim, ließ sie allein seine Stimme und das tiefe Gefühl darin dahinschmelzen.

Jim nahm Rosie bei der Hand, setzte sie auf einen umgefallenen Baumstamm und sich dicht daneben. Dabei sah er ihr die ganze Zeit in die Augen und strich ihr die Haare aus dem Gesicht. Sie fuhr mit den Fingern durch sein weiches, blondes Haar und über das markante Kinn, das bis zum Morgen von einem rostigbraunen Schatten überzogen sein würde. Sie verlor sich in seinen vollen Lippen und seinen lächelnden Augen.

So saßen sie am Ufer des schimmernden Flusses und schauten sich in die Augen, bis der Nebel von neuem heranrollte und sich eine dicke schwarze Wolke vor den Mond schob. Es war, als hätte sich der Vorhang über die romantischste Szene in Rosies Leben gesenkt. Sie musste kichern, als sich Jims Gesicht in der tiefschwarzen Dunkelheit auflöste.

»Heiliger Schiet, ist das aber mal dunkel«, sagte sie, seinen Akzent nachahmend. Der leichte Nebel wurde immer dichter und trieb bald in heftigen, eisigen Regenschleiern vom Himmel.

»Komm!«, lachte Jim und nahm sie bei der Hand. »Nichts wie weg hier! Wir werden noch pitschnass.«

Während sie durch die Dunkelheit heimwärts ritten, atmete Rosie, obwohl ihr eiskalt war und der Regen ihr den Nacken hinabrann, bei jedem Luftholen die Schönheit der Nacht ein.

»Jim?«, rief sie, als sie sich wieder einmal unter einem Ast durchduckte.

»Mm?«

»Glaubst du, es war eine Nacht wie diese, als Jack Gleeson seinen Kelpie-Welpen bekam?«

»Wenn ja, dann hatte er hoffentlich was Wärmeres an als du«, sagte Jim. »Aber wenigstens hast du die Scheinwerfer eingeschaltet, damit ich was sehen kann.«

»Die was?«

Jim grinste, und Rosie ging auf, dass er im Dunkel ihre Brustwarzen beäugte, die sich deutlich sichtbar unter ihrem klitschnassen T-Shirt abzeichneten. Rosie zog Jims Mantel fester um ihren Leib und lenkte Oakwood an seine Seite, um ihm einen Schlag auf den Arm zu verpassen.

Kapitel 19

Glenelg River, um 1870

Jack Gleeson zog seinen Mantel über und legte einen neuen Scheit auf das Feuer in seiner Hütte. Der Abend hatte sich unerträglich in die Länge gezogen. Er hätte nicht sagen können, wie oft er das Lederetui seiner Taschenuhr aufgeklappt hatte. Aber jetzt war es Zeit zu gehen. Er trug die Laterne nach draußen. Das Licht warf im Nebel einen gespenstischen Schein, vermochte den dichten weißen Schleier aber nicht zu durchdringen. Jack sattelte Bailey, rollte Cooleys Führungsleine aus und schwang sich auf den Rücken der Stute.

»Du bleibst hier«, sagte er zu Faulpelz, aber der Hund hatte ganz offensichtlich ohnehin nicht die Absicht, sich von seinem warmen, trockenen Lager auf den Pferdedecken unter dem Vordach wegzubewegen.

Jack ergriff mit der einen Hand die steifen, kalten Zügel und die Führungsleine und hielt sich mit der anderen den Kragen gegen die Kälte zu. Er lenkte die Mähre an den Schafen vorbei, die zufrieden wiederkäuend in ihren Pferchen standen. Er konnte Bobby hören, der in der Nähe angebunden war und dicke Grasbüschel ausrupfte. Jack zog den Kopf ein, um den Ästen auszuweichen, die aus dem Nichts aufzutauchen schienen. Während sich Bailey den Pfad entlang voranarbeitete, achtete sie darauf, die Knie ihres Reiters nicht an den knorrigen Stämmen der roten Eukalyptusbäume aufzuschaben. Ihre Ohren waren aufmerksam aufgestellt und lauschten nach den Lauten von wilden Hunden im Unterholz oder nach dem Rascheln der Possums in den Bäumen. Jack musste an sein Treffen im

Glenelg-Hotel und an die Ereignisse denken, die zu diesem mitternächtlichen Ritt geführt hatten.

Nach mehreren Monaten in der Hirtenunterkunft und einigen Wochen nach seinem Besuch auf Warrock hatte Jack endlich drei Tage frei bekommen, die er nach Lust und Laune verbringen konnte. Den ersten Morgen hatte er beim Schmied in Casterton verbracht, wo Cooley Hufeisen verpasst bekam. Cooley war inzwischen eingeritten, und Jack war sehr zufrieden, wie sich der junge Hengst unter ihm bewegte. Gutes Blut floss durch die Adern des jungen Pferdes, und immer wieder wurde Jack auf der Straße angehalten und nach Cooleys Stammbaum befragt.

Beim Schmied hatte Jack Cooleys Hals gestreichelt, um ihn zu beruhigen, während der Hufschmied zwischen Amboss und Huf hin und her gependelt war und jedes Hufeisen anpasste, indem er es mit rhythmischen, metallischen Hammerschlägen bearbeitete.

»Ein gutes Pferd habe ich, jetzt fehlt mir nur noch ein Hund. Eine gute Hündin, um eine Zucht zu beginnen«, erklärte Jack dem Hufschmied.

»Ach, es gibt so viele Hunde«, erwiderte der, während er mit der Feile über Cooleys Huf fuhr und weiße, nach Kokosraspeln aussehende Späne auf den verschmutzten Boden trudeln ließ.

»Nein, da gibt es diese eine Hündin. Genau die will ich haben. Sie hat die klarsten braunen Augen und ist schwarz-braun gezeichnet. Aber George Robertson weigert sich, sie zu verkaufen.«

Der Hufschmied setzte Cooleys Huf ab und lachte so laut, dass sein Bauch ins Wackeln kam.

»Man könnte fast meinen, Sie hätten von einer Frau gesprochen, von der Sie besessen sind.« Er klemmte sich ein paar glänzende Nägel zwischen die bärtigen Lippen und griff nach einem Hufeisen. Während er das Eisen an Cooleys kleinen, sauberen Huf nagelte, sprach er durch die zusammengepressten Zähne, die immer noch die Nägel halten mussten. »Welpen sind wie Weiber, es gibt für jeden genug!«

»Mag sein, aber ich weiß, dass sie die Beste für mich ist. Sie oder keine!«

»Woher wollen Sie wissen, dass sie eine so gute Hündin ist?«, fragte der Hufschmied, während er die Nägel noch einmal festschlug. »So viele Männer haben sich schon in den Weibern getäuscht, und ich bin sicher, dass das auch für Collie-Weiber zutrifft. Für mich hört sich das an, als sollten Sie sich ein paar junge Dinger suchen, solange Sie in der Stadt sind. Das wird Sie wieder ins Gleis bringen!«

Jack hatte nur mit einem Lächeln geantwortet.

»Wie Sie meinen. Wenn Sie Hunde vorziehen...!«, lachte der Hufschmied.

Er fuhr gerade mit seiner Raspel über den letzten Huf, als George Robertsons Neffe in seinem Buggy hereingefahren kam. Sein Grauschimmelgespann tänzelte im Zaumzeug wie eine Gruppe von Zirkuspferden. Als der junge George in die halbdunkle Werkstatt trat, blieb er wie angewurzelt stehen.

»Bei Gott! Was für ein wundervolles Tier!«, rief er aus. Er trat vor, scheinbar ohne Jack oder den Hufschmied wahrzunehmen. Vorsichtig fuhr er über Cooleys Schulter. »Ein wahres Prachtexemplar! Es überrascht mich, dass er keine Flügel hat... er sieht aus, als könnte er auf dem Wind reiten.«

»O ja. Das tut er«, sagte der Hufschmied und setzte den letzten geputzten Huf ab, unter dem jetzt ein Eisen blinkte. »Er hat Hufe wie Granit. Dies hier ist der Besitzer, Jack Gleeson. Er hat den Hengst mitgebracht und ihn exzellent zugeritten.«

George Robertson-Patterson wandte sich um und musterte den Besitzer. Jack konnte die Gedanken des Mannes lesen. Er rätselte, wie ein solches Pferd wohl in den Besitz eines abgerissenen Viehtreibers gelangt war.

»Sagen Sie mir, dass er zu verkaufen ist«, sagte George Robertson-Patterson. »Nennen Sie mir Ihren Preis!«

»Er ist nicht zu verkaufen«, gab Jack kurz angebunden zurück, weil ihn die herablassende Art dieses hochnäsigen Schnösels ärgerte. »Wenn Sie mich jetzt entschuldigen würden, auf mich warten Geschäfte.«

Er bedankte sich kurz bei dem Schmied, zahlte den ausgemachten Preis und führte Cooley davon. Das Klacken der neu angebrachten Hufe schnitt in den Schotter. Nachdem er auf Bailey aufgesessen war, nahm Jack Cooley an der Führungsleine und ritt von dannen, um nach Tom Cawker und seinen Stallknechten Ausschau zu halten, die ihm den Tag über Gesellschaft leisten wollten.

Um sieben Uhr an jenem Abend saßen Jack und die Stallburschen gut geschmiert vor einem weiteren Glas Bier im Hotel und sangen. Als George Robertson-Patterson in seinem Frack eintrat, senkte sich kurzfristig Stille über die Gäste. Der junge Herr trat geradewegs an die Bar und bestellte zwei Whiskys, von denen er Jack einen reichte.

»Man sagt, Sie hätten Ihr Auge auf einen Welpen geworfen, der von einem Hund meines Onkels auf der Warrock Station abstammt«, sagte er.

Der Hufschmied gehörte eindeutig zu den Menschen, die gern redeten, erkannte Jack. Er studierte den Glanz in George Robertson-Pattersons glattem, schwarzem Haar und das dünnlippige Lächeln, das auf dem blassen Gesicht stand.

»Ganz recht. Erst vor zwei Wochen hat Ihr Onkel mein Angebot, einen seiner Welpen zu kaufen, abgewiesen. Die kleine schwarzbraune Hündin.«

»Nun, mein Onkel hat Ihnen gewiss erklärt, dass er alle zuchtfähigen Hündinnen in der Familie zu halten gedenkt, um die Ausgaben für ihre Überfahrt hereinzuholen. Er legt größten Wert auf eine einwandfreie Abstammung.«

»Verständlich«, sagte Jack enttäuscht.

»Richtig. Allerdings«, sagte George und hielt kurz inne, um an seinem Whisky zu nippen, »hat er mir die kleine Hündin zum Geschenk gemacht. Unter der Bedingung, dass ich sie *unter keinen Umständen* verkaufe.«

Befeuert vom reichlich genossenen Whisky flammte Neid in Jacks Adern auf. Womit hatte dieser Mann, der kaum je mit einem Hund arbeiten musste, ein so unermessliches Geschenk verdient? Als hätte er den aufblitzenden Zorn in Jacks Miene nicht bemerkt, fuhr George in seiner präzisen, gebildeten Sprechweise fort.

»Ich habe meinem Onkel das Versprechen gegeben, sie keinesfalls zu *verkaufen*. Und ich gedenke in dieser Sache zu meinem Wort zu stehen. Aber was, Mr Gleeson, würden Sie zu einem *Tausch* sagen? Ein Tausch ist doch keinesfalls mit einem Verkauf gleichzusetzen, nicht wahr?«

»Ein Tausch?«

»Jawohl, Mr Gleeson. Ihr junger Hengst gegen meine kleine Hündin.«

Jack sah George in die Augen. War der Mann von Sinnen? Wie konnte er vorschlagen, einen exzellenten jungen Hengst gegen einen Welpen zu tauschen... so gut der Stammbaum auch sein mochte? Jack kippte seinen Whisky hinunter.

»Auf keinen Fall«, erwiderte er wie aus der Pistole geschossen, auch weil er sich ausmalte, wie sich der alte Albert in seinem Grab unter dem Birnbaum umdrehen würde. Ein Hund gegen ein Pferd! Ein ungleicher Tausch.

George ließ sich von der barschen Abfuhr nicht beirren.

»Überlegen Sie, Mann! Bedenken Sie, welche Ausbildung ich diesem Pferd angedeihen lassen könnte! Draußen auf der Weide werden Sie ihn bei Ihrer Arbeit nie renntauglich bekommen. Wahrscheinlich bricht er sich irgendwann an einem Schössling das Bein, und seine Tage sind gezählt, ehe sie richtig begonnen haben.«

»Aber wenn nicht? Wenn ich ihn doch zu einem Rennpferd ausbilden kann und er schnell genug wird, um die anderen aus dem Feld zu schlagen? Warum sollte ich auf all die Zuchtprämien verzichten, die Sie sich erhoffen?«

»Kommen Sie, Mr Gleeson. Wie könnten Sie es ertragen, dass ein so feines Tier wie Ihres irgendwelche Stuten deckt, während Sie auf Wanderschaft sind? Wenn er bei Ihnen bleibt, wird er nur durchschnittliche Stuten ohne Stammbaum besteigen. Wohingegen *ich* ihm den besten Start als Rennpferd und später ein Leben als edler Deckhengst ermöglichen kann.«

Jack wusste, dass George Recht hatte. Cooley war ein zu edles Pferd, als dass er sich im hohen Gras die Sprunggelenke an einem liegenden Stamm anschlagen und verletzen durfte oder seine Hufe bei der Verfolgung entlaufener Rinder auf steinigem Boden beschädigen sollte. Er hatte einen edlen Stall, einen eigenen Pferdeknecht und einen Bauch voll Hafer verdient, er sollte nicht auf den dürren Weiden in dieser Gegend darben müssen.

»Außerdem«, fuhr George fort, »ziehen Sie ein besseres Los, wenn Sie sich eine Sutherland-Hündin zulegen, um eine Zucht aufzubauen. Sie können die Welpen für gutes Geld an andere Landarbeiter und auch an Schafzüchter verkaufen. Oben im Norden beginnen bald ein paar bedeutende Wettkämpfe, und man zahlt gut für Hunde, die bei diesen Wettkämpfen bestehen. Eine bessere Auszeichnung können Sie sich nicht wünschen.«

Jack blieb nachdenklich sitzen. Sein Herz verzehrte sich nach der Hündin. Er wusste nicht warum, aber er musste sie einfach haben.

»Spendieren Sie mir noch ein Glas, Mr Robertson-Patterson, und wir werden uns vielleicht handelseinig«, sagte er schließlich.

»Mein Onkel wird mich an meinem Zaumzeug aufknüpfen, wenn er davon erfährt«, sagte Robertson-Patterson. »Wir müssen diesen Handel im Geheimen abschließen... am besten nachts.«

»Fein«, sagte Jack, und seine Augen leuchteten.

»Kennen Sie die Furt am Glenelg River zwischen Dunrobin und Warrock?«

»Allerdings«, sagte Jack.

»Treffen wir uns dort in fünf Nächten um Mitternacht... am Donnerstag... an dem Tag hat mein Onkel vor, nach Melbourne zu fahren.«

Jetzt, kurz vor Mitternacht, zerriss es Jack fast das Herz, dass er sich von dem jungen Hengst verabschieden sollte, den er dem Fluss zuführte. Sollte er kehrtmachen und mit beiden Pferden zu seiner Hütte zurückkehren? Den Handel vergessen?

Er konnte nur einen tiefen Schatten ausmachen, wo sich der Grund zum staubigen Ufer des Glenelg River absenkte. Bailey schüttelte den Kopf, und ihr Gebiss klirrte in der Nacht. Sie rutschte den Uferhang hinab und schnaubte unsicher das Wasser an, ehe sie die Vorderhufe in die plätschernden Wellen stellte. Sie streckte den Hals einmal vor, um mehr Spiel in den Zügeln zu bekommen, und dann noch einmal, um den Kopf zum Trinken zu senken. Cooley stellte sich neben seine Mutter und trank ebenfalls. Er war nervös und achtete darauf, die Hufe nicht ins Wasser zu stellen, als wäre er überzeugt, dass etwas Düsteres seine Fesseln umklammern und ihn trotz seiner Gegenwehr in den nassen Tod zerren würde.

»Ach, jetzt mach schon«, sagte Jack und streichelte von seinem Sattel aus Cooleys Widerrist. »Du großer Feigling.«

Er blieb im Sattel sitzen und lauschte dem langen Schlürfen und dem rhythmischen Schlucken der Pferde sowie dem Platschen der Tropfen, die von ihren Schnauzen auf die Flusskiesel fielen. Während es totenstill um sie herum war, konnte Jack, als er durch das Geäst aufblickte, weiter oben am Himmel die Nebelschleier sehen, die an dem strahlend weißen Mond vorüberflogen. Die Landschaft war grau, silbergrau, und die Schatten waren schwarz wie die Hölle. Hoch über ihm riss der Nebel so weit auf, dass ein Mondstrahl auf den Fluss fiel. Er erhellte das Wasser, das über die Felsen an der Furt rann, und tanzte auf den kleinen Wellen, die sich auf den dunklen, tiefen Stellen bildeten.

Bailey und Cooley hörten das Pferd schon kommen, ehe Jack es sehen konnte. Cooley scheute und zerrte an der Leine, während Bailey erschrocken einen Satz zurück machte. Der düstere, schattenhafte Umriss eines Mannes auf einem Pferd schälte sich aus dem Flussnebel, als würden Ross und Reiter auf dem Wasser schweben. Jacks Pferde schnaubten nervös, aber er hielt Zügel und Führungsleine in festem Griff.

Der Anblick war tatsächlich Furcht einflößend. Vielleicht war es gar nicht George Robertsons Neffe, sondern der zornige George Robertson persönlich, der gekommen war, um Jack mit einem Schuss aus seiner Flinte zu zerfetzen, weil der sich verschworen hatte, eine seiner Hündinnen zu entführen. Langsam und ohne einen Laut von sich zu geben kam die Gestalt näher, und von den Hufen spritzten silberne Wassertropfen. Jack fragte sich, ob er wohl träumte und im nächsten Moment in seiner Hütte erwachen würde. Aber dann stieg eine Stimme von der Schattengestalt auf.

»Gleeson?«

»Eben der«, antwortete Jack leichthin und versuchte, die Tatsache zu überspielen, dass er nervös war wie ein Fuchs in seinem Bau, an dem gerade die Hunde vorbeihetzen.

»Ich hätte *sechs* Nächte gesagt, wenn ich gewusst hätte, dass es so eine Nacht würde«, meinte Robertson-Patterson im Näherkommen. Er trug einen eleganten Wollrock und warme Handschuhe.

»Wie ich sehe, stehen Sie zu Ihrem Wort«, fuhr er fort, den Blick fest auf Cooley gerichtet, der inzwischen zaghaft Robertsons Pferd beschnupperte.

»Und Sie?«, fragte Jack, der nirgendwo einen Welpen sah.

Robertson-Patterson öffnete den obersten Knopf seines Mantels, und der kleine schwarz-braune Kopf der Welpenhündin lugte heraus. Selbst in der Dunkelheit erkannte Jack auf den ersten Blick die intelligenten braunen Knopfaugen und die Schlappohren wieder. Robertson ließ die Zügel los, fasste in seinen Mantel und zog die kleine Hündin heraus.

»Auf dem Heimweg werde ich es nicht mehr so warm haben«, lachte er.

Jack nahm die Hündin in die kalten Hände und spürte ihre Welpenwärme. Er setzte sie in seine eigene Jacke, wo sie sich sofort an seine Brust kuschelte. Dann übergab er, nicht ohne einen dicken Kloß im Hals zu spüren, Cooleys Führungsleine an Robertson-Patterson. Weil jener Jacks Bedauern spürte, versuchte er, ihm Trost zu spenden.

»Er wird ein schönes Leben haben, das versichere ich Ihnen. Es ist ein fairer Tausch.«

»Das bleibt abzuwarten«, sagte Jack, der seiner Entscheidung immer noch nicht ganz vertraute.

Robertson-Patterson räusperte sich.

»Und dürfte ich Sie nun bitten, Mr Gleeson, möglichst bald weiterzuziehen? Je eher Sie den Distrikt verlassen haben, desto sicherer ist Ihre Zukunft mit dieser Hündin.«

»Es ist ohnehin an der Zeit, dass ich mich wieder auf Wanderschaft begebe. Ich bleibe nur ungern allzu lang an einem Ort.«

»Dann noch viel Glück«, sagte Robertson-Patterson und wendete sein Pferd, gefolgt von Cooley.

»Ihnen auch«, rief Jack ihm nach.

Jack schaute zu, wie der Mann und die beiden Pferde den Fluss durchwateten und wieder zu Schatten verblassten. Während er einen letzten Blick auf Cooleys rundlichen, fuchsroten Rumpf mit dem schwarzen, fiedrigen Schweif warf, der allmählich in der Dunkelheit verschwand, musste er an Albert denken. Dann zog er die pummelige kleine Hündin aus seiner Jacke. Sie war schwer und fest.

»Hallo, Miss«, begrüßte er sie, worauf sie mit dem Schwanz wedelte und die Zunge vorstreckte, um die neblige Luft zu schmecken. »Und wie sollen wir dich jetzt nennen?«

Jack dachte an George Robertson bei der Tennisparty und an die von ihm heraufbeschworenen Szenen des Züchters aus Sutherlandshire, dessen Hunde durch den Kelp-Tang an den Stränden Schottlands tanzten. Dann musste er an Archie denken, den Vormann auf der Warrock Station, der ihn vor dem Kelpie-Wassergeist gewarnt hatte, jenem pferdeförmigen Gespenst, das sich aus dem Nebel erhebt, um die Männer vor dem Ertrinken zu warnen. Und so glitt Jack Gleeson kurz nach Mitternacht noch unten am Fluss von seinem Pferd. Die kleine Hündin im Arm haltend ging er in die Hocke. Er schöpfte eine Hand voll kaltes Wasser aus dem Fluss und ließ ein paar Tropfen aus dem Glenelg River auf die breite Stirn des kleinen Tieres fallen.

»Ich taufe dich auf den Namen Kelpie«, sagte er lächelnd.

Dann barg Jack Gleeson die kleine Hündin wieder sicher in seiner Jacke, stieg auf sein Pferd und ritt in den Nebel davon, der warmen Hütte entgegen.

Kapitel 20

Durchnässt und bibbernd erreichten Jim und Rosie die Stallungen. Mit eisigen, steifen Fingern fummelten sie an den nassen, steifen Gurten herum, um die Pferde so schnell wie möglich abzusatteln.

Endlich waren die Pferde für die Nacht in ihren Boxen untergebracht. Jim stand neben Rosie vor der Stalltür, hielt ihre Hände und sah sie an.

»Und du bist ganz bestimmt okay?«

»Ganz sicher«, antwortete sie lächelnd, aber immer noch zitternd.

Der Regen wehte wie eine halb durchsichtige Gardine vor den Laternen im Hof. Er fiel nicht in dicken, schweren Tropfen, sondern in einem dichten Schleier, der mit einem tröstlich klingenden Rauschen auf dem Blechdach der Stallungen landete. Es war so lange trocken gewesen, dass Rosie beim Gurgeln des ablaufenden Wassers in den Regenrinnen und dem leisen Trommeln auf den Fensterscheiben das Herz höher schlug. Der Regen durchspülte sie mit einer tiefen Ruhe. Sie schaute zu Jim auf. Wenn so wie jetzt kleine Tropfen aus den eingeringelten Spitzen seiner nassen Haare auf seine Wangen sickerten, sah er einfach unwiderstehlich aus. Das Hemd klebte ihm am Körper, und die dunklen Wimpern umrahmten seine Augen, Augen, aus denen der Himmel an einem strahlenden Sonnentag leuchtete. Sie legte die Arme um seinen Hals und ließ ihre Zunge in einem gierigen Kuss in die Wärme seines Mundes gleiten. Bald gab es für Rosie nichts mehr außer dem Rauschen des Regens und der Wärme von Jims Mund.

Sie nahm Jims Hand in ihre.

»Komm mit«, sagte sie und führte ihn in das Quartier und dort in die winzige Dusche. Sie drehte die Dusche bis zum Anschlag auf. »Ich brauche deine Körperwärme, du wirst dich also ganz ausziehen müssen, um mich aufzuwärmen«, erklärte sie ihm frech.

»Ach ja, wirklich?«

Im wabernden heißen Dampf und immer noch küssend begann sie, ihm die nassen Sachen vom Leib zu schälen, und entblößte glatte, goldene Haut, die nur selten die Sonne sah.

Sie fuhr mit den kalten Fingerspitzen über die breiten Schultern und knetete die Muskeln in seinen kräftigen Armen. Sie legte eine Spur von Küssen über seinen Hals und seine Brust. Jim löste die Schnalle seines Gürtels und zerrte die Jeans von seinen Beinen. Bald standen sie einander nackt gegenüber und traten, gleichzeitig nach Luft schnappend, unter die Dusche. Das heiße Wasser prasselte auf ihre ausgekühlte Haut. Arme und Beine umschlangen sich in einer nassen, wärmenden Umarmung, und ein Kuss ging in den nächsten über. Jim verrieb Seife auf Rosies Leib, bis sie in einer glänzend weißen Schaumschicht vor ihm stand.

»Du bist so wunderschön«, flüsterte er.

»Ins Bett, lass uns ins Bett gehen«, murmelte sie, als sie ihren Mund von seinem gelöst hatte. Sie rubbelten sich gegenseitig mit kratzigen, frisch gewaschenen Handtüchern die vom heißen Wasser gerötete Haut trocken.

»Ich wollte das schon machen, seit ich dich zum ersten Mal gesehen habe, genau hier in diesem Bett«, gestand Jim.

Rosie zog ihn mit nach unten, wo sie sich von neuem küssten, lang und innig, während sie sich gegenseitig mit den Fingern erforschten. Jim schien keine Eile zu haben, ihren Körper kennen zu lernen. Rosie glaubte vor Lust fast zu platzen. Draußen rauschte immer noch der Regen aufs Dach, und sie merkte, wie das tröstliche Geräusch über sie hinwegschwemmte. Ihre zögerlichen Küsse gewannen an Lust, und bald raste die Leidenschaft durch ihre Adern wie das Wasser durch die ausgetrockneten Flussbetten, die heute Nacht zu frischem Leben erwacht waren.

So intensiv war ihr Erlebnis, dass sie gar keine Zeit für die typische Erste-Nacht-Nervosität oder Schüchternheit hatten. Rosie streckte den Rücken durch und wand sich unter ihm, weil sie es kaum mehr erwarten konnte, ihn in sich zu spüren. Das Toben des Sturms hörte sich an, als würde ein Güterzug über die Stallungen und das Haupthaus hinwegbrausen. Ein ohrenbetäubender, grollender Donner ließ das Blechdach erbeben und vibrierte durch ihre Körper. Für einen Sekundenbruchteil erhellte ein gleißender Blitz den Raum. Die Blitze zeigten zwei Liebende, die einander hemmungslos und wie von Sinnen ritten. Die Luft war mit der Energie des Gewitters aufgeladen und entführte Jim und Rosie an einen anderen Ort. Sie gehörten nicht mehr in diese Welt, in diese Zeit. In einer Sphäre reiner Lust schwebend, vergaßen sie alles um sich herum. In diesem Augenblick gab es nur noch sie und ihre Leidenschaft und das Ungestüm der Natur. Nichts anderes zählte.

Am Morgen versteckte sich die Sonne schmollend hinter einer dicken grauen Wolkenwand, die alles in ein trübes Licht tauchte. Die Eukalyptusblätter hingen voll gesogen an den Zweigen, ließen den Regen an die Blattspitzen gleiten und in dicken Tropfen auf den Boden fallen. Fette Kookaburras flatterten von den Zaunpfosten und zerrten Würmer aus dem nassen Boden. Mit ihrem aufgeplusterten Federkleid, mit dem sie den Regen abhielten, sahen die Vögel aus wie kleine dicke Damen im Pelzmantel bei einem eleganten Abendessen. Auf der niedrigen Weide, wo das Gras allem Anschein nach über Nacht zu sprießen begonnen hatte, stolzierten Papageien umher und suchten nach Insekten.

Sie tranken frisches Regenwasser aus den klaren Pfützen und hüpften wie tanzend im Regen herum. Die leuchtend grünen und roten Gefieder waren vom Regen sauber gewaschen und setzten strahlend bunte Farbtupfer in diesen düsteren, grauen Tag.

Im Quartier bekamen Jim und Rosie nichts von diesem Naturschauspiel mit. Kein Sonnenstrahl hatte sich durchs Fenster hereingeschlichen, um sie zu wecken. Der düstere Tag hatte sie friedlich bis in den Morgen hinein und bis weit nach sieben Uhr schlafen lassen.

Wenig später erwachte Rosie durch das unablässige Läuten des Telefons. Die Außenklingel schallte über den leeren Hof. Rosie küsste Jims Schulter. Er lächelte verschlafen.

»Kannst du nicht deine Mum drangehen lassen?«

»Ich muss sowieso nach ihr sehen.«

Rosie schlüpfte aus dem Bett und zog sich an. Als das Telefon nicht aufhören wollte zu klingeln, begann sie sich Sorgen zu machen. Wo blieb ihre Mutter?

Erst als Rosie ins Haus lief, erstarb das Klingeln.

»Typisch«, sagte sie, weil sie an Jim und sein warmes Bett denken musste.

In der Küche war niemand. In der Spüle stapelte sich das schmutzige Geschirr, und auf dem Tisch standen mehrere halb leere Kaffeetassen. Der Lavendel, den ihre Mutter letzte Woche gepflückt hatte, stand schlaff und halb verwelkt in seiner Vase.

»Mum?«, rief Rosie. Keine Antwort. Im Flur rief sie noch einmal, diesmal lauter: »Mum!« Aber das riesige Haus lag in tiefem Schweigen. Sie stieg die Treppe hoch und ging den Flur bis zum Ende, wo sie rechts zaghaft an die Tür des Elternschlafzimmers klopfte. Kleider hingen halb aus dem großen Ebenholzschrank, als hätte er plötzlich niesen müssen. Die goldene Uhr auf dem Kaminsims läutete wichtigtuerisch vor sich hin. Rosie sah ihre Mutter unter einer verknüllten Tagesdecke liegen.

»Mum?« Unsicher trat sie einen Schritt vor. Neben dem Bett lagen einige Tabletten verstreut, die ihre Mutter verschrieben bekam. Rosies Herz setzte vor Schreck aus. Ängstlich hob sie die Decke an und warf einen Blick darunter.

Bleich und mit verquollenen Augen sah Margaret zu ihr auf.

»Ich weiß genau, was du jetzt denkst«, sagte sie heiser. »Aber das stimmt nicht. Ich habe nichts Dummes angestellt. Nur ein bisschen zu viel getrunken.« Dann begann das Telefon wieder zu läuten. »Gehst du bitte für mich dran, Liebes?«

»Sicher.« Rosie tätschelte ihrer Mutter die Schulter und wandte sich ab...

»Rosie. Es tut mir Leid«, sagte Margaret leise, aber Rosie war bereits in den Flur zurückgelaufen. Sie wollte eben nach unten eilen, als sie einen Zettel unter ihrer Zimmertür liegen sah. Obwohl das Telefon immer noch nervtötend bimmelte, hob sie ihn auf. Hastig überflog Rosie Geralds korrekte Handschrift.

»Liebe Rosie. Ihr werdet ein paar Tage allein zurechtkommen müssen. Ich rufe so bald wie möglich an. Bitte verzeih mir.«

Unterzeichnet hatte er die Nachricht mit einem G und einem X, das für einen Kuss stand. Ohne dem schmerzhaften Stich nachzugeben, den Geralds Flucht ihr versetzte, stopfte Rosie die Nachricht in die Tasche und rannte nach unten, um ans Telefon zu gehen.

»Hallo?«

»Bist du es, Margaret?«, hörte sie eine Männerstimme am anderen Ende.

»Nein. Hier ist Rosie.«

»Ach so, Rosie. Ich bin's, Marcus Chillcott-Clark.«

»Hi. Wie geht es dir?«

»Hör zu, ich wollte nur sichergehen, dass ihr das Fax bekommen habt.«

»Das Fax?«

»Es droht eine Überschwemmung. Eine schwere. Ich muss sofort los, meine Herden verlegen. Dein Vater muss das auch machen. Können wir ein andermal plaudern? Bis dann«, und damit hatte er aufgelegt.

Schon wieder vom Regen durchnässt, stand Rosie im Quartier. Jims Gesicht hellte sich auf, als er sie sah.

»Hallo noch mal«, sagte er.

»Dieses Fax ist eben reingekommen«, sagte sie und streckte es ihm hin. »Flussaufwärts ist der Pegel über Nacht um hundertfünfzig Millimeter gestiegen. Es wird vor einer Flut gewarnt. Auf allen unseren Flussweiden stehen Tiere. Was sollen wir jetzt machen?«

»Wie viel Zeit bleibt uns nach so einem Regen?«, fragte Jim und nahm ihr das Fax aus der Hand. Rosie schüttelte den Kopf.

»Ich weiß nicht. Ich war noch nie –«

»Könnte es deine Mum wissen?«

Wütend auf sich und auf Margaret, weil sie sich nie für diese Dinge interessiert hatten, schüttelte Rosie den Kopf.

»Hast du Geralds Nummer? Er kann es uns bestimmt sagen.«

Rosie zuckte mit den Achseln. »Er hat mir nur einen Zettel hinterlassen, dass er sich melden wird. Aber ich kann es bei Giddy probieren und dann wieder herkommen.«

Sie drehte sich um und lief los.

»Schiet«, sagte Jim im Aufstehen und stieg in seine Kleider. Auf diese Art von Drama konnte er wahrhaftig verzichten. Aber er hatte im Kimberley River Country schon mehrere Überschwemmungen erlebt. Er hatte aufgeblähte Rinder gesehen, die mit entsetzt aufgerissenen Augen wie Treibgut in den Zäunen hingen. Er würde nicht zulassen, dass es den Rindern, die jetzt auf den ebenen Weiden der Highgroves grasten, ebenso erging. Nicht wenn er etwas dagegen unternehmen konnte. Also griff er nach seinem Mantel und Hut und ging in den Stall. Wenig später war Rosie zurück.

»Hab' ihn nicht erwischt«, war ihre Auskunft.

»Und deine Mum? Hast du der erzählt, was uns bevorsteht?«

»Die schläft tief und fest. Aber ich habe ihr einen Zettel geschrieben«, sagte sie und zog gleichzeitig die Schnalle an Oakwoods Zaumzeug zu.

»Auf jeden Fall müssen wir uns beeilen«, sagte Jim. »Du nimmst das Auto und holst die Jungschafe von den eingezäunten Weiden direkt am Fluss. Treib sie fürs Erste hier hoch zu den Stallungen. Aber bleib auf den Wegen, okay? Ich bringe solange die Hammel vom hinteren Weideland auf den großen Hügel.«

»Und die Kühe und Kälber?«, fragte Rosie. »Die weiden alle am anderen Ufer im Cattleyard Swamp, oder?«

Jim legte die Stirn in Falten und überlegte.

»Wir müssen rüber und das Gatter öffnen, damit sie sich auf das Weideland oben im Busch zurückziehen können. Andernfalls werden sie mit Sicherheit ertrinken. Für den Pick-up ist es dort zu sumpfig. Ich führe Oakwood hin und warte an Murphy's Gate auf dich.«

»In Ordnung«, sagte Rosie und versuchte, sich dabei ins Gedächtnis zu rufen, welches Gatter Murphys Gate war. Sie wünschte, sie hätte mehr darauf geachtet, welches Tor wie hieß.

Jim legte den Sattelgurt straff um den Bauch der Stute. Dann schnallte er zwei lederne Satteltaschen an die Messingringe an seinem Sattel. Er hatte es sich zur festen Gewohnheit gemacht, stets seine Satteltaschen mitzunehmen, selbst wenn er nur einen winzigen Auftrag zu erledigen hatte. Sie waren mit Notverpflegung, Streichhölzern, Papier, Zucker, Süßigkeiten und einem kleinen Erste-Hilfe-Kasten bepackt. Auch wenn ihm der Western Distrikt nach den Jahren im zerklüfteten, roten Nordwesten Australiens zahm vorkam, fühlte er sich so sicher.

Nachdem er die Stalltüren aufgestoßen hatte, führte er die Pferde in den Regen hinaus. Seine Stute und Oakwood folgten mit angelegten Ohren, sobald sie die ersten kalten Tropfen auf ihrem warmen, trockenen Rumpf spürten.

Kapitel 21

Während Rosie, gefolgt von ihren Hunden, in dem Pick-up den unteren Weiden entgegenholperte, gelobte sie Jim und ihrer Herde, ihr Bestes zu geben.

An der Weide am Fluss kreisten Diesel und Gibbo die Herde in vorbildlichem Einklang ein. Jim hatte ihr beigebracht, die Hunde beim Herantreiben der Herde ihrem natürlichen Instinkt folgen zu lassen. In dem sicheren Wissen, dass die Hunde die Schafe zu ihr treiben würden, fuhr sie langsam auf das Tor zu.

Nachdem sie die Gatter der Weiden bei der Homestead geschlossen hatte, fuhr Rosie so schnell über den Feldweg, dass der Schlamm von den dicken Reifen des Pick-ups bis auf die Türen spritzte. Die Scheibenwischer verschmierten braune Tröpfchen auf der Windschutzscheibe, und Rosie beugte sich vor, um überhaupt etwas zu erkennen, während der Pick-up über den Weg hüpfte, holperte und sprang. Schließlich sah sie Jim mit den beiden Pferden am Gatter stehen. Sie stieg aus und rannte zu ihm hin.

Als sie die Pferde am Flussufer zügelten, holte Rosie erst einmal tief Luft. Der Fluss sah bedrohlich aus. Weißer, braun gesprenkelter Schaum sammelte sich in wirbelnden Strudeln und setzte sich in dem am Ufer verkeilten Gewirr aus Borkenstücken, Geäst und Laub fest. In der Flussmitte schoss das Wasser vorwärts, als wollte es überkochen. Weiter flussabwärts hatten sich über den Felsen an den flacheren Stellen Stromschnellen gebildet, über denen die weiße Gischt in die Luft schoss. Rosie rutschte erschrocken in ihrem Sattel zurück, als sie das sah. Dampf stieg von den warmen Pferderücken auf, während Jim und Rosie die Lage in Augenschein nahmen.

»Wo sollen wir deiner Meinung nach rüber?«, brüllte Rosie gegen den Regen an.

Sie war schon öfter zum Picknicken an der Furt gewesen, immer hatte der Fluss gleißend und ruhig dagelegen; und sie hatte ihren Körper in der Sommerhitze in die erfrischende Kühle getaucht. Aber die Aussicht, den Fluss während einer Überschwemmung zu durchqueren, machte ihr Angst. Am anderen Ufer standen die Kühe hilflos auf einigen flachen Anhöhen in den überschwemmten Weiden und muhten aufgeregt nach ihren Kälbern. Die Kälber tollten in den Untiefen des steigenden Wassers herum, hoben die kleinen Schwänze und schlugen verspielt mit den Hinterläufen aus. Sie schienen nicht zu begreifen, in welcher Gefahr sie schwebten. Die Kühe trotteten ihnen eindringlich muhend hinterher.

»Hier bei der Furt müsste es noch gehen«, sagte Jim, dessen Stute bereits über die glitschigen Ufersteine und den Schlamm tänzelte. »Die Pferde schaffen das schon. Ich habe in Kimberley schon schlimmere Flüsse durchquert.« Er streckte die vor Kälte gerötete Hand aus und strich Rosie übers Gesicht. »Verlass dich auf Oakwood. Er kann dich ans andere Ufer tragen.«

»Und die Hunde?«, fragte sie.

»Für die ist die Strömung zu stark. Wir müssen sie hochnehmen.«

Er befahl seine Hunde mit einem Pfiff zu sich. »Rauf«, befahl er, und sofort sprangen Thommo und Daisy hoch, um sich vor und hinter seinem Sattel niederzulassen. Seine Stute legte die Ohren an, als die Hunde auf ihrem Rücken landeten, aber sie blieb ruhig stehen.

»Probier aus, ob deine Hunde das auch machen«, sagte er.

Rosie schlug sich ans Bein und sagte: »Rauf.« Diesel und Gibbo reagierten nicht.

»Du musst es sagen, als würdest du es *ernst* meinen, Mädchen!«, sagte Jim. »Wir haben keine Zeit zu verlieren.«

»Rauf!«, befahl sie mit einer Stimme, die gar nicht wie ihre klang. Diesel sprang augenblicklich auf und legte sich quer vor den Sattel. Sam hatte ihm das ganz eindeutig beigebracht. Gibbo schreckte winselnd zurück. Er setzte widerstrebend die Pfoten auf Rosies Fuß im Steigbügel und klemmte den Schwanz zwischen die Hinterläufe. Sie beugte sich nach unten, wobei sich ein Wasserschwall aus ihrer Hutkrempe auf den Boden ergoss, zog den schlaksigen Hund nach oben und drapierte ihn über Oakwoods Rumpf. Oakwood scheute kurz, kam aber sofort wieder zur Ruhe.

»In Ordnung?«, fragte Jim.

Rosie nickte und schluckte die Angst tief hinunter in die Magengrube. Oakwood stapfte ungerührt Jims Stute hinterher in den Fluss, als wäre dies der Ausritt eines Ponyclubs. Dann schossen seine Ohren beunruhigt vor, und er schnaubte, als er die reißende Strömung an seinen Beinen spürte. Vor ihnen rutschten Äste über die Felsen, und Jims Stute scheute kurz zurück, aber Jim redete beruhigend auf sie ein und drängte sie voran, wobei er ihr jedoch bei jedem Schritt Zeit ließ, einen festen Stand zu finden. Als sie in tieferes Wasser kamen, zerrte die Strömung mit erschreckender Gewalt an ihnen. Die Pferde schnaubten vor Anstrengung und versuchten, auf den abgeschliffenen, unsichtbar unter den schäumenden Stromschnellen liegenden Flusskieseln nicht aus dem Tritt zu kommen. Das Wasser stieg bis an Oakwoods Brust, und Rosie beobachtete, wie der Schweif von Jims Stute von der Strömung zur Seite gerissen wurde. Zweige und Blätter verfingen sich darin. In Rosies Stiefel schwappte eiskaltes Wasser, das an ihren Jeansbeinen nach oben stieg, aber gerade als sie glaubte, sie würden mitgerissen, wurde das Wasser wieder flacher, und die Pferde kamen besser voran.

Eher vor Angst als vor Kälte schlotternd und mit einem Seufzer der Erleichterung begann sich Rosie zu entspannen. Aber genau in diesem Moment geriet Oakwood mit den Vorderfüßen in ein Loch und kam ins Straucheln. Seine Schulter kippte unter Rosie weg, und sein Maul tauchte in das schlammige Wasser. Hilflos schlugen seine Hufe aus. Dann wurde sein Leib zur Seite gedrückt, und er stürzte. Rosie ging mit unter. Die Hunde wurden von Oakwoods Rücken gerissen, und aus dem Augenwinkel sah Rosie ihre winzigen Köpfe davontreiben. Im selben Augenblick spürte sie, wie ihr das Wasser die Brust einengte. Kälte und Angst schnürten ihr so die Kehle zu, dass sie keine Luft mehr bekam. Sobald sie in das wütende Wasser eintauchte, merkte sie, wie ihre Beine nach oben trieben und aus dem Sattel gehoben wurden. Die Wellen versuchten, ihre Füße aus den Steigbügeln zu zerren, und begannen, ihren Körper flussabwärts zu ziehen.

»Jim!«, schrie sie. Sie und Oakwood waren von der Furt weggetrieben worden und befanden sich jetzt im tiefen, wirbelnden Wasser, wo sie in rasendem Tempo flussabwärts geschwemmt wurden. Sie sah, wie er sich umdrehte, und das Entsetzen auf seinem schlagartig kreidebleichen Gesicht war das Bild, das ihr vor Augen stand, als sie von der eisigen Strömung unter Wasser gezogen wurde. Ihre Finger grabschten fieberhaft nach Oakwoods Mähne oder Sattel. Egal was. Was sie nur zu fassen bekam. Sie schlang die Arme um seinen Hals. Oakwoods Muskeln waren steinhart vor Angst und Anstrengung, aber er kämpfte eisern gegen die Strömung an, um ans Ufer zu gelangen.

Als Rosie an Oakwood und seine Zügel geklammert wieder an die Oberfläche kam, sah sie, wie panisch er mit den Augen rollte. Er atmete und schnaubte so schwer, dass die Nüstern abwechselnd weit aufgebläht und rot wie die eines Drachens waren, um im nächsten Moment zu erschlaffen und flach anzuliegen, während gleichzeitig seine großen Hufe durchs Wasser stampften. Rosie spürte den Zorn des Flusses. Er wollte ihr die Stiefel von den Füßen saugen. Der Mantel wurde ihr vom Leib gezogen wie einem Kaninchen das Fell. Immer und immer wieder wurden sie und Oakwood unter die Wasseroberfläche gezogen und herumgewirbelt. Äste und Stämme trafen sie. Ertrunkene Schafe schwammen mit aufgeblähten Leibern, angeschwollenen, blutleeren Zungen und glasigen Augen an ihnen vorbei wie Zombies oder prallten an ihnen ab.

Unter ihr, im schlammigen Grund des Flusses, meinte Rosie die Finger der Toten zu spüren, die nach ihren Knöcheln schnappten und sie hinabzuziehen versuchten. Einen Moment war sie in der dunklen, tosenden Unterwelt gefangen, im nächsten blickte sie wieder in den grauen Himmel und sah das Flussufer vorbeiziehen. Sie konnte spüren, dass Oakwood den Kampf verloren geben wollte. Er wurde müde. Auch ihre Muskeln schmerzten vor Erschöpfung. Die Panik in ihrem Kopf, dieser akute Überlebensinstinkt, wurde spürbar schwächer. Rosie begann, sich zu entspannen. Und auf eine ganz ruhige, eigenartig losgelöste Weise begriff sie, dass sie und Oakwood mitsamt den beiden Hunden ertrinken würden.

Manchmal wurden sie in die Flussmitte gezogen, dann wieder an den Rand getrieben. Äste zerkratzten Rosie das Gesicht, und ihre Haut wurde an den Felsen unter der Wasseroberfläche aufgeschürft. Als sie um eine scharfe Biegung trieben, schwemmte sie der Fluss unter ein paar am Ufer stehende Weiden. Die Äste hingen wie Tentakel ins Wasser und bogen sich in der Strömung. Rosie streckte die Hand nach oben und bekam eine Hand voll schlanker Weidenzweige zu fassen. Sie spürte, wie die Blätter unter ihren Fingern vom Holz gezogen wurden, weil der Fluss so heftig an ihrem Körper riss. Verzweifelt packte sie im Vorbeiziehen noch mehr Weidenzweige und schaffte es sich festzuhalten, halb in der Luft baumelnd, während die Strömung sie unten wegzudrücken versuchte. Mit der anderen Hand hatte sie sich an Oakwoods Zügeln festgekrallt. Er strampelte wie wild mit den Beinen, um in ihrer Nähe zu bleiben, aber er schaffte es nicht. Rosie begriff, dass sie ihn loslassen musste. Sie schaute ihm nach, während er mit rollenden Augen schnell und flach atmend von ihr weggetrieben wurde. Sie war wie betäubt vor Trauer. Sie hatte ein wunderschönes Pferd zu Tode geritten. Die Hunde hatte sie auch ertränkt. Ihre Schultern schmerzten, aber trotzdem hielt sie sich mit aller Gewalt an ihrem rettenden Baum fest. Sie versuchte, sich wie ein Affe zu einem kräftigeren Ast weiterzuschwingen, aber die Strömung hielt sie in ihrem eisernen Griff. Sie hing fest. Schicksalsergeben sah sie ein letztes Mal nach Oakwood.

Zu ihrer Überraschung war er noch nicht außer Sichtweite getrieben worden, sondern schwamm immer noch wenige hundert Meter flussabwärts im Wasser. Die Strömung hatte ihn in eine Art kleine Bucht getragen. Schon hatte Oakwood die Ohren aufgestellt und begann im Herzen des ruhigen Wassers zu schwimmen. Er kam tatsächlich voran. Jetzt war er aus der Strömung heraus und schwamm dem Ufer entgegen. Rosie sah, wie er sich aus dem Wasser zog. Seine Hufe glitten im Schlamm aus, aber bald stand er auf festem Boden und schaute zu ihr her. Er senkte den Kopf bis dicht über den Boden und schüttelte, immer noch schwer schnaubend, das Wasser aus seinem Fell. Der Sattel hing lose unter seinem Bauch. Die Satteldecke hatte ihm der Fluss vom Leib gerissen und mitgenommen. Das Zaumzeug saß schief auf seinem einen Ohr, und die abgerissenen Zügel baumelten unter seinem Maul.

Rosie begriff, dass sie nicht ewig in den Weiden hängen bleiben konnte. Sie musste darauf setzen, dass die Strömung auch sie in diese kleine Bucht treiben würde. Sollte das Schicksal entscheiden. Ehe sie ihre steif gefrorenen Finger von den Weidenzweigen löste, schloss sie die Lider und rief sich Jim vor Augen. Wenn sie schon sterben sollte, wollte sie dabei wenigstens sein Gesicht vor Augen haben. Seine sanften, gütigen Augen und seine vollen, so genial küssbaren Lippen. Die Art, wie er sie mit einem Lächeln aufmuntern oder beschwichtigen und beruhigen konnte. Sie fühlte sich so unendlich bereichert durch die Begegnung mit ihm, diesem Viehtreiber Jim Mahony. Dem ersten Mann, der an ihre Seele gerührt hatte. Dann zog der Fluss sie fort. Sie streckte die Arme nach vorn und ließ sich von Stämmen und Ästen rammen. Halb auf den Rücken gedreht, schaute sie noch einmal zu den tief am Himmel hängenden grauen Wolken auf. Dann merkte sie, wie sie ganz still wurde und im nächsten Moment gemeinsam mit dem übrigen Treibgut, das der Fluss angesammelt hatte, ausgespien wurde. Und sie begann mit letzter Kraft zu schwimmen.

Kapitel 22

Bibbernd am Ufer stehend, schlang Rosie die Arme um Oakwoods Hals. Dann öffnete sie schwer keuchend die Schnalle des Sattelgurtes. Der durchnässte Sattel klatschte auf den Boden wie ein riesiger, toter Rochen. Er war zu schwer, um ihn aufzuheben, darum ließ sie ihn einfach liegen und führte Oakwood vom Fluss weg. Sie wateten durch nasses Sumpfland, bis sie auf den Zaun stießen. Rosie war klar, dass sie sich flussaufwärts halten musste, aber sie wusste nicht, wie weit sie gehen musste. Sie musste Jim und die Tiere wiederfinden. Also stellte sie sich auf einen umgestürzten Baumstamm und schwang sich von dort aus auf Oakwoods Rücken. Sie spürte seine Körperwärme durch ihre nassen Jeans, aber sie hörte trotzdem nicht auf zu bibbern. Die Zeit schien ihr zwischen den Fingern zu zerrinnen, während sie dem Zaun folgte und sich dabei vorsichtig auf dem Rücken ihres Wallachs hielt, der sich einen Weg zwischen den kratzigen Fingern der Büsche hindurch suchte. In regelmäßigen Abständen rief sie nach Jim, aber Wind und Regen verwehten ihre Worte.

Als Rosie endlich auf eine Lichtung gelangte, sah sie vor sich den Cattleyard Swamp liegen. Immer noch standen die Kühe und Kälber als rostrote Flecken auf den stetig kleiner werdenden Inseln, die sich über die tiefer liegenden Flächen erhoben. Jim war nirgendwo zu sehen. Sie schaute sich um und brüllte seinen Namen. Tränen schossen ihr in die Augen. War er ihr gefolgt und dabei ertrunken? Sie suchte mit dem Blick den silbernen Spiegel des Wassers ab, der jetzt die Weiden zu beiden Seiten des Flusses überzog, und versuchte dabei, jeden Baum und jede dunkle Silhouette auf einer der Inseln in Jim zu verwandeln. Aber der

Regen fiel immer weiter und spülte ihre Hoffnungen davon. Rosie ließ sich von ihrem Pferd gleiten, sank mitten im Schlamm auf ihre Knie und begann zu schluchzen. Nachdem sie eben am eigenen Leib erfahren hatte, wie wild der Fluss war, war sie ganz sicher, dass Jim nicht mehr zu retten war. Sie musste an den Kelpie-Geist denken... den aus dem Fluss aufsteigenden Geist in Pferdegestalt. Und begann ihn anzuflehen. Sie flehte um ihre Hunde, um die Stute und vor allem um ihren Viehtreiber. Gerade als sie halb laut »Bitte, lass sie nicht sterben« vor sich hin flüsterte, spürte sie etwas Warmes auf ihrem Scheitel. Sie schaute auf und erkannte, dass Diesel an ihr schnupperte und ihre Ohren leckte. Gibbo stand schwanzwedelnd daneben, immer noch mit Blättern und Zweigen unter dem Halsband.

»Ach, meine Hunde! Meine Hunde!« Rosie drückte sie mit aller Kraft ans Herz. Hektisch sah sie sich nach Jim um und rief ihn wieder und wieder, aber nur der in den Wipfeln wütende Wind antwortete ihr. Sie spürte, wie in ihrer Magengegend neue Panik aufflatterte, entschied sich aber, sie zu ignorieren... Sie musste um jeden Preis verhindern, dass die Kühe auf grauenvolle Weise ertranken. Sie musste den Job zu Ende bringen, den sie und Jim angefangen hatten.

Rosie nahm all ihre Kraft zusammen und kletterte erneut auf Oakwoods Rücken. Sie musste tapfer sein. Sie musste ihren Hunden und ihrem Pferd vertrauen. Genau wie Jack Gleeson es getan hätte.

West Wimmera

Jack beugte sich mit rasendem Herzen in seinem Sattel vor, als sich Bailey in den reißenden Fluss stürzte. Sobald er spürte, wie die Beine der Stute stärker ausschlugen und sie zu schwimmen begann, drückte er Kelpie unter seinem Mantel an seine Brust und zog Faulpelz am Genick hinter sich her durchs Wasser. Als das Wasser durch seine Kleider drang, stockte ihm kurz der Atem. Aber Bailey war kräftig, und der Fluss war frei von Treibgut, weshalb die Stute schon bald, sicher auf der anderen Seite angekommen, wieder durch flacheres Gewässer watete. Bailey schüttelte das Wasser aus ihrem Fell und trabte freudig unter den tief hängenden Ästen der Eukalyptusbäume hindurch. Dann ließ Jack die junge Hündin vom Pferd springen, während Faulpelz mürrisch hinterdrein trottete.

»Du bist mein Glücksbringer bei jeder Flussdurchquerung«, sagte Jack zu Kelpie, die sich eifrig das Wasser aus dem Fell schüttelte. Er fragte sich, wann das Nieseln endlich aufhören würde. Er hatte ein paar triefnasse Tage hinter sich, während derer er die regengetränkte Ebene durchquert hatte. Hoffnungsvoll sah er zu der Hügelkette auf, die grau und verwaschen am Horizont stand. Er müsste sich sputen, wenn er noch eine trockene Feuerstelle zum Übernachten finden wollte. Jack hatte es sich zum Ziel gesetzt, noch vor Beginn der Schurzeit auf die Ballarook Station zu kommen. Er hatte immer von der Wimmera geträumt, wo dem Hörensagen nach die Herden nach Tausenden gezählt wurden. Die Wolle wurde tonnenweise geschnitten, und meilenlange Ochsengespanne zogen die Wollballen, die schwer waren wie reine Goldbarren. Aber bislang hatte Jack noch wenig davon gemerkt, dass die Wimmera ein Land des Überflusses war. Stattdessen war sie eintönig und grau. Schlammige Wege und gefährliche Flussquerungen hatten seine Reise erschwert, und die meiste Zeit hatte er frierend die Nässe ertragen müssen.

Als Jack endlich auf die Hügelkette oberhalb eines überfluteten Altwasserarmes hinauffritt, sah er zu seiner Erleichterung eine Lichtung vor sich liegen, wo Rauch zum Himmel aufstieg wie eine dünne Docke aus gesponnener Wolle. Das Feuer kämpfte gegen die Feuchtigkeit an, trotzdem wirkte das Lager einladend.

»Hallo?«, rief Jack im Näherkommen, doch niemand antwortete ihm. Das Lagerfeuer schmauchte gemächlich vor sich hin, die Kohlen hatten kaum noch Glut. Ein Blechtopf, dessen rostige Wand mit Asche verklebt war, stand noch halb voll am Feuerrand. Ein unter einem Baum angebundener hübscher schwarzer Wallach mit weißer Blesse auf der Nase stellte aufmerksam die Ohren auf. Er streckte den Hals vor und wieherte Bailey grüßend zu. In den Wipfeln kreischten und tanzten die grauen Kakadus wie ein Schwarm von Hofnarren.

»Hallo!«, rief Jack noch einmal lauter. Dann hörte man das Kläffen und Bellen von Hunden, die aufgeregt den Uferhang heraufgeklettert und -gerannt kamen. Es waren drei an der Zahl, und alle waren nass und tanzten vor Begeisterung. Die Hunde beschnüffelten Faulpelz und Kelpie und wedelten dabei eifrig mit den Schwänzen, die sie wie Friedens- und Freundschaftsflaggen in die Luft gereckt hatten. Jack fiel auf, dass es gesunde, fröhliche Collies von guter Abstammung waren. Es verblüffte ihn, dass er hier über so beeindruckende Hunde stolperte. Das war wie ein Omen. Hatte Kelpie damals nicht durch das Wasser zu ihm gefunden? Dann hörte er von unten ein hohes Pfeifen, und in der nächsten Sekunde jagten die Hunde an ihm vorbei und das Ufer hinab zu ihrem Herrn. Jack konnte einen Mann erkennen, der, eifrig umtanzt von seinen Hunden, am Ufer des Sees den Kadaver eines Kängurus auswusch.

Jacks Kiefer klappte nach unten.

»Das ist doch nicht zu fassen! Tully? Mark Tully? Bist du das?«

»Heilige Maria und Mutter Gottes!«, antwortete Mark im Aufstehen, ohne den dicken Känguruschwanz aus den breiten Händen zu lassen. Er kletterte die Uferböschung herauf. Jack stieg von seinem Pferd, und die beiden jungen Männer schüttelten sich erst die Hand, umarmten sich dann und schüttelten dann nochmals die Hände, wobei sie die ganze Zeit über dieses unwahrscheinliche Wiedersehen lachten. Zahllose Erinnerungen an ihre Kindheit an den Viehhöfen am Hafen erwachten zum Leben, und Jack merkte, wie ihn eine Gänsehaut überlief. Wenn das kein gutes Omen war.

Nachdem das Feuer wieder angefacht worden war und der Kessel fröhlich blubberte, kauerten Jack und Mark zusammen unter einer alten, in einem dichten Laubdach aufgespannten Leinwandplane und fielen sich gegenseitig immer wieder ins Wort, so eilig hatten sie es, einander all die Abenteuer zu erzählen, die sie erlebt hatten, seit sie von zu Hause weggegangen waren.

»Und jetzt bin ich auf dem Rückweg nach Ballarook und habe nicht eine einzige Kuh in meiner Herde. Der Boss wird toben wie ein Wüstensturm.« Mark stocherte mit einem knorrigen alten Stock im Feuer und atmete schwer durch die Nase aus. »Aber ich weiß, dass du ihn wieder umstimmen könntest, Jack. Du bist gut in diesen Dingen. Es war nicht mein Verschulden, dass andere Viehtreiber die Herde streunen ließen und die dummen Viecher sich den falschen Erdhaufen aussuchten, um ihre Haut zu retten, als die Überschwemmung kam. Immer schickt er mich los, um die Suppe auszulöffeln, die ihm die anderen Männer eingebrockt haben. Aber warte nur bis zur Schur. Du wirst deinen Augen nicht trauen.«

»Ich kann es kaum erwarten, das junge Mädel hier arbeiten zu lassen. Sie ist schon bereit«, sagte Jack mit einem Nicken zu Kelpie hin.

»Woher hast du sie? Eine nette Rasse.«

Ungläubig lauschte Mark der Schilderung von Jacks klammheimlichem Tausch.

»Verflucht noch eins! Albert würde dir ganz gewiss eins mit dem Stock überziehen. Seinen jungen Hengst gegen einen Welpen einzutauschen! Bist du von Sinnen?«

»Ich weiß, dass es sich so anhört, aber ich bereue nichts«, sagte Jack. »Sie ist schlau, und wenn ich erst einen guten Rüden für sie gefunden habe, wird sie exzellente Welpen werfen.«

Er zog den feuchten Mantel um sich und schaute Kelpie an. Sie beobachtete ihn, den Kopf leicht seitlich geneigt und die Ohren aufgestellt, als wüsste sie genau, dass er über sie redete. Innerhalb weniger Wochen hatte sie das pummelige Welpenstadium hinter sich gelassen und war zu einer schlanken, eleganten, nordeuropäischen Colliehündin herangewachsen. Sie hatte das Kinn auf die Pfoten gelegt, und ihr Blick schien an Jack zu kleben, solange sie nur die Augen offen halten konnte. Dann gab sie ein schnaubendes Seufzen von sich und schlief ein. Jack hatte all seine Hoffnungen in diesen kleinen Hund gelegt, der vor ihm lag. Er träumte davon, ihre Welpen zu verschenken, damit sich Kelpies Nachkommen wie ein Fluss über das ganze Land verbreiten würden. Er begann, Mark von seiner Vision zu erzählen.

»Ich möchte, dass man einst wie auf einer Straßenkarte nachvollziehen kann, wie sich ihre Nachkommenschaft im ganzen Land ausgebreitet hat«, erklärte er ihm ernsthaft. Während seiner Reisen wollte er Kelpies Welpen verteilen, so als würde er die Saat einer kostbaren neuen Pflanze ausbringen, die das Leben der Menschen von Grund auf ändern würde.

»Und ich gelobe, ihre Welpen jedem Mann, ob reich oder arm, Viehzüchter oder Schafhirte, zu überlassen, solange er ihnen eine gute Ausbildung, genug zu fressen und ein Leben voller Arbeit gewährleisten kann.« Er fasste nach unten, um Kelpies langes Fell zu kraulen und sie zärtlich an dem kleinen weißen Fleck zu kratzen, der ihre Brust zeichnete.

»Eine wahrhaft prächtige Vision«, bestätigte ihm Mark feixend.

»Ach, mach dich ruhig über mich lustig«, sagte Jack und versetzte seinem Freund einen Schubs. »Aber wie ich sehe, rühmst du dich selbst, die besten Hunde zu besitzen.« Er nickte zu Marks Hunden hin, die zu dritt eng zusammengerollt an der dem Wetter abgewandten Seite eines Baumes lagen. »Wie bist du zu so exzellenten Tieren gekommen?«

»Sie sind aus Rutherfords Zucht. Kennst du ihn?«

»Allerdings habe ich von Mr Rutherford gehört. Den aus Yarrawonga, dessen Familie aus Schottland stammt?«

»Eben diesem«, sagte Mark. »Ich habe einige Arbeiten für einen Freund erledigt, der mich nicht auszahlen konnte... also erbat ich von ihm dieses Paar aus Rutherfords Zucht und seinen alten Hund. Ich glaube nicht, dass er um ihren wahren Wert wusste, sonst hätte er sie nicht so bereitwillig hergegeben. Und so kam ich zu Rutherford-Hunden, importiert aus seiner Zucht in Nordschottland! Die Besten weit und breit!«

»Da bin ich ganz sicher. Mein Mädchen hier hat einen ähnlichen Stammbaum. Nun bin ich auf der Suche nach einem guten Rüden für Kelpie, wenn sie erst alt genug ist. Einem guten, kräftigen Hund, der erstklassige Welpen zeugt. Keinem dahergelaufenen Streuner. Wärst du daran interessiert, mir eines Tages einen Welpen zu verkaufen, wenn du erst einen Wurf hast?«

»Dir einen Welpen *verkaufen*?« Mark sah ihn finster an. »*Ich*? Dir einen Welpen *verkaufen*? Sei nicht verrückt. Auf gar keinen Fall.«

Jack sah Mark ins Gesicht. Sein Mund war zu einer strengen Linie zusammengezogen. Jack kämpfte darum, sich nicht anmerken zu lassen, wie verletzt und enttäuscht er war. Er wollte Mark schon anbetteln, als sich dessen Mund zu einem breiten Lächeln verzog.

»Ich werde dir ganz gewiss keinen Welpen *verkaufen*, Jack, du großer Tollpatsch! Aber ich werde dir von Herzen gern einen Welpen *schenken*... Du kannst dir einen aussuchen, sobald meine Hündin ihren ersten Wurf bekommen hat. Und ich würde mich geehrt fühlen, wenn einer meiner Rüden deine Hündin decken dürfte. Ich werde dir gleich bei der nächsten Schur auf Ballarook zeigen, wie sie arbeiten – aber du kannst mich beim Wort nehmen, die beiden sind kräftige, schwer arbeitende Hunde. Ich wüsste weit und breit keine besseren.«

Ein paar Stunden später, nach einem leckeren Mahl aus Kartoffeln und Kängurufleisch, gefolgt von ungesäuertem Brot mit Melasse, saßen Jack und Mark Tully Witze reißend am Feuer, als wären sie wieder vierzehn Jahre alt, erzählten sich gegenseitig Alberts Lügengeschichten und lachten, bis ihnen die Bäuche und das Gesicht wehtaten. Dann schlug Jack, nachdem sie eine Weile geschwiegen hatten, seinem Freund auf den Rücken.

»Weißt du, Mark, manche Tage bleiben einfach Tage, aber andere, o Herr, andere hingegen... da weißt du einfach, dass das ganze Universum zusammenwirkt, damit gewisse Dinge passieren. Aus unserer Begegnung wird sich Großes entwickeln, davon bin ich überzeugt.«

Während Jack redete, erhellten die Flammen sein gut geschnittenes Gesicht. »Dies ist nur der Anfang von etwas viel Größerem als dir und mir und dieser Nacht und diesen Hunden. Wenn wir schon längst nicht mehr auf dieser Erde sind und diese Hunde zu Staub geworden sind, wird immer noch ihr Blut in den Adern ihrer Nachkommen fließen... das Blut unserer Hunde hier.«

»Ach Jack. Red' nicht so, wo es schon so spät am Abend und mein Bauch viel zu voll ist, als dass mein Hirn noch denken könnte. Mich interessiert viel mehr, ob in der Zukunft mein Blut durch die Adern meiner Enkelkinder fließen wird... weil ich dann sicher sein könnte, dass ich noch mal bei einer Frau liegen werde!«

»Du denkst auch immer an das eine!«, lachte Jack.

»Nun, das ist immer noch besser als die Dinge, an die du immer denkst – Hunde, Pferde und stinkende, verfluchte Schafe und Kühe!«

»Und was stört dich daran? Wenigstens lässt sich so vermeiden, dass Gott strafend auf dich und deine Sünden herabsieht.«

»Ach Jack, du wirst dich noch nach einer Beichte sehnen, wenn du erst die Mädchen auf der Bunyip Station gesehen hast.«

»Bunyip Station?«

»Genau. Sie liegt gleich neben Ballarook, dort leben die hübschesten Schwestern, die ich kenne. Gute, kräftige Mädchen aus einer Schar von elf Töchtern. Manche sind hübscher als andere, aber wenn du dich den ganzen Tag über unzählige Schafrücken gebeugt hast, kann dir selbst das schlichteste Bauernmädel den Kopf verdrehen.«

»Wirbst du um eine von ihnen?«

»Bah! Stell dich nicht dumm, Jack. Es sind die Töchter von Launcelot Ryan. Er hat die Güter von Bunyip, Eldorado und Mount Elgin zusammengelegt, sodass die Station, die er inzwischen besitzt, um die siebzigtausend Morgen hat. Er will für seine Mädels jemand Besseren als zwei Viehtreiber wie uns.«

»Ich kann mir ohnehin nicht vorstellen, dass die Tochter eines Viehzüchters einen Blick für Männer wie uns übrig haben soll«, bestätigte Jack, den Blick ins Feuer gerichtet.

»Nun, lass uns für heute Abend die Frauen vergessen – und Wein haben wir auch keinen. Wir werden uns mit ein paar Liedern begnügen müssen... sollen wir etwas aus der guten alten Zeit singen?«

So begannen sie, die Volkslieder zu singen, die sie in ihrer Kindheit gelernt hatten, und ihre irischen Stimmen wurden weit über den Fluss in die Nacht getragen. Den Kopf dem Himmel zugewandt schickten sie ihren Gesang in die Dunkelheit hinaus, und bald begannen die Hunde mitzuheulen, bis Jack und Mark vor Lachen umkippten.

Kapitel 23

Rosie lenkte Oakwood mit einem Schenkeldruck durch das flache Wasser auf der Wiese auf die Kühe und Kälber zu. Gibbo und Diesel standen abwartend auf dem trockenen Uferstreifen und schauten ihr nach, die Schwänze zwischen die Hinterbeine geklemmt und ängstlich jaulend. Aber ihre Treue trieb sie schließlich doch dazu, sich ins Wasser zu wagen und ihrer Herrin zu folgen.

Bislang hatte Rosie ihre Hunde nur auf trockenen Weiden arbeiten lassen. Die Schafe bewegten sich, wenn die Hunde es geschickt anstellten, in einer kompakten, flüssigen Herde. Sie war überrascht, wie schwer es war, die Kühe und Kälber auf den überfluteten Weiden zusammenzuhalten. Die Rinder scheuten vor jedem Ablaufkanal zurück und blieben immer wieder störrisch stehen. Sie weigerten sich, in der Herde zu bleiben, und rannten lieber ihren Kälbern hinterher. Einige Kühe machten sogar kehrt und griffen die Hunde an.

Rosie begriff bald, dass sie schneller vorgehen und dichter an die Rinder heranreiten musste, wenn sie die Herde auf sicheres Gelände schaffen wollte. Die Schenkel mit aller Kraft um Oakwoods nackten Rücken gespannt, drängte sie den Wallach vorwärts. Als sich ihnen eine Kuh aufgebracht entgegenstellte, trat Oakwoods Instinkt in Aktion. Rosie rutschte auf seinem Rücken zurück und packte eine Faust voll Mähne, während die Treiberpferd-Gene in ihm durchschlugen. Er stellte sich vor das Tier und reagierte auf jede Bewegung der Kuh. Die Beine unablässig in Bewegung, tänzelte er vor ihr hin und her, bis er sie zum Rest der Herde zurückgedrängt hatte. Rosie überließ Oakwood das Arbeiten. Sie vertraute ihm. Sie ermutigte ihn. Ab und zu verlor sie den Halt, rutschte von seinem Rücken und landete schmerzhaft auf dem Boden, der unter dem flachen Wasser lag, aber er blieb immer gleich stehen und wartete geduldig, bis sie wieder aufgesessen war.

Auch die Hunde schienen den Ernst der Situation zu begreifen und zeigten, was sie konnten. Diesel und Gibbo gaben alles, um die Leitkühe und Kälber durch das Wasser zu treiben, das sich in rasendem Tempo auf der flachen Weide ausbreitete. Manchmal brüllten die wütenden Kühe, die ihre Kälber beschützen wollten, die Hunde an oder stürmten mit gesenktem Kopf und spitzen Hörnern auf sie zu. Dann schlossen sich die Kelpies zusammen und schnappten mit lautem Gebell nach den offenen, muhenden Kuhmäulern. Ein leichter Biss in die Wade, gefolgt von einem sofortigen Rückzug, um nicht getreten zu werden, brachte jede abtrünnige Kuh in die Herde zurück.

So arbeiteten sie eine volle Stunde lang, wobei sie ganz langsam höher gelegenes Gelände erreichten, getrieben vom schrecklichen Tosen des immer noch ansteigenden Flusses. Die Kühe wateten durch die Ablaufkanäle und stiegen auf der anderen Seite wieder aus dem Wasser, immer dem Buschland entgegen, das hinter dem Zaun wucherte. Statt der Stachelbinsen wuchsen hier niedrige Ti-Trees und Gebüsch und hinter dem Zaun hohe Eukalyptusbäume.

Rosie blickte zurück. Es sah aus, als hätte das Wasser alles, was einst Land gewesen war, mit einem silbernen Leichentuch zugedeckt. Oakwood schnaufte, und aus seinem Fell stieg Dampf auf, während die Kühe rastlos muhten und ihre Kälber bei sich zu halten suchten. Die Hunde standen hechelnd im Regen. Rosie hatte es zwar geschafft, die Rinder wegzubringen, aber sie selbst saß nun auf der falschen Seite des Flusses fest – und sie hatte immer noch keine Ahnung, wo Jim steckte. Sie merkte, wie ihr die Wut auf Gerald hochkam, dessen Stimme in ihrem Kopf tönte: »Weißt du nicht, dass diese Rinder in direkter Linie von dem ersten Crondstadt-Hereford-Stier abstammen, der aus Herefordshire importiert wurde?« Und wenn schon, dachte Rosie. Diese Rinder hätten sie beinahe das Leben gekostet, und jetzt hatten sie mit Sicherheit Jim das seine gekostet.

Rosie schlotterte. Ihr war klar, dass sie einen trockenen Platz für sich und die Tiere finden musste.

»Wo ist das Gatter?«, fragte Rosie Oakwood. Die Rinder marschierten bereits am Zaun entlang.

Im Geist hörte sie Jims Stimme: »Lass dich von den Tieren leiten«, und so rief sie die Hunde zu sich und begann, der Herde zu folgen. Die Leitkühe wanderten in gemessenem Tempo dahin, und bei jedem Schritt schwankten ihre roten Ohren vor und zurück. Rosies Füße brannten, und ihre Beine wurden allmählich taub. Sie wackelte mit den Zehen in den nassen Socken und wurde augenblicklich von glühend heißen Nadelstichen gepeinigt.

Als die letzte Kuh durch das Gatter am Busch getrottet war, wendete Rosie Oakwood noch einmal zum Fluss hin. Sie wäre gern zurückgeritten, um nach Jim zu suchen, aber inzwischen waren die glühenden Schmerzen in ihren Beinen bis zu den Knien hochgestiegen, und sie konnte sich, so ohne Stiefel, Mantel und Hut, vor Schlottern kaum noch auf Oakwood halten. Außerdem wurde es allmählich dunkel. Wenn sie jetzt noch einmal umkehrte, um am Fluss nach Jim zu suchen, würde sie damit ihre Hunde und ihr Pferd in Gefahr bringen. Sie kehrte dem überfluteten Land den Rücken zu und ritt hügelan, nach dem Pfad Ausschau haltend, der sie hoffentlich zu der Hütte führen würde.

Oben auf dem Hügelkamm blies der Wind wie besessen, und der Regen peitschte fast waagerecht an Rosie heran. Inzwischen spürte sie ihre Finger oder Zehen überhaupt nicht mehr. Sie hatte keine Vorstellung, wie weit sie von der Hütte entfernt war oder ob sie auch nur auf dem richtigen Weg war. Sie wusste, dass der Pfad manchmal von Jägern oder Reitern benutzt wurde, aber sie hatte bei diesen Ausritten nie dabei sein dürfen.

»Ach, unsere Rosemary ist keine Pferdenärrin«, hatte ihre Mutter immer gesagt, wenn der Vorreiter angeboten hatte, das schlanke, stille Mädchen auf einen Ausritt mitzunehmen. »Ehrlich gesagt hat sie Angst vor Pferden«, hatte Margaret dann noch hinzugefügt und dabei den Arm um Rosies Schultern gelegt.

Von frühester Kindheit an hatte Rosie die Geschichten geglaubt, die ihre Mutter über sie verbreitet hatte. Auf diese Weise begann sie tatsächlich, alles zu fürchten und jedem Abenteuer aus dem Weg zu gehen, obwohl sie für ihr Leben gern mit den anderen ausgeritten wäre. Jetzt, im böigen Wind über das überschwemmte Land reitend, fühlte sie sich verängstigt wie noch nie, aber gleichzeitig auch tapferer als je zuvor. Sie hielt den Blick fest auf den Weg gerichtet und stellte sich vor, Jim würde vor ihr reiten. Sie malte sich aus, wie das Wasser an seinem Ölzeug herunterlief und am Rumpf seines Pferdes herabtropfte, während er aufrecht, stolz und stark im Sattel saß und den Elementen trotzte. Aber schon beim ersten Blinzeln löste sich das Bild in nichts auf, und sie war wieder ganz allein unter den triefend nassen Eukalyptusbäumen, an denen zornig der Wind rüttelte. Rosie sah in ihrer Phantasie Jack Gleeson mit seiner kleinen Hündin und seinem Treiberpferd dahinziehen und spürte, wie sie ein Schauer überlief. Plötzlich schien sich der Busch um sie herum vor der Zeit zu verschließen. Es gab nur noch den Raum. Diese nasse, kalte Welt war so traumhaft schön und so albtraumhaft wild zugleich. Es gab nur noch sie und die Tiere; gemeinsam bewegten sie sich durch eine Landschaft, die in ihrer Wucht und Kälte beängstigend war und doch voller Leben. Rosie duckte sich unter einem Ast durch und sah vor sich, am Rand einer Lichtung, die Hütte stehen.

Ein seitlich angebrachter Unterstand bot Oakwood Schutz. Sie band das schleimige Leder seiner abgerissenen Zügel an den soliden Pfosten fest und deckte sein Hinterteil mit einem alten Leinsack zu, den sie auf der Veranda gefunden hatte. Auf diese Weise würden zumindest seine Nieren warm gehalten. Dann stieß Rosie die Tür auf und trat mit eingezogenem Kopf dicht gefolgt von den Hunden ein. Vor Kälte zusammengekrümmt, zündete sie den kleinen Kanonenofen an, der mitten in der Hütte stand. Jemand hatte ihn, dem ungeschriebenen Gesetz getreu, zum Anzünden bereit hergerichtet, sodass er augenblicklich zum Leben erwachte und die Spinnen, die sich darin häuslich niedergelassen hatten, aufgeregt die Flucht ergriffen. Rosie zündete zwei Kerzen an, die in alten Whiskyflaschen steckten, und stellte sie auf ein Regal, um sich die düstere Hütte besser anschauen zu können. In einer Ecke stand ein durchgelegenes, schmales Feldbett, dessen aufgeplatzte Matratze mit Possum- und Rattenkot bedeckt war. Sie wischte die Matratze mit dem Hemdsärmel sauber und schleifte sie dann vom Bett über die Dielen bis vor den Ofen. Dann rollte sie sich neben dem Feuer zusammen, die Arme um ihre Hunde geschlungen, und begann zu weinen. Die Tiere leckten ihr mit warmen, nassen Zungen die Tränen vom Gesicht, bis sie wieder zur Ruhe kam.

Dem Himmel sei Dank für meine Hunde, dachte sie. Ohne sie würde sie mit Sicherheit durchdrehen. Immer noch zitternd sehnte sie sich nach der Umarmung ihres Viehtreibers. Und dann traf sie mit voller Wucht die Erkenntnis – sie hatte sich in Jim verliebt. Die Gefühle, die in ihr tobten, waren viel stärker als alles, was sie je für Sam empfunden hatte. Im gleichen Moment zersprang ihr das Herz bei dem Gedanken, dass Jim vielleicht ertrunken war, und sie begann wieder, unkontrolliert zu weinen.

Ballarook Station, um 1870

Die Arbeit im Scherstall war zum Erliegen gekommen, weil die Schafe zu nass zum Scheren waren, und so saß Jack im Quartier und lauschte dem lärmenden Gerede der Männer. Er blieb stumm. Er war zu sehr damit beschäftigt, an Mary Ryan zu denken. Sie wollte ihm nicht mehr aus dem Kopf gehen.

Erstmals hatte er Mary im Obstgarten gesehen, wo sie mit den Kindern von der Station Zitronen gepflückt hatte. Sie hatte honigfarbenes Haar, das von einer dunkelblauen Schleife zusammengehalten wurde, und sie hatte einen Berg von Zitronen in ihrer Schürze gehalten. Nicht weit von ihr entfernt hatte ihr schwarzes Pony das süße grüne Gras im Obstgarten gerupft, während die Kinder die Satteltaschen des Tieres mit Zitronen voll gepackt hatten. Jack hatte Mary angelächelt, und sie hatte sein Lächeln erwidert.

Seit jenem Tag verband sie eine lockere Freundschaft, die mit witzigen Bemerkungen gewürzt war. Mary lachte oft über Jack oder zog ihn auf und verleitete ihn schon im nächsten Moment mit ihren strahlend blauen Augen, ihr von seinen Plänen für Kelpie zu erzählen. Dann lauschte sie ihm wie gebannt und schaute zu, wie sich seine vollen Lippen bewegten. Jack hatte Kelpie während der Schur weiter ausgebildet, aber nun nutzte die Hündin ihren freien Tag weidlich aus, indem sie an Jacks Seite döste, um ihren empfindlichen Pfoten und den steifen Muskeln Ruhe zu gönnen.

Erst als die Sonne durch die Wolken brach und durch das Fenster hereinschien, schaute Jack von seinem Buch auf. Ein Jubelschrei stieg von den Männern auf, und alle drängten ins Freie, rastlos nach der erzwungenen Untätigkeit.

Jack räkelte sich und versenkte sich erneut in sein Buch, denn er wartete nur darauf, dass der Nachmittag vorüberging und er Mary auf die Bunyip Station zurückbegleiten konnte. Doch gleich darauf hörte er, wie Mark nach ihm rief. Er ging nach draußen, dicht gefolgt von Kelpie, und sah, dass die Männer in einem großen Kreis beisammen standen.

»Wir hätten eine Wette für dich, Gleeson«, sagte Mark. »Ein Spiel, das nur ein einziger Mann und ein einziger Hund auf dieser Station gewinnen können.«

Die Männer warfen Münzen in den ausgebeulten Hut, den Mark unter ihren Nasen herumschwenkte. Selbst der Koch war aus seinem Küchenhaus getreten und vervollständigte das Hauspersonal, das sich das Schauspiel des »Hühnchens in der Dose« nicht entgehen lassen wollte. Mary führte die Kinder aus dem Unterrichtsraum und scharte sie ein wenig abseits der Männer um sich. Jack sah kurz zu ihr hinüber und zwinkerte. Sie biss sich auf die Lippe, um nicht zu lächeln.

Wie jedes Mädchen, das auf einer Station im Westen aufgewachsen war, war Mary daran gewöhnt, dass die jungen Wanderarbeiter kamen und gingen und mit ihr und ihren Schwestern flirteten. Aber Jack war anders als die anderen. Er hatte etwas Ernsthaftes und Sanftes an sich, und sie hätte ihm ewig zuhören können, wenn er von seinen Tieren erzählte, angefangen von dem faulen, alten Faulpelz bis zur aufgeweckten, jungen Kelpie. Mit seiner von der Arbeit im Freien gegerbten Haut und seinen rauen, dreckigen Händen strahlte Jack etwas Ungezähmtes aus, aber gleichzeitig hatte er ein hübsches Gesicht mit blauen Augen und hohen Wangenknochen und kurzes, ordentlich geschnittenes Haar. Anders als die übrigen Männer war er sonntags immer rasiert und hatte ein glattes Gesicht. Er sprach sogar wie ein feiner Herr. Mary spürte eine Gänsehaut, als er sich aus der Gruppe der Männer löste und zusammen mit Kelpie in den Kreis trat.

»Es werden keine Wetten mehr angenommen«, rief Mark und stellte den Hut auf einem Pfosten ab. Dann legte er eine alte Dose in die Mitte des Kreises. Sie lag seitlich im Schmutz, doch die glänzende Oberfläche funkelte in der Sonne. Im nächsten Moment griff er nach einem Sack, aus dem er, am Rand des Menschenringes, ein aufgeschrecktes Huhn schüttelte. Es war kein flauschiges Küken mehr, aber auch noch kein ausgewachsenes Tier. Die kleinen Knopfaugen und der stumpfe Schnabel wirkten noch kükenhaft, doch es hatte bereits die langen, festen Beine einer erwachsenen Henne. Es flatterte mit den winzigen Flügeln und plusterte sich auf, um das Gefieder zu richten, und piepte dann ängstlich, während sich die Augen der grellen Sonne anzupassen versuchten. Die Männer schauten gespannt auf das Federtier und die Dose.

»Nie im Leben!«, rief ein pickelgeplagter Tagelöhner. »Das schafft er auf keinen Fall!«

Kelpie schaute, vor Spannung zitternd, zu Jack auf. Sie war eben erst sechs Monate alt. Jack hatte sie während der ersten Wochen der Schur auf Ballarook jeden Tag hart arbeiten lassen, aber nichts konnte ihr Bedürfnis, Tiere zu treiben, stillen. Vom Aussehen her war sie eine gewöhnliche Colliehündin, aber ihre Augen zeigten eine ungewöhnliche Intelligenz, wenn sie, die Ohren eifrig aufgestellt, arbeitete. Und arbeiten konnte sie wirklich. Sie konnte einfach alles treiben, von den Hühnern bis zu den Enten, von den Böcken bis zu den Bullen, von den Lämmern bis zu den triefnasigen Kindern, die auf der Station lebten. Kelpies Hirtenhund-Instinkt war so stark, dass sie bisweilen sogar versuchte, die Schwalben zusammenzutreiben, die zwischen den Nestern unter den Giebeln der Außengebäude auf der Station herumschwirrten. Dank einer unverbrüchlichen Verbindung zwischen den beiden war Jack in der Lage, Kelpies Instinkte genau zu lenken. Seine Stimme steuerte ihren Geist, er führte sie in jeder Sekunde. Es war so, als würde sie nur für ihn leben.

Leise befahl Jack: »Kelpie, nach drüben.« Sie umzirkelte das Huhn im Uhrzeigersinn, wobei sie ungerührt über die Stiefel der Männer trabte, um einen möglichst großen Abstand zu dem Huhn zu halten. Das junge Huhn versuchte aufgeregt und mit abgehackten Schritten zu entfliehen. Aber schnell wie ein Peitschenschlag war Kelpie auf der anderen Seite und verwehrte ihm die Flucht. Sie ließ sich auf den Bauch sinken und wartete kurz ab, bis sich das Huhn beruhigt hatte. Behutsam schob sie erst eine Pfote nach vorn, dann die andere, und schlich auf diese Weise dicht an den Boden gepresst und leise wie eine Katze immer näher an das Huhn heran. Die Henne wich ängstlich zurück, sah aber ihren Weg abgeschnitten, als Kelpie wie von Zauberhand auf der anderen Seite des Rings auftauchte. Ganz langsam trieb Kelpie die Henne in die Mitte des Kreises auf Jack zu.

Jack stellte sich leise hinter die Dose. Kelpie sah auf. Als wäre sie durch eine Geheimsprache mit ihm verbunden, setzte sie sich in Bewegung, spiegelbildlich zu Jack, und drückte sich auf der anderen Seite der Dose in den Staub, sodass das Huhn genau zwischen ihnen war. Auf Jacks tiefen, leisen Pfiff hin kroch Kelpie vorwärts. Mit einem leisen Glucken wich die junge Henne immer weiter zurück, der Dose entgegen. Die Männer schauten schweigend zu, die Hände vor der breiten Brust gefaltet oder tief in den Hosentaschen ihrer Dungarees vergraben. Das halbwüchsige Küken legte den Kopf schief und beäugte misstrauisch die Dose.

»Kelpie«, kommandierte Jack ruhig. »Komm ran.«

Kelpie näherte sich der Henne mit genau abgemessenen Bewegungen, wobei sie jedes Mal innehielt, sobald sie merkte, dass das Tier zu fliehen drohte. Mehrere Sekunden verstrichen, bis sich die Henne, scheinbar hypnotisiert durch den starren Blick des Collies, wieder entspannte. Wieder kroch Kelpie vorwärts, bis sie nur noch Zentimeter von der Henne entfernt war. Dann wagte das Huhn, den Kopf scheinbar ergeben gesenkt, einen zaghaften Blick in die runde, dunkle Höhlung der Dose. Die dünnen Lider schoben sich einmal langsam über die braunen Knopfaugen. Ein leises, anerkennendes Raunen lief rundum durch die Männer. Der Mund des pickligen Jungen klappte auf, und Mark leckte sich angesichts des zu erwartenden Gewinns schadenfroh die Lippen. Das Huhn setzte eine

Klaue in die Dose, zog den Kopf ein und schob sich mit dem ganzen Körper in die dunkle Höhlung. So blieb es in der Dose liegen, während die Scherer in lauten Jubel ausbrachen. Sie schlugen Jack kopfschüttelnd mit ihren großen, lanolinverschmierten Händen auf den Rücken oder zupften sich am Bart. Die Kinder hüpften aufgeregt herum und klatschten in die Hände.

»Also, das ist mal ein Ding!«, sagte der größte und stämmigste der Scherer. »So etwas hab' ich meiner Lebtag nicht gesehen!«

»Von einem Hund ausgenommen!«, rief ein anderer und zog dabei die leeren Hosentaschen nach außen.

»Ich hab' euch doch gesagt, dass Jack und sein Hund den Teufel in die Hölle zurücktreiben könnten, wenn sie wollten«, sagte Mark. Dann schüttelte er das Huhn aus der Dose in den Sack zurück.

Jacks Blick wanderte über die Menge hinweg zu Mary, die immer noch abseits stand, umtanzt von den begeisterten Kindern. Er zwinkerte ihr wieder zu, und diesmal lächelte sie zurück.

Aufgemuntert durch das Zwischenspiel zogen die Männer wieder in das düstere Küchenhaus ab, um weiter Karten zu spielen. Mary sprach leise mit ihrer Schwester Clare, die daraufhin die Kinder ins Unterrichtszimmer zurückführte. Mary blieb mit sichtlich geröteten Wangen stehen. Erst als die Männer wieder in ihrem Quartier verschwunden waren, trat sie vor Jack hin.

»Können Sie mir noch mal zeigen, wie sie die Schafe durch den Stall treibt? Ich habe gehört, sie kann über die Schafsrücken laufen, und zwar von einem Ende des Stalls bis ans andere.«

Jacks Augen wurden groß. »Sind Sie sicher? Wenn Ihr Vater erfährt, dass Sie mit mir allein sind, wird er mich aufknüpfen lassen.«

Ohne ein weiteres Wort nahm Mary seine Hand und führte ihn in den Schurstall.

Drinnen spürte Jack, wie ihm vor Aufregung ganz heiß wurde, als sich Mary dicht neben ihn stellte und ihre kleine, warme Hand an seinem Arm aufwärts schob.

»Eigentlich möchten Sie meinen Hund gar nicht arbeiten sehen, oder?« Er drehte sich um und sah sie an.

»Natürlich möchte ich.« Sie lächelte zu ihm auf. »Aber das hat doch Zeit.«

Jack atmete die feuchte, vom Schafsgeruch schwere Luft ein. Draußen schoben sich schon wieder schwarze Wolken vor die Sonne, und ein dröhnender Donnerschlag ließ den Stall erbeben.

Mary zuckte zusammen und stieß einen erstickten Schrei aus.

»Ich habe schreckliche Angst vor Gewittern«, sagte sie, ohne im Geringsten verängstigt auszusehen. Sie schmiegte sich an seine Brust.

Jack legte die Arme um ihren Rücken.

»Sie brauchen wirklich keine Angst zu haben, Miss Ryan. Ich habe Sie sicher im Griff«, sagte er.

»O ja, das haben Sie, Mr Gleeson.« Sie stellte sich auf die Zehenspitzen. Sie küssten sich, während sich draußen das Gewitter in einem Regenguss entlud und der Wind durch die Lüftungsklappen hereinpeitschte, dass die Wollflocken über die Schurstände flogen.

Das Blechdach schepperte im Wind, und die Hüttentür knallte gegen die Wand. Rosie schreckte aus dem Schlaf. Eingerollt vor dem Kanonenofen liegend blinzelte sie zur Tür. Diesel und Gibbo sprangen auf und begannen, vor Aufregung scharf zu bellen. In der Tür stand eine große Gestalt. Rosie war nicht sicher, ob sie wachte oder träumte, und hielt erschrocken die Luft an.

»Jim?«, flüsterte sie, weil sie kaum zu hoffen wagte, dass er wirklich und wahrhaftig vor ihr stand. Er war triefend nass und bibberte vor Kälte. Rosie stellte sich auf die Zehenspitzen, umschlang ihn mit beiden Armen und drückte ihre warmen Lippen auf seinen eiskalten Mund.

»Mein Gott! Ich dachte, du wärst ertrunken«, sagte sie. »Komm, wir wärmen dich auf.« Sie begann, ihn auszuziehen, und küsste ihn, als sie sein Arbeitshemd abgestreift hatte, auf Hals und Schultern.

»O Rosie. Rosie! Gott sei Dank bist du in Sicherheit!«, hauchte Jim und begann, ihr seinerseits die Kleider vom Leib zu ziehen. Er umfasste mit seinen großen Händen ihre Brüste und beugte sich vor, um sie zu küssen. Rosie zerrte mit zitternden Fingern an den Knöpfen seiner Jeans und schälte den steifen Denim von seinen kalten, bleichen Beinen. Bald lagen sie nackt neben dem Ofen, bibbernd und eng umschlungen. Und während sie so zusammen auf der uralten Matratze lagen, suchte Jim Rosies Blick.

»Ich dachte, ich hätte dich verloren«, gestand er.

Rosie hielt Jim mit aller Kraft fest und fühlte, wie sie ein warmes Gefühl durchströmte. Ihre Fingerspitzen wanderten scheinbar ziellos über seine Haut und ertasteten dabei seinen Puls, der unter ihrer Berührung flatterte wie ein gefangener Schmetterling. Er war am Leben, und sie war es auch. Sie bewegten sich im Einklang, wie in einem langsamen, feierlichen Tanz, voller Hunger und fasziniert von der Lebendigkeit und der Wärme des anderen. Als Jim sie endlich nahm, stöhnte Rosie kehlig auf und legte den Kopf in den Nacken, bis sie zu den Dachziegeln über ihnen aufsah. Ganz langsam begann sich Jim zu bewegen. An seinen kraftvollen Körper geklammert, spürte Rosie die bittersüße Qual, die es bedeutet, eine so tiefe Leidenschaft für einen anderen Menschen zu empfinden. Und dann schauderten beide und schrien ihre Lust in den Wind und den Regen hinaus.

Hinterher hielt Jim sie so zärtlich in den Armen und flüsterte ihr so liebevoll ins Ohr, dass Rosie glaubte, ihr müsste das Herz brechen.

»Ach Rosie, mein wunderschönes Mädchen. Gott sei Dank habe ich dich gefunden«, murmelte er in ihr Haar.

Kapitel 24

Am nächsten Tag war der Regen zu einem Nieseln geworden, aber noch schafften es die Sonnenstrahlen nicht, die düsteren, schweren Wolken zu durchdringen. Jim und Rosie zogen ihre inzwischen getrockneten Sachen an, dann kniete Jim nieder und umwickelte Rosies Beine mit Fetzen von Sackleinen, die er mit einer orangenen Packschnur an ihre Waden band.

»Nicht gerade der letzte Schrei, aber besser, als barfuß zu gehen.«

»Es würde mich interessieren, wo meine Stiefel und mein Mantel gelandet sind. Wahrscheinlich hängen sie zwei Meter hoch in einem Baum.«

»Oder sie liegen zwei Meter unter dem Schlick im Flussbett!«

Jim redete beharrlich auf Rosie ein, seinen Sattel zu nehmen, aber sie konnte ihn überzeugen, dass sie gern ohne Sattel auf Oakwood ritt. Es gefiel ihr, wenn sie das Pferd direkt unter ihren Schenkeln spürte. Oakwoods Körperwärme und sein Muskelspiel schienen ihren steifen, schmerzenden Körper zu entspannen.

Während sie über den Hügelkamm ritten, erzählte ihr Jim, wie er am Vortag stundenlang am Flussufer nach ihr gesucht hatte, bis es zu dunkel war, um noch etwas zu erkennen. Sein Gesicht verdüsterte sich, als er noch einmal die grauenvollen Sekunden durchlebte, in denen Rosie vom Fluss verschlungen wurde.

»Ich dachte, du wärst ertrunken«, sagte er so leise, dass Rosie ihn kaum verstehen konnte. »Aber dann schienen meine Hunde Witterung aufzunehmen, und in dem Augenblick wusste ich es. Ich wusste, dass du oben in der Hütte warst.«

»Dem Himmel sei Dank für die Hunde und Pferde. Wenn sie

nicht gewesen wären, wäre ich immer noch da draußen oder schon ertrunken.«

Sie schauderte, als in ihrem Geist das Bild der wirbelnden Fluten aufblitzte. Jim zügelte sein Pferd und sah sie an.

»Ich kann immer noch kaum glauben, dass du wirklich lebst. Aber jetzt ist alles okay«, sagte er. »Wir sind beide hier. Und zusammen.«

»Mir geht es genauso«, bestätigte Rosie. »Ich dachte auch, dass du ertrunken wärst. Und dabei wurde mir klar... also, mir wurde klar, dass das Leben einfach zu kurz ist.«

Jim beugte sich zu ihr herüber, machte die Augen zu und küsste sie.

Oben auf der Hügelkuppe hielten sie die Pferde an und prüften, wie hoch unten im Tal das Wasser stand. Die Wiesen in der Talniederung, auf denen tags zuvor die Rinder geweidet hatten, standen jetzt komplett unter Wasser. In den Fluten spiegelte sich der graue Himmel. In der Ferne konnten sie den angeschwollenen Fluss erkennen. Er war den stämmigen Eukalyptusbäumen entkommen, die ihn sonst wie stumme Wachposten flankierten, und lief jetzt Amok.

»Wir haben nicht die leiseste Chance, da rüberzukommen.« Jims Blick wanderte über die unheimlichen Fluten. »Im Grunde können wir geradeso gut zur Hütte zurückreiten. Wir haben für ein paar Tage zu essen. Wir werden die Sache einfach aussitzen müssen.«

»Komisch, aber ehrlich gesagt hatte ich gehofft, dass es so schlimm aussieht. Ich will nicht zurück, Jim. Am liebsten würde ich für immer hier draußen bleiben.«

»Vielleicht müssen wir das auch. Es sieht nicht so aus, als hätte deine Mum irgendwas unternommen. Glaubst du, ihr ist was zugestoßen?«

Rose zuckte mit den Achseln, sie wollte nicht an ihre Familie denken.

»Hoffentlich nicht«, sagte sie. Dann fiel ihr Dixie ein, die mit ihren Welpen im Stall eingeschlossen war, und Jims alter Hund, der inzwischen ein weiches Spezialfutter brauchte, weil sein Gebiss nur noch aus abgewetzten Stummeln bestand. Sie stellte sich vor, wie die arme Dixie von ihren Welpen leer gesogen und dabei dünner und dünner wurde, und wie der alte Bones erfolglos versuchte, die alten Schafsknochen durchzubeißen, die überall im Hof herumlagen. Wenigstens hatten Sassy und Morrison auf der Pferdekoppel genug zu essen und auch einen Unterstand.

»Wenn du dir wegen der Hunde den Kopf zerbrichst – das brauchst du nicht. Die kommen schon zurecht«, sagte Jim, als hätte er ihre Gedanken gelesen. »Hunde sind zäher, als du denkst. Und erfindungsreich. Ihnen wird schon was einfallen.«

Jim band Oakwood und seine Stute auf einer Lichtung nahe der Hütte an, wo sie die wild wachsenden Gräser fressen konnten. Rosie ging los, um den Kochkessel anzuwerfen. Sie füllte den rußgeschwärzten Kessel aus einer alten, riesigen Tonne, die so aufgestellt war, dass sie das vom Dach ablaufende Wasser auffing. Dann ging sie neben der Feuerstelle in die Hocke und schaute hoch in den tief hängenden, grauen Himmel. Sie schloss die Augen und atmete langsam aus.

»Was ist denn?«, fragte Jim.

»Wäre es nicht schön, wenn wir beide hier oben leben würden? Nur du und ich.«

»Und die Hunde und Pferde«, ergänzte Jim.

»Natürlich auch die Hunde und Pferde«, sagte sie und warf die trockensten Eukalyptusblätter, die sie finden konnte, in die Flammen.

»Könntest du das wirklich?«, fragte Jim und schleifte einen gefällten Stamm heran, auf dem sie sitzen konnten.

»Mit dir wäre alles möglich.«

Er beugte sich über sie und gab ihr einen langen Kuss. Ich würde wirklich gern hier oben bleiben, dachte Rosie verträumt. Ein einfaches Leben führen, so wie Jack Gleeson. Ein Leben mit harter Arbeit, Pferden, Hunden und den Nutztieren. Ein Leben draußen im Busch voller Freude an schlichten Dingen wie dem Regen und dem Sonnenuntergang und den Spielen der Tiere.

Doch dann lösten sich Jims Lippen von ihren, und er schüttelte bedauernd den Kopf.

»Ich würde nicht darauf setzen, dass das deiner Familie gefallen würde.«

Bis zum nächsten Nachmittag hatte das Wasser die Weiden wieder freigegeben, und das Brüllen des Flusses war verstummt. An der Furt waren die Felsen, wo das Wasser zurückgegangen war, mit Zweigen und Gräsern bedeckt. Oakwood blieb schnaubend am Ufer stehen, und Rosie spürte, wie sich sein Körper unter ihr anspannte, aber auf den Druck ihrer Schenkel hin trat er ins Wasser und trug sie ans andere Ufer hinüber. Schweigend ritten sie den Weg entlang, spritzten durch Pfützen und sanken an den Gattern im Schlamm ein. Die Hunde trotteten hintennach, ausgezehrt und hungrig nach den Tagen ohne Fressen.

Jim, Rosie und die Hunde hatten fast drei Tage nichts Richtiges in den Magen bekommen. Sie hatten in der Hütte ein paar Dosen mit Erbsen, Karotten und weißen Bohnen in Tomatensoße gefunden, die sie mit Jims Trockensuppen kombiniert hatten. Trotzdem hatte ihnen allen der Magen geknurrt, und sie hatten lachend dem seltsamen Konzert gelauscht, das sie in der Hütte veranstalteten.

»Die Sinfonie des Hungers«, hatte Jim dazu gesagt, während er das heiße Wasser auf das letzte Päckchen Trockensuppe kippte, das sie miteinander teilen würden.

Jim und Rosie hatten regelmäßig den Fluss in Augenschein genommen und nach einem Kommando des Katastrophenschutzes Ausschau gehalten, das womöglich nach ihnen suchte. Sie hatten den Himmel abgesucht, ob nicht irgendwo ein Helikopter zu sehen war, und reglos auf das Brummen eines Geländewagenmotors gelauscht. Aber niemand war gekommen. Rosie machte sich inzwischen Sorgen um ihre Mutter. Hatte sie vielleicht zu viele von den Tabletten geschluckt, die neben ihrem Bett lagen? Auf dem Ritt heimwärts begann Rosie, das Schlimmste zu befürchten.

Blinzelnd spähte sie in die Ferne.

»Was ist das?«

Jim folgte ihrem Blick.

»Sieht aus wie der Pick-up von deinem Vater.«

Als sie näher kamen, sahen sie, wie Margaret aus dem Auto sprang und auf sie zugerannt kam. Die Hunde jagten bellend und schwanzwedelnd zu ihr.

»O Gott sei Dank! Gott sei Dank!«, entfuhr es Margaret. »Ich dachte schon, euch sei was Schlimmes passiert! Ich wusste nicht, was ich tun sollte!«

Rosie stieg von Oakwood ab, und Margaret drückte sie mit aller Kraft an die Brust. Dann wandte sie sich an Jim.

»O vielen Dank! Vielen Dank, dass Sie Rosie wohlbehalten heimgebracht haben! Ich habe mir solche Sorgen gemacht!«

»Mum«, versuchte Rosie sie zu beruhigen, »was machst du überhaupt hier draußen?«

Margaret wurde rot. »Ich habe deine Nachricht erst sehr spät entdeckt. Ich hatte bis zum Abend durchgeschlafen, verstehst du? Ich dachte, dass ich am besten auf dich warte, dass du bis zum Morgen bestimmt wieder zu Hause wärst. Aber als du mittags immer noch nicht da warst, dachte ich, ich sollte nach dir suchen.«

»Warum hast du nicht jemanden angerufen, der dir beim Suchen hilft?«

Margaret schüttelte den Kopf. Dann gestand sie leise: »Ich wollte niemandem erklären müssen, dass Gerald mich verlassen hat.«

Rosie strafte sie mit einem zornigen Blick. »Mein Gott, Mum, wir wären beinahe ertrunken!«

»Ich weiß! Ich weiß, das war dumm von mir! Ich habe euch in Gefahr gebracht, nur weil ich so stolz war! Rosie, es tut mir schrecklich Leid!« Sie drückte sie erneut. »Das ist mir klar geworden.«

»Einen Moment mal«, sagte Rosie und löste sich aus ihrer Umarmung. »Wieso bist du immer noch hier draußen?«

»Komm mit«, sagte Margaret, drehte sich um und ging zum Auto zurück.

Als sie davor standen, lachte Jim laut auf. »Das haben Sie prächtig hingekriegt, Mrs Highgrove-Jones!«

Es sah aus, als hätte der Erdboden das Heck des Pick-ups verschlungen.

»Der steckt für alle Zeiten fest«, gestand Margaret. »Und weil mir gestern Nacht so kalt war, habe ich die Heizung eingeschaltet, bis mir das Benzin ausging.«

»Das wohl kaum«, wandte Rosie müde ein.

»Wie meinst du das?«

»Es ist ein Dieselmotor.«

»Ach so. Aber es war so schrecklich kalt, und dunkel war es auch, darum habe ich die Scheinwerfer eingeschaltet.«

»Die Batterie ist also auch leer?«, fragte Rosie. Margaret nickte. »Warum bist du nicht einfach zu Fuß heimgegangen?«

Margaret schloss kurz die Augen und sah dann auf ihre verschlammten Tennisschuhe.

»Ich kenne mich hier nicht aus.«

»Du kennst dich auf deinem eigenen Grund nicht aus!«, lachte Rosie. »Das ist doch nicht zu glauben!«

Ein leises Lächeln stahl sich auf Margarets Gesicht. »Dafür habe ich im Handschuhfach ein paar Pfefferminz gefunden.«

»Das bedeutet, dass wir alle einen Mordshunger haben«, sagte Jim und schwang sich dabei aus dem Sattel. »Am besten helfe ich Ihnen auf Rosies Pferd, und dann reiten wir heim.«

Rosie kletterte wieder auf Oakwood und wartete ab, bis Jim Margaret geholfen hatte, hinter ihr aufzusteigen. Rosie spürte, wie sich die Arme ihrer Mutter um ihre Taille schlossen. Vor ein paar Tagen wäre sie vor dieser Berührung zurückgeschreckt. Jetzt, nachdem sie um ein Haar ertrunken wäre, hatten sich ihre Gefühle geändert. Sobald sich Jim auf den Rücken seiner Stute geschwungen hatte, wandte sich Margaret an ihn.

»Vielen, vielen Dank, Jim. Sie haben wesentlich mehr getan, als Ihre Pflicht gewesen wäre. Ich werde sicherstellen, dass Sie einen großzügigen Bonus gezahlt bekommen oder dass Sie zum Ausgleich für Ihre Scherereien ein paar Tage frei haben können.«

Rosie sah, wie eine Wolke über Jims Gesicht huschte, dann trieb er seine Stute ohne ein weiteres Wort mit einem Schenkeldruck heimwärts.

Griesgrämig ritt Jim in den Hof ein, er lächelte auch kaum, als der alte Lazy Bones herausgewatschelt kam und ihn mit einem Bellen begrüßte. Er schwang sich vom Pferd, landete mit beiden Beinen auf den Pflastersteinen und half anschließend Margaret, von Oakwood zu klettern.

»Wie wäre es, wenn wir uns erst duschen und aufwärmen und ich uns dann etwas Heißes zu essen mache?«, sagte Margaret zu Rosie. »Jim, Sie können uns gern Gesellschaft leisten, wenn Sie möchten.«

Er nickte ihr zu, und sie verschwand.

Rosie koppelte Oakwood an einem Geländer an und folgte Jim

in den Stall und in Dixies Box. Die Welpen stürzten sich kläffend und schwanzwedelnd auf Jims Füße. Inzwischen waren ihre Augen geöffnet und von einem bezaubernden, marmorierten Blau. Dixie war außer sich, Jim und Rosie wiederzusehen. Sie setzte die Pfoten auf Rosies Hüfte, tanzte winselnd auf den Hinterläufen durch das muffig riechende Stroh und leckte ihre Hände. Sie hatte zwar genug Wasser gehabt, aber Rosie machte sich Sorgen, dass die stillende Hündin an Kalziummangel leiden könnte.

»Wir sollten sie ausnahmsweise mit Milch und Eiern füttern«, sagte sie zu Jim und suchte dabei seinen Blick.

»Gut«, sagte er und ging an ihr vorbei. »Ich sollte die Pferde füttern.«

Rosie folgte ihm und schaute zu, wie er mit seinen breiten Händen einen Eimer mit intensiv duftendem Pferdefutter anrührte. Sein Gesicht war ernst, und die Muskeln in seinem Kinn zuckten.

»Jim, was ist los?«, fragte Rosie.

»Nichts.«

»Quatsch! Du hast was. Sag mir, was dich stört.«

Jim sah sie zornig an.

»Hast du nicht gesehen, wie sie mich behandelt hat?«

»Wer? Mum? Ach, sei nicht albern.« Rosie winkte ab. »So ist sie eben. Sie behandelt jeden so. Mach dir deshalb keine Gedanken.« Sie legte die Hand auf Jims Arm. »Wir erzählen ihr, was sich zwischen uns entwickelt hat. Sie weiß das noch gar nicht. Dann kriegt sie sich schon wieder ein.«

Jim schüttelte den Kopf. »Vielleicht sollte ich mir woanders einen Job suchen.«

Rosie erstarrte. »Sei nicht albern. Wie kannst du so was sagen? Außerdem brauche ich dich! Wie soll ich allein die Station leiten, nachdem Gerald und Julian fort sind? Ich *brauche* dich, Jim.

In mehr als einer Hinsicht.« Sie zog ihn an sich und streckte sich, um ihn zu küssen. »Zählen die letzten Tage denn überhaupt nicht?«

Jim sah sie an. »Natürlich tun sie das«, er drückte sie mit aller Kraft. »Entschuldige, Rosie. Ich werde das schon wegstecken. Geh du deine Hunde füttern, und wir treffen uns später im Haus zu einem der berühmten Essen deiner Mum.«

»Du bist eine Legende, Jim Mahony«, sagte Rosie und setzte einen letzten kurzen Kuss auf seine Wange. Um ein Haar hätte sie »Ich liebe dich« gesagt, aber irgendwas hielt sie davon ab. Vielleicht war es noch zu früh dafür? Dabei wusste Rosie, dass sie genau das für Jim empfand – absolute, unauslöschliche Liebe.

Ballarook Station, 1871

Mary kam nicht mehr, um die Kinder auf der Station zu unterrichten. Es hatte sich herumgesprochen, dass ihr Vater all seine Töchter von Ballarook verbannt hatte, nachdem ihm zu Ohren gekommen war, dass Jack um Mary warb. Selbst Jacks Freund Mark hatte seine Schlafrolle geschnürt und war mit seinen Hunden weitergezogen. In der Woche nach seinem Abschied wurde Kelpie endlich das zweite Mal läufig. Statt dass sie wie geplant Marks Rüden zugeführt wurde, blieb sie jetzt im Zwinger der Hündinnen elend eingesperrt.

Der Stationsbesitzer hatte Jack sein Vieh und die Männer auf Ballarook anvertraut. Jack brachte lange Tage damit zu, mit sich auszumachen, ob er Launcelot Ryan noch einmal auf seine Tochter ansprechen sollte. Aber jede Nacht kam Jack völlig erschöpft, verstaubt und sonnenverbrannt auf die Station zurück und fühlte sich dann nicht in der Verfassung, auch nur in Ryans Nähe zu kommen. Seine Tiere waren nach der anstrengenden Arbeit und der Hitze in einem ähnlich erbarmungswürdigen Zustand. Die ledrigen Sohlen der Hundepfoten waren nach den zahllosen Meilen auf felsigem Gelände wund und rissig. Sie humpelten gequält von den spitzen Distelstacheln. An manchem Tag blieb der alte Faulpelz einfach auf der Veranda liegen und weigerte sich, zur Arbeit zu kommen. Selbst Kelpie sah ausgemergelt und hager aus, obwohl ihr Jack regelmäßig ein paar Bissen von seinem Teller zukommen ließ.

Der Spätnachmittag war immer noch glühend heiß, obwohl die Sonne bereits halb hinter dem Horizont verschwunden war. Am Brunnen zog Jack das staubige Hemd aus und zog einen Eimer Wasser hoch. Es war voller Mineralien und roch unangenehm, aber Jack kippte es ungerührt über seinen Kopf und genoss die Kühle. Dann rieb er den Oberkörper mit einer groben Seife ein.

»Vergiss die Ohren nicht!«, rief ihm der zahnlose Koch zu, der eben mit einem Hammelbein über der Schulter aus dem Fleischhaus spaziert kam.

Jack war gerade dabei, die Seife abzuspülen, als er Hufschläge hörte. Er schwang herum und sah Mary im Trab auf ihrem schwarzen Pony heranreiten, aber sein Lächeln erstarb, als er ihre ängstliche Miene sah. Das Pony blieb am Brunnen stehen, und Mary rutschte aus dem Sattel. Sie kam auf ihn zugelaufen, schlang die Arme um seinen Hals und presste die Wange auf seine nasse Brust.

»Hey, hey. Was ist denn passiert?«, bemühte sich Jack sie zu trösten, während er sie auf Armeslänge von sich weg hielt und sich vorbeugte, um ihr richtig ins Gesicht sehen zu können. Erst jetzt entdeckte er, dass ihre Augen rot geweint waren.

»Ach, Jack. Jetzt ist alles aus. Der blöde Wagen ist gepackt, und Ma kehrt schon das Haus aus.«

»Was redest du da?«

»Mein Dad. Er hat verkauft... alle drei Stationen.«

»Verkauft?«

»Er hat sich in den Kopf gesetzt, dass er sich ein größeres Gut zulegen will. Und nun ziehen wir los. Gleich jetzt. Ich musste dich noch einmal sehen. Trotz allem, was er sagt.«

Jack zog die Stirn in Falten. »Ihr zieht los? Wohin denn?«

»Wir fahren den Bygoo hinauf – dort hat er etwas gekauft. Ein Gut namens Wallandool.«

»Weiß er nicht, dass ihm seine Tiere in einem solchen Landstrich vor Durst eingehen werden? Ich habe sagen hören, dass der Mirool nicht immer Wasser führt und schon manch einen Züchter genarrt hat.« Jack zog sie an seine Brust und drückte sie mit aller Kraft. »Aber ganz gleich, was sich dein alter Herr auch in den Kopf gesetzt hat, er wird mich nicht von dir fern halten können, Mary Ryan. Ich werde nachkommen.«

»Aber mein Dad –«

»Ich werde nachkommen, sobald ich kann, Mary. Darauf gebe ich dir mein Ehrenwort.«

Mary hob die Hand und strich über sein frisch geschrubbtes Kinn. Dann gab sie ihm, auf Zehenspitzen stehend, einen letzten Kuss und fuhr mit den Fingern durch sein nasses Haar.

»Ich liebe dich, Jack Gleeson«, sagte sie.

Kapitel 25

Rosie hob das nächste Lamm hoch und hakte die dünnen Beinchen in das Metallgestänge der so genannten »Wiege«. Behutsam spannte sie das Tier ein und drehte dann die Wiege herum. Mit geübtem Griff schnitt sie, still um Verzeihung bittend, ein kleines »V« aus dem Ohr und kratzte dann den Impfstoff gegen Schafspocken in die Haut. Als Nächstes nahm sie die Spritze und stach damit durch kurze Wolle und feste Haut. Danach nahm sie sich das nächste Lamm vor. Ihr gegenüber arbeitete Jim, der schweigend mit einer zischenden Gasschere die Lammschwänze kürzte und danach hin und wieder sein Messer aus der Desinfektionsflüssigkeit zog, um den kleinen Hammellämmern die Hoden abzutrennen.

Rosie und Jim hatten die Hüte tief ins Gesicht gezogen und die Kragen gegen den beißenden Wind hochgeschlagen. Sie waren zu beschäftigt, um zu reden, und arbeiteten zügig, weil sie hofften, das Markieren der Lämmer möglichst schnell hinter sich zu bringen. Die im Pferch zusammengetriebenen Tiere blökten endlos nach ihren Müttern, und wenn sich Rosie abends schlafen legte, klang ihr das Blöken noch in den Ohren. Es war die dritte Herde, die sie in dieser Woche markierten. Sie spürte, wie sich ihre Schultermuskeln verkrampften, als sie das nächste fette Lamm hoch hob. Aber allmählich gewöhnte sie sich an die schwere körperliche Arbeit, an die unerwarteten, feinen Blutspritzer, die aus Schwänzen und Ohren schossen, und an die Schmerzensschreie der markierten und kastrierten Lämmer.

»Ich weiß, dass es gruselig aussieht, aber auf lange Sicht nutzt es ihnen«, hatte Jim gesagt, als er ihr gezeigt hatte, wie man ein

Lamm markiert, und Rosie erbleichend zurückgewichen war. »Die Alternative hierzu ist viel, viel schlimmer«, hatte er ihr versichert. »In ein, zwei Tagen haben sie sich erholt und hoppeln herum, als wäre nichts gewesen. Du wirst schon sehen.«

Rosie hatte schon beim Markieren zugesehen, es aber noch nie selbst gemacht. Anfangs war ihr regelrecht schlecht geworden, wenn sie spürte, wie das Metall durch Haut und Knorpel schnitt, aber inzwischen, nach über zweitausend Lämmern, war es zur Routine geworden. Und sie wusste, wie wichtig es war.

Auch das Zäuneziehen war ihr zur Routine geworden. Sie und Jim hatten nach der Überschwemmung ganze Tage am Fluss zugebracht und neue Zäune gesetzt. Rosies Hände schmerzten vor Anstrengung, wenn sie die Metallhalterung der Pfostenramme über die stählernen Zaunpfosten schlug und den Draht mit einer Drehung der Hand spannte. Schweiß lief ihr den Rücken hinab, wenn sie das tote Holz aus der Bahn des Zaunverlaufs schleifte oder mit der Kettensäge Baumstämme zerteilte.

Abends brütete sie dann in Geralds Arbeitszimmer über den Büchern. Ihre Augen waren so müde, dass sie merkte, wie sie sich beim Lesen in den Spalten vertat. Dann konnte es passieren, dass sie eine Ausgabe für Wasserläufe und Entwässerungsgräben in die Spalte für Reparaturen und Instandhaltung eintrug. Oder die Mehrwertsteuer addierte, statt sie abzuziehen. In solchen Augenblicken steigerte sich ihre Wut auf Gerald ins Unermessliche, aber gleichzeitig war ihr bewusst, dass er nicht allein für den traurigen Zustand der Station verantwortlich war. Sie sollte sich glücklich schätzen, ermahnte sie sich. Immerhin hatte sie sich genau das gewünscht. Sie musste an den Tag denken, als sie Gerald das letzte Mal gesehen hatte.

Nicht lang nach der Überschwemmung waren Rosie und Julian zu einem Familientreffen in Giddys Hütte auf die Halbinsel gefahren. Gerald hatte in einem Sessel an dem kleinen Kamin gesessen, in dem die knisternden, orangefarbenen Flammen das zusammengesammelte Treibholz verschlangen, während Giddy ein Tablett mit Kräutertee auf dem balinesischen Tisch abgestellt hatte. Gerald machte auf Rosie einen total verwandelten Eindruck. Er wirkte ganz und gar nicht mehr steif und korrekt. Stattdessen trug er gewöhnliche Jeans und ein sandfarbenes Polohemd. Seine Füße waren nackt, und auf seinem Schoß lag, leise schnurrend, Giddys schwarze Katze.

»Danke, dass ihr uns besuchen kommt«, begrüßte er sie leicht verlegen. Rosie sah auf Julian, dessen Wangen in der Hitze des Zimmers rosa angelaufen waren. Auch er hatte sich verändert. Die Haare reichten ihm inzwischen fast bis auf die Schultern, und er wirkte ausgefüllter und irgendwie glücklicher. Giddy kam zu ihnen, ließ sich auf der Armlehne von Geralds Sessel nieder und schlug die schlanken Beine übereinander.

»Ich weiß, dass das für euch beide ein Schock sein muss«, sagte Gerald, »mich mit Giddy zusammen zu sehen.« Er legte seine Hand auf ihre. »Aber wir lieben uns schon seit Jahren. Es tut uns Leid, dass wir das so lange vor euch verheimlicht haben.«

Rosie rutschte betreten auf ihrem Stuhl herum, während sich Julian an seiner Teetasse festhielt.

»Wir wollten eurer Mutter nicht wehtun«, ergänzte Giddy.

Rosie wünschte, Jim wäre in diesem Moment bei ihr, aber er war auf der Farm geblieben, weil er darauf bestanden hatte, dass ihn diese Sache nichts anging... und außerdem jemand die Tiere versorgen musste.

Und natürlich musste jemand auf Margaret aufpassen. Seit sie Todesängste ausgestanden hatte, dass ihre Tochter in den Fluten ertrunken sein könnte, ertränkte sie ihren Kummer nicht länger in Alkohol oder Tabletten, aber sie war immer noch zerbrechlich wie eine Porzellanpuppe. Jim hatte darauf bestanden, bei ihr zu bleiben.

»Mum?«, hatte Rosie ihre Mutter behutsam vorgewarnt. »Ich fahre Gerald besuchen.« Dann hatte sie innegehalten und abgewartet, wie ihre Mutter diese Nachricht aufnahm. Erst danach hatte sie den Stachel gesetzt. »Bei Giddy.« Statt hysterisch zusammenzubrechen, wie Rosie erwartet hatte, hatte Margaret nur wortlos genickt.

Als Rosie abfahrbereit neben dem Pajero stand, kam ihre Mutter mit zerknitterter Miene zu ihr. Rosie konnte ihr den Schmerz nachfühlen. Sie wusste, dass Margaret schreckliche Angst davor hatte, was bei diesem Treffen herauskommen mochte. Dass sie vielleicht das Haus verlieren könnte, in dem sie zwei Kinder großgezogen hatte. Und dass es ihr wehtat, Rosie an jenen Ort fahren zu sehen, an dem Giddy und Gerald jetzt lebten, und zwar *zusammen. Und glücklich.*

»Fahr vorsichtig.« Mehr brachte Margaret nicht heraus.

Jetzt, in Giddys Hütte, schluckte Rosie nervös. Insgeheim wartete sie darauf, dass Gerald erklärte, er wolle die Station verkaufen. Er beugte sich in seinem Sessel nach vorn.

»Also, ich will nicht lang um den heißen Brei herumreden. Falls es sich grausam anhört, so tut es mir Leid. Aber ich habe nicht die Absicht, nach Highgrove zurückzukehren... oder zu eurer Mutter. Niemals. Ich weiß, das muss ein Schock für euch sein, aber ich habe allzu lange eine Lüge gelebt.« Er räusperte sich.

»Darum glaube ich... entschuldige.« Er sah zu Giddy auf und drückte ihre Hand, »darum glauben wir, dass es das Beste ist, wenn ich Highgrove an euch beide überschreibe.«

Rosie und Julian blinzelten und trauten ihren Ohren nicht. »Du *schenkst* uns die Farm?«, fragte Rosie schließlich.

Gerald nickte. »Unter der Bedingung, dass ihr euch um eure Mutter kümmert. Sie muss ebenfalls von den Einnahmen leben.

Und falls die Finanzen es zulassen sollten, würde auch ich gern eine bescheidene Rente beziehen.«

Julian und Rosie waren sprachlos. Alles, was sie je über Gerald als Vater, als Farmer und als Ehemann zu wissen gemeint hatten, stellte sich als Irrtum heraus. Beide starrten Gerald an, der mit ihrer Tante Händchen haltend vor ihnen saß. Julian atmete tief aus.

»Und? Was meint ihr dazu?«, drängte Giddy.

»Aber, aber...«, stammelte Rosie. »Sollte Julian nicht alles bekommen? Ich meine, du weißt... schließlich bin ich nicht... nicht deine leibliche Tochter.«

»Ach Rosie«, sagte Gerald. »Ich bin nicht stolz darauf, wie ich mich in der Vergangenheit verhalten habe. Aber du musst wissen, dass ich *auf dich* nie wütend war. Ich war wütend *auf alles*. Mein Leben war eine einzige große Lüge, aber mir fehlte immer der Mumm, etwas daran zu ändern.«

»Aber du hast nie –«, protestierte Rosie, doch Gerald hob abwehrend die Hand.

»Ich weiß nicht, wie ich dich überzeugen kann, mir zu glauben, aber ich verspreche dir, dass du dich *von diesem Moment* an auf mich verlassen kannst. Dass ich mich auf dich verlassen kann, weiß ich bereits. Julian hat mir erzählt, dass wir dich bei der Überschwemmung um ein Haar verloren hätten. Es tut mir so entsetzlich Leid, dass ich dich und Jim in diesem Chaos allein gelassen habe.«

»Ich habe dir all deine Zuchtkühe gerettet.« Rosie gab sich Mühe, ihre Bitterkeit nicht durchklingen zu lassen.

»Das weiß ich. Julian hat mir erzählt, wie tapfer du warst und dass die Farm seither so präzise läuft wie ein Uhrwerk. Ich bin so stolz auf dich, und ich bin dir unglaublich dankbar.« Gerald holte Luft. In seinen Augen standen Tränen. »Und ich schäme mich. Nur weil ich so dumm und wütend war, habe ich dich von der

Farmarbeit fern gehalten. Giddy hat mir das vor Augen geführt. Es tut mir Leid, Rosie. Ich liebe dich wie mein eigenes Kind. Das habe ich erkannt, als ich dich um ein Haar verloren hätte.«

Rosie lehnte sich zurück, auch ihr brannten die Augen. Giddy lächelte milde.

»Und was ist mit dir, Julian? Was meinst du zu der Entscheidung deines Vaters, Highgrove zwischen dir und Rosie aufzuteilen? Hast du das Gefühl, dass die Station dir allein zustehen sollte?«

»Nein! O Gott, nein!« Plötzlich war Julian hellwach. »Es ist nur, es ist ein Schock. Die ganze Geschichte. Damit ändert sich einfach alles, versteht ihr? Ich bin froh, dass Rosie die Hälfte bekommt, ehrlich. Aber ganz ehrlich...« Julian verzog das Gesicht, »ich bin noch nicht bereit, wieder heimzukommen.«

»Das macht nichts«, sagte Gerald. »Nimm dir so viel Zeit, wie du brauchst, um eine Entscheidung zu fällen. Ich weiß, dass ich dich immer unter Druck gesetzt habe. Lass dir Zeit. Wenn Rosie nichts dagegen hat? Du hast doch zusammen mit Jim die Sache im Griff, oder? Wenn du weiterhin die Station leitest, würde uns das eine Atempause geben, bis wir uns alle an die veränderte Situation gewöhnt haben. Was meinst du? Willst du es wagen, Rosie?«

Rosie nickte lächelnd, denn bei der Aussicht, Highgrove zu leiten, überlief sie eine Gänsehaut – vor Angst und vor Freude zugleich.

Als Rosie nach Highgrove zurückkehrte, stand Jim in seinen verblichenen Arbeitssachen auf dem Hof. Er schloss sie in die Arme und drückte sie an seine Brust. Sie atmete seinen Duft ein und spürte seine festen Muskeln unter ihren Händen.

»Ich habe dich vermisst«, sagte Rosie.

»Du warst nur eine Nacht weg«, wandte er lächelnd ein.

»Trotzdem...« Sie hatte die Neuigkeiten nicht am Telefon erzählen wollen, aber jetzt konnte sie es nicht mehr erwarten, ihm alles zu berichten.

»Und wie ist es gelaufen? Wann müssen wir raus?«

Rosie sah zu Boden und holte tief Luft, um es möglichst dramatisch zu machen.

»*Niemals!*«, jubelte sie dann. »Er will nicht verkaufen! Er überschreibt alles an Julian und mich!«

Sie hüpfte vor ihm auf und ab, ohne seine Hände loszulassen. Jim drückte sie und küsste sie, doch gleich darauf bremste er sie und sah sie ernst an.

»Bist du sicher, dass du das auf dich nehmen willst? Es ist ein harter, sehr harter Job. An der Schafzucht ist schon manch einer zerbrochen. Und es ist nicht so, als würde er dir eine Station mit gesunden Büchern, gesunden Böden und üppigen Weiden überlassen.«

Rosie sah Jim in die Augen.

»Natürlich bin ich sicher. Solange du hier bist, bin ich sicher.«

»Und welche Arbeit hast du heute für mich?«, fragte Jim.

»Können wir uns nicht einfach ins Bett legen? Ich habe eine anstrengende Fahrt hinter mir«, sagte Rosie unschuldig und schob dabei eine Hand unter sein Hemd, um seinen flachen, glatten Bauch zu streicheln.

»Kommt nicht in die Tüte!«, widersprach er und zog ihre Hand weg. »Wir haben viel zu viel zu tun.«

»Okay«, gab sie sich leicht schmollend geschlagen. »Aber versprich mir, dass du heute Abend mit mir ins Pub gehst.«

»Sorry, auch da hast du Pech«, sagte Jim. »Erst müssen wir hier den Laden auf Vordermann bringen. Und vergiss nicht, was du Duncan versprochen hast. Er will die Artikel für seine Zeitung so bald wie möglich haben. Abends musst du recherchieren. Und tagsüber die Station leiten. Da bleibt keine Zeit fürs Pub. Nur für die Arbeit und für die Recherche.«

»Kann ich nicht einfach dich recherchieren?« Ihre Hand stahl sich in die warme Mulde über seinem Hintern, und ihre Fingerspitzen wagten sich unter den Bund seiner Jeans vor. Wieder hielt er sie auf Armeslänge von sich weg.

»Arbeiten«, befahl er mit fester Stimme.

»Ach, du bist ein so strenger Boss«, sagte sie.

Jim rief sie mit einem weiteren tadelnden Blick zur Ordnung.

»Nein, Rosie. Du bist jetzt der Boss. Du musst lernen, Verantwortung zu tragen. Erst die Arbeit. Dann das Vergnügen.«

Rosie wusste, dass er Recht hatte. Wahrscheinlich war sie in ihrer Jugend *tatsächlich* verhätschelt worden. Jetzt wartete echte Arbeit auf sie. Knochenharte, zermürbende Arbeit, bei der die Ernte ausbleiben oder die rotbeinigen Termiten die Weiden verwüsten oder die Wollpreise auf die Hälfte des Vorjahres sinken konnten. Das Leben als Farmerin war fortan kein Spiel mehr.

»Ja. Ja, ich weiß. Danke«, sagte sie. »Aber erst muss ich Mum alles erzählen. Danach komme ich zu dir in den Maschinenschuppen.«

Rosie klopfte vorsichtig an die Tür zum Zimmer ihrer Mutter und drückte sie gleich danach auf. Ihre Mutter hatte ihre gesamte Abendrobe aus den Schränken geholt. Seidenröcke und Satinkleider lagen in farbenprächtigen Stapeln auf dem Bett.

»Du bist wieder da.« Margaret war gerade dabei, einen Pelzmantel zusammenzulegen und in einen Müllsack zu schieben. Jetzt sah sie auf.

»Was tust du da?«

»Ich will die Sachen nächste Woche nach Melbourne bringen und verkaufen. Ich dachte mir, wenn wir umziehen müssen, werde ich keinen Platz mehr dafür haben. Und außerdem brauchen wir das Geld.«

»Du brauchst nicht überzureagieren.«

»Nein«, widersprach Margaret. »Das tue ich nicht. Es wird höchste Zeit, dass ich vernünftig werde. Und wie geht es ihm?«

»Super.«

»Wirklich?«, fragte Margaret verletzt nach.

»Was soll ich denn sagen, Mum? Dass er schrecklich aussieht? Er sieht gut aus.«

»Ich verstehe. Und wann will er verkaufen?«

Rosie trat neben ihre Mutter und nahm ihr das Kleid aus der Hand, damit sie sich beruhigte und ihr zuhörte.

»Gar nicht.«

»Was? Ach, dann soll ich wohl ausziehen, damit er mit Giddy hier einziehen kann?« Ihre Wangen waren gerötet, und in ihren Augen standen Tränen.

»Nein, Mum! Hör auf, so ein Theater abzuziehen. Er überschreibt mir und Julian die Station... unter der Bedingung, dass wir für dich sorgen.« Margaret klappte der Mund auf.

»Aber du wirst dich einschränken müssen«, warnte Rosie und zielte dabei mit dem Finger auf sie. »Ich kann dir nicht den Lebensstandard bieten, den du gewohnt bist. Von jetzt an haben Julian und ich das Sagen.«

»Heißt das, dass ich hier bleiben kann?«, fragte Margaret ungläubig.

»Ja... aber ich würde dir trotzdem raten, deine Abendkleider zu verkaufen und meine gleich dazu. Ich habe unsere Bücher geprüft, wir stecken bis zum Hals in den roten Zahlen. Wenn wir nicht einiges ändern, können wir alles verlieren.«

»Natürlich«, sagte Margaret, der vor Erleichterung über Geralds Entscheidung beinahe die Beine wegknickten.

»Hör zu, du musst mir versprechen, dass du von jetzt an vernünftig mit unserem Geld umgehst.«

»Ja. Ja, natürlich werde ich das. Von jetzt an werde ich sparsam und vernünftig sein.« Dann umspielte ein Lächeln ihre Lippen. »Aber ich kann dir nicht versprechen, dass ich mir nicht mehr wünschen werde, ich könnte ihm die Eier abschneiden.«

»Schon in Ordnung, Mum.« Rosie lachte. »Das kannst du dir so oft wünschen, wie du willst. Solange du mich da rauslässt.«

Jetzt, Monate später, richtete sich Rosie auf, mit Lämmerblut besprenkelt und todmüde, aber glücklich, das letzte Lamm markiert zu haben. Während sie und Jim den provisorischen Pferch zurück zu den Stallungen transportierten, freuten sie sich schon auf etwas Heißes zu trinken und auf ein warmes Essen. Rosie wusste, wie glücklich sie sich schätzen konnte, ihren Traum ausleben zu können. Sie schaute vom Fahrersitz zu Jim hinüber und lächelte. Auch er war ein einziger Traum. Nie griff er ungefragt ein und riss eine Aufgabe an sich. Trotzdem war er immer für sie da, teilte ihre Last, half und riet ihr, munterte sie auf, brachte sie zum Lachen und küsste ihre Sorgen weg.

Sie liebte die Abende an seiner Seite. Dann nahm er ihre Hände, beugte sich darüber, zog die Distelstacheln aus ihren Fingern und verpflasterte ihre Blasen. Sie machten sich Toast in seinem Quartier, tranken Bier und redeten bis tief in die Nacht. Die schönsten Zeiten aber waren vielleicht die Stunden, in denen sie die kleinen, rabaukenhaften Welpen trainierten. Sie waren inzwischen fünf Monate alt, und Rosie hatte beschlossen, den ganzen Wurf zu behalten und die Tiere erst als ausgebildete Hütehunde zu verkaufen. Wieder einmal musste sie an die allererste Lektion denken, die Jim ihr beim Training der winzigen, ungestümen Welpen erteilt hatte.

»Aber sie sind doch noch so klein«, hatte sie sich beklagt, während sie gleichzeitig einem Welpen ein rotes Halsband anlegte.

»Welpen sind nie zu jung zum Lernen, Rosie. Sie müssen erst gründlich Gehorsam lernen, bevor du sie auch nur in die Nähe eines Schafes lassen kannst.« Jim hatte neben ihr gekniet und einem zweiten Welpen das Halsband angelegt.

»Aber ich weiß gar nicht, wo ich anfangen soll!«

»Also, vielleicht damit, dass du ihnen einen Namen gibst. Du kannst einem Hund nicht beibringen, auf deine Befehle zu reagieren, solange er keinen eigenen Namen hat.«

»Mmmm. Namen? Na gut, dann denken wir uns welche aus. Aber nichts von diesem Bono- oder Björk-Quatsch, okay?«

»Du brauchst nicht so pinselig sein, was meine Qualitäten als Namensgeber angeht.«

»Pinselig? Was für ein Wort soll das denn sein? Ihr Iren mit euren komischen Worten und Namen! Wenn ihr eure Namen wenigstens so schreiben würdet, wie sie klingen... im Ernst, das ist doch lächerlich! Schau dir nur mal an, wie ihr einen Namen wie Siobhan und Grainne schreibt. Woher soll ein normaler Mensch wissen, wie man so was ausspricht?«

Sie verstummten nachdenklich.

»Ich weiß!«, rief Rosie plötzlich aus. »Ich könnte sie nach den berühmten Hunden nennen, die von Gleesons Kelpie abstammten! Die, von denen ich gelesen habe.«

Sie lief ins Quartier, kam mit einem Zettel wieder und fuhr die Zeilen mit dem Finger nach.

»Die beiden Hündinnen könnten Sally und Jess sein. Und die drei Rüden wären dann Clyde und Coil und –«

»Chester!«, ergänzte Jim.

»Perfekt!«, befand Rosie.

Und so wurden die Welpen getauft.

Kapitel 26

Als Rosie wieder auf den Hof gefahren kam, nachdem sie den ganzen Vormittag nach den frisch markierten Lämmern gesehen hatte, hörte sie das laute Schrillen des Telefons schon von weitem. Ihre Mutter kam bereits mit einem Arm voll Spinat beladen aus dem Gemüsegarten gelaufen.

»Ich gehe schon dran«, rief Rosie ihr zu, trat sich die Stiefel von den Füßen und rannte ins Haus.

Sie riss den Hörer von der Gabel. »Hallo?«

»Rosie?«, hörte sie die Stimme ihres Bruders aus dem Apparat.

»Hi Julian! Wie geht's denn so?«

»Bitte entschuldige, dass ich mich nicht schon früher gemeldet habe, um mich zu erkundigen, wie es bei euch läuft. Ich habe versucht, hier was auf die Beine zu stellen.«

»Ist schon okay. Jim und ich kommen zurecht.«

»Gut. Ich will euch bald besuchen kommen, damit ich euch bei allem, was so ansteht, zur Hand gehen kann«, kündigte er an.

»Super! Warum willst du kommen?«

»Ehrlich gesagt würde ich gern wissen, ob sich die Atmosphäre auf der Station geändert hat, seit Dad nicht mehr da ist.«

»Aber ja. Und wie. Wann kommst du?«

»Wäre morgen okay?«

»Du hast das Lämmermarkieren verpasst.«

»Verdammt!«

»Ich wusste, dass dich das treffen würde.«

»Kannst du Mum sagen, dass ich komme? Und dass ich jemanden mitbringe.«

»Aha!«, sang Rosie. »Jemand *Besonderen*, wie?«

»Bis morgen«, verabschiedete sich Julian mit einem Lächeln in der Stimme.

Als Rosie die Neuigkeiten ausrichtete, ließ Margaret den Spinat fallen und klatschte in die Hände.

»Und er bringt *jemanden* mit!«, jubilierte sie. »Dann muss ich sofort anfangen zu kochen!«

»Übertreib's nicht«, wiegelte Rosie ab, weil sie an die Einkaufsorgien ihrer Mutter und an die langen Monate denken musste, bis wieder Geld auf dem Geschäftskonto eingehen würde. Sie hatte ihre Mutter in die Buchhaltung eingearbeitet, und bislang schien sich das auszuzahlen.

»Keine Angst«, sagte Margaret. »Ich werde nicht in die Stadt fahren. Es kommt alles aus unserem Garten.«

»Danke, Mum«, sagte Rosie erleichtert und wandte sich ab.

»Wie wär's heute Abend mit einem netten Essen?«, rief ihr Margaret fast bettelnd nach. »Vielleicht möchte Jim ja mit uns essen?«

Rosie seufzte. Wie lange sollten sie noch Theater spielen? Ihre Mutter wusste genau, dass sie die Nächte bei Jim im Quartier verbrachte. Aber sie vermied es sorgsam, das anzusprechen. Und Rosies Vater war als Thema ebenso tabu. Rosie musste zugeben, dass sich ihre Mutter gebessert hatte, seit sie um ein Haar ihre Tochter verloren hätte, aber sie klammerte sich immer noch an die Hoffung, dass Gerald eines Tages heimkommen und das Leben so weitergehen würde, wie sie es für normal hielt. Und eine Beziehung zwischen ihrer Tochter und einem Viehtreiber hielt Margaret definitiv nicht für normal. Trotzdem sagte sie nichts dazu, abgesehen von einer gelegentlichen, spitzen Frage wie: »Ist er wirklich dein Typ?« oder: »Glaubst du, er bleibt länger hier?« Rosie fühlte sich hin und her gerissen zwischen ihrer so offenkundig einsamen Mutter und ihrem glühenden Bedürfnis, mit Jim zusammen zu sein.

»Tut mir Leid, Mum. Jim und ich sind todmüde. Wir haben ein paar mörderische Tage hinter uns. Wir machen uns drüben im Quartier ein paar Sandwiches. Also dann, bis morgen früh.«

»Oh«, war alles, was Margaret sagte.

Spät am nächsten Tag waren Margaret und Rosie gerade damit beschäftigt, ein Abrechnungsprogramm auf dem Computer zu installieren, als sie unerwartet einen Lastwagen den Hügel heraufbrummen hörten. Jim hörte ihn ebenfalls und kam gerade rechtzeitig aus der Werkstatt, um zu beobachten, wie das Gefährt durch das Gartentor hereinrollte und mit zischenden Bremsen hielt. Auf der Seitenwand stand in riesigen Buchstaben zu lesen: »Bäume fürs Leben... Wir geben der Umwelt das Land zurück.«

Rosie und Margaret traten von der Veranda auf die Zufahrt. Aus der Kabine purzelte Julian, braun gebrannt und schlank, in ausgebeulten Khakiklamotten und mit dünnen schwarzen Lederbändchen um Hals und Handgelenk. Seine Haare waren blond gesträhnt. Er hatte geschnürte Buschstiefel an und ein breites Grinsen aufgesetzt. Sein Collie hüpfte hinter ihm aus dem Laster, dann knallte er die Tür zu. Auf der Fahrerseite sprang ein kleiner, schwarzhaariger Mann aus dem Wagen. Er trug die gleiche khakifarbene Uniform wie Julian.

»Jesses!«, sagte Rosie zu Julian. »Du siehst aus wie Crocodile Dundee!« Dann warf sie sich in seine Arme. »Willkommen daheim!«

Margaret drückte ihn ebenfalls an ihre Brust. Julian deutete auf den Mann an seiner Seite.

»Das ist Evan, mein Partner. Evan, meine Schwester Rosie und meine Mum Margaret.«

»Schön, euch kennen zu lernen.« Evan reichte ihnen nacheinander die Hand, und neben seinen braunen Augen bildeten sich tiefe Lachfalten.

»Und du bist bestimmt Jim«, sagte Julian, trat vor und schüttelte Jims Hand. »Von dir habe ich schon eine Menge gehört.«

»Das glaub' ich wohl«, bestätigte Jim.

»Ha!«, rief Evan aus. »Du hörst dich an wie Pater Dougall aus dieser Pfaffenserie!«

»Aber hoffentlich nicht ganz so blöd«, erwiderte Jim.

»Also, ich weiß nicht recht«, neckte ihn Rosie, und Jim versetzte ihr einen strafenden Schubs. »Was ist das für ein Lastwagen?«, fragte sie.

»Das ist Evans Unternehmen. Ich arbeite mit ihm zusammen an verschiedenen Aufforstungsprojekten.«

»Es ist eine halb private, halb öffentlich subventionierte Initiative«, erklärte Evan. »Wir schützen die innerstädtische Tierwelt, indem wir möglichst natürliche Lebensräume für sie anlegen.«

»Und wir dezimieren eingeschleppte Tierarten, wenn sie überhand nehmen.«

»Könnt ihr euch nicht auch um Jim kümmern? Er ist nicht hier geboren... also irgendwie auch eingeschleppt, oder Mum?«

Aber Margaret hatte ihnen gar nicht zugehört. Sie grübelte immer noch darüber nach, wie Julian seinen Freund vorgestellt hatte.

»Du hast gesagt, du wärst Evans Partner?«, fragte sie übertrieben fröhlich.

»Na ja, also, Geschäftspartner sind wir eigentlich nicht«, schränkte Evan ein.

»Aber trotzdem sind wir *Partner*«, ergänzte Julian und legte den Arm um Evan.

»Ach so. Ich verstehe.« Margaret wurde blass.

Verlegenes Schweigen machte sich breit, bis Jim ein bisschen zu laut sagte: »Na dann«, und Julian auf den Rücken schlug. »Wie wär's mit einem Abstecher ins Pub? Rosie ist garantiert mit von der Partie. Wie steht's mit euch?«

»Jesses!«, sagte Rosie noch mal, immer noch damit beschäftigt, die Eröffnung ihres Bruders zu verdauen. Sie spürte, wie sich in ihr ein warmes Gefühl breit machte. Schon seit ihrer Kindheit hatte sie gespürt, dass Julian irgendwie anders war. Endlich hatte sich das Rätsel gelöst. Und nach allem, was in ihrer Familie vorgefallen war, erschien ihr diese neue Entwicklung nicht von Bedeutung. Im Gegenteil, eigentlich war es ein Grund zum Feiern.

»Mum, wir fahren in deinem Auto«, bestimmte sie. »Komm mit, Evan. Ich kümmere mich um dich.« Dann führte sie ihn weg und warnte ihn mit gesenkter Stimme: »Nimm dich in Acht. Sie kann bissig sein.«

Sobald sie in die Wärme des Hotels traten, kam James Dean hinter seiner Theke hervor und verbeugte sich mit ausladender, galanter Geste.

»Willkommen, willkommen, *willkommen*, ihr Freunde und Anverwandte der lang vermissten Rosie!«

»Was hast *du* denn genommen?«, fragte Rosie.

»Ich übe nur für die Oscar-Verleihung«, sagte er. Dann deutete er mit einer einladenden Geste zur Theke hin.

»Wohl eher für den Homeorder-Kanal«, feixte Rosie.

»James Dean steht zu Ihren Diensten«, sagte er galant zu Margaret. »Sie sind schön genug, um Rosies Mutter zu sein.« Er half ihr auf einen Barhocker. Dann setzte er über die Theke, schenkte einen Scotch auf Eis ein und reichte ihn ihr formvollendet, ehe er ausgiebig mit Julian und Evan Hände schüttelte.

»Alle Freunde von Rosie und Jim sind auch meine Freunde«, verkündete er vollmundig. »Und jetzt, verehrte zum Alkohol Bekehrte, wird es Zeit, dass ihr die bezaubernde, vollbusige Prinzessin Amanda kennen lernt.« Er riss die Schwingtür zur Küche auf, und der Duft von gegrillten Steaks wehte in die Bar.

»Mands! Komm raus, und sag hallo zu Rosies Bagage!«, brüllte er mit seiner gewöhnlichen, rauen Stimme. Amanda trat grinsend heraus, ein Buch unter den Arm geklemmt.

»Hey, hallo alle miteinander! Gott, Rosie, dich haben wir ewig nicht mehr gesehen. Gibt wohl eine Menge zu tun auf der Station.« Dann fiel ihr wieder ein, was sie unter dem Arm trug, und sie hielt das Buch mit dem Titel *Penis-Puppenspiele* empor.

»Seht mal, was ich draußen im Müll gefunden habe!«

Ein paar Trinker sahen her und johlten begeistert. James Dean hob wie zur Kapitulation beide Hände.

»Wer im Showgeschäft rauskommen will, braucht eine Mehrfachbegabung. Es kann nie schaden, ein möglichst breites Repertoire zu haben.«

Amanda legte das Buch vor Rosie hin.

»Schau mal unter ›Kentucky Fried Chicken‹ nach, Rosie. Danach willst du nie wieder Hühnchen essen.«

Margaret, die unfreiwillig zugehört hatte, kippte entschlossen ihren Whisky hinunter.

»Der wird Sie auf Trab bringen«, versicherte ihr James Dean und versorgte sie sofort mit einem zweiten Scotch, ehe er hinter der Bar hin und her flitzte, um den Männern Bier zu zapfen und Rosie eine Cola Rum zu mixen. Rosie wischte das Kondenswasser von dem eiskalten Glas und spürte im selben Moment, wie die anderen Frauen im Pub sie anstarrten. Sie konnten kaum fassen, dass Sams Ex und Mrs Highgrove-Jones leibhaftig an der Bar saßen. Niemand wagte sich in ihre Nähe. Die Frauen starrten zwar auch Evan und Julian an, aber immer wieder kehrten ihre Blicke zu Jim und Rosie zurück. Rosie merkte, wie ihre Wangen zu brennen begannen. Sie fragte sich, was man wohl von ihr hielt. Ob die anderen Frauen wohl meinten, dass es noch zu früh war, um mit einem anderen Mann auszugehen? Rosie kippte ihren Rum. Leckt mich doch, dachte sie grimmig.

Da es ein langes Wochenende war, war der Pub ungewöhnlich

voll, und die lärmenden Besucher hatten sich den Nachmittag über schon in Stimmung getrunken. Aus der Jukebox röhrten Lieder von Lee Kernaghan, und um den Billardtisch hatte sich eine Gruppe von Schafscherern versammelt, die eifrig Bier tranken und weniger eifrig ihre Kugeln spielten. In einigen von ihnen erkannte Rosie ehemalige Arbeiter von der Highgrove Station wieder. Sie schauten ungläubig auf Margaret, die an der Bar thronte, ihre Handtasche unter den Arm geklemmt hatte und einen Scotch in der Hand hielt. Ihr Blick huschte verunsichert zu den Männern hinüber, dann setzte sie sich auf dem Hocker zurecht, sodass sie ihnen den Rücken zukehrte. Und dann stellte sie Evan jene Frage, die ihr schon seit der Abfahrt von der Station auf der Seele brannte.

»Und«, fragte sie, »woher kennen Sie meinen Sohn?«

Rosie und Jim beugten sich gespannt vor.

Evan zog sich einen Hocker heran und setzte sich neben Margaret.

»Ich möchte Ihnen wirklich nicht zu nahe treten, Margaret, aber ehe Sie Ihr Urteil über mich fällen, sollten Sie wissen, dass Sie es auf keinen Fall mit meinen italienischen Großeltern aufnehmen können! Warten Sie nur, bis Sie meine italienische *Nonna* kennen lernen«, versprach er lächelnd. Er imitierte die Stimme einer alten Frau und begann, wild zu gestikulieren.

»Evan! Warum du nicht verheiratet? Es gibt so viel gute italienische Mädchen hier, *no?* Du bist so schöner Junge. Du brauchst eine Frau!« Er packte sich an beiden Wangen und kniff sich selbst.

Rosie lachte. Niedlich *und* witzig, dachte sie.

»Jules und ich waren Klassenkameraden. Wir waren Freunde. Gute Freunde. Aber ohne... Sie wissen schon. Ich habe mich um ihn gekümmert, das arme Landei, und ihn unter meine Fittiche genommen. Sie wissen wahrscheinlich, dass er im Internat zeitweise sehr unglücklich war. Als wir uns neulich in Melbourne wieder begegnet sind, wurde mir endlich klar, dass... dass wir zusammengehören.« Evans tiefbraune Augen blickten lächelnd in Margarets. »So sind wir zusammengekommen. Und er ist in mein Familienunternehmen eingestiegen. Ihr Sohn ist, ganz ehrlich, einfach perfekt.«

Margaret nickte lächelnd.

»Ich weiß, dass er perfekt ist. Immerhin ist er mein Sohn.« Sie sah Julian an, nahm seine Hand und drückte sie. »Und ich habe ihn nie glücklicher gesehen.« Sie drehte sich wieder zur Theke um und hob ihr Glas. »Wo steckt denn dieser Barmann? Meine Güte, was für ein Faulpelz!«

Rosie und Julian sahen einander an und zogen eine »Nicht-zu-glauben«-Grimasse. Nach allem, was passiert war, hatte ihre Mutter endlich gelernt loszulassen, dachte Rosie. Sie sah in Jims Augen auf und lächelte. Dann stellte sie sich auf die Zehenspitzen und küsste ihn auf die Wange.

»Du bist dran«, sagte sie.

Genau in diesem Moment platzte Dubbo mit einer Clique von Sams früheren Freunden durch die Tür. Sein Blick überflog die Menge und landete auf Rosie.

»Hi!«, begrüßte er sie enthusiastisch und kam sofort auf sie zu. »Super, dich wieder unter Leuten zu sehen. Du siehst gut aus!« Er pflanzte einen Freudenkuss auf ihre Wange und quetschte ihren Arm zusammen. »Der untere Pub hat gerade zugemacht, da haben wir gedacht, wir ziehen hierher weiter.«

Dubbo sah Jim an und grüßte ihn mit einem knappen Nicken. Er hatte schon einiges intus, erkannte Rosie. Seine Augen leuchteten, doch ohne Sam, für den er sich zum Clown machen konnte, wirkte er irgendwie verloren. In den Monaten seit dem Unfall hatte er sichtbar an Gewicht verloren.

»Hast du immer noch einen Welpen für mich?«, fragte Dubbo.

»Was für einen suchst du denn?«, fragte Rosie.

»Einen Allrounder.«

»Das sagen sie alle«, meinte Jim zu Rosie. Dubbo warf ihm einen kurzen Blick zu.

»Na gut. Einen für die Arbeit auf der Weide.«

»Ich hätte da einen für dich«, antwortete Rosie. »Aber nur gegen einen guten Preis.«

»Ich dachte, du wolltest mir einen schenken? Immerhin sind es eigentlich Sams Welpen.«

Das war ein unfairer Kommentar, aber ehe Rosie ihm die Bemerkung vergelten konnte, mischte sich ihre beschwipste Mutter ein.

»David, Darling!« Sie küsste ihn auf beide Wangen.

»Mrs Highgrove-Jones?« Dubbo traute seinen Augen nicht. »Sie machen sich einen netten Abend mit Rosie und Ihrem Viehtreiber?«

»Ja! Und Julian ist auch wieder da. Kennst du Jim Mahony schon? Er leitet die Farm, zusammen mit Rosie selbstverständlich. Und kennst du schon Evan, Julians... Evan, meinen... Evan«, beendete sie den Satz ratlos.

Evan begrüßte Dubbo mit einem Nicken.

»Ich kenne Jim nicht persönlich, aber ich habe schon viel über ihn gehört«, sagte Dubbo.

Dubbo und Jim waren gleich groß, aber Jim war fitter und kräftiger. Während sie sich die Hand gaben, schoss Rosie das Bild zweier Hunderüden durch den Kopf, die sich mit gesträubtem Nackenfell anknurrten.

»Jim hat unserer Rosie das Leben gerettet«, fuhr Margaret fort. »Wir sind ihm ja so dankbar. Er hat die Farm während der letzten Monate über Wasser gehalten, nicht wahr, Jim?«

»Ach ja?«, fragte Dubbo misstrauisch.

»Na ja, Rosie hat auch Knochenarbeit geleistet. Sie ist ein zähes Mädel«, schränkte Jim ein.

Plötzlich kam ein rotgesichtiger, rothaariger Scherer herangeschwankt und legte den Arm um Margarets Schultern.

»Hallo, Mrs H-J«, hauchte er ihr mit Säuferfahne ins Gesicht. »Kennen Sie mich noch?«

Margaret sah ihn mit schmalen Augen an, ohne dass ihre Miene eine Spur des Wiedererkennens gezeigt hätte.

»Carrots«, half er ihr auf die Sprünge. »Ich war Ende der siebziger Jahre als Scherer bei Ihnen... bis 1980. Ich war in Billy O'Rourkes Team, bis wir alle rausgeschmissen wurden. Wissen Sie noch?«, hakte er nach.

Margaret wich zurück und wurde knallrot. »Ja«, sagte sie leise. »Ich erinnere mich.«

»Und das da ist Ihre groß gewordene Tochter?« Carrots nickte zu Rosie hin. »Ein heißes Ding. Der Apfel fällt nicht weit vom Stamm.« Dann begann er zu lachen und bohrte einen Finger in ihre Rippen. »Wie? Meinst du nicht auch, Margie Darling?«

»Schön, Sie wiederzusehen, Carrots«, sagte Margaret mit fester Stimme. Damit drehte sie ihm den Rücken zu und nippte immer noch mit hochroten Wangen an ihrem Scotch.

Jim legte eine Hand auf den breiten Rücken des Scherers.

»Carrots!«, sagte er fröhlich. »Wie läuft's denn so? Ich glaube, Damo wartet schon darauf, dass du deine Kugel spielst.« Er nickte zum Billardtisch hin, wo die anderen Spieler auf ihre Queues gestützt das Schauspiel verfolgten.

»O ja, stimmt«, sagte Carrots und schwankte von dannen.

Mein Gott, dachte Rosie entsetzt, könnte dieser Mann mein Vater sein? Sie kippte ihren Drink hinunter. Als sie sich wieder umdrehte, boten ihr Jim und Dubbo gleichzeitig an, einen neuen zu bestellen. Sie hob die Hände. Dann seufzte sie kapitulierend: »Ja bitte. Dann hätte ich gern zwei Drinks.«

Es war kurz vor der Sperrstunde. Dubbo, Margaret, Evan und Julian, Jim und Rosie standen einträchtig in einer Reihe, hatten die Arme über die Schultern gelegt und sangen lauthals Kernaghans »Lasso You«. Alle zusammen befanden sich auf der winzigen Tanzfläche des Pubs, schwenkten die Hüften und ließen imaginäre Lassos über ihren Köpfen kreisen.

»*How's it feel to get wrangled?*«, sang Rosie und wiegte sich zur Musik. »*Heart's in a tangle.*«

Dubbo schob sich neben sie, setzte die Hände auf ihre schlanken Hüften und versuchte, ihr tief in die Augen zu blicken. Er sang gerade: »*I'm not going to hurt you, we'd be too good together.*«

Rosie versuchte sich unauffällig aus seinem Griff zu befreien, aber Dubbo drückte sie noch fester an sich. Sie entwand sich seiner Umarmung und tanzte zu Jim hinüber. »*This was bound to happen... you're too cute under your stetson.*« Worauf ihr Jim ein Lächeln schenkte, das ihr Herz zum Schmelzen brachte.

In tiefem Bariton »Bap-bapp« singend, hüpften Evan und Julian herum und gaben die Backgroundsänger für Margaret, die in ihrer eigenen, trunkenen Welt verloren war.

Gerade als Rosie aus vollem Hals die letzte Zeile des Liedes sang: »*My heart's made up its mind... lasso you*«, packte Dubbo sie erneut und zerrte sie von Jim weg.

»Lass mich los!« Rosie spießte Dubbo mit einem vernichtenden Blick auf und versuchte, seinen eisernen Griff abzuschütteln.

»Du hast es gehört!«, brüllte Jim.

Ehe sich Rosie versah, hatte Jim den ersten Schlag gelandet. Dubbos Kopf kippte zurück, als Jims Faust auf seinem Kinn aufschlug. Dann packte Jim seinen Gegner und schubste ihn zwischen die Tische und Stühle, wo die anderen Gäste erschrocken aufsprangen. Das Lied endete und wurde von dem »Auf geht's, auf geht's, auf geht's«-Gegröhle der Menge ersetzt. Dubbo warf sich seinerseits auf Jim, und beide knallten auf den Boden.

»Aufhören!«, schrie Rosie.

James Dean, Evan und Julian stürzten sich ins Gemenge, zerrten die beiden Streithähne auseinander und befahlen ihnen, sich hinzusetzen. Rosie warf Jim einen verletzten, wütenden Blick zu, ehe sie sich umdrehte und durch die Menge verschwand.

Auf der Damentoilette ließ Rosie die Stirn gegen den Spiegel sinken und schloss für einen Moment die Augen. Sie fühlte sich so schrecklich betrunken. Gleich darauf machte sie die Augen wieder auf und studierte ihr Spiegelbild. Da stand sie in ihren Jeans, ihrem engen, karierten Hemd, das ihre blauen Augen betonte, und mit ihrem längst nicht mehr kurzen, adretten Haar, das ihr inzwischen bis auf die Schultern fiel. Sie fragte sich, wer das Mädchen im Spiegel wohl war. War das wirklich sie? Dann hörte sie jemanden hereinkommen, huschte in eine Kabine und verriegelte die Tür.

»Die eingebildete Kuh ist also in Wahrheit bloß ein billiges Luder«, hörte sie eine weibliche Stimme. »Lässt sich mit den Arbeitern ein! Wer hätte gedacht, dass sie für so einen die Beine breit macht?«

»O Mann. Vielleicht vögelt ihre Mutter ja auch mit dem Personal. Rudelbumsen mit den Schafscherern!«, lallte eine andere. Die beiden Mädchen prusteten los. Rosie hörte eine Tür schlagen, weil eines der Mädchen in der Kabine neben ihrer verschwunden war.

»Vermisst du ihn nicht?«, hörte sie die Stimme fragen.

»Wen?«

»Sam natürlich, du blöde Kuh. Nach einem Abend wie dem hier konnte man sich immer darauf verlassen, dass was läuft.«

»Hä? O ja. Ich hätte auch nichts dagegen, diesen Viehtreiber ranzulassen, mit dem Miss Highclass-Bindestrich rummacht. Der sieht echt geil aus, und hast du seine *Stimme* gehört? Wa-hansinn! Den würde ich nicht von der Bettkante schubsen.«

»Wenn er es mit *ihr* treibt, muss er es wohl mit jeder treiben.«

Die Toilette spülte, danach lief kurz der Wasserhahn, die Tür knallte zu und die Mädchenstimmen verhallten.

Als Rosie wieder aus der Toilette kam, war Amanda bereits damit beschäftigt, die Jalousien vorzuziehen und die Gläser wegzuräumen.

»Bedauerlicherweise, werte Kundschaft«, tönte James Dean von einem Stuhl herab, »ist dies die letzte Runde.«

Er ging in Deckung, weil ihn seine betrunkenen Gäste mit Bierdeckeln bewarfen.

»Prinzessin Amanda braucht ihren Schönheitsschlaf!«, rief er ihnen zu. »Und wenn ihr in zehn Minuten nicht verschwunden seid, kriegt ihr mein eigenes Penis-Puppenspiel zu sehen... neu und einzigartig... es handelt sich um meine Interpretation des halb erschossenen Possums!«

Er begann, pantomimisch darzustellen, wie er seinen Hosenschlitz öffnete, woraufhin die meisten Gäste in gespieltem Entsetzen und schreiend aus dem Pub rannten. Die Tränen mühsam zurückhaltend, trat Rosie nach ihnen in die kalte Nachtluft.

Kapitel 27

Duncan Pellmet war viel zu angespannt, um schlafen zu können, und so schaute er stattdessen den Verkaufskanal und grübelte über seine ausufernde Taille nach. Den Hometrainer hatte seine Frau mitgenommen, genau wie den Sitzball und Red, den Irish Setter. Immerhin hatte sie ihm Derek gelassen, sinnierte Duncan und fuhr mit dem Finger über die weichen Ohren des Jack Russells. Verärgert über die Störung bleckte Derek die Zähne. Duncan seufzte. Er hätte kaum sagen können, wen er mehr vermisste – seine Frau oder seinen Setter. Erst vor kurzem hatte er beide an der Gold Coast gesehen, als seine Tochter in Brisbane ihr Diplom verliehen bekommen hatte. Seine Frau war bronzefarben gebräunt gewesen und hatte in ihrem Kostüm mit Hibiskusblütenaufdruck und mit ihrem neuen Mann am Arm schlank und eidechsenhaft ausgesehen. Der Hund hatte fett ausgesehen.

Als das Telefon läutete, ging Duncan voller Hoffnung an den Apparat. Vielleicht war es ja seine Frau. Vielleicht wollte sie zu ihm zurückkommen? Stattdessen meldete sich Rosie.

»Duncs... könntest du *bitte* dein Phallussymbol anschmeißen und zum Pub kommen? Wir brauchen jemand, der uns nach Hause fährt. Es ist ein Notfall.«

»Rosie Jones«, sagte Duncan müde. »Warum sollte ich so was tun wollen?«

»Weil meine Mum auch hier ist und sie einen Gentleman wie dich braucht, der sie heimfährt.«

»Margaret Highgrove-Jones im Pub? Erzähl keine Geschichten, Rosie...«

Im nächsten Augenblick war Margaret persönlich am Apparat.

»Duncan, Darling«, schnurrte sie, »würdest du bitte einer Dame in Not zu Hilfe eilen?«

Augenblicklich stand Duncan stramm und zog den Bauch ein. »Ich bin sofort da, Margaret... Du kannst auf mich zählen.«

Duncans Sportwagen stand vor dem Pub und brachte mit seinem tiefen Grollen alle Hunde im Ort zum Bellen.

»Es ist ein Zweisitzer, du taube Nuss«, sagte Julian zu Rosie. »Da passen wir nie im Leben alle rein! Ich dachte, du hättest gesagt, Duncan hätte einen großen, dicken.«

Während alle in den Wagen starrten, kam Carrots herangetaumelt, stützte seine Pranke auf die Kühlerhaube und übergab sich geräuschvoll und im vollen Scheinwerferlicht in den Gulli.

O Gott. Bitte mach, dass er nicht mein Vater ist, betete Rosie. Der Abend hatte so gut angefangen, und nun ging alles in die Brüche. Jim stand abseits, die Hände in die Hosentaschen geschoben, und schaute mit ernster Miene zu. Rosie wollte nur noch weg.

»Können wir uns nicht irgendwie reinquetschen?«, bettelte sie.

»Ich weiß wie!« Julian hatte die Lösung. »Duncan kann den Pajero fahren. In den passen wir alle rein.«

Doch ehe sie wussten, wie ihnen geschah, hatte Duncan Margaret auf den Beifahrersitz verfrachtet. Dann schlug er wie einer der Heinis aus *Miami Vice* den Kragen hoch und ließ sich auf das quietschende Leder des Fahrersitzes plumpsen. Nach einem kurzen Grollen und Aufheulen des Motors verschwanden die beiden in der Nacht.

»Mum?«, fragte Rosie völlig konsterniert. Sie stand bibbernd in der kalten Nachtluft. Halb wünschte sie sich, Jim würde sie in den Arm nehmen, aber gleichzeitig war sie immer noch wütend auf ihn. Dubbo stand in dem Gedränge vor dem Pub, sah von Zeit zu Zeit herüber und drückte ein feuchtes Tuch auf sein anschwellendes Auge.

»Und jetzt was?«, fragte Evan. »Warum nehmen wir nicht ein Taxi?«

»Ein Taxi? In Casterton?«, fragte Julian. »Es gibt im ganzen Ort nur einen einzigen Taxifahrer, und der ist längst im Bett.«

»Ich weiß nicht, wie es mit euch steht, aber ich werde bei Ronnie Seymour schlafen«, sagte Jim. »Er ist bestimmt noch auf und schaut Sport. Es ist keine luxuriöse Unterkunft, beileibe nicht, aber mir reicht sie. Natürlich weiß ich nicht, ob sie euren Ansprüchen genügt.« Jim sah Rosie an, als wollte er andeuten, dass sie ihr nicht gefallen würde.

Rosie dachte an die schmuddelige alte Hütte, die sie damals mit ihrer Mutter besucht hatte, und an den senilen Alten, der darin wohnte. Sie schauderte in der Kälte. Sie hatte keine andere Wahl, wenn sie nicht mit Dubbo auf irgendeine Party abziehen wollte, und das wollte sie auf gar keinen Fall.

»Können wir mitkommen?«, fragte Julian.

»Klar«, sagte Jim. »Wir müssen da lang.«

Rosie machte sich auf den Weg. Sie konnte es nicht erwarten, die lärmende Menge vor dem Pub hinter sich zu lassen. Sie hatte das Gefühl, dass alle Frauen ausschließlich über sie redeten, und sie hatte das unbestimmte Gefühl, dass sich Dubbo allmählich in einen Wutanfall steigerte und sich noch mal mit Jim anlegen würde.

Als Evan und Julian ein wenig zurückfielen, griff Jim nach ihrer Hand.

»Bist du immer noch sauer auf mich?«, fragte er.

»Was sollte das da drin?«

»Komm schon, Rosie. Das ist unsere Kultur. Erst besaufen wir uns, dann kloppen wir uns, und hinterher trinken wir miteinander. Alle meine irischen Kumpel machen das so!«

»Du bist ganz bestimmt nicht Dubbos Kumpel, das weißt du genau. Er hat dir nichts getan. Und außerdem kann ich mich sehr gut selbst verteidigen.«

»Aber er ist ein echtes Sackgesicht. Sich so einzumischen.«

»Trotzdem ist das kein Grund, sich in der Öffentlichkeit zu schlägern!«, fuhr Rosie ihn an.

»Ach so, da liegt also der Hund begraben!«

»Wo liegt der Hund begraben?«

»Es stört dich, dass wir in der Öffentlichkeit sind. Du schämst dich für mich.«

Rosie blieb schockiert stehen. »Das ist nicht wahr!«

Jim zuckte mit den Achseln, zog die Jacke über den Schultern zusammen und marschierte weiter die Straße hinauf, sodass Rosie nichts anderes übrig blieb, als ihm zu folgen.

»Hallo?«, rief Jim singend in Ronnie Seymours Flur hinein. Der aufgeregte Kommentar eines aufgezeichneten Greyhound-Rennens empfing sie, und an den Wänden leuchtete flackernd das kühle blaue Licht des Fernsehers.

In dem Sessel in der Zimmerecke saß dösend Mr Seymour. Seine Katze hockte auf einem alten Piano und beäugte sie argwöhnisch. Julian, Evan und Rosie standen abwartend vor dem alten Mann.

»Ronnie?«, fragte Jim.

Mr Seymours Augen gingen auf. Er setzte sich in seinem Sessel auf und sah sie grimmig an. Die buschigen grauen Brauen waren tief über die schlierigen, geröteten Augen gezogen. Dann änderte sich schlagartig seine Haltung.

»Ach, *du* bist es, Jim«, sagte er und sprang aus dem Sessel. Sein Gesicht wirkte ganz und gar nicht mehr abgeschlafft. »Hast dir wohl im Pub einen zu viel gegönnt und bist jetzt zu blau, um nach Highgrove zurückzufahren, wie?«

Jim stellte ihm Julian, Rosie und Evan vor.

»Nett, euch kennen zu lernen. Aber dem hübschen Mädel bin ich schon begegnet. Vor einer ganzen Weile.«

Rosie sah den Alten zweifelnd an, denn sie war immer noch verblüfft, ihn stehend zu sehen, und noch verwunderter, zusammenhängende Sätze aus seinem Mund zu hören. Er grinste sie an.

»Ja! Ich weiß. Du dachtest, ich wäre ein blöder, seniler, grober, alter Klotz. Blöde und senil bin ich eigentlich nicht, aber dass ich grob bin, muss ich zugeben, und dass ich alt bin... also, das kann ich erst recht nicht abstreiten.« Er stellte sich Rosies fragendem Blick.

»Dass ich den senilen Greis spiele, fing eigentlich mit einem kleinen Jux an... und Frauen wie deine Mutter habe ich damit ganz eindeutig reinlegen können. Später habe ich einfach weiter gespielt. Ich würde mit Sicherheit kein Essen auf Rädern mehr geliefert bekommen, wenn ich nicht ein wenig schauspielern würde. Außerdem bekomme ich umso deutlicher zu hören, was sie von mir halten, je öfter ich den ›alten Wirrkopf‹ spiele. Dumme alte Hennen. Sie glauben, ich sei stocktaub und verrückt wie ein altes Huhn.« Er tippte sich an den Kopf und lachte hoch und glücklich. Dann trat er ans Sideboard und holte eine Flasche Tullamore Dew heraus.

»Setzt euch, dann trinken wir einen Schluck Whisky. Aber erst muss ich das vermaledeite Katzenklo sauber machen, von dem Gestank wird mir ganz schlecht. Ich hatte gehofft, eine von den alten Hennen würde das für mich erledigen, aber die haben sich in der letzten Woche rar gemacht«, gestand er augenzwinkernd.

Rosie setzte sich in einen durchgesessenen Lehnstuhl und schaute zu, wie Mr Seymour das Katzenklo hinaustrug.

»Wow!«, flüsterte Evan, während er eine Schneekugel mit einem Rennpferdfoto in die Hand nahm und schüttelte. »Die Hütte ist genial retro! Das Zeug könntest du in Melbourne für ein Schweinegeld verticken!«

Mr Seymour kehrte zurück und schenkte ihnen allen reichlich Whisky ein, ehe er sich wieder in seinem Sessel niederließ. Die Katze lag immer noch in Lauerstellung auf dem Klavier und beobachtete sie mit zusammengekniffenen Augen.

Mr Seymour erhob sein Glas. Er sah Rosie direkt ins Gesicht.

»Jim hat mir erzählt, dass du die Geister der Vergangenheit zu erwecken versuchst... dass du die Geschichte von ›Kelpie Jack‹ erforschst.«

Rosie fragte sich, was ihm Jim sonst noch über sie erzählt hatte.

»Stimmt«, antwortete sie höflich. Ihr Blick wanderte über die Wand mit den alten Fotos und Zeichnungen längst verblichener Rennpferde und über die Stapel vergilbter Zeitungen auf dem Boden. »Vielleicht sollte ich fragen, ob *Sie* Bücher oder Artikel über ihn haben?«

»Tritt bloß nichts los«, warnte Jim.

Rosie war überhaupt nicht danach, mit Mr Seymour über Kelpies zu plaudern. Im Grunde wollte sie sich nur noch mit Jim ins Bett legen und ihm zeigen, dass es ihr piepegal war, was der Rest der Stadt dachte.

»Ein paar mündliche Überlieferungen könnten nicht schaden«, meinte Rosie verträumt und warf Jim dabei einen flirtenden Blick zu, den er geflissentlich übersah.

»Tja«, sagte Mr Seymour, »ich kann dir alles über die Abstammungslinien erzählen, und ich weiß auch genau, welche Hunde mit Jacks Kelpie gekreuzt wurden, um die Rasse zu gründen.«

»Ach«, ergab sich Rosie in ihr Schicksal, »das ist ja... schön.«

Am Ufer des Murrumbidgee, um 1871

Jack ließ Bailey in den Trab wechseln, als er weiter vorn auf dem Treibweg das Muhen von Rindern hörte. Seit er Ballarook verlassen hatte, war er langsam nordwärts gezogen, Mary entgegen, die jetzt auf Wallandool lebte. Als er jedoch hörte, dass Mark Tully nach ihm suchte, wandte er sein Pferd in Richtung Osten. Er wusste, dass Mark zurzeit eine Herde von Kühen aus dem Dürregebiet hütete und sie am Murrumbidgee weiden ließ.

Jacks Haut prickelte vor Aufregung, als er zwischen den Bäumen die rotgefleckten Rücken der Rinder und den schwarzen Wallach mit der weißen Blesse ausmachte.

Auf der anderen Seite der Herde war Mark Tully damit beschäftigt, einen provisorischen Pferch aufzustellen. Erst als seine Hunde Jack laut bellend begrüßten und ihm entgegenrannten, sah er unter seinem breiten Hut hervor.

»Im Hotel hat man mir gesagt, dass du mit deiner Herde in der Gegend bist«, sagte Jack, stieg vom Pferd und schüttelte kraftvoll Marks Hand.

»Mir ist zu Ohren gekommen, dass du ebenfalls von Ballarook weitergezogen bist... auf der Jagd nach einer Lady, vermute ich.«

»Nun ja«, sagte Jack, mit der Fußspitze im Staub stochernd. »Das wird sich noch erweisen.«

Mark legte seinem Freund die Hand auf die Schulter. »Komm mit, ich habe etwas für dich, das dich Miss Ryan einstweilen vergessen lassen wird.« Er ging mit Jack los in Richtung seines Lagers.

Dort wartete, an einen Baum gebunden, ein eleganter schwarzer Hund mit kurzem, glattem Fell. Er hatte stehende Ohren und kluge braune Augen, und seine Rute peitschte Staubwolken hoch, als er die beiden Männer näher kommen sah.

»Ich halte ihn schon seit Wochen zurück, weil ich dich aufzuspüren versuche. Er heißt Moss. Ich dachte, ein solches Prachtexemplar von Hund wäre perfekt für deine Kelpie. Er hat den gleichen Stammbaum wie meine Hunde. Kommt aus Rutherford in Nordschottland. Als ich ihn treiben sah, wusste ich sofort, dass sein Stil zu deiner Kelpie passen würde.«

Jack bückte sich, um dem jungen Hund das Fell zu tätscheln.

»Er ist eine Schönheit.«

»Es wird Zeit, dass wir beide unsere Fähigkeiten unter Beweis stellen und bei einigen Hundevorführungen antreten. Mit Hunden wie diesen sind wir schwer zu schlagen, würde ich meinen.«

»Wie bist du zu so einem Tier gekommen?«

»Ach Jack... sagen wir einfach, Fortuna war mir an diesem Tag hold.«

Jack hängte Moss' Leine ab, woraufhin dieser schwanzwedelnd Jacks Beine umtanzte. Kelpie kam angelaufen und tanzte vor ihm herum, eine Einladung zum Spiel, bei der sie mit ihren kleinen, festen Vorderpfoten auf den Boden stapfte. Moss legte daraufhin die Ohren zurück und sprang zähnebleckend hin und her.

»Er hat Charakter«, sagte Jack.

»Bei Gott ja. Wie du schon in der Nacht sagtest, als wir uns begegneten, auf dem Weg nach Ballarook... dies ist der Beginn von etwas Größerem als dir und mir und ein paar Hunden. Wir werden etwas bewegen, Jack. Das weiß ich genau.«

Als kurz vor dem Morgengrauen die Vögel vor dem Fenster zu zwitschern begannen, erwachte Rosie auf Mr Seymours Couch. Im Sessel gegenüber saß Mr Seymour mit weit geöffnetem Mund und schnarchte.

Jim, Julian und Evan waren schon vor Stunden in den muffigen Zimmern verschwunden, während Mr Seymour unablässig über Hunde schwadroniert hatte.

»Velourtagesdecken mit Troddeln! Die hatten wir auch, als ich klein war!«, war das Letzte, was Rosie von Evan gehört hatte, ehe er und Julian in einen todesähnlichen Schlaf gefallen waren.

Leicht verkatert nach dem vielen Rum schlich Rosie auf Zehenspitzen durch den Flur und spähte in die Zimmer. Dort lagen Evan und Julian friedlich schlafend Arm in Arm. Rosie musste unwillkürlich lächeln. So glücklich hatte sie ihren Bruder noch nie erlebt. Vorsichtig zog sie die Tür zu. Im nächsten Zimmer schlief Jim auf einem alten Feldbett. Rosie schlich zu ihm und setzte sich auf die Bettkante. Jim wälzte sich herum, schlug die Augen auf und sah sie an.

»Ich glaube, wir hatten gestern unseren ersten Streit«, flüsterte sie. »Aber das Schönste daran ist die Versöhnung, meinst du nicht?« Sie schlug die alte Decke zurück und kuschelte sich an ihn.

»Gut erfasst. So eine Versöhnung lasse ich mir gefallen.«

»Darf ich dich was fragen?«

»Mmm?«, meinte er schläfrig.

»Glaubst du wirklich, ich würde mich für dich schämen?«, Rosie hatte ihr Kinn auf seine Brust gebettet und sah zu ihm auf. Jim schloss die Augen wieder.

»Keine Ahnung.«

»Falls es dir noch nicht aufgefallen ist, Jim, du bist hier in Australien, nicht in Großbritannien. Hier gibt es keine Klassenschranken.«

»Ach ja, wirklich? Das glaube ich dir keine Sekunde.« Dann fügte er nachsichtig hinzu: »Wir kommen aus so unterschiedlichen Familien, Rosie. Vielleicht kann es gar nicht klappen?«

»So was darfst du nicht sagen!«, schimpfte ihn Rosie. »Natürlich kann es klappen!« Sie schmiegte sich wieder an seine Brust.

Jim drückte sie kurz, dann schob er sie liebevoll beiseite und setzte sich auf.

»Komm«, sagte er. »Wir haben heute viel zu tun. Ich bin wieder nüchtern genug, um zu fahren, also machen wir uns auf die Socken.«

»Wir streiten also nicht mehr?«, fragte sie.

»Alles vergeben und vergessen«, antwortete er und bückte sich, um seine Jeans anzuziehen.

Kapitel 28

Inzwischen war es Spätnachmittag, und Rosie begann, die schlaflose Nacht in Mr Seymours Haus zu spüren. Sie und Jim hatten den Vormittag draußen im Cattleyard Swamp verbracht, wo sie die Kühe und Kälber ausgesondert hatten, die am nächsten Tag markiert werden sollten. Während sie die Rinder auf die Weiden rund um die Homestead heimtrieben, sah Rosie mit zusammengekniffenen Augen zu Jim hinüber.

»Und wir streiten ganz bestimmt nicht mehr?«

»Natürlich nicht«, sagte er und fasste herüber, um an Oakwoods Zügel zu ziehen, bis der Wallach näher an seine Stute heranrückte. Dann küsste er sie. »Ich bin nur müde. Deshalb bin ich nicht besonders gesprächig.«

Wieder zu Hause angekommen, konnte es Rosie kaum erwarten, mit Jim ins Bett zu steigen. Davor mussten sie nur noch die Hunde füttern, das Kraftfutter für Sassy und Morrison mischen und das Impfmittel, die Ohrmarken und die Messer für die morgige Arbeit zurechtlegen. Dann essen und ins Bett schlüpfen. Ihre Gedanken wurden unvermittelt unterbrochen, als ihre Mutter den Essensgong schlug.

»Es überrascht mich, dass sie fit genug zum Kochen ist«, sagte Jim und sah von seiner Schleifmaschine auf. Rosie schmunzelte. Wie Julian ihnen verraten hatte, war Margaret erst heute Morgen auf der Homestead aufgetaucht, lang nachdem Jim und Rosie losgeritten waren, um die Kühe und Kälber auszusondern. Allem Anschein nach war sie aus Duncans Sportwagen gestiegen, hatte ihn zärtlich zum Abschied auf den Mund geküsst und war dann kichernd wie ein Schulmädchen ins Haus gelaufen.

Als Rosie und Jim ins Haupthaus traten, schlug ihnen das delikate Aroma eines indischen Currys entgegen. Wie sich herausstellte, saßen Margaret, Julian und Evan bereits lachend und Bier trinkend am Küchentisch. Sie begrüßten Rosie und Jim mit lautem Jubel und hocherhobenen Bierflaschen.

»So ist es recht«, meinte Rosie, eine Hand in die Hüften gestemmt und ein Lächeln auf dem Gesicht. »Jim und ich buckeln den ganzen Tag, während die feinen Herrschaften feiern!«

Sie nahm die Flasche Bier entgegen, die ihr Julian in die Hand drückte, und riss sich halb verhungert ein Stück Naan-Brot ab.

»Alles zu Tisch!«, befahl Margaret. »Das Essen ist serviert!«

In dem dunklen, holzgetäfelten Esszimmer wurden verführerisch duftende Gerichte am Tisch herumgereicht, während alle gleichzeitig durcheinander redeten. Jim hielt unter dem Tisch Rosies Hand. Beschienen vom Glanz des silbernen Kandelabers lehnte sich Rosie zurück und betrachtete ihre Familie. Ihre Mutter sah verändert aus. Irgendwie jünger. Zum einen sahen ihre Kleider nicht so aus, als wären sie ihr an den Leib gebügelt worden. Auch ihr sonst mit Spray festlackiertes Haar fiel heute in weichen, natürlichen Wellen. Und sie benahm sich anders als sonst. Wann hatte Margaret eigentlich aufgehört, ihr wegen ihres Aussehens Vorwürfe zu machen?, rätselte Rosie. Sie beschwerte sich nicht mehr über Rosies zerrissene Arbeitshemden, ihre durchgewetzten Jeans und ihr langes, ungebändigtes Haar. Rosie konnte nicht genau sagen in welcher Hinsicht, aber ihre Mutter hatte sich verändert... oder zumindest war etwas in ihr in Bewegung geraten. Rosie verkniff sich ein Schmunzeln. Gestern Abend war definitiv etwas in ihr in Bewegung geraten, dachte sie boshaft. Etwas von Duncan Pellmet. Rosie prustete lachend los.

Alle drehten sich zu ihr um und sahen sie an. Die Hand vor den Mund gepresst und die Augen gegen die Tränen zugekniffen, schüttete sie sich fast aus vor Lachen.

»Was?«, fragten die anderen wie aus einem Mund. Was sie noch mehr zum Lachen brachte. Kaum zu glauben, dachte sie, dass sie hier an dem aus England importierten Esstisch ihres Urgroßvaters saß und heimlich mit dem Viehtreiber Händchen hielt und füßelte. Damit nicht genug, der Viehtreiber saß auch noch am Kopf der Tafel, wo über Generationen hinweg nur Männer vom Stamm der Highgrove-Joneses gethront hatten. Währenddessen unterhielt sich auf der anderen Tischseite ihr schwuler Bruder mit seinem Lebensgefährten. Außerdem saß am Tisch noch Mrs Highgrove-Jones, die die letzte Nacht mit ihrem jungen Gespielen – immerhin war Duncan bestimmt gute sieben Jahre jünger als Margaret – verbracht hatte. Der Highgrove-Jones'sche Ahnherr, der den Tisch nach Australien gebracht hatte, rotierte bestimmt in seinem Grab. Wahrscheinlich wirbelte er um die eigene Achse wie ein amerikanischer Rapper. Aber andererseits war, wie Rosie wieder einmal bewusst wurde, Mr lang dahingeschiedener Highgrove-Jones sowieso nicht mehr ihr Urgroßvater! Ihr echter Urgroßvater war möglicherweise ein fahrender Landarbeiter gewesen, der hier einmal angeklopft und um ein warmes Essen gebettelt hatte.

»Was ist denn so komisch?«, fragte Julian.

Sie wischte die Lachtränen weg und brachte dann mühsam heraus: »Das hier!«, wobei sie mit einer Handbewegung den ganzen Raum umfasste. »Wir!«

»Wie meinst du das?«, fragte Margaret.

»Na, da ist zum einen Julian... ein warmer Bruder. Nimm's nicht persönlich, Evan. Und du, Mum... poppst den Herausgeber des *Chronicle*, nachdem dein Mann mit deiner Schwester durchgebrannt ist. Was für ein Irrsinn! Und dann bin da noch ich... ein Bastard, sozusagen. Mit einem so grauenvollen Vater, dass mir Mum nicht verraten will, wer er war. Und jetzt habe *ich* mich mit dem Vormann eingelassen.« Sie hob die Hand, in der sie Jims hielt, über die Tischkante. »Könnt ihr euch vorstellen, was Prudence Beaton dazu sagen würde? Oder die Chillcott-Clarks?«

Alle im Raum verstummten, alle Blicke kamen auf ihr zu liegen. Das Lächeln auf Rosies Gesicht erlosch, als sie sich umsah. Jim starrte sie mit Pokermiene an, ihre Mutter hatte die Lippen zusammengekniffen, und Evan legte fürsorglich die Hand auf Julians Schulter. Dann, als wäre ein Schalter umgelegt worden, begannen auch Margaret, Evan und Julian loszuprusten, und bald lachten sie alle laut genug, um die Geister der Dienstboten aus dem Speicher zu verjagen. Aber noch während ihre Familie fröhlich lachte, merkte Rosie, wie sich in ihrer Magengrube ein unsicheres Gefühl breit machte. Jim hatte still und heimlich seine Hand aus ihrem Griff gezogen.

Bis Rosie die Küche sauber gemacht hatte und ins Quartier zurückkehrte, lag Jim schon in tiefem Schlaf. Statt sich an seinen warmen Leib zu schmiegen, kehrte ihm Rosie den Rücken zu. Was machte ihm so zu schaffen? Und wie konnte sie schlafen, wenn sie für ihr Leben gern herausfinden wollte, wer ihre wahren Verwandten waren? Seufzend fasste sie nach der Zeitung des *Working Kelpie Council* neben dem Bett und begann zu lesen.

Bolero Station, New South Wales, um 1874

Ein heißer, windiger Tag erwachte unter einem farbenprächtigen Sonnenaufgang zum Leben. Jack blickte zu den wahnwitzigen Wolken auf, die über der roterdigen Ebene der Riverina hingen. Knallrosa, blaue und rote Streifen zogen sich über den Himmel wie breite Pinselstriche auf dem Gemälde eines Irrsinnigen. Jack zog seinen Hut in die Stirn und schlug den Weg zu den Hundezwingern ein. Kelpie wartete nicht wie sonst mit aufgestellten Ohren und schwanzwedelnd auf ihn. Stattdessen hatte sie sich in das dunkle

Loch in ihrem Zwinger verkrochen. Er bückte sich und schaute hinein.

»Also, Mädchen«, begrüßte er sie mit einem breiten Grinsen, »du hättest bei Gott auf mich warten können! Eigentlich solltest du erst in zwei Tagen so weit sein!«

Kelpie hatte ihren Leib um einen Wurf von fetten Welpen mit glänzendem Fell gelegt. Insgesamt waren es fünf an der Zahl. Überrascht, welche Farbenvielfalt Moss und Kelpie gezeugt hatten, nahm Jack jeden der winzigen Welpen einzeln hoch. Ein Welpe war tiefschwarz, einer schwarz-braun wie Kelpie, zwei waren rostrot, und der letzte hatte ein schiefergraues Fell.

Er konnte es kaum erwarten, Mary zu erzählen, dass die Welpen gesund und munter zur Welt gekommen waren. Normalerweise hätte er ihr geschrieben. Aber nächste Woche würde er sie ohnehin sehen, da man ihm auf Bolero frei gegeben hatte, damit er zur Ostermesse in die Kirche der Ryans reiten konnte. Dort versammelte sich Sonntag für Sonntag nach einer staubigen Reise von ihrem Heim auf Wallandool der Clan der Ryans in den vordersten Kirchenbänken. Launcelot Ryan würde missbilligend beobachten, wie sich Jack und Mary heimlich glückselige Blicke zuwarfen. Danach würde er wie ein Schatten in der Nähe des Paares lauern und sicherstellen, dass sie nur Höflichkeiten und keinesfalls mehr austauschten. Achselzuckend schüttelte Jack den Gedanken an Marys Vater und an die Schwierigkeiten ab, die er ihnen in den Weg legte. Er hatte fünf wunderschöne Welpen! Er zog los, um Tom Keogh zu finden, einen anderen Tagelöhner, der über die Nachricht, dass die Welpen da waren, begeistert wäre. Schließlich hatte ihm Jack einen Welpen aus Kelpies erstem Wurf versprochen.

Während auf Bolero der Winter dem Frühling wich, wuchsen die Welpen allmählich zu erstklassigen Hunden heran. Im ganzen Distrikt Mirool war kein Regen gefallen, weshalb Jack den Großteil seiner Tage damit zubrachte, die durstigen Herden mit Wasser zu versorgen. Wegen der Trockenheit bekam er nicht frei, um Mary auf Wallandool zu besuchen. Stattdessen schrieb er ihr gespreizte Briefe, wobei er jedes Mal vor seinem geistigen Auge sah, wie ihr Vater das Wachssiegel erbrach und seine privaten Worte las. Wenn er dann doch einen Tag lang nicht zu arbeiten brauchte, befasste er sich mit seinen Welpen, um sich von Mary abzulenken. Bald erschienen auf Bolero Sonntag für Sonntag Arbeiter oder junge Viehzüchter von den umliegenden Stationen. Die Männer tauschten sich über Ausbildungsmethoden aus und standen in den umzäunten Gehegen, die Hunde am Ende einer langen Leine wie im Gras gelandete Drachen. Manche bestachen ihre Welpen mit Brocken von getrocknetem Kängurufleisch, andere lockten sie mit freundlichen Worten oder Lauten.

John Cox von der Mangoplah Station kam regelmäßig vorbei, um sich in der Hundedressur zu messen. Er verbarg sein Lächeln hinter einem ausladenden Schnauzer und ließ seine mächtige Stimme erschallen, falls die Hunde einmal falsch herum liefen. Als John Cox erstmals beobachtete, wie Jack ohne einen Fluch oder ein lautes Wort einen Hund anleitete, zog er die raupendicken Brauen hoch.

»Du hast zu viel auf dem Kasten für einen bloßen Aufseher, Jack. Wenn ich wüsste, dass du für mich die Geschäfte auf Yalgogrin führst, könnte ich mich ganz um Mangoplah kümmern, ohne mir Sorge machen zu müssen. Was meinst du dazu?«

»Das klingt verlockend, John. Aber ich habe erst vor kurzem mein Quartier hier auf Bolero aufgeschlagen. Gib mir etwas Bedenkzeit.«

Jack ging das Herz auf, wenn Viehzüchter wie John Cox aus freien Stücken ihre freie Zeit damit zubrachten, unter einfachen Landarbeitern ihre Hunde auszubilden. Bei der Hundedressur hier in den Gehegen waren alle Männer gleich. Sie versammelten sich vor Jacks winziger Hütte aus Lehm und Flechtwerk, um bis zum Abend über ihre Hunde zu plaudern oder um Jacks Welpen zu bewundern, die auf der knisternd trockenen Weide vor dem Haus herumtollten. Der mit lockerem Gehölz bestandene Berg Yalgogrin erhob sich aus der Ebene der Riverina, als wollte er sich dem Himmel entgegenrecken. Jacks Hütte kauerte am Fuß des Berghanges inmitten eines Haines aus gemächlich wirkenden Pfefferbäumen und stämmigen, aufrechten Kurrajongs. Vögel kreischten in den herabhängenden Ästen und tanzten vor der Hütte herum. Die Männer hatten sich an diesem besonders heißen Sonntag im Schatten des Schindeldaches versammelt und warteten nun darauf, dass der Nachmittag ein wenig abkühlte, damit sie mit ihren Hunden heimwärts reiten konnten. Als die Sonne endlich sank und die Fliegen die Jagd aufzugeben begannen, erhob sich Jacks Diensttherr Mr Quinn.

»Ich denke, wir sollten euch Jungs jetzt verabschieden und uns wieder an die Arbeit machen. Jack hier muss noch die Tiere auf dem Berg zusammentreiben, und ich muss mich auf den langen Heimweg vorbereiten.«

Die Männer erhoben sich und wollten schon gehen, aber Jack schenkte sich noch eine Tasse ein, biss noch einmal in sein ungesäuertes Brot und zog sich einen Stuhl auf die Veranda.

»Ich glaube, ich werde die Tiere lieber von diesem Stuhl als vom Rücken meines Pferdes aus zusammentreiben, wenn Sie gestatten«, sagte er.

»Hör auf, mich zum Narren zu halten«, sagte Mr Quinn. Er war bereits mit Jacks Humor vertraut und ging gern darauf ein. Jack hatte sich auf Bolero aufs Beste eingelebt.

»Aber nein, das will ich beileibe nicht«, sagte Jack mit einem Glitzern in den Augen. »Ich nehme jede Wette an, Gentlemen, dass ich die Tiere auf dem gesamten Yalgogrin von diesem Stuhl aus zusammentreiben kann... statt auf meinem Pferd.«

»Na schön! Die Wette gilt!«, schlug Quinn ein, setzte den Hut ab und warf eine Münze hinein. Die übrigen Männer warfen ebenfalls Geld in Quinns Hut.

»Und, wie willst du das anstellen?«, fragte Jacks Dienstherr. Jack spazierte auf eine ebene, freie Fläche vor seiner Hütte.

»Das werdet ihr gleich sehen.«

Jack rief Moss und Kelpie zu sich und befahl ihnen zu sitzen. Den Rücken dem Berg zugewandt, sah Jack die beiden Hunde an. Sie bibberten vor Spannung, hatten die Ohren gespitzt und blickten, auf Jacks Kommando wartend, wie gebannt in sein Gesicht.

»Moss, lauf los und rüber«, sagte Jack, den Kopf leicht nach rechts geneigt, und Moss schoss los, in einem weiten Bogen im Uhrzeigersinn dem Berg entgegen. Jack ließ einen durchdringenden Pfiff folgen, der den Hund den steilen Abhang hinaufzutreiben schien. Kelpie saß immer noch zu Jacks Füßen und wartete ungeduldig winselnd darauf, dass sie an die Reihe kam.

»Kelpie, lauf los und hinter«, sagte Jack mit einer Kopfbewegung zur anderen Seite hin. Kelpie rannte los wie ein gehetzter Hase gegen den Uhrzeigersinn auf den Berg zu. Jack schlenderte zu seiner Hütte zurück und ließ sich auf den wackligen alten Stuhl nieder, wo er die Füße gegen den Verandapfosten stemmte und die Hände über dem flachen Bauch faltete. Beide Hunde rannten immer weiter und weiter. Bald waren sie nur noch kleine schwarze Flecken, die zwischen den Baumstämmen auf der Bergkuppe herumflitzten.

Die an den Hängen weidenden Schafe hoben die Köpfe und legten die Ohren an. Sie begannen loszutrotten und sammelten sich allmählich zu einer wogenden Masse. Jack legte die Hand an den Mund und pfiff ein »Langsam!«-Kommando, woraufhin beide Hunde langsam hin und her zu laufen begannen. Dann leiteten sie die Herde wie einen trägen Fluss den Berg herab. Jack sagte kaum ein Wort, nur hin und wieder dirigierte er Moss, die Nachzügler einzutreiben, oder er mahnte Kelpie über einen Pfiff, die Herde nicht so zu drängen. Und immer wieder nippte er an seinem Tee.

»Dieser Stuhl ist ganz phantastisch, um eine Herde zusammenzutreiben, meine Herren, das dürfen Sie mir glauben. Warum am

Sabbat auf ein Pferd steigen, wenn man auch Gottes Gesetz befolgen und sitzen bleiben kann?«

Innerhalb weniger Minuten waren die Schafe vom Berg herunter und über die Weide getrieben. Jetzt sammelten sie sich vor der Veranda. Moss und Kelpie behielten, aufmerksam hechelnd und ständig in Bewegung, die Herde ununterbrochen im Auge, damit sie nicht ausbrechen konnte. Selbst die Welpen, die bis eben zu Füßen der Männer herumgetollt waren, waren auf ihren kleinen Beinchen losgerannt und führten mit gespitzten Ohren die Schafe, wobei sie ganz instinktiv das Stellen der Schafe imitierten und sie zu treiben versuchten. Die Männer schüttelten ungläubig lächelnd den Kopf.

»Aber können sie auch das Tor schließen?«, frotzelte Quinn und schubste dabei Jacks Beine vom Verandapfosten, wodurch jener den Tee auf seiner Hose verschüttete.

»Also, wenn deine Tore richtig zuschwingen würden, könnten sie das wohl!«

»Du bist doch ein rechter Angeber, Jack Gleeson«, sagte Tom Keogh. »Als Nächstes wirst du die Schafe noch im Schlaf zusammentreiben, und mich wird der Boss losschicken, alle Tore zu ölen!«

Die Männer grölten vor Lachen.

»Nun, um zu beweisen, dass ich kein Geizhals bin, möchte ich, dass heute jeder von euch einen dieser kleinen Welpen auswählt«, sagte Jack. »Nur zu! Trefft eure Wahl!«

Die Männer blieben wie angewurzelt stehen, weil keiner glaubte, dass Jack das ernst gemeint haben könnte.

»Bist du dir sicher?«, fragte Steve Apps. »Für so gesunde Welpen wie diese möchtest du doch bestimmt etwas haben?«

»O nein«, widersprach Jack. »Ich habe gelobt, nie einen Welpen gegen Geld zu verkaufen. Sie sollen Männern wie euch gehören, Männern, die wissen, wie man einen *anständigen* Hund *anständig* abrichtet.«

»Aber Jack.« Tom führte ihn kurz beiseite und flüsterte ihm zu:

»Du könntest ein kleines Vermögen verdienen, wenn du so gute Hunde verkaufst. Es würde ausreichen, damit du dir ein Stück Land kaufst... und dann könntest du dir die junge Mary Ryan zur Frau nehmen!«

Jack schüttelte den Kopf und erwiderte so laut, dass alle Viehzüchter es hören konnten: »Lance Ryan muss mich nehmen, wie ich bin. Ob mit oder ohne Land. Ich werde keinen Hund verkaufen, um mir ein Weib zu kaufen!«

John Cox schüttelte den Kopf. »Du bist nicht recht gescheit, Gleeson. Der alte Ryan hätte Himmel und Hölle in Bewegung gesetzt, damit mein kleiner Bruder Pat aufhört, seiner Tochter Grace den Hof zu machen. Aber seit sich Pat eine eigene Weide auf Yalgogrin gekauft hat, ist Ryan die Verbindung durchaus genehm! Ein eigener Grund bietet einem Mädchen ein sicheres Heim.«

»Da bin ich anderer Meinung.« Die Bemerkung hatte Jack so getroffen, dass ihm das Blut in die Wangen schoss. »Ein *guter Mann* bietet einem Mädchen ein sicheres Heim... und einem Welpen auch. Genau darum kannst du, John Cox, dir einen von diesen hier aussuchen.« Johns Gesicht hellte sich auf, als er hinaustrat, einen Welpen hochhob und mit ihm zu den übrigen Männern trat.

Die Kunde von Jacks sonntäglichem Heimtrieb von der Veranda aus ging wie ein Lauffeuer durch den Distrikt, genau wie die Nachricht, dass er Moss' und Kelpies erstklassige Welpen für ein Lächeln und einen Händedruck weggegeben hatte. Die Nachricht von Jacks Freigiebigkeit kam auch Launcelot Ryan zu Ohren, als er gerade im London Hotel saß. Ryans Wangen färbten sich in einem zornigen Rosa, als er vernahm, dass sich der irische Viehtreiber geweigert hatte, Geld für seine Welpen anzunehmen. Warum erzielte der Kerl nicht einen ordentlichen Profit aus diesem Wurf und kaufte sich dafür ein Stück Land, wenn er seine Tochter bekommen wollte?

Auf dem Heimritt nach Wallandool wollte es Launcelot Ryan nicht aus dem Kopf gehen, dass Gleeson den Ryans in die Gegend von Mirool gefolgt war. Es war nicht daran zu rütteln, dass Jack überall im Distrikt beliebt war, aber was hatte er seiner Tochter denn zu bieten? Kate und Grace, seine beiden älteren Töchter, waren bereits an gute, schwer arbeitende Viehzüchter vergeben. Katie hatte er Harry King überlassen, dem die eindrucksvolle Station von Wollongough gehörte, und Grace würde an Pat Cox' Seite mit Sicherheit ein angenehmes Leben auf den roten Böden des Landes um den Yalgogrin führen. Aber Mary! Seine Gedanken schienen sich regelrecht zu verwirren, wenn er an seine hübscheste Tochter dachte. Er wollte doch nur ihr Bestes, aber wenn es um Jack Gleeson ging, wollte sie um keinen Preis Vernunft annehmen. Ryan wandte sich an seinen Sohn, der auf Marys altem schwarzen Pony saß.

»Kein Wort mehr über Mr Gleesons Avancen gegenüber deiner Schwester Mary«, befahl er streng.

Dann gab Launcelot Ryan seinem Pferd die Sporen, um es in den Galopp zu treiben, und verbannte alle Gedanken an Jack Gleeson aus seinem Kopf.

Kapitel 29

Der scharfe Huf des Kalbes knallte schmerzhaft gegen Rosies Schienbein.

»Autsch! Du kleiner Mistkerl!«, rief sie aus und hüpfte auf einem Bein, doch schon im nächsten Moment hatte sie zwischen die Beine des Kalbes gefasst und seine Hoden gepackt. Sie brachte das Messer so in Position, wie Jim es ihr gezeigt hatte.

»Ich kann es ihm nicht verübeln«, sagte Jim und lud die nächste elektronische Marke in das Schießgerät. Es war sein erster Versuch einer scherzhaften Bemerkung an jenem Tag, und Rosie sah mit einem erleichterten Lächeln zu ihm auf. Sein Schweigen hatte ihr zu schaffen gemacht.

Heute trennten sie die frühen Kälber von den Müttern und führten sie in die Gestelle. Anfangs hatte Rosie angenommen, Jim sei nur müde und habe keine Lust zu reden. Aber im Verlauf des Tages war unübersehbar geworden, dass ihn irgendwas beschäftigte. Solange im Pferch nebenan die Kühe muhten und die Kälber entsetzt aufschrien, wenn sie beim Markieren das Messer zu spüren bekamen, unternahm Rosie nicht einmal einen Versuch, ihn zu fragen, was ihn beschäftigte. Das müsste bis zum Abend warten.

Sie griff nach der Impfspritze und jagte die Nadel durch die ledrige Haut des Kalbes. Dann ging sie zum nächsten Kalb weiter.

»Auf das hier habe ich gewartet«, verkündete sie, als sie schließlich das letzte Kalb aus dem Gestänge ließ.

Während sie auf der Heckklappe des Pick-ups saß und die Ohrmarken ordnete, schaute Rosie immer wieder zu jener fernen

Hügelkette auf, wo tief im Busch die Hütte stand. Sie dachte an die Nächte zurück, die sie dort mit Jim verbracht hatte. Obwohl es nur ein paar Monate her war, kam es ihr vor wie aus einem anderen Leben. Seither war so viel auf der Farm und in ihrer Familie passiert. Rosie seufzte. Damals, in jenen ersten Tagen, hatte sie das Gefühl gehabt, dass sie beide füreinander bestimmt waren, aber in letzter Zeit wirkte Jim distanziert und in sich gekehrt. Sie rätselte, was sie noch sagen konnte, um ihm klar zu machen, wie viel er ihr bedeutete. Dass sie ihn nicht nur hier haben wollte, damit die Arbeit auf der Station erledigt wurde. Dass es ihr scheißegal war, was die Leute dachten.

Jetzt ließ er sich neben ihr nieder. Sie legte die Hand auf seinen Schenkel und spürte zu ihrer Erleichterung die Wärme von Jims Hand, die er auf ihre gelegt hatte. Sie wandte sich ihm zu und wollte ihm gerade erklären, wie sehr sie ihn liebte, als Margaret sie vom Haupthaus aus rief.

»Besuch für dich, Rosie!«

Dubbo trat hinter Margaret hervor. Er kam zu den Rinderpferchen herüber, zurechtgemacht und korrekt gekleidet mit einem rotgestreiften Hemd und Hosen aus Englischleder. Seine Stiefel blinkten, und sein dünnes, blondes Haar war frisch gestutzt.

»O Mann!«, sagte er, als er Rosies windschiefen Hut, ihr dreckverschmiertes Gesicht und das getrocknete Blut an Händen und Kleidern in Augenschein genommen hatte. »In Arbeitsklamotten habe ich dich noch nie gesehen!«

Rosie sah achselzuckend an sich herab. Jim hievte geräuschvoll die halbe Regentonne mit den Geräten zum Markieren vom Heck des Pick-ups. Er nahm Dubbo mit einem knappen Nicken zur Kenntnis.

»Ich geh' das Zeug abwaschen«, sagte er zu Rosie und verschwand im Quartier.

»Ich wollte mir Sams Welpen ansehen«, sagte Dubbo. »Falls du gerade Zeit hast.«

Sams Welpen, dachte Rosie missmutig. Natürlich. Obwohl sie in ihren Augen längst ihre eigenen waren. Sams Namen zu hören löste befremdliche Schuldgefühle aus. Plötzlich merkte sie, dass sie wochenlang nicht mehr an ihn gedacht hatte, bis Dubbo sie an ihn erinnert hatte. Sie drehte sich auf dem Absatz um.

»Dann komm mit. Ich zeige dir *Sams* Welpen«, versprach sie ihm, aber Dubbo überhörte den Sarkasmus in ihrer Stimme.

Sie führte ihn durch die Ställe und wies ihn unterwegs auf Sassys Fohlen Morrison hin. Dubbo, der sich nicht für Pferde interessierte, würdigte ihn kaum eines Blickes.

»Sehr nett«, meinte er gelangweilt.

In den Hundezwingern hüpften die Welpen am Drahtgeflecht auf und ab und stemmten ihre kleinen Pfoten dagegen. Rosie befahl allen sich hinzusetzen, bevor sie die Tiere der Reihe nach herausließ.

»Sie haben alle schon die Hundeschule hinter sich und sitzen, liegen und kommen, wenn sie gerufen werden«, erzählte sie ihm. »Jim sagt, als Nächstes werden wir sie an den Tieren ausbilden. Fällt dir einer besonders ins Auge? Willst du eine Hündin oder einen Rüden?«

»Was läuft eigentlich mit ihm?«, fragte Dubbo unvermittelt und sah Rosie prüfend an.

»Mit wem? Jim? Wie meinst du das, was *läuft* mit ihm?«

Dubbo schüttelte den Kopf.

»Ich sag' es dir nicht gern, aber du kannst diesen Wanderarbeitern nicht trauen, verstehst du?«

Rosie sah ihn streng an.

»Wie gut kennst du diesen Jim-Boy überhaupt?«, wollte Dubbo wissen.

»Gut genug«, erwiderte Rosie mit zornglühenden Wangen.

»Also, ich habe ein bisschen über ihn nachgeforscht. Seinen Background ausgeleuchtet. Rein vorsichtshalber, verstehst du?«

»Nein. Verstehe ich nicht.«

»Pass auf.« Dubbo trat einen Schritt auf sie zu und legte die Hand auf ihren Arm. »Ich passe nur ein bisschen auf dich auf. Weil ich das Gefühl habe, dass ich das Sam schuldig bin.«

»Ich brauche keinen Aufpasser.«

»Ich mache mir Sorgen um dich, Rose. Deshalb bin ich hier. Ich weiß, dass es dir nicht gefallen wird, aber ich muss dir unbedingt erzählen, was ich über Jim herausgefunden habe.«

»Was?«, fragte Rosie. Ihr wurde übel.

Dubbo senkte die Stimme. »Soweit ich gehört habe, hat unser Freund Jim seinen irischen Charme schon öfter spielen lassen.«

»Wie meinst du das?«

»Sagen wir einfach, der Kerl ist auf Grund aus. Offenbar war er schon zweimal verlobt – und zwar gleichzeitig. Du weißt schon, um seine Chancen zu erhöhen. Beide Mädchen waren die Töchter von großen Rinderbaronen oben im Territory. Eine hatte einen Arsch wie einen Sitzball, die andere war nicht ganz dicht. Offenbar sind beide Hochzeiten geplatzt, als ihm die Väter auf die Schliche kamen.«

»Das ist gelogen.« Rosie wich vor ihm zurück.

»Überleg doch mal, Rosie. Wie schnell hat er sich in dein Leben geschlichen? Kaum hattest du deinen Verlobten verloren, schon war er da. Peng. Genau im richtigen Augenblick, um dir beizustehen. Hör zu, ich habe mit einem seiner früheren Arbeitgeber gesprochen. Der hat alles bestätigt.«

Rosie merkte, wie sie immer unsicherer wurde. Jim zu begegnen war, als wäre ein Traum lebendig geworden. Aber jetzt beschlich sie das gleiche üble Gefühl wie damals, als sie das von Sam und Jillian erfahren hatte. Jim schien immer da zu sein, um sie zu unterstützen, aber war er in Wahrheit vielleicht genau wie Sam?

Der Zweifel breitete sich wie ein Virus in Rosies ganzem Körper aus. Plötzlich hatte sie das Gefühl, keine Luft mehr zu bekommen.

Im nächsten Moment spürte sie, wie Dubbo sie in den Armen hielt. Sie hatte ihr Gesicht an seine Brust gepresst, und Tränen brannten in ihren Augen. Genau in diesem Moment kam Jim aus dem Stall und erstarrte. Rosie drückte Dubbo von sich weg.

»Ich sollte jetzt lieber gehen«, sagte Dubbo. »Den Welpen hole ich mir ein andermal, ja?«

Er ging direkt an Jim vorbei, ohne ihn zur Kenntnis zu nehmen, und war im nächsten Moment verschwunden. Jim baute sich schweigend vor Rosie auf. Sie konnte sehen, wie sein Kinnmuskel zuckte.

»Bitte sag mir, dass das nicht stimmt«, sagte sie, und Tränen stiegen ihr in die Augen.

»Was nicht stimmt?«

»Dass du nur auf mein Land aus bist. So wie bei den Mädchen im Territory.«

»Das hat er dir erzählt?«, fragte Jim.

Rosie nickte.

»Und du hast ihm geglaubt?« Er ließ das Zaumzeug fallen, das er in der Hand gehalten hatte.

»Ich weiß nicht mehr, was ich glauben soll! Vielleicht sind tatsächlich alle Männer Arschlöcher!«

»Das zeigt, was du wirklich von mir hältst.«

Jim kehrte um, lief ins Quartier und knallte die Tür so wütend hinter sich zu, dass die Fensterscheiben klirrten und die Welpen aufgeregt herbeigerannt kamen, um sich um Rosies Stiefel zu scharen. Schluchzend schickte Rosie die Welpen in ihren Zwinger zurück. Dann ging sie in die Hocke und hielt sich an Chester fest, der ihr die Tränen von den Wangen leckte. Sowie sie die Worte ausgesprochen hatte, wusste sie, dass sie nicht wahr sein konnten. Dubbo log. Er war eifersüchtig, und er trauerte immer noch um Sam. Rosie drückte Chester ein letztes Mal fest an sich und stand auf. Sie musste Jim um Verzeihung bitten.

Sie fand ihn im Stall, wo er seine Pferde aus den Boxen führte. Sein Pferdehänger stand mit offener Klappe im Hof. Sein grimmiges Gesicht war knallrot angelaufen.

»Was tust du da?«, fragte Rosie und versuchte dabei, das ängstliche Zittern in ihrer Stimme zu unterdrücken.

»Wonach sieht es denn aus?«

Er führte seine Stute und sein Fohlen in den Anhänger und schloss die schwere Klappe mit einem Scheppern. Dann rannte er direkt an Rosie vorbei und verschwand im Arbeiterquartier. Rosie folgte ihm, immer panischer werdend, je mehr Kleider Jim in seinen abgewetzten Reisesack schleuderte.

»Ich habe die Nase voll von deiner Familie und deinen piefigen Freunden, die mich wie Abschaum behandeln«, erklärte er ihr gepresst.

Rosie machte den Mund auf, um ihm zu widersprechen, aber zusehen zu müssen, wie Jim seine Sachen in die Tasche stopfte, verschlug ihr die Sprache.

»Das zwischen uns läuft einfach nicht, Rosie. Uns trennen Welten.« Er zerrte am Reißverschluss.

»Aber du darfst mich nicht verlassen!« Rosie packte ihn am Arm.

Jim sah sie mit schmalen Augen an.

»Wieso? ›Weil du ohne Handlanger nicht klar kommst?‹«

»Das bist du *nicht* für mich! Hör auf mit dem Scheiß! Du weißt, dass du mir viel, viel mehr bedeutest. Spürst du das nicht?«

»Nach dem, was du vorhin gesagt hast, weiß ich einfach nicht mehr, was ich glauben soll.«

Jim stapfte zu seinem Pick-up, knallte die Tasche auf die Ladefläche und pfiff seinen Hunden. Er öffnete Bones die Beifahrertür und hievte den alten Hund in die Kabine.

»Jim. Nicht. Bitte.« Rosie schluchzte. Jim knallte die Tür zu. Dann kurbelte er das Seitenfenster herunter und sah sie an. In seinen Augen standen Tränen.

»Du weißt, dass ich dich liebe, Rosie.« Seine Stimme drohte zu versagen, aber gleich darauf hatte er sich wieder gefangen. »Aber mit einem anderen bist du besser bedient.«

»Jim, fahr nicht. Lass uns darüber reden.«

Doch er drehte den Zündschlüssel und brauste davon.

Wallandool Station, 1878

Der Fiedler zog den Bogen über die Saiten, und Jack warf Mary hoch in die Luft, die breiten Hände fest um ihre schmale Taille gelegt. Ihr weißes Kleid war aufs Hübscheste mit winzigen Seidenröschen gesäumt. Ihre Wangen waren vom Tanzen gerötet. Die Freunde aus dem Distrikt umtanzten klatschend Braut und Bräutigam, während die jüngeren Kinder aus der Ryanschen Sippschaft auf der Seitenveranda, wo der Grog stand, mit ihren Freunden Unfug trieben.

Immer wenn Jack Mary an sich drückte, roch er den Zitronenblütenduft in ihrem Haar. Er schloss die Augen und wirbelte sie noch einmal über den Tanzboden. Mary Ryan hieß von nun an Mary Gleeson. In diesem Augenblick, bei seinem Hochzeitstanz in der Abenddämmerung vor dem Haupthaus auf Wallandool, war Jack überzeugt, der glücklichste Mensch auf Erden zu sein.

»Es ist doch gewiss bald Zeit zu gehen?«, erkundigte sich Jack und küsste Mary auf die Halsbeuge, wo er ihren Duft einatmen konnte. Sie lachte und küsste ihn ihrerseits auf die Wange.

»Ich werde Ma suchen, damit sie meine Sachen zusammensucht. Dad kann inzwischen den Buggy fertig machen.«

Jack zwängte sich durch das Gedränge auf dem Tanzboden und

machte sich auf die Suche nach Launcelot Ryan. Er saß an einem Lagerfeuer, von dem aus helle Funken in den dunklen Juliabend stoben. Er nickte Jack zu.

»Mary ist abfahrbereit. Sind die Pferde schon eingeschirrt?«, wollte Jack wissen.

Ryan erhob sich.

»Du beweist Beharrlichkeit, Jack Gleeson, das muss man dir lassen.« Er legte die Hand auf Jacks Schulter und sah ihm geradeheraus ins Gesicht. »Aber wenn du ihr irgendwann ein Leid zufügen solltest, dann gnade dir Gott.«

Jack schüttelte seine Hand ab.

»Sie selbst haben ihr in den letzten Jahren Leid zugefügt, indem Sie uns zu trennen versuchten! Marys Leben beginnt erst jetzt, in dieser Nacht, mit mir.«

»Vielleicht giltst du mit deinen Viehtreiberkünsten in dieser Gegend als Held, aber du stehst dennoch weit unter meiner Mary. Und das wird immer so bleiben.«

»In Ihren Augen ist kein Mann gut genug für sie«, widersetzte Jack.

Ryan seufzte. Jack hatte ins Schwarze getroffen. Mary war sein Augenstern, sie war ihm von allen elfen das liebste Kind.

»Ich gehe den Buggy holen«, gab er sich müde geschlagen und verschwand in der Dunkelheit, die den Garten umgab.

Jack schaute zu, wie die aufstiebenden Funken auf ihrer Reise zum Himmel dunkler wurden und erloschen. Er schloss die Augen und ließ in Gedanken die Jahre Revue passieren, die dieser Hochzeitsnacht vorangegangen waren.

Er rief sich die Zeit auf Bolero im Mirool-Distrikt in Erinnerung. Kelpie hatte in den achtzehn Monaten, die er dort Dienst geleistet hatte, noch einen zweiten Wurf zur Welt gebracht. Auch diesmal war es ein helläugiger Welpenhaufen, den Moss gezeugt hatte.

Schon im Alter von zwölf Wochen zeigten die kleinen Welpen in ihrer Art zu spielen ihren Hüteinstinkt. Wieder schickte sie Jack in die Welt, indem er sie in die Hände der vertrauenswürdigsten Männer gab, ob sie nun Schafscherer oder alt eingesessene Viehzüchterbarone waren.

Achtzehn Monate lang hatte sich auch John Cox abmühen müssen, ehe er Jack überredet hatte, seine Stellung als Aufseher auf Bolero aufzugeben und Yalgogrin, den Familiensitz der Coxes, zu leiten. Nachdem Jack die Leiter erklommen und sich die Kunde von seinen Fähigkeiten im ganzen Land verbreitet hatte, konnte ihn Launcelot Ryan nicht länger übersehen. Dank seines edelmütigen Verhaltens und der Freigiebigkeit, mit der er seine Arbeitshunde weggab, hatte sich Jack einen Ruf erworben, der es ihm erlaubte, um die Hand von Ryans Tochter anzuhalten. Und so war man handelseinig geworden.

»Sie können meine Mary nur haben, wenn Sie versprechen, ein Stück Land zu erwerben und ihr ein anständiges Heim zu bieten.«

Zu guter Letzt hatte Jack eingewilligt.

Marys Schwester Grace war mit Pat Cox verheiratet, und eben jener Pat hatte Jack ein Landstück auf Bolero gezeigt, auf dem er ein Haus bauen konnte.

»Nimm es, Jack«, drängte er ihn. »Du bekommst vierzig Morgen offenes Weideland dazu. Und weil es Yalgogrin so nahe liegt, kann Mary ihre Schwester besuchen, wann immer es ihr beliebt. Diese Vorstellung wird Ryan behagen.«

»Ach. Vierzig Morgen, Pat«, meinte Jack zweifelnd. »Das ist kaum genug Platz zum Mäusemelken.«

»Was willst du denn auch mit Mäusen? Du könntest darauf ein paar Milchkühe halten, ein paar Fleischhammel, und stell dir nur vor, was für einen Gemüsegarten du in der roten Erde rund ums Haus anlegen könntest. Mary wird begeistert sein.«

»Und das Wasser? Wie steht es mit dem Wasser, Pat?«

»Brunnen lassen sich überall graben.«

Jack dachte an Mary und daran, wie viele Jahre sie aufeinander gewartet und sich nacheinander gesehnt hatten. Es war an der Zeit, ein Heim zu gründen.

»Ich schätze, es wird wohl reichen.«

»Das ist der rechte Geist, Jack«, lobte ihn Pat.

In seiner Hütte faltete Jack den Antrag auf die vierzig Morgen Land zusammen und setzte in seiner schönsten Schrift die Adresse des Grundamtes darauf. Als das heiße Wachs auf das Pergament tropfte, hatte Jack das Gefühl, damit auch sein Schicksal zu besiegeln.

Jetzt endlich war die Hochzeitsnacht gekommen, seine Braut machte sich drinnen für ihn bereit, und draußen beim Feuer ließen seine Freunde schwankend und lallend ihre Lieder zu den Sternen aufsteigen.

Morgen würde er sich daran machen, Mary auf jenem Landstück, das er bald sein Eigen nennen würde, ein Heim zu errichten.

»Versprich mir nur, Jack«, hörte er Marys fröhliche Stimme in seinem Kopf, »dass ich nicht in einem Hundezwinger leben muss.«

Kapitel 30

Die frischen Frühlingsböen bissen in Rosies Haut, als sie Oakwood in den eisigen Wind lenkte. Vor zwei Monaten war Jim gegangen, und seither hatte sie die Station nicht mehr verlassen. Stattdessen hatte sie sich in die Arbeit gestürzt, um die innere Taubheit zu besiegen.

Sie hatte Julian angefleht, heimzukommen und ihr zu helfen, worauf er widerwillig die Koffer gepackt hatte und zurückgekehrt war.

»Aber das ist nur vorübergehend, damit das klar ist«, hatte er sie gewarnt, sobald er seine Sachen unten an der Treppe abgeladen hatte.

Margaret hatte sie zu trösten versucht, aber insgeheim, das wusste Rosie, war ihre Mutter erleichtert, dass Jim aus ihrem Leben verschwunden war, auch wenn sie mittlerweile klug genug war, nicht mehr darauf herumzureiten, dass Jim sowieso nicht der Richtige für ihre Tochter gewesen war, was sie früher mit Sicherheit getan hätte. Die Kräfteverhältnisse hatten sich verschoben, inzwischen bestimmte Rosie auf der Station.

Rosie wohnte weiterhin im Arbeiterquartier und arbeitete an ihren Artikeln über Jack Gleeson, auch um die Erinnerung an Jim zu verdrängen. Sie war fest entschlossen, die Verletzungen der vergangenen acht Monate zu verarbeiten und genau wie die Frühlingslandschaft, die überall zum Leben erwachte, ganz neu anzufangen. Sie ließ Oakwood in den Trab wechseln und ritt nach Hause.

Als sie sich dem Haupthaus näherte, konnte sie durch das nackte Geäst der Winterulmen hindurch das Jaulen von Duncans

Sportwagen hören. Sie hielt Oakwood am Haupttor an und sah Duncan, die Augen vor Lachen zusammengekniffen, auf dem Beifahrersitz sitzen, während Margaret den Wagen heulend und ruckend über die kreisrunde Auffahrt jagte. Auch sie lachte und legte jedes Mal, wenn sie das Lenkrad zu scharf einschlug und die Kupplung zu abrupt kommen ließ, tiefe Reifenspuren in den Rasen. Rosie lenkte Oakwood auf die Auffahrt, um sie aufzuhalten. Der Wagen kam schleudernd zum Stehen.

»Was in aller Welt tut ihr da?«, fragte Rosie.

»Du hörst dich an wie ich früher.« Margaret fiel fast aus dem Wagen.

»Ich habe deiner Mutter beigebracht, den Wagen zu fahren.« Duncan stieg, hörbar außer Atem, auf der Beifahrerseite aus. »Ich dachte, ein kurzer Ausflug zum vorderen Rost würde reichen... aber wir sind noch nicht mal über den ersten Gang hinausgekommen!« Duncan legte den Arm um Margaret. »Trotzdem werde ich sie noch zu einem zweiten Peter Brock machen!«

Rosie verdrehte die Augen und lächelte. Seit dem Abend im Pub sahen sich ihre Mutter und Duncan regelmäßig, sie hatte Margaret nie glücklicher gesehen oder Duncan gesünder – und besser gekleidet. Anfangs hatte er so getan, als würde er nur herauskommen, um Rosie beim Verfassen der Artikel über Jack Gleeson zu helfen, aber schon bald war er unter der Woche immer öfter über Nacht geblieben.

Auch weil Duncan praktisch bei ihnen eingezogen war, hatte Rosie noch nicht den richtigen Moment gefunden, um ihre Mutter nach ihrem leiblichen Vater zu fragen. Und nachdem Jim weg war, hatte sie das Gefühl, einem weiteren Schock nicht gewachsen zu sein. Einstweilen hatte sie alle Fragen tief in ihrem Inneren vergraben und erlaubte sich nur manchmal, im Schutz der Nacht, ihre Gedanken schweifen zu lassen. Ob ihr Vater wohl von ihr wusste? Dachte er manchmal an sie? Wie sah er wohl aus?

Hatte sie vielleicht noch mehr Geschwister? Rosie sah ihre Mutter an, die dank Duncan so glücklich wirkte. *Er* konnte es nicht gewesen sein, er war »neu« im Distrikt und lebte erst seit vierzehn Jahren hier.

»Kommt schon, ihr beiden«, sagte Rosie und sprang von Oakwoods Rücken. »Ich habe Arbeit für euch. Ihr müsst mitkommen und mit mir über Hunde sprechen.«

Eine halbe Stunde später saß Rosie am Küchentisch, die Papiere vor sich ausgebreitet, die Füße in warmen Hausschuhen. Sie sah zu Duncan auf.

»So wie es aussieht, gab es in Kelpies Leben zwei wichtige Männer.«

»Ach so?«

»Gleeson ließ Kelpie zweimal von Moss decken, dann kam er in engeren Kontakt mit einigen Großgrundbesitzern und bekam von dort einen Rüden, der von einem importierten Hundepaar abstammte. Der Hund hieß Caesar und war Kelpies zweiter Liebhaber.«

Narriah Station, um 1878

Jack fühlte sich nicht wohl in dem gestärkten Kragen, der seinen Hals umschloss. Aber er und Mary speisten an diesem Abend mit dem Landbesitzer John Rich.

Während Mary mit Mr Rich plauderte, war Jack bemüht, ihr Benehmen zu kopieren, und griff mit seinen rauen Händen nach dem Silberbesteck. Es war lange her, seit er das letzte Mal gute Manieren hatte zeigen müssen. Er entfaltete die gestärkte Serviette und legte sie über seinen Schoß. Dann nahm er das silberne Vorlegebesteck, um die dampfend heißen Speisen auf die dünnen Porzellanteller zu laden. Aber bald lösten die freundliche Unterhaltung, der warme Rotwein und das knisternde Feuer auf dem rußgeschwärzten Kaminrost seine nervöse Anspannung. Und als sich Jack am Ende des Abends mit John Rich mit einer Zigarre und einem Glas Portwein in den Herrensalon zurückzog, hielt er das winzige Kristallglas lässig in den breiten Fingern.

In dem holzgetäfelten Rauchsalon erzählte ihm John Rich, dass kürzlich ein schwarz-brauner Rüde namens Brutus und eine Hündin namens Jenny im Distrikt angekommen seien.

»Es waren Gilbert Elliot und Allen von der Geralda Station nahe Stockinbingal, die diese beiden Collies aus Schottland importierten«, dozierte John, als wäre dies eine unglaubliche Neuigkeit, wo doch Jack, genau wie alle Viehtreiber im Distrikt, längst alles über die Hunde wusste.

»Sie haben sich auf dem Schiff gefunden... und waren fortan fester verbunden als die Schiffstakelage mit dem Mast... nicht mal die größten Wellen konnten die beiden trennen. Bald nach ihrer Ankunft auf Geralda warf Jenny die prächtigsten Welpen. Während der Rüde, Brutus... Sie haben doch gewiss schon von seinen Siegen bei den Vorführungen gehört?«

»Das habe ich allerdings.« Jack nickte und spürte dabei, wie seine Wangen vom Portwein und dem warmen Feuer glühten. Just wegen der Welpen aus dieser Paarung hatte Jack auf dieses Treffen mit John Rich gedrungen, und Mary hatte es in ihrer charmanten Art in die Wege geleitet. Rich trat ans Bücherregal, zog ein in Leder gebundenes Notizbuch heraus und legte es aufgeschlagen in Jacks Schoß. Dann rückte er die Lampe näher. Gleich darauf las Jack die Schilderung von Brutus' Sieg:

Die Darbietung dieses Hundes war Ehrfurcht gebietend. Drei Schafe wurden freigelassen und auf den Vorführplatz hinausgebracht, wo sie der Hund auf Kommando und ohne ein einziges Mal Laut zu geben ins Gehege zurücklenken musste, und zwar durch eine Menge von Menschen hindurch, welche in einer Weise, die jeden Menschen in Verwirrung stürzen würde, hierhin und dorthin liefen. Dabei legte dieser Freund des Hirten ein so ungewöhnlich gutes Betragen an den Tag, dass alle Mitstreiter ihre Ansprüche auf den Siegpreis hintan stellten und ihre Hunde nicht mehr zum Wettbewerb antreten ließen.

»Drei Welpen!«, verkündete John, während er, leicht schwankend nach dem vielen Port, das Buch ins Regal zurückstellte. »Drei Welpen bekam sie bei ihrem ersten Wurf: Nero, Laddie und Caesar.«

Natürlich wusste Jack all das bereits.

»Ich möchte Ihnen den Vorschlag unterbreiten, guter Mann«, fuhr John fort, »dass Sie Ihre Kelpie von meinem Caesar decken lassen. Das wäre eine Kreuzung, aus der nur Gutes erwachsen könnte. Ich habe überall im Distrikt nach einer Hündin ihrer Klasse gesucht.«

»Oh, das ist sie, ganz recht!«, erwiderte Jack. »Wenn Sie das schon früher gesagt hätten, Mr Rich, dann hätten Sie sich das Mahl und den teuren Portwein sparen können. Ich hätte auch eingeschlagen, wenn Sie mir den Vorschlag auf der Weide bei einem trockenen Biskuit und einem Blechnapf mit dünnem, kalten Tee unterbreitet hätten. Man könnte meinen, Sie hätten meine Gedanken gelesen!«

John Rich lachte, blieb neben Jack stehen und schlug ihn auf den Rücken. Die beiden Männer reichten sich die Hände, und damit war beschlossen, dass Caesar Kelpie decken würde.

Rosie klappte das Buch zu. Ein dicker Kloß saß ihr in der Kehle. Sie und Jim hatten oft darüber gesprochen, welchem Rüden sie Dixie zuführen sollten, wenn sie das nächste Mal läufig würde. Jetzt müsste sie diese Entscheidung allein fällen.

Duncan bemerkte, wie sich Rosies Miene verdüsterte, und drängte sie, die Geschichte weiterzuerzählen.

»Na ja«, fuhr Rosie fort, »einer der Welpen aus dem Wurf von Kelpie und Caesar sah seiner Mutter so ähnlich, dass Jack die Hündin ›junge Kelpie‹ nannte.«

»Wirklich? So hat sich der Name also festgesetzt«, folgerte Duncan. »Und wodurch wurde die junge Kelpie berühmt?«

Wollongough Station, um 1879

»Ach, du bist das Abbild deiner Mutter«, sagte Jack und hob die feste, kleine, schwarz-braune Hündin hoch. Einen Augenblick fühlte sich Jack, auf dem roten Boden der Riverina kauernd, in jene gespenstisch neblige Nacht am Ufer des Glenelg River zurückversetzt, als er Kelpie zum ersten Mal in seine Jacke gepackt hatte.

»Du bist schlicht und einfach die *junge* Kelpie«, sagte er und kraulte dabei liebevoll das rosa Bäuchlein. Jack konnte der Versuchung, die kleine Hündin zu behalten, kaum widerstehen, aber trotzdem war er hierher gekommen, um sie auf der Wollongough Station am Humbug Creek abzugeben. Schon kam Jacks Schwager Charles King mit einem offenen Lächeln auf ihn zu.

»Du wirst es nicht bereuen, dass du sie mir gibst, Jack«, versprach er.

Jack merkte, wie die Trauer sein Herz umklammerte, als er die kleine Hündin hergab. Es war genau wie damals, als er Cooleys Leine an George Robertson-Patterson übergeben hatte, aber auch diesmal wusste er, dass es das Beste war. Charles King war ein Mann von Stand und verfügte über die nötigen Mittel, um die junge Kelpie bei den größten Hundevorführungen im Land antreten zu lassen.

Jack musste daran denken, wie Launcelot Ryan seinen besten Whisky geköpft hatte, als vereinbart worden war, dass seine Tochter Kate in die Familie der Kings einheiraten würde. Jetzt lebte sie in Wohlstand und Luxus – im Unterschied zu ihrer Schwester Mary. Jack schaute stirnrunzelnd auf die abgestoßenen Spitzen seiner Stiefel. Manchmal suchte er, wenn er erst nach Einbruch der Dunkelheit heimkehrte und Mary schlafend im Sessel vorfand, in ihrem hübschen, schlafenden Gesicht nach einem Hinweis darauf, dass ihre Leidenschaft für ihn erkaltet war wie die Glut in der Asche. Sie war ein kräftiges, geduldiges, fröhliches Mädel, aber die ständige Hausarbeit und das lange Warten, bis er von den Weiden heimkehrte, zehrten an ihr. Mit dem wenigen Geld, das ihnen blieb, musste sie ihn und sich ernähren und alle Kleider sauber und geflickt halten. Sie war zu stolz, um die Hilfe anzunehmen, die ihre Mutter und ihre Schwestern ihr anboten.

Jack betrachtete den gut gekleideten Mann, der vor ihm stand. Wenn er Charles King die junge Kelpie überließ, würde sich der Ruf von Jacks Kelpies im ganzen Land verbreiten. Im Gegensatz zu King, der von einer Hundevorführung zur anderen reiste, zog es Jack vor, seine Hunde wirklich arbeiten zu lassen, und schickte sie auf die Weiten der Yellow Box Plans hinaus, um ausgerissene Nachzügler und Streuner einzufangen. Er kraulte die junge Kelpie ein letztes Mal hinter dem Ohr.

»Sorg dafür, dass du sie gut ausbildest. Und hoffen wir, dass sie dir in Forbes Ehre macht«, sagte Jack.

Margaret schob Duncan und Rosie zwei Tassen mit dampfendem Tee hin. Als Duncan aufsah, schenkte ihm Margaret ein dankbares Lächeln und tätschelte ihm die Schulter. Rosie begann, mit der sonoren Stimme eines Nachrichtensprechers aus früheren Zeiten, einen Zeitungsartikel vorzulesen:

»*Die Weidewirtschafts- und Landwirtschaftsschau in Forbes*«, tönte sie wichtigtuerisch. »*Bei den heutigen Vorführungen der*

Hütehunde gab es sieben Anmeldungen, unter denen auch einige der besten Hunde im ganzen Land zu finden waren. Nach einer Reihe von strengen Prüfungen teilten die Richter das Preisgeld zwischen Mr Charles Kings Kelpie und Mr C.F. Gibsons Tweed auf. Letzterer war eigens für diese Vorführung aus Tasmanien hergebracht worden. Beide Hunde leisteten großartige Arbeit, und es ist wahrscheinlich, dass das Preisgeld von 20 Guineen für den ersten Platz verdoppelt wird, damit beide Besitzer den gleichen Betrag erhalten. Die Schafzüchter kamen aus einem Umkreis von 150 Meilen, um die Vorführungen zu beobachten, und versicherten danach, es sei der beste Wettstreit gewesen, den sie je gesehen hätten. Die Hunde arbeiteten jeweils einmal mit einem und mit drei Schafen, und ungeachtet des ständigen Regens verfolgten mehrere hundert Zuschauer den Wettstreit über sechs Stunden hinweg, ohne dass ihr Interesse erlahmt wäre.«

»Das ist immens phänomenal«, äffte Duncan sie nach.

Rosie sah von ihrem Artikel auf.

»Es war dieser Trial, durch den sich hauptsächlich herumsprach, wie phantastisch Jacks Hunde waren. Die Nachfrage nach Welpen von Kelpie oder der jungen Kelpie explodierte. Kings Kelpie wurde anschließend noch mehrmals von dem alten Moss gedeckt. Aus dieser Kreuzung stammen einige der berühmtesten Hunde wie Gibsons Chester und Grand Flaneur.«

Margaret schien ihr nicht mehr zuzuhören, aber das merkte Rosie gar nicht. Sie klang genauso aufgeregt wie Mr Seymour, wenn er über Hunde sprach.

»Außerdem gab es noch Kings Red Jessie und MacPhersons Robin. Es waren die besten Vorführ- und Hütehunde weit und breit, und sie gewannen praktisch jeden Trial.«

Duncan nickte ihr aufmunternd zu.

»Soweit ich recherchieren konnte«, fuhr Rosie fort, »gab es Ende der neunziger Jahre des neunzehnten Jahrhunderts zwei Welpen namens Barb und Coil, die aus der Abstammungslinie der jungen Kelpie stammen. Hier steht: ›*Barb war ein eng arbeitender schwarzer Hund, der besonders gute Leistungen beim Leiten im Gehege zeigte, und Coil war im Besitz der Quinns.*‹ Er erreichte in Sydney in jedem Durchgang die vollen hundert Punkte. Und das Finale bestritt er mit einem gebrochenen und geschienten Bein. Mr Seymour gerät jedes Mal in Verzückung, wenn er von ihm erzählt. Er nennt ihn den ›unsterblichen Coil‹. Das wären sie also... aus den Abkömmlingen dieser Linie entstammen die Kelpies, wie wir sie heute kennen.«

»Wo wir gerade von Mr Seymour sprechen – du solltest ihm mal wieder einen Besuch abstatten«, bemerkte Duncan.

»Stimmt«, sagte Margaret. »Als ich ihm das letzte Mal sein Essen brachte, hat er erwähnt, dass er dich sehen wollte.«

Rosie schauderte bei dem Gedanken, in Mr Seymours Haus zurückzukehren, wo so viele Erinnerungen an Jim warteten.

»Wieso will er mich sehen?«

»Ich glaube, er hat etwas für dich«, war alles, was Duncan verriet.

Rosie versenkte sich wieder in die Geschichtsbücher und tat so, als würde sie darin lesen. Seit Jim weg war, hatte er genau zweimal angerufen. Sie erinnerte sich daran, wie ihre Mutter sie mitten in der Nacht vom Haus aus herübergerufen hatte. Der Boden unter ihren Füßen hatte sich eiskalt angefühlt, als sie den Hörer in die Hand genommen hatte.

»Hallo?«

Sie konnte im Hintergrund Gelächter und Lärmen hören, untermalt von Musik. Dann meldete sich eine Stimme. Es war Jim. Er lallte betrunken »Uptown Girl« in den Hörer.

»Wo steckst du?«, hatte sie gebrüllt.

»Ich liebe dich, Rosie Jones ohne-Shit-Bindestrich.«

Im nächsten Moment war die Leitung tot.

Als er das nächste Mal anrief, tat er es, um sich für den ersten Anruf zu entschuldigen. Es folgte ein Gespräch voller verlegener, schmerzlicher Pausen. Auch diesmal verriet er ihr nicht, wo er war. Nur dass er irgendwo »im Norden« arbeitete.

»Komm zurück«, flehte Rosie ihn an.

»Nein, Rosie. Das kann nicht funktionieren.«

Als sie auflegte, begann sie zu glauben, dass er Recht haben könnte, dass es vielleicht wirklich nicht funktionieren würde. Geschichte, ermahnte sie sich. Sie musste aufhören, an ihn zu denken.

Rosie nahm einen Schluck Tee und konzentrierte sich wieder auf die Bücher. Plötzlich platzte Julian durch die Tür mit einer uralten Akte in der Hand.

»Schaut mal, schaut mal!«, rief er. Er fegte Rosies Bücher und Papiere beiseite und knallte die Akte auf den Tisch.

»Was?«, fragten Margaret und Rosie im Chor.

»Dad hat angerufen und es mir erzählt«, sagte er. »Schaut mal!«

Rosie starrte auf die offiziell aussehenden Dokumente. Darin stand etwas von irgendwelchen Wasserrechten.

»Und?«, fragte Rosie.

»Das bedeutet, dass unsere Familie das Wasser vom Fluss zur Bewässerung nutzen darf. Es ist keine große Quote, sie reicht nicht, um Getreide anzubauen, darum haben Dad und Grandad sie nie genutzt, aber es ist *sehr wohl* genug Wasser für eine Baumschule!«

»Wirklich?«, fragte Rosie, die plötzlich begriff, was Julian da vorschlug.

»Aber ja! Ich habe schon mit Evan telefoniert. Er und seine Schwester erstellen gerade einen Geschäftsplan. Das könnte bedeuten, dass wir den Betrieb hierher verlegen und expandieren!«

»Aber ich dachte, du wolltest unbedingt in die Stadt zurück!«, sagte Margaret.

»Ich wollte unbedingt zu Evan zurück, nicht in die Stadt. Ich bin gern hier auf der Station. Und ich weiß, dass es Evan hier draußen gefallen würde. Sein Unternehmen kann dort, wo es jetzt liegt, nicht weiter wachsen, weil die Grundstückspreise zu hoch sind und aus einer ganzen Reihe anderer Gründe. Er sagt, er wäre bereit umzuziehen und mit Highgrove eine Partnerschaft bei der Baumaufzucht einzugehen. Falls ihr bereit wärt, uns aufzunehmen. Ich meine, nachdem wir uns zusammengesetzt und alles durchgerechnet haben.«

»Aber ja!«, riefen Rosie und Margaret im Chor.

»Natürlich wollen wir euch hier haben«, sagte Margaret mit Tränen in den Augen.

Rosie griff nach der verstaubten Akte und blätterte in den alten Dokumenten, während sie im Geist eine Reihe von Treibhäusern mit gesunden einheimischen Pflanzen entstehen sah. Plötzlich eröffnete sich eine ganz neue Zukunft für die Highgrove Station. Eine Zukunft, die Julian und Evan einschloss. Ihre Mum und Duncan. Und sie mit ihren Tieren.

Ohne Sam. Ohne Jim. Nur mit den Pferden, Hunden, Schafen und Kühen und fortan noch Bäumen.

Kapitel 31

Eine Woche lang liefen Telefon und Fax heiß, während Margaret, Rosie, Evan und Julian fieberhaft daran arbeiteten, die Pläne für die Baumschule auszufeilen. Dafür mussten Vorschriften eingehalten, Banken zu Krediten gedrängt, Wissenschaftler angezapft und Bewässerungssysteme berechnet werden.

Am Samstagmorgen kam Rosie zu dem Schluss, dass es höchste Zeit für eine Pause war, und ließ Julian und Evan alleine weitermachen. Sie wollte in die Stadt zur Pick-up-Show und zum Hundetrial fahren. Außerdem war es eine gute Gelegenheit, sich ihren eigenen Dämonen zu stellen und Mr Seymour einen Besuch abzustatten.

Neville, ihr Pick-up, ließ eine Fehlzündung knallen, als Rosie vor Mr Seymours Haus anhielt. Sie donnerte die Wagentür zu und fuhr mit den Händen kurz über ihre neue Wrangler Jeans und das eng anliegende T-Shirt, auf dem in knalligem Pink geschrieben stand: »*Wenn du das lesen kannst, bist du zu nah*«. Ihr vom Duschen noch feuchtes Haar hing in hübschen blonden Strähnen über ihre Schultern. Sie ging über den mit Unkraut überwucherten Pfad zum Haus und wappnete sich für den Moment, an dem sie das Haus betreten würde, in dem sie Jim das erste Mal begegnet war. Dixie, Gibbo und Diesel schauten ihr mit gespitzten Ohren von der Ladefläche des Pick-ups aus zu.

Sobald sie in den düsteren Flur trat, wurde sie von einem erschrockenen Bellen empfangen, das sie zurückzucken und ihre Hunde anschlagen ließ. Eine große, schwarze Silhouette trottete ihr entgegnen, dann hatten sich ihre Augen an das Schummerlicht gewöhnt und sie erkannte Bones, der sie schwanzwedelnd begrüßte. Ihr stockte fast das Herz. War Jim etwa auch hier? Sie ging neben Bones in die Hocke und kraulte seinen runden Schädel, wobei er den Hinterfuß vor und zurück bewegte, als wollte er die Luft kratzen. Die Gefühle drohten sie zu überwältigen, während sie mit den Händen über seinen verbrauchten Leib strich.

»Hallo?«, rief sie in das leere Wohnzimmer hinein. Nebenan hörte sie etwas klappern.

»Ach, Mädelchen.« Mr Seymour kam aus der Küche hereingeschlurft. Von Jim war weit und breit nichts zu sehen, und Rosie wurde wieder das Herz schwer. »Du hast dir wirklich Zeit gelassen.«

Er tappte an seinen Schrank, zog eine Flasche Tullamore Dew heraus und nahm zwei Gläser.

Rosie ließ sich auf der Kante des durchgesessenen Sofas nieder. Lazy Bones lag auf einem braunen, verfilzten Teppich vor dem knisternden Feuer und leckte seine gespreizten Pfoten. Er sah zu Rosie auf und schlug träge mit der Rute auf den Teppich, aus dem kleine, im Licht tanzende Staubwolken stiegen. Vom Piano aus beobachtete die Katze sie mit schmalen Augen.

Mr Seymour erhob sein Glas.

»Auf deine Gesundheit.« Er nahm einen Schluck und hustete, als der Whisky seine Kehle erwärmte. »Ich habe dich schon vor drei Wochen erwartet. Er hat Bones hiergelassen, damit du ihn abholen kannst... und um die Erinnerung wach zu halten.«

»Die Erinnerung *wach* zu halten?«, wiederholte Rosie entgeistert. Als wäre das nötig gewesen.

»Ganz recht. Damit du nicht vergisst, dass deine Hunde gute Gene brauchen. Lass deine Hündinnen nicht von irgendeinem Straßenköter decken. Der Hund muss etwas Besonderes haben.«

»Besonderes«, wiederholte Rosie mit Tränen in den Augen. Mr Seymour sah, wie die Farbe aus ihrem Gesicht wich.

»Er ist verrückt nach dir, weißt du? Aber er glaubt, dass du mit deinesgleichen besser dran bist«, erklärte er einfühlsam.

Rosie schüttelte den Kopf. Wenn Mr Seymour nur wüsste, dass sie selbst nicht zu »ihresgleichen« gehörte.

»Wo ist er?«

Mr Seymour zuckte mit den Achseln. Er bot Rosie an, ihr Glas nachzufüllen, aber sie schüttelte den Kopf.

»Danke, das reicht. Ich muss noch fahren.«

»Wohin soll es denn gehen?«

»Zu einem Hundetrial und einer Pick-up-Show. Jim hat mich überredet, Gibbo bei den Novizen und Neville in der Pick-up-Show bei den alten Schrottlauben anzumelden.«

»Bei den alten Schrottlauben? Hört sich an, als könnte ich mich da auch anmelden!« Mr Seymour lachte. »Und Bones gleich mit dazu!«

»Und«, fragte Rosie, »möchten Sie nicht mitkommen?«

Mr Seymour sah sie an und lächelte schief.

»Ich mag deinen Stil, Mädel.«

Rosie half Mr Seymour auf Nevilles Beifahrersitz. Unter seinem uralten Mantel trug Mr Seymour sein schönstes Hemd mit beigefarbenen geometrischen Mustern, und die braune Nylonhose hing ihm knapp unter den Achselhöhlen. Er strich sich über das graue Haar, das er geschickt über seinen kahlen Hinterkopf gekämmt hatte. Hinten auf der Ladefläche pflanzte Lazy Bones seinen fetten Körper zwischen die anderen Hunde und drehte die Nase in den Fahrtwind. Seine blasse Zunge wurde nach hinten geweht und schlabberte knapp unter seiner grauen Schnauze.

»Fährt sich ausgezeichnet«, bemerkte Mr Seymour, als der Pick-up über den Rost vor dem Ausstellungsgelände ratterte und mit einer zweiten ohrenbetäubenden Fehlzündung zum Stehen kam.

Rosie reichte dem Mann am Tor das Eintrittsgeld und fuhr

dann weiter zu den Pick-ups, die rund um das Oval aufgereiht standen. Es gab brandneue Wagen mit glänzender Lackierung, aber auch eine bunt zusammengewürfelte Herde von prähistorischen Weidehopsern. Der gute alte Neville humpelte an den soldatisch aufgereihten, strahlend modernen Pick-ups vorbei, die ihm wichtigtuerisch die blitzenden Kuhfänger entgegenreckten. Ein paar Wagen hatten Schmutzlappen an den Hinterrädern wie ausgewachsene Lastzüge, andere hatten Antennen, die speergleich himmelwärts ragten. Alle waren mit Aufklebern verschönert, auf denen Sprüche wie »Pick-up Fahrer haben ihr Bett dabei« oder »Blondinen bevorzugt« standen. Die meisten hatten große runde Scheinwerfer auf ihre Kuhfänger montiert, und ausnahmslos jeder trug einen Sticker von Bundaberg-Rum oder gleich eine kunstvolle Lackierung des Bundy-Bären auf der blinkenden Karosserie. Die jugendlichen Besitzer lehnten an ihren Gefährten, hatten die Ärmel hochgekrempelt, die breiten Hüte ins Gesicht gezogen, und hielten Bierdosen in Styroporbehältern in den Händen.

Plötzlich donnerte jemand auf das Dach des Pick-ups. James Dean trat vor, die Bierdose zum Gruß erhoben. Er beugte sich durch das Fenster herein.

»Hey, Baby... heißer Schlitten! Und deinen Lover hast du auch dabei!«

Er fasste über Rosie hinweg, um dem alten Mr Seymour die Hand zu reichen.

»James Dean«, stellte er sich vor.

»Clark Gable«, erwiderte Mr Seymour.

»Ich schätze, diese mannstolle Kleine hier hält Sie ganz schön auf Trab?«, erkundigte sich James Dean mit einer Kopfbewegung zu Rosie hin.

»Ich hab' sie noch nicht rumgekriegt, Junge, aber ich arbeite daran«, erwiderte Mr Seymour und lachte krächzend.

»Meine Herren, ich muss doch sehr bitten.« Rosie zog eine Grimasse. Dann rammte sie den Ganghebel nach vorn und trat das Gaspedal durch, dass der feuchte Dreck von den Rädern hoch spritzte.

»Wir sprechen uns später«, rief sie James Dean zu, der ihr noch nachwinkte.

»Also wirklich«, meinte sie indigniert zu Mr Seymour. »Und ich dachte, unsere Beziehung sei rein platonisch.«

»Manchmal muss man vor den Jungs eben die Hosen runterlassen«, erwiderte er. Dann wandte er sein Augenmerk der Parade uralter Pick-ups zu, die mit eingedellten Motorhauben, Rostflecken und Pritschen voller Schrott aufwarteten.

»Ach, das lässt die alten Zeiten wieder wach werden«, sagte er.

Rosie parkte Neville am Ende der Reihe, und der Pick-up ließ eine besonders laute Fehlzündung knallen, als wollte er verkünden, dass er angekommen war.

»Ich muss erst Neville anmelden, dann bin ich bei der Hundevorführung dran. Was wollen Sie solange unternehmen?«

»Ich werde mich mit Bones eine Weile umsehen und mir die alten Rostlauben anschauen.«

»Okay«, sagte Rosie und hängte Gibbo ab. »Aber passen Sie auf, dass Sie und Bones im Pick-up sitzen, wenn der Richter vorbeikommt. Vergessen Sie nicht, Sie gehören zum Inventar!«

Sie lächelte ihn an und spazierte zum Wohnwagen der Veranstaltungsleitung.

»Hey, Mädel«, rief Mr Seymour ihr nach. Sie drehte sich um und blickte blinzelnd gegen die Sonne. »Jim war schön dumm, Sie zu verlassen. Sie sind vielleicht 'ne Marke.«

»Ich nehme das als Kompliment«, rief Rosie fröhlich zurück, aber im selben Moment merkte sie, wie ihr die Kehle eng wurde.

Im Wohnwagen der Veranstaltungsleitung umschwirrten die Viehzüchtersgattinnen und ehemaligen Party-Stammgäste ihrer

Mutter den Ehrengast und diesjährigen Preisrichter bei den Pickups, Allan Nixon.

»Sollen wir Sie als ›Pick-up-Man‹ oder Allan ansprechen?«, zwitscherte Susannah Moorecroft.

»Ich reagiere auf beides«, erwiderte er gelassen. Dann blickte er unter seiner Ford-Traktorenmütze auf und sah Rosie vor seinem Tisch stehen.

»Hallo«, sagte sie. »Ich möchte mich bei den alten Rostlauben eintragen.«

»Und wo steht Ihre Rostkutsche?«, wollte Allan wissen.

Er beugte sich aus dem Wohnwagen, um zu sehen, wohin Rosie deutete. Dem Pick-up-Man bot sich das Bild des alten Bones', der in diesem Moment zitternd am Vorderreifen sein arthritisches Hinterbein hob, während der noch ältere Mr Seymour am Pick-up lehnte, eine Zigarette drehte und nach einem kurzen Räuspern einen gelblichen Klumpen auf den Boden spuckte.

»Ich fürchte, die beiden alten Knaben gehören mit zu dem Pick-up«, sagte Rosie und rümpfte die Nase.

»Stand das so im Kaufvertrag?«, fragte der Pick-up-Man.

»Hmm, irgendwie schon.« Rosie schaute zu dem blinkenden gelben Ford-Pick-up hinüber, der direkt neben dem Wohnwagen parkte und auf dessen Nummernschild »Allan« zu lesen war. Der Wagen sah aus, als käme er direkt aus dem Ausstellungsraum. »Ist das Ihrer?«

»Stimmt. Die Lackierung ist ein bisschen auffälliger als bei Ihrem Wagen, aber dafür kann ich nicht mit so ungewöhnlichen Accessoires aufwarten.« Allan blickte wieder auf Mr Seymour und Lazy Bones. »Na schön, dann wollen wir Sie mal eintragen.« Er wandte sich an die Sekretärinnen. »Ladies?«

Mrs Moorecroft schob ein Formular vor sich hin und begann, in die Spalte »Name des Teilnehmers« Rosemary Highgrove-Jones einzutragen.

»Ähm. Eigentlich heißt es Rosie Jones«, sagte Rosie.

Mrs Moorecrofts Gesicht zeigte keine Regung, aber Rosie konnte ihr ansehen, dass sie fast platzte, weil ihr eine Million Fragen nach den neuesten Ereignissen auf Highgrove Station auf der Zunge brannten, nachdem doch Gerald die Farm verlassen hatte – mit Margarets Schwester! Dann war da noch das Techtelmechtel zwischen Margaret und diesem Zeitungsmenschen. *Und* das Gerücht, dass ihr Sohn homosexuell sei. Und jetzt tauchte Rosemary, die sich dem Hörensagen nach mit einem Viehtreiber eingelassen hatte, zusammen mit diesem widerwärtigen Greis in diesem schrecklichen, uralten Pick-up auf... und verzichtete auf ihren Bindestrich!

»Ich muss mich auch noch für die Hundevorführungen eintragen«, lächelte Rosie sie an.

»Drüben bei den Campingtoiletten steht ein blaues Zelt«, antwortete Mrs Moorecroft spröde und schwenkte den Stift in die entsprechende Richtung. »Dort kannst du dich bei der Hundeausbildervereinigung eintragen.«

»Vielen Dank«, sagte Rosie, »ach ja, und Sie können Mums Freundinnen sagen – es ist alles wahr.«

Rosie blieb nicht stehen, um zu sehen, wie Susannah Moorecrofts Wangen knallrot anliefen.

Rosie und Gibbo wurden über Lautsprecher angekündigt, und ein Murmeln ging durch die kleine Menge. Alle würden darüber reden, dass Gibbo früher Sam Chillcott-Clarks Hund gewesen war und dass er ihn als Welpen von der Pandara-Kelpiezucht gekauft und aus Tasmanien herübergebracht hatte, das war Rosie sonnenklar. Aber während unter den Zuschauern manch ablehnende oder voreingenommene Stimme zu hören war, waren die Teilnehmer, die selbst Hunde ausbildeten, deutlich freundlicher. Vor allem die Mädchen bei den Trials wussten, wie Sam wirklich gewesen war. Sie akzeptierten Rosie sofort und machten ihr Mut, ihre erste nervöse Runde auf dem Vorführplatz zu drehen.

»Du schaffst das schon«, sagte eine.

»Einmal ist es für jede das erste Mal«, meinte eine andere. »Wenn du die erste Runde hinter dich gebracht hast, geht es viel leichter.«

Sie lächelten ihr aufmunternd zu.

»Du darfst nur nicht vergessen, dir die Torriegel anzusehen. Bei meinem ersten Trial habe ich es nicht mal geschafft, die Torkette auszuhängen«, lachte die Erste.

Rosie schluckte nervös.

Auf dem Platz zeigte Gibbo sein Talent als Hirtenhund, verhielt sich aber zu ungestüm gegenüber den Schafen, da Rosie es noch nicht geschafft hatte, ihn zu zügeln. Er jagte die Tiere aufs Geratewohl, sodass Rosie einige Zeit brauchte, um die Schafe in den ersten Pferch zu lenken, weil Gibbo die Flanke der kleinen Herde jedes Mal zu weit nach innen drängte und sich die Leitschafe daraufhin zur eigenen Herde zurückwendeten. Als sie zum Laufgang kamen, sprang Gibbo die Schafe nicht von hinten an, sondern verschwand unter ihnen, bis er komplett unter Wolle und Schlegeln begraben war. Rosie musste sich mit hochrotem Gesicht nach unten beugen und ihn wieder hervorlocken. Als die Schafe das Sortiergitter passierten, musste ihr sogar der Punktrichter zu Hilfe kommen, und später legte er sein Klemmbrett noch einmal zur Seite, um ihr bei dem Riegel zu helfen. Trotz der erbärmlichen Punktezahl, die ihr von den ursprünglichen hundert Punkten geblieben war, belohnten die Zuschauer Rosie mit einem aufmunternden Applaus, als sie die Schafe endlich im Pferch hatte.

Als sie auf dem Rückweg zu ihrem Pick-up war, spürte sie eine Hand auf ihrer Schulter.

»Er hat wirklich was drauf, dein junger Hund. Gut gemacht.«

Rosie fuhr herum. Es war Billy O'Rourke.

»Das mit dem Riegel war echt peinlich«, bekannte sie leise.

»Wenn du's nicht versuchst, lernst du es nie.«

Rosie schaute in Billys von Lachfältchen umrahmte Augen auf. Er schlug ihr kräftig auf die Schulter.

»Schön, dich mal wiederzusehen«, sagte er.

»Wie gehen die Vorbereitungen für die Kelpieauktion voran?«, fragte Rosie.

»Oh, allmählich bringen wir die Stadt auf Trab. Die Auktion soll noch im Winter stattfinden. Am langen Wochenende im Juni.«

»Super!«

»Und wie kommst du mit deinen Recherchen über Gleeson voran?«

»Langsam«, bekannte sie verlegen.

»Wir wollen gleich nach Neujahr mit der Artikelserie beginnen«, sagte Billy. »Wir wollen ein bisschen die Werbetrommel rühren, damit die Leute genug Zeit haben, die Hunde auszusuchen, die sie zum Verkauf anbieten wollen.«

»Ich weiß, aber ich hatte so viel auf der Station zu tun, dass ich kaum dazu gekommen bin, die Welpen auszubilden, geschweige denn, dass ich Jacks Geschichte fertig geschrieben hätte.«

»Ich habe gehört, du hast deinen Viehtreiber verloren«, sagte Billy nachsichtig. »Das tut mir Leid. Der Kerl muss Sand im Kopf haben.«

Rosie senkte den Blick, sagte aber nichts. Billy spürte, wie unangenehm ihr das Thema war, und wechselte es sofort. »Und wie weit bist du mit den Welpen?«

»Wir haben sie so weit gebracht, dass sie ein paar Schafe im Pferch zusammentreiben können... du weißt schon, mit Links-, Rechts- und Stopp-Kommandos. Aber wie ich ihnen den letzten Schliff geben soll, ist mir ein Rätsel. Das Zurückweichen, das Anschlagen und das Zusammenhalten müssen sie noch lernen.«

»Das kann ich dir sofort beibringen. Wie wär's, wenn du die Hunde zu mir bringst und ich es dir zeige?«

»Das wäre wirklich rasend nett, aber bist du sicher, dass du Zeit für mich hast?«

In Wahrheit hatte Rosie das Gefühl, dass ihr auf der Station alles aus den Händen glitt. So schön es war, dass Julian wieder zu Hause war, so sehr hatte diese neue Baumgeschichte ihre Zeit und Energien beansprucht. Sie brauchte jemanden, der ihr half. Die Welpen waren *tatsächlich* vernachlässigt worden, und Sassys Fohlen Morrison war, weil es so wenig trainiert worden war, inzwischen ein richtiger Wildfang.

»Im Ernst, Billy. Ich möchte dir keine Umstände machen«, sagte sie noch mal.

»Ich habe gehört, wie gut deine Welpen sein sollen. Ich mache das auch für die Auktion. Wir brauchen beim ersten Durchlauf wirklich gute Tiere, damit Casterton einen guten Namen unter den Kelpie-Züchtern bekommt. Und wenn ich dabei gleichzeitig *dich* trainieren kann, könntest du sie selbst vorführen, damit du einen anständigen Preis herausholst.«

»Das hört sich phantastisch an.« Rosie seufzte erleichtert.

»Wie wär's, wenn wir gleich morgen anfangen? Soll ich lieber nach Highgrove kommen, um dir Zeit zu sparen?«

»Das wäre super. Vielen, vielen Dank.«

Wieder aufgerichtet durch Billys freundliches Angebot, spazierte Rosie dicht gefolgt von Gibbo durch die Menge. Als sie sich durch die Menschen schlängelte, die sich um die Pick-ups versammelt hatten, hörte sie eine schrille Stimme: »Rosemary! Rosemary!«, rufen. Und schon kam, auf den Highheels staksend, die Kamera um den Hals baumelnd, Prudence Beaton auf sie zugestürzt. Sie packte Rosie am Oberarm und küsste die Luft links und rechts von Rosies Wangen.

»Mein Gott! Dich habe ich seit *Ewigkeiten* nicht gesehen! Wie *geht* es dir denn?« Ohne eine Antwort abzuwarten, plapperte Prudence weiter: »Aber was ist denn mit deinen *Haaren* passiert? Die sind so lang. Und du bist so dünn! Viel zu dünn. Aber lassen wir das... wie wäre es mit einem Foto von dir und deinem Hund für den *Chronicle?*«

Sie hielt die Kamera hoch. Rosie spürte, wie Prudence sie durch den Sucher von Kopf bis Fuß abmusterte und dabei den Schmutz unter ihren kurzen Fingernägeln und die Schwielen und Schnittwunden auf ihrer Hand registrierte.

»Gern, aber können wir meinen Freund und den Pick-up-Man mit auf das Bild nehmen?« Rosie deutete auf Mr Seymour, der angeregt auf den Pick-up-Man einredete. Prue zog die Stirn in Falten. Wenn sie jemanden auf keinen Fall auf ihrer Klatschseite brauchen konnte, dann Mr Seymour. Aber ehe sie noch etwas einwenden konnte, legten sich zwei Hände über Rosies Augen.

»Rate mal«, hörte sie eine Stimme.

Ihr Herz machte einen Freudensprung. Doch als sie sich umdrehte, stand Dubbo vor ihr.

»Schade, dass ich deine Vorführung verpasst habe«, sagte er. Ehe Rosie zurücktreten konnte, hatte er ihr einen Kuss auf die Wange gedrückt.

»Perfekt!«, trällerte Prue. »Könnt ihr das noch mal für unsere Gesellschaftsseite machen?« Sie hielt die Kamera hoch. Klick.

»Bezaubernd«, triumphierte sie. »So, jetzt ist es aber höchste Zeit, dass ich noch mehr Neuigkeiten sammle. Toodleloo. Wir sehen uns später auf ein Gläschen, David. Außerdem schuldest du mir auch einen Kuss.« Damit stöckelte sie davon, ihre Namen in ihrem Notizbuch verewigend.

»Wie geht es dir?«, fragte Dubbo.

»Du hast mich angelogen«, erwiderte Rosie eisig.

»Wie bitte?«

Sie marschierte los, aber Dubbo holte sie wieder ein.

»Hör zu, Rosie, wenn du das mit deinem Viehtreiber meinst, da habe ich dir nur erzählt, was ich selbst gehört habe. Ich wollte dir nur helfen.«

Rosie sah ihn fassungslos an.

»Das ist gequirlte Kacke, Dubbo, das weißt du genau.«

»Ach komm schon, ich wollte nur dein Bestes. Ob es nun wahr ist oder nicht, es ist nun mal so, dass er nicht der Richtige für dich war.« Er hielt sie am Arm zurück.

Rosie riss sich sofort los. Dubbos Arroganz war einfach unglaublich. Woher wollte *er* wissen, wer der Richtige für sie war? Aber sie hatte keine Lust, mit ihm zu streiten. Das lohnte sich nicht.

»Warum läufst du nicht lieber Prue hinterher und gehst mit ihr auf ein Gläschen?«, erklärte sie ihm schließlich. »Da hast du jemanden, der perfekt für dich ist. Und wenn du immer noch einen meiner Welpen kaufen möchtest, dann wirst du den vollen Preis dafür bezahlen!« Sie kehrte ihm den Rücken zu und ging weiter.

Jetzt war *Schluss*, beschloss Rosie. Sie hatte die Nase voll von allen Männern. Von nun an würde sie sich damit begnügen, Highgrove zu führen und ihre Kelpies für die Auktion im nächsten Jahr auszubilden.

»Kommen Sie, Mr Seymour«, sagte sie. »Wir sind hier fertig.«

Mr Seymour schüttelte den Kopf. »Ich kann noch nicht! Der Preisrichter wird gleich seine Entscheidung verkünden. Wart's nur ab. Ich hab' ihm meinen Lieblingswitz erzählt, den mit dem Papst, der Heiligen Muttergottes und der Rennmaus. Er hat sich fast totgelacht. Wir haben die Sache im Sack... wart's nur ab... dieser Adams-Brandwein gehört praktisch uns.« Er rieb sich die Hände.

Rosie sah ihn fragend an. »Adams-Brandwein?«

»Genau! Hier kann man Schnaps gewinnen!«, eröffnete ihr Mr Seymour.

Rosie seufzte, schüttelte den Kopf und lachte schließlich. Die Begegnung mit Dubbo hatte sie durcheinander gebracht, aber in Mr Seymours Nähe begann sie sich wieder zu entspannen.

»Das ist kein Schnaps, sondern eine CD – also eine Compact Disk... Sie wissen schon, so was wie eine Schallplatte.«

»Und was ist dann dieser Adam Brand? Ich dachte, das wäre ein Weinbrand?«

»Sie meinen, *wer* ist dieser Adam Brand? Eine Sahneschnitte in engen Jeans, der gute Songs drauf hat. Ach, vergessen Sie's, wenn wir gewinnen, werden Sie ihn kennen lernen.«

Als Allan Nixon das Mikro einschaltete, hob die Gruppe von jungen Männern, die ihre Hüte mit Hutbändern aus schwarzem Zwirn und gelben Bundyrum-Deckeln verziert hatte, unter lautem Gepfeife die Dosen in den Styroporhaltern.

»Ladies und Gents...« Der Pick-up-Man begann, seine ergebene Fangemeinde zu umwerben, indem er den Witz weitergab, den er gerade von Mr Seymour erzählt bekommen hatte. Einige der Damen im Wohnwagen kniffen missbilligend die Lippen zusammen, aber die Jungspunde grölten vor Lachen. Dann begann er, die Gewinner in jeder Kategorie zu benennen, darunter »getunter Pick-up«, »bester Kuhfänger«, »fettester Pick-up«, »bester Tussen-Pick-up« und zuletzt »fertigste Rostlaube«.

Der Pick-up-Man beugte sich über sein Mikrofon.

»Zweiter in der Kategorie ›fertigste Rostlaube‹ ist *Der Braune Fleck* von Craig Gardener – herzlichen Glückwunsch! Aber der erste Platz gebührt eindeutig...« Der Pick-up-Man machte eine effektvolle Pause, »Neville! Vorgeführt von Rosie Jones, dem ehrenwerten Mr Seymour und Lazy Bones, seinem alten Hund!«

Rosie trat vor, und Allan überreichte ihr eine signierte Ausgabe seines neuesten Buches »*Pick-up Beauties*« sowie die Adam-Brand-CD, die sie sofort an den verwirrt dreinschauenden Mr Seymour weiterreichte.

»Kommen Sie, mein Schöner«, sagte sie und half Mr Seymour in den Pick-up. »Wir bringen Sie lieber heim, bevor allzu viele von den alten Mädchen, die Ihnen das Essen bringen, Wind davon bekommen, wie gut Sie in Schuss sind. Sie könnten Ihnen die Mahlzeiten kappen, wenn wir hier zu mächtig einen draufmachen.«

»Du bist ein gutes Mädchen«, sagte er und tastete nach seinem Zigarettentabak.

Als Rosie Mr Seymour in seinem Haus in den Sessel setzte, reckte er sich nach seinem Beistelltisch und griff nach einem schweren, alten Skizzenbuch voller Zeitungsausschnitte. O Gott, dachte sie schuldbewusst, ich habe absolut keine Lust, jetzt über Kelpies zu reden! Sie musste auf die Station zurück, um die Hunde und Pferde zu füttern. Mr Seymour spürte, dass sie nicht bleiben wollte, und nickte zur Tür hin.

»Zieh schon ab. Wir werden uns später darüber unterhalten, was hier drin steht. Nimm es einfach mit. Und bring es wieder, wenn du Zeit hast.«

»Danke.« Rosie setzte Mr Seymour einen Dankeskuss auf die Wange.

»Vergiss nicht, Bones mitzunehmen«, ermahnte er sie nachsichtig. »Ein paar von den alten Hennen haben mir schon angedroht, sie würden ihn einschläfern lassen.«

»Gott!« Schaudernd drückte Rosie den alten Hund an ihr Bein. »Komm mit, alter Knabe. Wir bringen dich heim, und du darfst bei mir im Zimmer schlafen.«

Kapitel 32

Unter ihre Decke gekuschelt, während Bones auf einer Matte neben dem Bett schlief, schlug Rosie Mr Seymours Skizzenbuch auf. Auf den ersten Seiten waren Bilder von ihm als Jungen in Irland zu sehen.

»Mein Junge, du warst'n hübscher Bengel damals«, stellte sie fest, während sie Mr Seymours hübsche Gesichtszüge studierte. Auf der nächsten Seite waren Fotos von einer Familie vor einer Hütte aus Naturstein aufgeklebt. Darunter stand geschrieben »Die Mahonys«. Rosie betrachtete die beiden Jungen, die sich vor ihrer Mutter aufgebaut hatten. Der kleinere war Jim, erkannte sie. Zärtlich fuhr sie mit dem Finger über sein Abbild.

»Niedlich«, flüsterte sie.

Weiter hinten im Buch fanden sich vergilbte Zeitungsausschnitte, die mit Tesastreifen befestigt waren. In einem der Ausschnitte hatte Mr Seymour die folgenden Zeilen unterstrichen: *Es ist bemerkenswert, wie viele der bekanntesten Hütehundezüchter und -ausbilder damals in einem einzigen kleinen, entlegenen australischen Distrikt zu finden waren: Gleeson, die Kings, Quinns, Willis, Beveridge und die McLeods von Bygalorie.*

Rosie fragte sich, ob Jim auf der Suche nach Arbeit und nach den Spuren der alten Kelpie-Stammbäume wohl hoch nach New South Wales gewandert war, in genau jenen Distrikt der Riverina nahe Ardlethan. Seufzend blätterte sie weiter. Es war schön und gut, die Abstammungslinien der einzelnen Hunde zurückzuverfolgen, aber eigentlich wollte Rosie vor allem wissen, wie es Jack und Mary damals ergangen war. Hatte ihre Ehe trotz aller Differenzen gehalten? Rosie ließ den Kopf auf das Kissen sinken und versuchte, das Gefühl von Jims Berührung heraufzubeschwören. Bald darauf war sie eingeschlafen.

In ihrem Traum begann Wasser zu rinnen, das in kurzer Zeit zu wahren Sturzbächen anschwoll. Die silbernen Rinnsale breiteten sich wie Adern über die grünen Winterweiden aus. Wasser gleißte weitläufig und grau auf den ebenen Koppeln und drängte zu den tiefen Bachläufen und Flussbetten. Die Flüsse schossen wie im Widerhall des strömenden Regens durch immer tiefer werdende Lehmschluchten, bis sich riesige Felsbrocken aus den Wänden lösten und in dunkle Grotten polterten, in denen zornig das Wasser tobte. Eine Hütte hatte sich aus ihren Fundamenten gelöst und wurde von den reißenden Wassern fortgetragen.

In Todesangst lag Rosie auf einem Feldbett mit nichts als einer kratzigen Decke auf dem nackten Leib. Die Hütte wirbelte durch die Fluten, rammte Bäume und rummste gegen die kopfunter schwimmenden, aufgeblähten Kadaver von Kühen und Pferden. Rosie war klatschnass und bibberte vor Kälte. Aber noch während sie in panischer Angst befürchtete, weggeschwemmt zu werden, spürte sie, wie sich eine warme Hand über ihren Körper bewegte. Ein Mann war über ihr und ließ seine Finger in ihre feuchte Wärme gleiten. Sie war schwer vor Müdigkeit und trunken vor Begierde. Sie hörte, wie ihr Atem schneller wurde, bis sie beinahe zu hecheln begann wie ein Hund. In der Dunkelheit der dahintreibenden Hütte, an deren grob gehauenen Innenwänden der Regen herabbrann, blickte Rosie in Sams Gesicht auf, das dicht über ihr schwebte. Sie versuchte zu schreien, brachte aber keinen Ton heraus. Sam lächelte sie an, aber es war ein grausames Lächeln, und aus der angenehm weichen Berührung wurden plötzlich schmerzhafte Stöße, mit denen er seine Finger in sie jagte. Sie versuchte sich zu wehren, aber ihre Arme waren so schwer, dass Rosie sie kaum vom Bett heben konnte. Sie konnte sich nicht rühren. Sie konnte nichts tun, außer in aller Stille zu weinen, während ihr Sam die Seele raubte.

Als sie schließlich die Gegenwehr aufgab und die Augen aufschlug, sah sie, dass sich Jim über ihr bewegte. Er küsste sie und ritt sie im Rhythmus der Wellen und des Regens, der auf das Dach prasselte. Von neuem ging ihr die Seele auf. Sie zog Jim an ihren Busen und vergrub das Gesicht in seiner warmen Halsbeuge. Doch als sie wieder aufsah, blickte sie in das Gesicht eines fremden Mannes. Die hellbraunen Stoppeln auf seinem Kinn fühlten sich rau an, dafür war sein blondes Haar umso weicher, und seine Augen waren genauso blau wie Jims. Während er rhythmisch in sie drang, rief er immer wieder einen Namen.

»Mary«, stöhnte er wieder und wieder. »Mary.«

Lake Cowal West, um 1880

Jack schreckte aus dem Schlaf hoch und rückte von Mary weg. Sein Leib war schweißnass. Sein Schädel dröhnte. Die groben Laken, auf denen er lag, waren durchnässt. Sobald er sich aufsetzte, merkte er, wie Übelkeit von ihm Besitz ergriff. Er presste die Hand auf sein hämmerndes Herz und versuchte, die Panik zu unterdrücken, die in ihm aufsteigen wollte. Sein Blick fiel auf Mary, die neben ihm schlief. Der Mondschein drang durch die Spalten in den Hüttenwänden und legte sich auf ihr Haar, das über das Kissen gebreitet war. Sie bewegte sich kurz, wachte aber nicht auf.

Jack schwang die Füße über die Bettkante und erhob sich auf zittrigen Beinen. So leise wie möglich hob er den Riegel der Hüttentür an und trat ins Freie. Draußen schleppte er sich zum Trog im Pferdegehege und klatschte sich Wasser in das verschwitzte Gesicht. Die Kälte biss in seine Haut, aber sie schien das Fieber vorübergehend zu lindern. Doch schon im nächsten Moment begann er so zu frieren, dass er schlotterte. Er schaute zum Mond auf, der hoch am Himmel über der Homestead von Lake Cowal West stand. Alle Lampen waren gelöscht, und alle Seelen auf der Homestead lagen in tiefem Schlaf.

»O Herr. Bestrafst du mich für das, was ich getan habe?«, fragte er.

Er zog die Finger durch seine tropfnassen Haare. Dann musste er daran denken, wie viele Nächte er auf Mary eingeredet hatte. Kaum hatte er angefangen, einen Wassertank und eine Hütte auf seinem vierzig Morgen großen Grund zu errichten, da begann sich seine Rastlosigkeit schon wieder zu regen. Er wurde zunehmend reizbar. Als er dann einen breiten Holzplankenzaun um sein Grundstück zu ziehen begann, erwachte er nachts immer öfter in panischer Angst. Und als der Zaun immer länger wurde und an den Ecken abbog und zuletzt mit einem Tor verschlossen wurde, glaubte Jack zu ersticken. Anfangs konnte ihn Marys Berührung noch beruhigen, besänftigen, abschirmen. Aber ihr war klar, dass das nicht von Dauer wäre. Und so war es zuletzt Mary gewesen, die gesagt hatte: »Lass uns weiterziehen.« Auch wenn es sie schmerzte, ihre Familie zu verlassen, so war Mary doch eine junge, frisch verheiratete Frau, und sie liebte Jack. Sie würde alles unternehmen, was in ihrer Macht stand, um ihn und seine Träume zu unterstützen. Sie würde ihr nie gebautes Heim im Stich lassen. Sie würde mit Jack Gleeson bis ans Ende der Welt gehen.

Als Jack den Ryans eröffnet hatte, dass er eine Stellung weit im Norden, noch hinter West Wyalong, auf der Lake Cowal Station angenommen habe, hatte Launcelot seinen Teller auf den Tisch geknallt und war aus dem Haus gestürmt. Die Tür war mit einem lauten Schlag hinter ihm ins Schloss gefallen. Dennoch war Jack seinem Schwiegervater mit grimmiger, entschlossener Miene gefolgt. Draußen im Staub hatten die beiden Männer Maß genommen.

»Ich habe gewusst, dass du nicht der Richtige für unsere Mary bist«, spie ihm Ryan entgegen.

»Wir werden ein besseres Leben führen, als wenn wir hier bleiben und auf vierzig Morgen mit unbrauchbarem Gestrüpp verrotten.«

Ryan blickte Jack wutentbrannt an und schüttelte den Kopf über den großen jungen Mann.

»Unsere Mary wird zurück sein, noch ehe ein paar Jahre ins Land gegangen sind... dessen bin ich gewiss.«

Jack blieb stolz vor Ryan stehen, aber er nahm sich die Worte zu Herzen und trug sie monatelang mit sich herum. Nachts holten sie ihn immer wieder ein wie ein düsteres Omen aus dem Schlaf. Trotzdem war ihr erstes Ehejahr eine glückliche Zeit. Sie hatten mehrere frische Welpen, die Großes versprachen, und Mary half ihm, sie auszubilden. Die starken Vererbungslinien von Kelpie, Moss und Caesar setzten sich eindeutig durch. Allerdings hatten Kelpie und Moss ihre besten Zeiten hinter sich. Kelpie, ausgelaugt nach vielen Jahren schwerer Arbeit und langer Trächtigkeit, war das Alter mittlerweile deutlich anzusehen. Inzwischen war ihre Schnauze ergraut, ihr Blick getrübt, und sie schlich über die Weiden wie der alte, schon vor Jahren dahingeschiedene Faulpelz. Sie weigerte sich sogar, von Marys Seite zu weichen, wenn Jack sie rief... selbst wenn Jack nur ihre Gesellschaft genießen wollte. Kelpie litt inzwischen an Arthritis, ihre Hüften waren steif und die Vorderläufe nach außen gestellt, während sie hinten absackte. In der Sommerhitze hechelte sie, und in der Kälte des Winters zitterte sie.

An jenem Tag, an dem sie den Wagen beluden, um den Weg nach Lake Cowal anzutreten, lagerte Kelpie müde im Schatten.

»Als wollte sie uns sagen, dass sie genug umhergezogen ist«, stellte Jack traurig fest. Er pfiff noch mal nach ihr, aber Kelpie wandte schuldbewusst den Kopf zur Seite, als sie den Befehl verweigerte. Sie blieb im Schatten ihres Zwingers liegen, dabei war sie nicht angeleint.

»Komm schon, Kelpie, altes Mädchen«, bettelte Jack.

In Kelpies Schwanzspitze flackerte kurz Leben auf, aber statt angetrottet zu kommen, seufzte sie nur und verkroch sich noch tiefer in ihren Zwinger.

»O Jack«, sagte Mary, »sie wird nicht mehr lang auf dieser Welt weilen.«

Bei dem Gedanken daran, welchen Weg er mit Kelpie zurückgelegt hatte, wurden Jack die Augen feucht. Sie war der Anfang all dessen gewesen, was er geschaffen hatte. Sie war seine stete Begleiterin gewesen. Mary legte die Arme um Jack.

»Hol sie aus dem Zwinger, Jack. Sie kann mit mir auf dem Wagen fahren. Schau, ich habe ihr sogar eine alte Pferdedecke zurechtgelegt.«

Jack ging in die Hocke und lockte Kelpie aus ihrem halbdunklen Versteck. Vorsichtig hob er sie hoch und setzte sie auf der Decke ab. Sie hatte die Rute zwischen die Beine geklemmt, und sie versuchte mehrmals, vom Sitz des Wagens herabzuspringen, um sich wieder in ihrem Zwinger zu verkriechen.

»Bleib hier, Kelpie«, befahl Jack mit fester Stimme.

»Vielleicht sollte sie das wirklich«, meinte Mary liebevoll.

»Hier bleiben?«

»Tim Garry hat uns angeboten, sie aufzunehmen. Das weißt du doch, Jack.«

»Ich weiß.« Seufzend dachte Jack an seinen guten Freund auf Ungarie, der mit Entsetzen gesehen hatte, wie schnell Kelpie gealtert war.

»Wir könnten sie unterwegs absetzen«, sagte Mary mit Tränen in den Augen.

Jack schluckte. Er wusste, dass Mary Recht hatte. Die arme alte Hündin würde die Reise kaum überstehen. Tim hatte einen mit Wolle ausgelegten Zwinger für Kelpie versprochen und ihnen versichert, ihr jeden Tag eine gute Mahlzeit von seinem eigenen Tisch abzuzweigen. Sie hätte es ruhig, friedlich und bequem während ihrer letzten Tage. Jack konnte nur mit Mühe die Tränen zurückhalten, als er die Zügel auf den Rumpf des Pferdes klatschen ließ und der Wagen mit einem Ruck anrollte. Erst im vergangenen Jahr hatte er seine alte Stute Bailey verloren. Er hatte sie damals tot am Damm aufgefunden. Er hatte ihre kalte, braune Schnauze gestreichelt und eine Strähne ihrer hellen Mähne abgeschnitten. Als Nächstes würde er Kelpie verlieren.

»Also auf nach Ungarie«, verkündete er und verstummte danach.

Während der Wagen über die felsige Straße rumpelte, erinnerte sich Jack an das schmerzvolle Adieu, mit dem er sich erst eine Woche zuvor von Moss verabschiedet hatte. Charles King, der Mann, der die junge Kelpie so meisterhaft durch die Wettbewerbe geführt hatte, lebte mittlerweile auf Gainbill nahe dem Lake Cargelligo. Er hatte sich erboten, Moss aufzunehmen und ihn als Zuchtrüden zu behalten. Die Welpen von Moss und der jungen Kelpie hatten einen so guten Ruf, dass aus dem ganzen Land Hunde aus ihrer Nachkommenschaft nachgefragt wurden. Jack wusste, dass es besser war, Moss nicht durchs Land zu zerren und seine Gene aufs Geratewohl mit denen der Hündinnen auf den verschiedenen Stationen zu vermengen, sondern ihn an einem festen Platz zu belassen, damit seine Abstammungslinien nachvollzogen werden konnten und all seine Nachkommen schriftlich als »King's Kelpies« geführt werden konnten. In dieser Hinsicht war King penibel.

Charles hatte den Schmerz in Jacks Augen gesehen, als er zum letzten Mal die Ohren des schwarzen Rüden gestreichelt hatte. Tröstend hatte er seinem Schwager die Hand auf die Schulter gelegt.

»Ich werde dir schreiben, welch gute Welpen er gezeugt hat, Jack. Er ist in besten Händen.«

Jack wusste, dass sowohl Charles King als auch Tim Garry zu ihrem Wort stehen würden. Er wusste, dass es das Beste war, seinen beiden kostbaren alten Hunden ein leichteres Leben zu ermöglichen. Aber der Schmerz, dass diese Ära zu Ende gehen sollte, saß dennoch tief. Seine Hand kam auf dem schlanken Rücken seiner Hündin zu liegen, die zwischen ihm und Mary auf der Sitzbank des Wagens lagerte. Kelpie bettete die Schnauze in Jacks Schoß und blickte mit ihren seelenvollen braunen Augen in seine. Beinahe als wüsste sie Bescheid. Mary wiederum legte, um Jack Trost zu spenden, ihre Hand auf Jacks.

Jack wischte sich eine Träne aus dem Augenwinkel und schaute in den Nachthimmel über Lake Cowal West auf. Er vermisste Kelpie und Moss so sehr. Die Arbeit auf Lake Cowal war keineswegs so befriedigend, wie er gehofft hatte. Und jetzt, wo das Fieber Kälteschauer durch seinen Leib schickte, wünschte er sich nur noch einen vertrauten, gemütlichen Fleck, an dem er seine Freunde und seine Familie um sich hatte. So saß er am Trog, von Schüttelfrost und Hitzewallungen geplagt, und verzehrte sich erneut nach Marys Wärme.

Schweren Herzens kletterte er ins Bett zurück, wohl wissend, dass er morgen nicht arbeiten konnte, weil seine Glieder zu sehr schmerzten.

»Lieber Gott, lass mich wieder gesund werden«, murmelte er, während er sein junges Weib an sich zog und seinen Körper um ihren schlang.

Kapitel 33

Als Rosie am Morgen aus ihrem befremdlichen Traum erwachte, sehnte sie sich mehr denn je nach Jims Wärme. Sie setzte sich in ihrem Bett im Quartier auf und versuchte, die düsteren Vorahnungen abzuschütteln.

Wenig später ließ sich Rosie drüben im Haupthaus vor dem Computer nieder, breitete ihre Notizen aus und ließ ihre Finger über die Tastatur fliegen, um die Geschichte von Jack Gleeson und den Anfängen der Kelpie-Rasse am Ufer des Glenelg River aufzuzeichnen. Ein mitternächtlicher Tausch von einem Pferd gegen einen Welpen in einer nebligen Nacht. Die Leidenschaft eines Mannes, die immer weiter wuchs, je kräftiger sich die Flüsse der Abstammungslinien vereinten oder teilten, bis sich eine ganze Flut exzellenter Hütehunde aus dem Western District von Victoria in Richtung Norden ergoss: in die Riverina von New South Wales und weit darüber hinaus.

Das Läuten des Telefons riss Rosie aus ihren Gedanken.

Wenig später erschien Margarets Kopf in der offenen Tür. »Ich wollte dich eigentlich nicht stören, aber da ist eine Nachricht für dich. Von Billy O'Rourke. Er kommt dich heute Vormittag besuchen.«

Zum ersten Mal seit Monaten klang Margaret angespannt. Sie schaute kurz auf die Uhr. »Er wird gleich da sein. Wenn es dir nichts ausmacht, wäre es mir lieb, wenn du ihn draußen erwartest.«

Draußen im Gehege zeigte Rosie Billy, wie jeder einzelne Hund arbeitete, indem sie ihn eine kleine Herde frisch abgestillter Lämmer treiben ließ. Sie wurde nie ungeduldig oder laut. Die Hunde warteten still, aber leicht zitternd und höchst gespannt an ihren kurzen Ketten, bis sie an der Reihe waren.

»Jim hat dich gut ausgebildet«, sagte Billy.

»Du meinst wohl, er hat *die Hunde* gut ausgebildet.«

»Nein. Er hat *dich* gut ausgebildet. Es kommt vor allem auf die Führung an. Diese Tiere haben von Natur aus einen ausgeprägten Hütehundinstinkt. Aber offenbar hast du auch einen natürlichen Hirteninstinkt, sonst hättest du es auch unter Jims Anleitung nicht so schnell so weit gebracht. Manche Menschen brauchen Jahre, um so viel zu lernen, und andere bringen es nie so weit.«

Rosie spürte, wie ihr bei Billys Lob warm ums Herz wurde, und hob die Hand. »Sitz«, befahl sie der grau-braunen Hündin namens Jess.

»Die hier kannst du Dubbo überlassen«, meinte Billy und nickte zu Jess hin. »Sie zeigt einen ausgeprägten Instinkt für die Arbeit auf der Weide. Binde sie fest, dann arbeiten wir mit den anderen vier weiter. Ich zeige dir, was sie für die Auktion können müssen.«

»Sollte ich mit den Gutmütigeren anfangen?« Rosie deutete auf den großen grau-braunen Rüden. »Chester ist arrogant wie sonst noch was und kann eine echte Plage sein.«

»Du brauchst einen Hund wie ihn, wenn du was lernen willst«, widersprach Billy. »Fang mit ihm an, solange du noch Kraft hast. Danach sind die übrigen Welpen das reinste Kinderspiel.«

Rosie hob ein Stück Plastikrohr auf, ließ Chester die Herde einkreisen und schwor sich gleichzeitig, ihm Paroli zu bieten, doch schon bald rannte er mitten in die Herde hinein und trieb sie auseinander.

»Bring ihn zur Ruhe«, hörte sie Billys Mahnung.

Rosie nahm ihren ganzen Mut zusammen. Sie hörte im Geist

Jims Stimme: »Zeig Format, Mädchen!« Im nächsten Moment hatte sie sich vor Chester aufgebaut und verstellte ihm mit ihrem Körper den Weg. Sie wälzte ihn auf den Rücken, sodass er vor ihr im Staub lag.

»Ich lasse mir das nicht bieten, Chester«, knurrte sie ihn mit zusammengebissenen Zähnen an, wobei sie ihn mit festem Klammergriff am Fang festhielt. »Du hörst jetzt auf mich.«

Er klopfte demütig mit dem Schwanz auf den Boden und wich ihrem Blick aus, als würde er sich vor ihr schämen. Als sie ihn wieder freigab, schüttelte er sich, als wollte er den Respekt vor ihr wieder an den richtigen Fleck rücken. Von da an lenkte er die Schafe ruhig und duckte sich, als sie ihn mit einem Pfiff innehalten ließ, sofort flach auf den Boden.

»Schon viel besser!«, lobte Billy vom Rand des Pferches her. »Und jetzt mach das Gatter auf, dann zeige ich dir, wie du ihm beibringst, auf Kommando zurückzusetzen und anzuschlagen.«

Als sie später mit Clyde arbeitete, dem gedrungenen rotbraunen Rüden, sprang er die Schafe von hinten an. Billy hatte ihr schon bei Chester gezeigt, wie sie die Leine einsetzen musste, um den Hund zu sich zu holen.

»Schieb, schieb, schieb«, befahl sie nochmals, und Clyde raste von neuem die Rampe hoch, die großen Pfoten auf der Schafwolle, während er gleichzeitig tief und kehlig bellte.

Als Nächstes arbeitete Rosie mit Clydes Bruder Coil, der eher schüchtern und ruhig war.

»Lass ihn erst einmal das erste Schaf hochschieben, und hol ihn dann sofort wieder herunter, damit er das Gefühl hat, einen Fluchtweg zu haben. Du musst darauf achten, dass er sich immer sicher fühlt«, erklärte Billy.

Bald schob auch Coil die Schafe von hinten auf die Rampe und bellte auf Kommando.

Als Letzte kam Sally, die Kleinste und Schwächste aus dem

Wurf, in den Pferch. Sie war eine lebhafte kleine schwarz-braune Hündin mit wachen Knopfaugen. Flach zu Rosies Füßen liegend, wartete sie auf ihr Kommando. Rosie pfiff und ließ sie die Schafe von links einkreisen. Sally lief dicht an den Schafen vorbei und drängte sie so auf die Rampe. Minuten später hatten Billy und Rosie ihr beigebracht, die Schafe einzeln auf die Rampe zu schieben.

»An ihrem Bellen müssen wir noch arbeiten. Das fällt ihr schwer. Aber ich glaube, für heute hat sie genug. Mehr als eine kurze, scharfe Lektion können sie nicht aufnehmen.«

Billy nahm Sally hoch, kraulte sie hinter den Ohren und lud sie dann auf Rosies Armen ab.

»Du kannst wirklich stolz auf dich sein«, lobte Billy. »Du hast hervorragende Arbeit geleistet. Sie sind manchmal noch ein bisschen ungestüm, aber daran werden wir arbeiten. Wir haben noch alle Zeit der Welt. Und vergiss nicht, ich helfe dir, wenn du willst. Du kannst mich jederzeit anrufen.«

Rosie labte sich an seinem Lob, hob Sallys Schnauze an ihr Gesicht und atmete tief durch. Sie hatte festgestellt, dass Hundepfoten rochen wie ein frisch gemähter Rasen an einem Sommertag. Erleichtert seufzte sie auf.

»Gott sei Dank bist du der Meinung, dass mit ihnen alles in Ordnung ist. Ich dachte schon, ich hätte sie vernachlässigt.«

»Du hast sie gut behandelt«, versicherte ihr Billy. »Aber man muss ständig mit ihnen arbeiten. Jetzt lass ich dich lieber in Frieden. Margaret hat erzählt, du hättest an deinen Artikeln gesessen, als ich dich unterbrochen habe.«

»Ach, ist schon okay. Die Informationen habe ich inzwischen zusammen. Jetzt muss ich sie nur noch ausformulieren. Das größte Problem ist, dass ich nicht weiß, wie ich die Serie beenden soll. Bislang habe ich noch kein Buch gefunden, in dem steht, wie es mit Jack und Mary weiterging.«

»Grab nur weiter, dann wirst du schon fündig werden«, sagte Billy.

Während die Sonne das satte Grün des Frühlings auszudörren begann und die Tage wärmer wurden, verbrachte Rosie die meisten Abende damit, die Serie über Jack Gleeson zu verfassen, und die meisten Tage draußen auf den Weiden von Highgrove. Evan war inzwischen bei ihnen eingezogen, und die Treibhäuser standen bereits. Jetzt ging es darum, die Bewässerungsleitungen zu verlegen. Wenn Rosie nicht auf der Station arbeitete, dann arbeitete sie mit ihren Kelpies. Billy hatte ihr einen kleinen Übungsparcours gebaut, und dort hatte sie gelernt, wie wichtig es war, eindeutige Kommandos zu geben und die Stimme wie auch die Körpersprache richtig einzusetzen. All diese Techniken hatte ihr Jim gezeigt, ehe er gegangen war. Billy rief öfter abends an, und gemeinsam arbeiteten sie mit Sassys Fohlen. Er zeigte Rosie, dass die Ausbildung eines Pferdes ähnlich verlief wie bei einem Hund. Es ging immer nur um Anforderung und Belohnung. Ruhige, stille, sanfte Viehtreiberfähigkeiten, die sie tagein, tagaus einübte.

Schließlich fragte sogar Julian, der oft neben ihr auf den Weiden und in den Pferchen arbeitete, wie er seinen Hund zu mehr Leistung anspornen konnte.

»Komm schon, Schwesterchen«, drängte er. »Verrat mir deine Berufsgeheimnisse.«

»Das sind keine Geheimnisse. Zuerst einmal solltest du dir einen anständigen Hund zulegen«, neckte sie ihn, weil sein schlappohriger, zotteliger Collie wieder mal hechelnd im Schatten lag.

Sie war überglücklich, dass Julian heimgekehrt war. Er und Evan hatten ihr geholfen, einen Investitionsplan zu erstellen. Sie wollten die Hammelställe in einen Betrieb umwandeln, der superfeine Wolle aus Stallhaltung produzierte. Wenn die alten Silos während einer guten Saison mit Getreide aufgefüllt werden konnten, dann läge die Gewinnspanne bei einer arbeitsintensiven Wollproduktion weit über jener der traditionellen Weidewirtschaft auf Highgrove.

Tagsüber schien Rosie von unerschöpflicher Energie getragen, doch dafür fiel sie jede Nacht völlig erschöpft in ihr Bett im Quartier. In manchen Nächten träumte sie von Jim, aber sein Gesicht verschmolz immer mehr mit dem geisterhaften Antlitz Jack Gleesons, weshalb Rosie nach diesen Träumen immer mit einem Gefühl der Leere und völlig verwirrt aufwachte, so als hätte es Jim nie gegeben. Um ihr Gesellschaft zu leisten und Trost zu spenden, schlief Bones auf der Matte neben ihrem Bett. Im Lauf der Zeit gewann sie das leise Schnarchen lieb, und wenn sie sich besonders allein fühlte, fasste sie nach unten, um seine seidigen Ohren zu streicheln. Bisweilen kam es Rosie so vor, als wäre der alte Hund der einzige Beweis dafür, dass Jim je da gewesen war.

In einer heißen Dezembernacht hatte Rosie eben einen weiteren Artikel über Jack zu Papier gebracht und wollte gerade das Licht ausschalten, als jemand an ihre Tür klopfte.

»Bist du noch wach, Schwesterherz?«

Julian kam in den Raum geschlendert. Rosie wusste, dass er gekommen war, um ihr Trost zu spenden. Morgen jährte sich Sams Tod zum ersten Mal.

»Alles okay soweit?«, fragte er.

»Schon. Ehrlich«, bekräftigte sie und legte ihre Papiere beiseite. »Irgendwie kommt es mir so vor, als wäre das alles in einem anderen Leben passiert.«

Julian blieb am Fuß des Bettes stehen.

»Vermisst du ihn?«

»Ich denke kaum noch an ihn. Obwohl ich mich das kaum zu sagen traue.«

»Schon okay. Sam war nie der Richtige für dich. Wahrscheinlich hättest du dich nach einem Jahr wieder scheiden lassen.«

»Oder seine Schafscherer gepoppt«, meinte sie ironisch.

Julian schmunzelte kurz.

»Und vermisst du Jim?«, fragte er.

»Jim?« Rosie biss sich auf die Lippe und nickte. »Jede Minute.«

»Was ist mit Dad? Vermisst du ihn auch?«

Rosie zog die Stirn in Falten und sah Julian an. Dann lachten beide prustend los.

»Manchmal«, meinte sie liebevoll. »Manchmal vermisse ich den alten Mistkerl.«

»Dann sollten wir nach Weihnachten runterfahren und ihn besuchen«, schlug Julian vor.

Rosie nickte.

»Ja. Das wäre schön. Das sollten wir wirklich.«

»Also, dann bis morgen, Schwesterherz.«

Gerade als Julian die Tür zuziehen wollte, zog er einen Brief aus seiner hinteren Hosentasche und ließ ihn auf ihr Bett segeln.

»Hab' ganz vergessen, dass du Post bekommen hast.«

»Danke«, sagte Rosie und schnappte sich den Brief. Ihr Herz machte einen Satz, als sie die fremde Handschrift sah, mit der die Adresse gekrakelt war. Kam er von Jim? Hatte er endlich geschrieben? Sie konnte sich kaum bremsen, ihn aufzureißen.

»Nacht dann«, sagte sie zu ihrem Bruder.

»Nacht«, und er schloss die Tür. Rosie hatte den Brief eben aufgerissen, als Julian noch einmal den Kopf ins Zimmer streckte. »Stinkst du so, oder ist das der Hund? Das ist ja der Hammer!«

»Der Hund!«, beteuerte Rosie. »Wenn Lazy Bones in irgendwas fleißig ist, dann im Furzen.«

»Übel«, konstatierte Julian, rümpfte die Nase und zog die Tür wieder zu.

Rosies Herz wurde wieder schwer, als sie aus dem Umschlag einen Brief zog, der um ein Heft mit einem Kelpie auf dem Umschlag gefaltet war.

Der Brief kam keineswegs von Jim, sondern von einem hiesigen Amateurhistoriker – einem prähistorischen Historiker obendrein, der zittrigen Handschrift nach zu urteilen, dachte Rosie. Er bot ihr ein paar zusätzliche Informationen für ihre Kelpie-Artikel an. Sie merkte, wie sie vor Enttäuschung kraftlos wurde. Dann begann sie, das Heft zu lesen, und ihre Enttäuschung verwandelte sich in tiefe Traurigkeit, als sie erfuhr, auf welch tragische Weise Jack Gleesons Leben endete.

Kapitel 34

Lake Cowal West, um 1880

Der Arzt zog Jacks unteres Lid herab und begutachtete das Weiß in seinem Augapfel. Ein gelblicher Stich hatte sich im Augenwinkel festgesetzt und ließ die sonst so strahlend blauen Pupillen matt wirken. Der Arzt trat vom Bett zurück, faltete die Hände vor dem Bauch und sah Jack ernst an.

»Leiden Sie an Übelkeit?«

»Ja«, antwortete Jack.

»Erbrechen?«

Jack nickte.

»Ich verstehe.« Der Arzt sammelte seine Instrumente zusammen. »Ich empfehle Bettruhe. In diesem Stadium kann ich nicht viel unternehmen. Wir können nur abwarten, wie die Erholung voranschreitet.«

Er drehte sich auf dem Absatz um, zog den Vorhang hinter sich zu und ließ Jack allein zurück.

Eine Million Fragen rasten durch Jacks Kopf, und die Angst packte ihn. Er entsann sich, wie der alte Albert sterbend im Bett gelegen hatte und wie sich seine gelben Altmännerfinger in die schmuddeligen Laken gebohrt hatten. Jack hielt seine Hände hoch und betrachtete seine Haut, die ebenfalls leicht gelblich wurde. Das Bauchweh meldete sich mit neuen Krämpfen zurück, woraufhin er die Augen schloss und an etwas anderes zu denken versuchte.

Hinter dem Vorhang hörte er den Arzt und Mary mit gedämpfter Stimme reden und strengte sich an, um möglichst viel zu verstehen. Aber er bekam kein einziges Wort mit. Wut kochte in ihm auf. Was sprachen die beiden da? Warum unterhielten sie sich hinter seinem Rücken?

In der Küche lauschte Mary mit bleichem, abgespanntem Gesicht dem Arzt. Instinktiv kam ihre Hand auf ihrem ungeborenen Kind zu ruhen. Sie musste die Tränen zurückhalten, während die Flüsterstimme des Arztes sie umspülte.

»Gelbsucht«, sagte er. »So lautet meine Diagnose.«

»Und was bedeutet das?«

»Es ist eine Infektionskrankheit der Leber... deshalb wirken seine Haut und seine Augen so gelb.«

»Und wo hat er sich angesteckt?«

Der Arzt zuckte mit den Achseln.

»Das kann auf unterschiedlichste Weise geschehen sein«, belehrte er sie. »Die Keime werden durch Nahrung und Wasser verbreitet. Ich würde meinen, dass es möglicherweise hier auf der Station zu einem Ausbruch der Krankheit kam... vielleicht litt eines der Kinder daran, aber Kinder zeigen meist kaum Symptome. Vielleicht haben die Eltern geglaubt, das Kind hätte eine gewöhnliche Grippe.«

Mary dachte an die vergangenen Wochen zurück. Sie unterrichtete hier in der Küche die Kinder von der Lake Cowal Station. Etwa vor einem Monat war die Zahl der unterrichteten Kinder bis auf zwei zusammengeschrumpft, weil alle anderen von der Grippe niedergestreckt im Haupthaus gelegen hatten.

»Und was ist mit unserem Kind? Wird es Schaden nehmen?«

»Nein, Mary. Das ist unwahrscheinlich.«

Sie blickte dem Arzt in das ernste Gesicht, ein Gesicht, das sie an eine Eule gemahnte. Er blinzelte sie durch seine runden Nasenkneifergläser an.

»Und Jack? Wann wird er wieder auf die Beine kommen?«

Der Doktor verstummte und starrte auf seine Schuhspitzen, als läge die Antwort vor seinen Zehen.

»Das lässt sich leider nicht sagen. Erwachsene trifft diese Krankheit... schwerer. Möglicherweise wird er sich gar nicht erholen.«

Marys Hand flog an ihren Mund, und ihre Tränen begannen zu fließen. In panischer Angst zermarterte sie sich das Gehirn.

»Sie meinen... er könnte sterben?«, flüsterte sie.

»Nun ja... das wird die Zeit zeigen... möglicherweise... ja. Ich würde Ihnen anraten, Vorkehrungen für Sie und für Ihren Sohn zu treffen. Es tut mir Leid.«

Als Mary den Vorhang zurückzog und sich an Jacks Bett setzte, verriet ihm ihre Miene alles, was er wissen musste. Sie legte sich neben ihn und streichelte mit kühlen Fingerspitzen sein kräftiges, gut geschnittenes Gesicht. Liebevoll strich sie die blonden Strähnen beiseite, die jetzt in nassen Kringeln auf seiner Stirn lagen. Sie küsste ihn mit all ihrer Liebe. Jack legte seine Hand auf ihren Bauch und ließ sie auf jenem Fleck ruhen, wo in ihrem Leib sein Kind schlummerte.

Jack schämte sich seiner Krankheit zu sehr, als dass er sich von seinen Verwandten auf Wallandool verabschiedet hätte. Stattdessen ließ er Mary in ihrem Elternhaus zurück und reiste allein weiter zum Hotel der *Cobb & Co* Postkutschenstation in West Wyalong. Mary hatte sich einen Nachmittag erbeten, um sich von ihrer Mutter und ihrem Vater zu verabschieden, ehe sie gemeinsam nach Süden zu Jacks Familie in Koroit reisten. Aber Jack erschien jedes Adieu überflüssig – vor allem bei Launcelot Ryan. Ryans bittere Worte bei ihrer letzten Begegnung schnitten Jack noch tiefer ins Herz, seit er wusste, wie Recht er damit gehabt hatte. Mary würde hierher zurückkehren, um bei ihrer Familie zu leben... und ganz gewiss ohne ihn.

Jack saß zusammengesunken auf einer Bank vor dem Hotel in einem Fleck der milden Abendsonne und wartete darauf, dass Mary und die *Cobb & Co* Postkutsche eintrafen. Einige der Einheimischen, die auf der Straße unterwegs waren, hatten sichtbar Angst, mit ihm zu sprechen. Dieser große, schneidige Irenbursche, dieser legendäre Viehtreiber war nur noch ein Schatten seiner selbst. Seine Haut war gelb, sein Gesicht abgezehrt, die Muskeln an seinen Armen schrumpften dahin, und sein Rückgrat schien sich immer mehr zu krümmen, so als könnte es der Erdanziehungskraft nichts mehr entgegensetzen. Das Eigentümlichste jedoch war, dass kein Kelpie an seinem Bein lehnte oder mit gekreuzten Vorderpfoten zu seinen Füßen lagerte. Jack Gleeson war ohne Pferd und ohne Hund. Ein lebender Toter.

An einem trostlosen Morgen im August 1880 sausten kalte Winde über die Weiden auf Crossley im südlichen Victoria. Als würde es der im Hüttendach kreischende Wind quälen, schreckte das Kleinkind aus dem Schlaf und begann, in seinem Weidenkörbchen am Feuer zu weinen. Die Stirn von Sorgen zerfurcht, bückte sich Mary, um es aufzuheben. Sie hob den warmen kleinen Jungen an ihre Brust und atmete den süßen Duft seiner weichen Haut ein. Dann küsste sie ihn auf das kleine Köpfchen.

»Mach dir keine Sorgen, kleiner Mann. Der Frühling ist nicht mehr weit. Lange bleibt es nicht mehr so kalt. Den tiefsten Winter haben wir schon überstanden. Dieser Wind und der Winter sollen uns nur zeigen, dass Mutter Natur stärker ist als wir.«

Sie bückte sich, um das Feuer anzufachen, und sank dann in den Schaukelstuhl zurück. Das Baby fest an ihren Busen gedrückt, schaukelte sie vor und zurück, vor und zurück, während der Wind das Dach von der Hütte zu zerren versuchte.

Sie wartete darauf, dass Jacks Tante Margaret und seine Cousins eintrafen. Schließlich hatte sie ihnen eine Nachricht zukommen lassen, und nun waren sie gewiss schon unterwegs auf dem vier Meilen langen Weg zwischen ihrem Haus in Koroit und dieser Hütte in Crossley. Die Lippen an den Kopf ihres Sohnes gepresst, summte sie ihm eine Melodie vor. Tränen rannen ihr aus den Augen und landeten auf den samtigen Kleinkinderwangen.

»O lieber Gott«, weinte sie im Einklang mit dem Wind.

Im Schlafzimmer hinter ihr lag der Leichnam ihres Ehemannes, mit dem sie zwei kurze Jahre verheiratet gewesen war. Sie hatte schwere Pennys auf seine Augenlider gelegt und ihn von Kopf bis Fuß mit warmer Seifenlauge abgewaschen. Sie hatte ihn geküsst und ihm in die tauben Ohren geflüstert, wie sehr sie ihn liebte. Sie hatte seine Hände hochgehoben und jeden einzelnen Finger geküsst. So oft hatte sie diese Hände gesehen, wenn sie sich liebevoll in die weiche Haut eines Arbeitshundes gedrückt hatten. Ihn kraftvoll, gebieterisch und liebend getätschelt hatten. Auch sie hatte sich der Macht von Jack Gleesons Berührung nicht entziehen können. Jetzt lagen diese Hände still, kalt und eingekrallt da. Mary drückte sie an ihre Wangen, aber die Berührung hatte die Magie verloren.

Jack Gleesons Seele war von dem kalten Wind über Crossley weggeweht worden. Der Wind blies in Richtung Norden und trug Jacks Seele in das weite offene Land zurück, wo all seine Hunde lebten. Dorthin, wo er hingehörte. Seine Seele, die für alle Zeiten in den braunen Augen tausender spitzohriger Hunde eingebettet lag. Mary küsste ihren Gemahl ein letztes Mal und wartete darauf, dass seine Familie kam, um seinen Leichnam zu holen.

An eben jenem Tag im August marschierte Charles King zu den Zwingern hinab, um seinen Hunden Auslauf zu geben. Während die übrigen Hunde voller Freude im morgendlichen Sonnenschein *wirklich* tanzten, blieb, wie er bemerkte, Moss am Ende seiner Kette auf der Seite liegen. Der schwarze Rüde rührte sich nicht. Charles ging in die Knie und legte seine Hand auf die Flanke des alten Hundes. Kalt und steif lag Moss da. In diesem Augenblick wusste Charles King es. Er wusste, dass sein Freund Jack von ihnen gegangen war. Unvermittelt musste er weinen. Er löste die Hundekette, trug Moss hinüber zu einem liegenden Baumstamm, setzte sich und streichelte lange den leblosen Leib.

Charles King starrte unter Tränen auf den roten Boden unter seinen Stiefeln, denn ihm war klar, dass Moss sich aufgemacht hatte, seinen Herrn zu finden. Gemeinsam mit Jack und Kelpie beschritt er nun eine Straße, die nicht von dieser Welt war. Alle waren jetzt wieder vereint, Jack, Kelpie, Bailey und Moss, auf dieser luftigen Straße, auf der es weder Vergangenheit, noch Gegenwart oder Zukunft gab. Behutsam legte Charles den toten Hund auf die kalte Wintererde und richtete sich auf, um eine Schaufel zu holen.

Als Rosie aufwachte, war es Morgen und der Jahrestag von Sams Tod. Sie fuhr mit den Händen über ihre nassen Wangen und erkannte urplötzlich, dass sie im Schlaf geweint hatte. Fast ängstlich streckte sie die Arme unter der Decke hervor, bis ihre Fingerspitzen auf dem Pamphlet zu liegen kamen, das ihr der Hobbyhistoriker geschickt hatte. Noch einmal betrachtete sie das schwarz-weiße Foto von Jack Gleesons Grabstein auf dem Friedhof von Tower Hill. Sie konnte die Inschrift nicht entziffern, aber der Autor des Buches hatte in Druckschrift darunter erklärt: *»Errichtet von Mary im Angedenken an ihren geliebten Gemahl John Dennis Gleeson, der am 29. August 1880 im Alter von 38 Jahren aus diesem Leben schied.«*

Ein Schauer überlief sie. Jack war so jung gestorben. Eigentlich hätte er als glücklicher alter Mann sterben sollen, umgeben von all seinen Kindern. Und seine Hunde abrichten sollen, bis er nicht mehr laufen konnte. Rosies Gedanken wanderten weiter. Arme Mary. Ihren noch so jungen Mann zu verlieren und vor sich zu sehen, wie sie ihren Sohn ohne Vater großziehen sollte. Rosie merkte, wie die alte Panik in ihr hochstieg, weil Jack Gleesons Tod Emotionen wachrief, die sie so angestrengt zu kontrollieren versucht hatte: ihre Gefühle bezüglich Sams Tod; Jims Verschwinden; der gescheiterten Ehe ihrer Eltern. Auch für sich sah sie niemanden, der die Zukunft mit ihr teilte. Wozu also das Ganze? Tränen stiegen ihr in die Augen. Zornig schwang sie die Beine aus dem Bett und trat dabei versehentlich auf Bones' Schwanz.

»Aus dem Weg!«, fuhr sie ihn wütend an. Aber er regte sich nicht. In dem hellen Strahl der Morgensonne sah sie in seine starren, leblosen Augen.

»O Gott«, hauchte Rosie. »Lazy Bones?«

Sie bückte sich und streichelte seine Flanke. Er fühlte sich steif unter ihren Fingern an. Sie merkte gar nicht, dass sie einen erstickten Schrei ausstieß.

»O nein. Bitte nicht!« Sie kniete neben dem alten Hund nieder und flüsterte immer und immer wieder seinen Namen. Dann begann sie, das Schlimmste zu fürchten. Sie blickte zu den Kieferpaneelen an der Decke auf und schloss die Augen.

»Jim?«, rief sie. »Jim?«

Aber tief im Herzen wusste Rosie Jones, dass Jim Mahony nicht mehr in ihre Welt gehörte.

Rosie bückte sich und rollte den schon steifen Leichnam des alten Lazy Bones in die Matte, auf der er gestorben war. Als sie ihn anhob, lösten sich faulige Gase aus seinen Gedärmen. Der vertraute Gestank ließ sie den Kopf abwenden.

»So ist es recht, Bones«, sagte sie. »Hinterlass mir was ganz Besonderes, damit ich dich in Erinnerung behalte.«

Sie trug ihn zu der Schubkarre im Stall und legte ihn hinein.

»Bitte sehr, Lazy Bones – der perfekte Fleck für dich. Du kannst einfach liegen bleiben, und ich schiebe dich. Du brauchst in Zukunft wirklich keine Energien mehr zu vergeuden.«

Sie wischte die Tränen aus ihren Augen, legte eine Schaufel

neben ihn und rollte ihn durch die Seitentür in den Obstgarten hinaus.

Unter einem Zitronenbaum begann Rosie zu graben. Sie spürte, wie sich die Muskeln in ihren Armen anspannten, und roch die Fruchtbarkeit des feuchten Erdreiches, in dem es von winzigen Lebewesen wimmelte. Das Gesicht angewidert verzogen, durchschnitt sie die Leiber fetter Regenwürmer, die sich auch zweigeteilt weiter zu entwinden versuchten. Hier im Obstgarten war alles voller Leben – von den in den Bäumen lärmenden Vögeln bis zu der Spinne, die auf dem Rücken eines sattgrünen Blattes ihr Netz spann. Rosie fühlte sich so jung und lebendig. Und doch lag neben ihr ein unübersehbares Mahnmal des Todes. Bones' glasige Augen starrten zu den Wolken auf, die lautlos über den blauen Himmel zogen. Seine rosa Zunge war jetzt blass und trocken. Seine schwarzen Lippen wirkten wie aus Plastik, und seine Nase glänzte nicht mehr unter seinem feuchten Atem. Sie streichelte seinen struppigen Rücken, ehe sie ihn mitsamt seiner Matte ins Grab senkte. Anschließend begann sie, Erde auf ihn zu schaufeln, und schaute zu, wie ihn allmählich das dunkle Erdreich bedeckte. So würde er monatelang in seinem Todesschlaf hier liegen und langsam verwesen, bis sein Leichnam durch die Bäuche der Würmer und winzigen Wesen, die sich von ihm ernährten, wieder mit dem Leben verbunden war. Und zuletzt bliebe von Bones, wie sein Name es sagte, nichts als... Knochen.

Rosie schloss die Augen. Sie hatte das Gefühl, dass sie ein Gebet sagen sollte, aber wozu waren Gebete gut? Sie kniete auf dem Gras nieder und klopfte die Erde zu einem gleichmäßigen Hügel. Hier befand sich ein Grab unter der Erde. Ein Grab, das, so fühlte es sich an, ihre Vergangenheit enthielt. Sie atmete tief aus und glaubte, weinen zu müssen... aber es kamen keine Tränen. Ihre Tränen lagen unter ihr in der Erde. Sie hatte sie zusammen mit

Bones beerdigt. Sie hatte das Gefühl, als hätte sie erst jetzt Sam und die Erinnerung an ihn zu Grabe getragen. Genau wie ihre Hoffnungen auf eine Zukunft mit Jim. Er war weg, genau wie seine Hunde. Und zusammen mit Jim begrub sie die Tragödie von Jack Gleesons unglücklicher Witwe und seinem vaterlosen Kind. Zu guter Letzt begrub sie damit auch Rosemary Highgrove-Jones und die Vergangenheit, die sie so lange eingezwängt hatte. So ein kleines Grab, dachte sie, und so viel liegt darin.

Rosie stand auf und begann, die feuchte Erde festzutreten. Fast als wollte sie den Boden festtrampeln, damit sich nichts von all dem wieder in ihr Leben schleichen konnte. Sie begann, auf und ab zu springen, hoch in die Luft zu hüpfen und mit einem dumpfen Schlag auf der frisch gewendeten Erde zu landen. Zu stampfen. Zu treten. Das Alte zu begraben. Den Tod zu zertrampeln. Sie biss die Zähne zusammen und lachte hysterisch. Was war die Alternative zum Leben? Es war der Tod, Rosie wusste das nur zu gut. Und so hüpfte sie wie eine Besessene in ihrem Obstgarten herum. Sie lebte, sie hüpfte, sie atmete, sie lebte ganz in diesem Augenblick. Weil sie das kostbare Leben, das sie hatte, bewahren wollte.

Kapitel 35

Rosie stieß sich vom Felsen ab, zog die Hände durchs Wasser und ließ sich treiben. Sie blickte in den blauen Sommerhimmel auf und atmete tief aus, während die Strömung sie flussabwärts trug. Sie hörte ein Platschen. Dann noch eines. Rosie drehte sich in die Bauchlage, um nachzuschauen, woher der Lärm kam.

Am Ufer standen Julian mit einer Nikolausmütze und Evan mit einem Rentiergeweih und ließen Steine über das Wasser hüpfen. Um sie herum tanzten die Hunde, acht an der Zahl: Dixie, Gibbo und Diesel und dazu die für die Auktion bestimmten Welpen Chester, Clyde, Coil und Sally. Duncans kleiner Terrier Derek war ebenfalls dabei, auch wenn er leicht indigniert wirkte, dass er sich mit arbeitenden Hunden abgeben musste. Ein Jack Russell, dachte Rosie, ist ein großer Hund, der im Körper eines kleinen Hundes gefangen ist. Sie pfiff kurz, und alle Hunde stellten die Ohren auf.

»Kommt, Kelpies!«, rief sie. Ein paar von ihnen stürzten sich ins Wasser, die anderen schlichen misstrauisch über die Steine und ließen sich vorsichtig ins Nass gleiten. Bald schwammen alle um sie herum, während Derek entrüstet vom Ufer aus kläffte.

»Essen!«, rief Margaret von ihrem Liegestuhl aus, der unter einem riesigen Eukalyptus stand. Derek verstummte abrupt und trottete zu ihr hinüber, um sich bettelnd unter den Tisch zu verkriechen, wo die Getränke und die Picknickkörbe standen.

Rosie spürte, wie die Tageshitze sich über sie legte, während sie aus dem Fluss watete und über die heißen Flusskiesel zu ihren Stiefeln und ihrem Sarong hüpfte. Die Hunde folgten ihr spritzend.

»Lauft, und macht Platz!«, befahl sie, und die Hunde rannten das Ufer entlang, um unter den schattigen Bäumen zu lagern.

Evan und Julian ließen sich, noch klatschnass, in ihre Liegestühle fallen und fassten nach ihren Gläsern.

»Gläser füllen, jetzt kommt ein Toast«, befahl Duncan, auf dessen Stirn der Schweiß glänzte.

Alle erhoben die Gläser.

»Fröhliche Weihnachten!«, riefen sie im Chor.

In der Stille, während alle tranken, erkannte Rosie, dass sie noch nie so glücklich gewesen war.

»Das ist einfach genial«, meinte sie. »Das entspannendste Weihnachten *überhaupt*.«

»Du hast es ihr also noch nicht erzählt?«, bemerkte Evan mit einem Seitenblick auf Julian.

»Was erzählt?« Rosie setzte sich auf.

Julian seufzte. »Nichts Wichtiges. Ich erzähl es dir später.«

»*Was?*«

»Nur dass Evan auf dem Weg hierher ein Schaf mit Fliegenbefall gesehen hat.«

»Wie mein Papa sagen würde: Machdirkeinenkopfdeswegen«, wiegelte Evan ab. »Erst das Essen, dann die madendurchsetzte Wolle.«

»Ach!«, mischte sich Margaret ein. »Wo wir gerade von Maden in der Wolle sprechen, ich habe ein Geschenk für Rosie!« Sie kramte im Heck des Pajero herum und zog schließlich eine in Weihnachtspapier verpackte Schachtel heraus.

»Für dich«, sagte sie und überreichte Rosie die Schachtel.

»Mum, ich dachte, wir wären uns einig gewesen. Keine Weihnachtsgeschenke, bis die Farm Profit abwirft«, wehrte Rosie ab.

»Ich weiß«, antwortete Margaret. »Aber du bist bestimmt nicht mehr sauer auf mich, wenn du es aufgemacht hast.«

Rosie riss das Papier ab.

»O wow!«, sagte sie aufrichtig begeistert, als sie eine Fliegenschere herauszog. »Brandneu. Und sie gehört mir allein. Vielen, vielen Dank, Mum.«

»Schau, ich habe sie sogar gravieren lassen.«

Rosie fuhr mit dem Finger die Inschrift nach. *Rosie Jones.* Sie stand auf und bedankte sich mit einer feuchten, flusswassergetränkten Umarmung bei ihrer Mutter.

»Der Mann im Eisenwarenladen hat gesagt, wenn du das nächste Mal in die Stadt kommst, zeigt er dir, wie du sie schleifen musst«, erklärte ihr Margaret und wedelte eine Fliege von ihrem Gesicht weg. »Ich dachte, ich schenke sie dir gleich, dann kannst du sie auf dem Heimweg an diesem Schaf ausprobieren.«

Rosie legte die Schere zu ihren Füßen ab und nahm einen Schluck. Dann schaute sie auf die im Schatten lagernden Hunde. Manche leckten ihr nasses Fell, andere dösten, wieder andere schnappten nach den lästigen Fliegen. Sie sah Julian und Evan an, die ihre Sandwiches kauten, und zuletzt Duncan und Margaret, die sich gegenseitig mit langen, dünnen Brezeln fütterten. Sie wünschte, Gerald wäre hier und könnte sehen, wie glücklich seine Familie war. Aber wenn er andererseits damals nicht den Mut aufgebracht hätte, Highgrove zu verlassen, wäre nichts von alldem so gekommen.

Rosie war aufrichtig froh, dass Gerald endlich sein Glück gefunden hatte. Er hatte am Morgen von Giddys Wohnung aus angerufen und allen ein frohes Weihnachtsfest gewünscht. Obwohl er und Margaret offiziell nicht miteinander redeten, hatte sie gehört, wie ihm ihre Mutter ebenfalls fröhliche Weihnachten gewünscht hatte, als sie ans Telefon gegangen war.

»Ich hole dir eins der Kinder«, hatte sie unmittelbar danach erklärt und den Hörer beiseite gelegt, um laut zu rufen: »Julian? Rosie? Gerald möchte euch sprechen.«

Rosie hatte über die vergangenen Monate hinweg eine echte

Veränderung in Gerald bemerkt. Inzwischen behandelte er sie nicht anders als Julian und gab ihr oft Hinweise und Ratschläge, wie sie die Farm führen sollte. Er schien die Highgrove Station kein bisschen zu vermissen, aber er behauptete, er würde sie und Julian vermissen. Heute am Telefon hatte er sogar erklärt, er sei stolz auf Rosie und auf das, was sie für die Familie leistete.

Rosie blickte seufzend auf den verschlafenen Sommerfluss, der lautlos an ihrem Weihnachtspicknick vorbeiströmte. Trotz der Hitze musste Rosie zittern, wenn sie daran dachte, mit welcher Gewalt das eisige Wasser im Winter an ihren Kleidern gezerrt und sie nach unten gezogen hatte. Ihr die Luft geraubt hatte. Wieder stand ihr Jims entsetzte Miene vor Augen und gleich danach das verängstigte Rollen von Oakwoods Augen, als die in Panik geratenen Hunde außer Sichtweite getrieben wurden. Ihre Erinnerung verzehrte sich danach, zu der Hütte weiterzuwandern und noch einmal Jims zärtliche Berührungen zu erleben. Fast glaubte sie seine tröstende, sanfte Stimme zu hören und die Wärme seines an ihren Leib geschmiegten Körpers zu spüren. Aber Rosie schob diese Erinnerungen entschlossen beiseite. Inzwischen hatte sie sich abgefunden, dass sie Jim Mahony nie wiedersehen würde. Plötzlich sprangen die Hunde bellend auf und reckten die Schnauzen der Anhöhe entgegen. Von dort näherte sich ein Pick-up.

»Zeit zum Schwimmen«, sagte Julian und stand auf. Evan folgte ihm.

»Wollt ihr gar nicht wissen, wer das ist?«, fragte Rosie.

Aber Evan und Julian waren schon die Uferböschung hinuntergerutscht und ließen sich ins kühle Wasser gleiten.

»Das Bier wird hier zu warm«, meinte Duncan. »Ich stelle es lieber an einem schattigen Fleck ins Wasser«, damit war auch er verschwunden.

»Mum? Was soll das?«, fragte Rosie, weil nur Margaret sitzen geblieben war, als der Pick-up näher kam.

»Vielleicht ist das noch eine Überraschung für dich?«

»Was wird hier eigentlich gespielt?« fragte Rosie. Durch die Hitzeschlieren hindurch konnte Rosie das Fahrzeug erkennen und begann zu lächeln.

In seine besten Arbeitssachen gekleidet, das Haar gekämmt und frisch geschnitten mit dem obligatorischen Hut, kam Billy O'Rourke auf Rosie und Margaret zu, umtanzt von den Hunden, die ihn eifrig begrüßten. Er trug ein großes, rechteckiges Paket in den Händen. Was in aller Welt tat Billy am Weihnachtstag hier draußen?

»Hallo!«, rief er. »Fröhliche Weihnachten euch beiden.«

»Hi!«, antwortete Rosie verdutzt. »Dir auch fröhliche Weihnachten.« Und dann gab sie ihm einen schnellen Kuss.

»Ich bin hergekommen, um dir das hier zu geben«, sagte er und überreichte ihr das Paket. »Margaret, Duncan und ich haben es organisiert.«

Rosie riss das Papier auf. Vor ihr lag, in dunkles Holz gerahmt, der erste Artikel ihrer Serie über Gleesons Kelpies.

»Es ist eine Druckfahne, die Duncan extra für dich gezogen hat. Genauso wird sie nächstes Jahr im *Chronicle* abgedruckt«, versprach Billy.

»Wow!«, entfuhr es Rosie. »Das ist ja phantastisch.«

In der Mitte war ein Foto eines stolzen, spitzohrigen Kelpies zu sehen, und unter dem Titel *Casterton, Geburtsort der Kelpies* stand in fetten Lettern geschrieben: *Erste Folge einer Serie von Rosie Jones*.

»Damit wollen wir dir für deine Arbeit danken«, erklärte Billy.

»Und dir zeigen, wie stolz wir auf dich sind«, sagte Margaret.

Rosie überflog den eingerahmten Artikel. Sie konnte kaum glauben, dass sie es geschafft hatte. Nach allem, was sie durchgemacht hatte, hatte sie ihren Job zu Ende gebracht.

»Es kommt gut, wie?« Billy polierte mit dem Ärmel eine Ecke des Glases.

Rosie schaute zum Flussufer hin, wo Duncan eine Bierdose in der Luft schwenkte. Dann sah sie ihre Mutter an.

»Da ist noch etwas, Rosie«, gestand ihre Mutter nervös. »Ich habe mit Billy geredet. Und wir sind beide der Meinung, dass es an der Zeit ist, es dir zu sagen.«

»Was zu sagen?«

»Lass mich das nehmen«, sagte Billy. Er nahm ihr den Rahmen ab und lehnte ihn an den Picknicktisch.

Margaret holte tief Luft. »Es ist Billy«, sagte sie schließlich. »Er ist dein Vater.«

Rosie spürte, wie die Gefühle sie übermannten, als sie wie zum ersten Mal in Billys freundlich lächelndes Gesicht blickte. Blitzschnell zogen die Tage, an denen sie gemeinsam die Pferde und Hunde abgerichtet hatten, an ihren Augen vorbei. Der Tag am Fluss während des Rennens, als sich sein Hund neben sie gesetzt hatte. Billy war immer in ihrer Nähe gewesen, fast als wollte er sie beschützen. Er war ihr Sicherheitsnetz gewesen, ohne dass sie es bemerkt hatte. Sie zeigte mit dem Finger auf ihn.

»O mein Gott!«, lachte und weinte sie gleichzeitig. »Du!«

Billy trat vor, mit Tränen in den Augen, und drückte sie in einer bärenhaften Umarmung an seine Brust. Rosie schob ihn wieder weg, hielt ihn mit ausgestreckten Armen fest und sah abwechselnd auf Margaret und Billy.

»Aber warum habt ihr mir das nicht schon früher verraten?«

Billy schüttelte den Kopf. »Anfangs wusste ich es nicht. Jedenfalls nicht sicher.«

»Ich habe ihn nicht eingeweiht«, gestand Margaret leise und beschämt.

»Erst als ich dich nach vielen Jahren wiedersah, ist bei mir der Groschen gefallen. Da warst du schon erwachsen und kamst in die Stadt und zur Zeitung. Ich *wusste* einfach, dass du etwas von den O'Rourkes in dir trägst. Aber erst als ich gesehen habe, wie du mit deinem Hund arbeitest – da war ich mir ganz sicher. Trotzdem habe ich geschwiegen. Es hätte nichts gebracht, noch mehr Staub aufzuwirbeln. Ich dachte, ich passe lieber aus sicherer Entfernung auf dich auf. Ich weiß, dass du eine Menge durchgemacht hast.«

Rosie sah Margaret vorwurfsvoll an. Sie hätte Billy schon vor Jahren die Wahrheit sagen sollen.

»Ich weiß, das war dumm und egoistisch«, sagte Margaret, als hätte sie die Gedanken ihrer Tochter gelesen. »Als die Wahrheit schließlich ans Licht kam und Gerald uns verließ, fand ich, dass es höchste Zeit war, das Chaos zu ordnen und Billy aufzuklären.«

»Du musst deiner Mutter verzeihen, Rosie«, sagte Billy. »Wir waren beide jung und dumm.«

»Inzwischen sind einige von uns alt und dumm«, ergänzte Margaret.

Rosie schüttelte lächelnd den Kopf. Sie sah Billy an, als sähe sie ihn zum ersten Mal, und studierte die gedrungene Statur, die sie ganz offenkundig von ihm geerbt hatte. Seine natürlich gebräunte Haut, genau wie ihre. Und seine so unglaublich blauen Augen. Wie ihre.

»Ich dachte die ganze Zeit, es wäre Carrots«, sagte Rosie schließlich.

»*Was?*«, empörte sich Margaret. »Was denkst du eigentlich von mir!«

Und dann mussten alle lachen.

Kapitel 36

Als Rosie die Hauptstraße von Casterton entlangfuhr, erschien es ihr, als würden Sonne und Wolken darum raufen, wer an diesem Tag das Sagen haben sollte. Es war der Samstagmorgen des langen Juniwochenendes zu Ehren des Geburtstags der Königin. Immer wieder wehten Wolken vor die Sonne und schickten feinen Sprühregen auf die Straßen. Doch gleich darauf kam die Sonne wieder zum Vorschein, allem Anschein nach siegreich, und brachte die Straße zum Glänzen.

Kurz bevor Rosie den abgesperrten Bereich erreichte, in dem die Parade abgehalten wurde, hielt sie vor Mr Seymours Haus. Als sie ins Wohnzimmer trat, war er noch im Flanellpyjama.

»Wollen Sie etwa so auf die Kelpie-Parade gehen?«

Er wirkte genauso nervös wie seine Katze, die unter dem Couchtisch hockte und Rosie mit großen Augen anstarrte. Vielleicht war es ihm peinlich, dass sein Pyjama mit Käppchen tragenden Eisbären bedruckt war.

»Ach, Mädel, ich hab' gestern Abend ein bisschen zu heftig dem Tullamore Dew zugesprochen. Ich bin wirklich nicht in der Verfassung für so was. Außerdem schnappen mich da draußen bestimmt die Gänse vom Essen auf Rädern. Die sind auf den Straßen unterwegs, verkaufen Lose und zerreißen sich den Mund darüber, wer schwanger und wer fett geworden ist oder wer sich nicht anständig angezogen hat. Wenn es dir nichts ausmacht, würde ich heute lieber aussetzen.«

Wie um seine schlechte Verfassung zu demonstrieren, hustete Mr Seymour laut und keuchend und griff sich an die Brust.

»O Mann! Das hört sich aber nicht gut an«, meinte Rosie. »Andererseits weiß man bei Ihnen nie, ob Sie einem was vorspielen oder nicht... Sie haben diese Nummer verflucht gut drauf! Ich schätze, Sie werden irgendwann einen Oscar dafür bekommen!« Sie rümpfte die Nase. »Ich nehme an, das heißt, dass Sie nicht mein Date für den Galaempfang heute Abend sein werden?«

»Sieht so aus, als müsstest du dir einen anderen Burschen suchen«, bestätigte er.

»Na schön. Dann werde ich wohl allein gehen. Ich bin viel zu aufgeregt wegen der Auktion morgen, um heute Abend lang zu feiern. Ich muss heute früh ins Bett.«

»Gut so, Mädel. Viel Glück mit deinen Hunden. Du wirst das schon machen. Jack Gleeson wäre stolz auf dich.«

Rosie wand sich innerlich. Meinte er nicht in Wahrheit, dass Jim Mahony stolz auf sie wäre? Vielleicht schon.

»Ich komm kurz in meinen Pantoffeln vor die Tür, um einen Blick auf deine feinen Hunde zu werfen.«

Draußen vor dem windschiefen Haus zeigte Rosie nacheinander auf jeden einzelnen Hund, während die Kelpies begeistert ihre Ruten gegen das Blech des Pick-ups schlugen.

»Der grau-braune ist Chester – der Alphahund des ganzen Wurfes. Macht mir schwer zu schaffen. Dann haben wir Sally, die kleine schwarz-braune. Die zwei rot-braunen sind Clyde und Coil. Clyde, der mit dem weißen Fleck auf der Brust, ist der größere.«

»Das ist eine stattliche Sammlung. Wenn du sie gut ausgebildet hast, wirst du an diesem Wochenende ordentlich Geld verdienen.«

»Ich tue es nicht wegen des Geldes.«

»Nein? Weshalb dann?«

»Ehrlich gesagt weiß ich es selbst nicht genau«, sagte Rosie. »Wahrscheinlich, weil ich es gern tue.«

»Wie wirst du es verkraften, wenn du dich von ihnen trennen musst?«

»Mmm? So weit habe ich noch gar nicht gedacht. Ich schätze, es wird noch mehr Würfe geben. Und ich weiß, dass sie zum Arbeiten geboren sind, deshalb kann ich unmöglich alle behalten. Meine anderen Hunde fühlen sich schon vernachlässigt... realistisch betrachtet könnte ich mich freuen, endlich weniger Kelpies zu haben. Aber in Wahrheit werde ich Rotz und Wasser heulen.«

»Na, wenn du damit fertig bist, kannst du uns eine Flasche Tully kaufen, damit wir stilvoll Abschied nehmen können.«

»Abgemacht«, sagte sie, stellte sich auf die Zehenspitzen und küsste Mr Seymour leicht auf das graustopplige Gesicht.

»Jessas! Was denkst du dir dabei, Mädel? Die Nachbarn werden uns sehen!«, schimpfte er sie augenzwinkernd. »Und jetzt zieh los, du freches junges Ding!«

Lächelnd machte Rosie kehrt und lief den Weg hinab zu ihrem Pick-up. Sie hörte, wie sich die Band aufwärmte und auf der Straße bereits das Tröten der Tubas heranrollte. Die Parade würde bald beginnen, und sie wollte daran teilnehmen.

Evan und Julian hielten, in traditionelle braun-grüne Ölzeugmäntel gehüllt, Sally und Chester, während Coil und Clyde zu Rosies Füßen standen. Die jungen Hunde reagierten aufgeregt auf den Anblick der vielen anderen Kelpies, die um sie herumscharwenzelten. Manche Hunde ignorierten ihre Artgenossen und standen stocksteif neben ihren Besitzern. Andere hüpften verspielt umher und zerrten an ihren Leinen. Die meisten Hundehalter trugen Ölzeug und Hüte, wie es das klassische Bild des Viehtreibers gebot. Gerade als der Umzug beginnen sollte, setzte ein kurzer Schauer ein, doch gleich darauf kehrte die Sonne zurück, und so kamen die Menschen, als die Parade die Straße hinabzog, klatschend und jubelnd unter den Vordächern der Läden hervor. Es gab Kelpies, die indische Laufenten über die Hauptstraße trieben, und mehrere Umzugswagen, die von Schulkindern mit Bannern, Postern und überlebensgroßen Silhouetten von Schafen und Hunden dekoriert worden waren. Auf dem Umzugswagen der Pfadfinder saß ein kleiner Junge in Khakiuniform auf einem Plumpsklo, das Klopapier in der einen Hand und mit der anderen winkend. Es gab alte Fahrräder, Oldtimer und getunte Pick-ups. Und Männer und Frauen auf australischen Viehtreiberpferden, den Stockhorse- oder Waler-Pferden, die sich weder von den trötenden Dudelsackpfeifen hinter ihnen, noch von den Paukenschlägen irritieren ließen, die von den hohen Wänden des Pubs im Zentrum widerhallten.

Immer wenn die Viehtreiber ihre Peitschen knallen ließen, überlief Rosie eine Gänsehaut. Im Geist sah sie Jack Gleeson mit Kelpie an seiner Seite über die ungeteerte Hauptstraße von Casterton reiten. Sie schaute auf die Viehtreiber vor ihr und auf die Kelpies um sie herum. Es war fast, als wäre Jack heute hier.

Als die Parade zum Ende kam und sich die Teilnehmer nahe der Brücke sammelten, drängte die Sonne energischer durch die Wolken. Der Glenelg River floss still vorbei, und auf den Blättern der Eukalyptusbäume glänzte der Morgenregen. Julian machte Evan mit den Einheimischen bekannt, die Evan die Hand gaben und sich nach der neuen Baumschule erkundigten. Rosie sah sich um und entdeckte viele der erfahrenen Hundezüchter und Hundezüchterinnen, die sie während der vergangenen Monate bei den Trials beobachtet hatte. Obwohl Rosie mehrmals mit Gibbo in der Gruppe der Novizen angetreten war, hatte sie noch nie einen Preis gewonnen, dennoch hatte sie jedes Mal das Gefühl gehabt, dem Sieg ein Stück näher gekommen zu sein. Nicht dass der Sieg wirklich wichtig gewesen wäre. Für Rosie war es das Spannendste, dass sie dabei andere Hundezüchter traf, die viel über den Sport und die Hunderasse wussten. Die alten Männer, die ihr zuschauten, stellten ihr ein gutes Zeugnis aus. Sie waren sparsam mit ihrem Lob, aber wenn es kam, dann von Herzen.

Sie spürte, wie ein Arm um ihre Schultern gelegt wurde und sich ein Finger in ihre Rippen bohrte. Sie drehte sich um und erblickte James Dean und neben ihm Amanda.

»Wer hat euch aus dem Pub gelassen?«

»Christine hat alles unter Kontrolle«, sagte Amanda. »Wir sind nur kurz rausgekommen, um die Parade anzuschauen.«

»Wäre interessanter gewesen, wenn das Thema ›Kelpies und Kinis‹ geheißen hätte.«

»›Kinis‹?«, wiederholte Rosie.

»Genau. Ich finde, du hättest für die Parade einen Bikini anziehen sollen. Uns allen ein bisschen blasse Haut zeigen.« James Dean wiegte den Kopf und lächelte versonnen.

»O Andrew«, kommentierte Amanda nur und verdrehte die Augen.

Rosie versetzte ihm gerade einen strafenden Hieb gegen die Schulter, als eine Dame mit korrekt geschnittenem blonden Haar und einem brandneuen Akubra-Hut auf sie zukam. Sie strahlte sie mit einem aufpolierten Lächeln an.

»Hallo«, stellte sie sich professionell, aber freundlich vor, »ich heiße Annie Morgan-Smith. Ich komme vom Nine Network.«

Rosie, Amanda und James Dean blickten sie verständnislos an. Clyde schnupperte an ihren engen weißen Hosen aus Englischleder und an ihren sündteuren R.-M.-Williams-Stiefeln, woraufhin sich die Lady vorbeugte, um ihn hinter den Ohren zu kraulen. Dann sah sie wieder auf.

»Sind Sie von hier?«

»Ja«, bestätigte Amanda.

»Oh, gut. Ich bin auf der Suche nach Statisten für die nächste Staffel von *McLeods Töchter*. Wir drehen nicht weit von hier, müssen Sie wissen. In South Australia. Kennen Sie die Serie?«

»Ich schaue sie jeden Mittwoch«, beteuerte James Dean und trat einen Schritt vor.

und später das Laufententreiben, bei dem die Teilnehmer mit ihren Hunden fünf aufgeregt schnatternde Enten durch verschiedene Hindernisse treiben mussten.

Später am Abend, beim Kelpie-Galaempfang, grölte die Band einen Rock'n-Roll-Song in die hohe Gemeindehalle. Rosie hielt sich an einem weiteren Glas mit einem übel aussehenden Cocktail fest und dachte bei sich, dass es höchste Zeit zum Heimgehen war. Die Auktion sollte früh am nächsten Morgen stattfinden, und ihr Magen rotierte bei dem Gedanken, vier ihrer Hunde vor einer riesigen Menge vorzuführen. Das Ententreiben heute war schon beängstigend genug gewesen. Dixie war als Dritte ins Ziel gegangen, und Rosie hatte erleichtert aufgeseufzt, als alles vorüber war. Sie hatte noch nie einen Hund vor einem so großen Publikum vorgeführt, und zur morgigen Auktion wurden noch mehr Zuschauer erwartet.

In der vollen Halle mischten sich die Einheimischen mit den Besuchern aus ganz Australien. Alle suchten vor dem großen Ereignis Entspannung. Evan und Julian wirbelten Rosie herum und tanzten mit ihr, bis sie außer Atem war. Billy forderte sie zu einem Walzer auf. James Dean und Amanda zwangen sie, einen Squaredance zu tanzen, während Duncan und Margaret einander am Nebentisch ununterbrochen in den Armen hielten. Von der anderen Seite der Halle her winkten Dubbo und Prue ihr zu. Prue hatte sich frische Locken legen lassen, die sie zu beiden Seiten mit diamantenbesetzten Haarklammern festgesteckt hatte, und war von Kopf bis Fuß in rosa Seide gehüllt. Dubbo, rotgesichtig und schüchtern, wirkte in seinem Abendanzug mit passendem rosa Kummerbund wieder leicht pummelig. Rosie schlenderte zu ihnen hinüber.

»Ich muss schon sagen, ihr seht heute richtig schnieke aus«, sagte sie.

»Ihr seht alle aus wie echte Originale«, sagte sie mit ihrer Städterstimme.

»Also, falls das ja ein Kompliment sein soll, dann vielen Dank«, erwiderte Rosie keck. »Wir geben uns jedenfalls Mühe.«

»Wir wären daran interessiert, für einige Episoden ein paar echte ländliche Charaktere zu casten. Sie haben genau den Look, nach dem wir suchen«, sagte sie, den Blick auf Andrew geheftet.

»Im Ernst?« Seine Augen wurden immer größer.

»Im Ernst«, schnurrte Annie Morgan-Smith.

»O Mann, jetzt kapier' ich«, sagte James Dean und verdrehte die Augen, weil der Groschen gefallen war. »Billy hat dich auf mich angesetzt, stimmt's? Also gut, sag ihm, er ist ein echter Witzbold, und er wird schon von einem Talentscout von Vorsicht Kamera in Casterton gesucht.«

»Verzeihung?« Sie sah ihn verständnislos an. Dann zückte sie eine Visitenkarte und drückte sie ihm in die Hand. »Warum rufen Sie mich nicht einfach an?«

James Dean starrte auf die Karte und begriff schlagartig, dass Annie Morgan-Smith es ernst gemeint hatte.

»Klar. Äh. Sicher«, sagte er ungläubig blinzelnd.

»Oder am besten«, mischte sich Amanda mit ihrem freundlichen, offenherzigen Lächeln ein, »kommen Sie zum Lunch in unser Pub. Das Essen geht aufs Haus, und wir klären Sie dabei über seine schauspielerischen Talente auf.«

»Schauspielerische Talente? Sie haben also schon Erfahrung? Das wird ja immer besser!« Annie lächelte ebenfalls. Amanda deutete die Straße hinauf. »Sie finden uns da hinten im mittleren Pub auf der linken Straßenseite.«

»Dann bis zur Mittagspause«, verabschiedete sich Annie im nächsten Moment in der Menge Vision.

Rosie blickte zu James Deans klarem Profil und schüttelte den Kopf.

»Schauspielerische Erfahrungen«, schnaubte sie. »Willst du ihr dein Penis-Puppentheater-Repertoire vorführen? Damit kriegst du garantiert jede Rolle!«

»Ich werde ihr einfach alles zeigen, Baby…«, James Dean wackelte dabei mit den Hüften und Schultern. »Das ist es, der Beginn meiner neuen Karriere – das glamouröse Leben im Rampenlicht! Mands und ich sind auf dem Weg an die Spitze! Ehe ihr euch verseht, moderiere ich zusammen mit Steve Irwin und Troy Dann meine eigene Show, in der Mands meine sexy Pin-up-Assistentin wird. Wir werden das australische Fernsehen im Sturm erobern –«

»Wohl eher so was wie die *Dumm und Dümmer Show*«, bemerkte Amanda trocken.

»Komm, Zaubertitte«, sagte er zu Amanda. »Gehen wir und erzählen es meiner Mum. Die wird sich nass machen, wenn ich ihr sage, dass ich entdeckt worden bin. Bis später, Rose des Südens und Königin der Sinne«, sagte er und grinste Rosie an. Damit wandte sich James Dean ab und stolzierte die Straße hinauf, die Brust vorgereckt wie ein aufgeplusterter Täuberich.

Amanda zog Rosie zuliebe eine »Ist das zu glauben«-Grimasse und folgte ihm die Straße hinauf, nicht ohne ihn unterwegs in den Hintern zu kneifen und ihn zu necken. Rosie schaute dem lachenden Pärchen nach, bis es in der Menge verschwunden war. Sie wirkten so harmonisch und so verliebt. Das Gefühl der Verlassenheit begann sich von neuem einzuschleichen, aber dann spürte Rosie, wie sich Clyde an ihr Bein lehnte und ihr Wärme schenkte. Wozu brauchte sie einen Mann, wo sie doch Hunde und Pferde hatte, dachte sie. Sie begann, nach Evan und Julian Ausschau zu halten. Bald würde die Feier beginnen, und sie musste einigen der angesetzten Trials anmelden.

»Du siehst auch hübsch aus«, entgegnete Prue mit einem knappen Blick auf Rosies schwarzes Kleid. Dubbo sah an seinem Anzug hinab.

»Das mit dem Rosa war Prues Idee. Die Hunde haben mich kaum erkannt, als ich heute Abend an ihnen vorbeigegangen bin. Haben mich angebellt, als wollte ich meine eigenen Ställe ausrauben!«

»Wie kommt Jess mit ihrer Ausbildung voran?«, fragte Rosie, aber die Band war zu laut und übertönte Dubbos Antwort. Schließlich begnügte er sich mit einem erhobenen Daumen, um den Zustand seines Welpen zu demonstrieren, ehe ihn Prue wieder wegführte, wobei sie seinen Kopf praktisch in den Abgrund ihres Ausschnitts zog. Rosie lächelte ihnen nach. *Diese beiden* waren definitiv füreinander bestimmt, dachte sie.

Praktisch die ganze Stadt tanzte unter dem überdimensionalen Kelpie aus Pappmaché, der in der Mitte des Saales von der Decke hing. Als die Band »Auld lang Syne« anstimmte, hakten sich alle Tänzer unter, bildeten einen riesigen Kreis und stimmten die Beine schwenkend in das Lied ein. Ein paar vorwitzige Halbwüchsige aus dem Fußballclub drängten in die Mitte und begannen von der Taille abwärts splitternackt, miteinander Walzer zu tanzen. Margaret schob sich ebenfalls in den Kreis und begann, die Jungen auf ihre blanken weißen Backen zu schlagen. Die feinen Damen des Western District, die einst auf dem Melbourne Cup Day ihren Champagner und ihren Klatsch mit Margaret geteilt hatten, beobachteten das Treiben mit einem nervösen Lächeln, während die Männer jubelten und klatschten.

»Jetzt ist es definitiv Zeit zum Heimgehen«, lachte Rosie, nahm ihre Mutter am Arm und lenkte sie zur Tür. Draußen in der Winternacht zerrte sie Nevilles Seitentür auf und schob ihre Mutter auf die Sitzbank. Sie wollte gerade wieder in die Halle zurück, um Duncan zu suchen, als Carrots herausgestolpert kam.

»Bleaurrk«, war alles, was er sagte, dann krümmte er sich zusammen und übergab sich in den Gully.

Rosie schaute ihm mit einem stillen Lächeln zu.

»Man muss Gott auch für kleine Gnaden dankbar sein«, sagte sie zu Billy, der in der Tür stand. Sie gab ihrem Vater einen Gutenachtkuss und verschwand in der Halle.

Kapitel 37

Am nächsten Morgen fuhr Rosie direkt zum Sportplatz am Fluss. Während sie vor dem Wagen des Vieh- und Stationsbeauftragten stand, spürte sie, wie sich ein Kater in ihrem Kopf und Magen festzusetzen begann. Wie alle Verkäufer trug sie die Kappe der Kelpieauktion und hatte eine unübersehbare Auktionsnummer an ihren Ölzeugmantel geheftet. Während der Auktionator die Bedingungen und heutige Verfahrensweise verlas, schluckte Rosie ihre Nervosität und den schalen Nachgeschmack des Alkohols hinunter.

Billy legte ihr beruhigend die Hand auf die Schulter und zwinkerte ihr im Vorbeigehen zu, während Evan und Julian, auf großen Heuballen sitzend, ihr von weitem mit ihren Katalogen zuwinkten und ihr mit erhobenem Daumen Mut zusprachen. Sie winkte zurück.

»Passt auf, dass ihr rechtzeitig vor eurer Vorführung wieder hier seid, damit wir euch nicht erst suchen müssen«, sagte der Auktionator zu den Verkäufern. »Wer seine Nummer verpasst, kommt als Letzter dran. Das wäre soweit alles, glaube ich. Also amüsiert euch und viel Glück beim Verkauf.«

Die Gruppe der Verkäufer verlief sich, und Rosie ging zu Neville hinüber, um ihre Hunde von der Ladefläche des Pick-ups zu lassen. Sie führte sie in ein großes weißes Festzelt, an dessen Wänden goldene Strohballen ruhten und in gleichmäßigen Abständen kurze Hundeketten angebracht waren. Alle vier Hunde an der Leine hinter sich her führend, suchte Rosie nach ihrer Nummer.

»'Tschuldigung, 'Tschuldigung«, sagte sie, wenn sie sich an

Verkäufern oder Käufern vorbeischob. Die Männer drehten sich um, um das hübsche Mädchen mit den vier gut gewachsenen Hunden zu mustern. Die Frauen aus dem Ort musterten sie ebenfalls, vor allem weil sie in ihr das behütete junge Mädchen wiederzuerkennen versuchten, dem es einst bestimmt gewesen war, Sam Chillcott-Clark zu heiraten.

Endlich entdeckte Rosie am anderen Ende des Zeltes die Ketten für ihre Hunde und hielt direkt auf die freien Plätze zu. Über den Ketten waren Schilder mit den Namen Clyde, Coil, Chester und Sally angebracht, und unter jedem Hundenamen stand in fetter Schrift der Name Rosie Jones und die jeweilige Verkaufsnummer. Obwohl rundherum achtzig andere Hunde lärmten und aufgeregt herumliefen, wirkten ihre Hunde verhältnismäßig gefasst und blickten immer wieder zu ihr auf, um sich zu vergewissern und um Augenkontakt zu halten.

Nachdem sie die Hunde angekettet hatte, tätschelte sie jeden einzelnen und beobachtete dann die Käufer, die durch die Reihen schlenderten, die Nummern ablasen und den jeweiligen Hund mit dem Eintrag im Auktionskatalog verglichen. Die meisten angebotenen Kelpies waren schwarz-braun oder rot-braun, sodass Chester mit seinem blau-grauen Fell eindeutig ins Auge fiel.

Von ihrem Sitzplatz auf einem Strohballen aus studierte Rosie die potentiellen Käufer. Es würde ein langer Tag. Sie müsste alle vier Hunde vorführen, und die Vorführungen verteilten sich über den ganzen Tag. Sie ließ den Blick über die Reihen von Kelpies wandern und dachte an Moss, Kelpie und Caesar. Wenn das Jack Gleeson sehen könnte, dachte sie. Er würde lächeln, ganz bestimmt.

Rosie kam als Dritte an die Reihe, um Sally in der Arena vorzuführen. Sie stand mit Blick auf die Zuschauer, die auf großen, rechteckigen Heuballen, auf der Tribüne oder auf den abgestellten Sattelhängern saßen. Sie hatte gehört, dass bis jetzt mindestens dreitausend Menschen das Eingangstor passiert hatten. Der Wind wehte kräftig aus Westen und ließ sie frösteln, während sie gleichzeitig ihre Nerven zu beruhigen versuchte. Billy kletterte auf den Lastwagen und schaltete sein Mikrofon ein.

»Ladies und Gents. Willkommen bei den Vorführungen auf der ersten Auktion für Arbeitskelpies in Casterton. Das heutige Ereignis ist der Höhe- und Schlusspunkt von jahrelangen Vorarbeiten, die in unserer Gemeinde geleistet wurden, und wir hoffen, dass diese Auktion viele Jahre lang als fester Termin gelten wird, und zwar national wie international. Die Zahlen des heutigen Tages beweisen, dass das Bedürfnis nach einer Schau besteht, bei der die besten Hunde des ganzen Landes vorgeführt werden. Aber ehe wir uns zeigen lassen, zu welchen Leistungen ein Kelpie fähig ist, möchte ich noch einigen Leuten danken...«

Rosie war so nervös, dass sie kaum mitbekam, wie Billy ihren Namen nannte.

»Ich sollte noch hinzufügen«, sagte Billy, »dass diese Veranstaltung vor allem von einem Mann inspiriert ist... einem außergewöhnlichen Viehtreiber namens Jack Gleeson. Mit dieser Auktion ehren wir ihn und seine Leistungen und damit auch die engen Verbindungen, die er zu anderen begnadeten Viehtreibern und Hundezüchtern von hier bis nach New South Wales knüpfte. Die Vision und die Großherzigkeit dieses jungen Iren machten das heutige Ereignis möglich. Wenn Sie also heute auf hoch spezialisierte Kelpies bieten, so möchte ich schließen, sollten Sie das auch als Anerkennung des Wirkens von Jack Gleeson und von Männern und Frauen wie ihm betrachten. Und jenen unter Ihnen, die heute einen Hund erwerben, möchte ich noch raten: Behandeln Sie die Tiere anständig, und seien Sie gut zu ihnen, denn ihr Blut ist kostbarer als Gold. Vielen Dank. Und jetzt zu unserem Agenten, der Ihnen jeden Hund im Katalog vorstellen wird.«

Applaus stieg aus der Menge auf und wurde sogleich vom Wind verweht.

Draußen in den großen Vorführgehegen fuhr sich Rosie nervös mit der Zunge über die Lippen. Sie brauchte sich keine Hoffnungen zu machen, auch nur einen Ton herauszubringen, solange ihr Mund vor Aufregung wie ausgedörrt war. Darum setzte sie statt eines Pfiffes ihre Körpersprache ein, um Sally die Herde zusammentreiben zu lassen. Sally umkreiste die Schafe in einem weiten Bogen und beruhigte dadurch die Herde trotz des scharfen Windes, der die Schafe ungewöhnlich nervös zu machen schien. Rosie blendete das Geplärr des Kommentators, die flatternden Werbebanner und die grellbunten, hin und her eilenden Zuschauer aus. Von jetzt an brauchte Sally bei jeder einzelnen Aktion ihre volle Unterstützung. Das hier war kein Trial; hier konnte sie herumlaufen und nach Lust und Laune auf den Hund und die Schafe einreden.

»Leite sie so an, wie du sie auch zu Hause anleiten würdest... hier kannst du diesen Quatsch von wegen ›Stehen bleiben und nur Pfeifsignale geben‹ vergessen«, hatte Billy ihr eingeschärft. »Führ sie vor, und lob sie ausgiebig. Du musst eine richtige Show machen.«

Rosie dachte an Jim und sein Konzept, seine Energie fließen zu lassen, wenn er einen Hund führte. Sie dachte an Jack, der seine Hunde bei Yalgogrin den Berg hinaufgeschickt hatte... und sie dabei gleichzeitig vorgeführt und seinen Spaß gehabt hatte.

Je näher Sally die schreckhaften Schafe heranführte, desto mehr entspannte sich Rosie. Sie rief: »Braver Hund!«, Sally wedelte kurz mit dem Schwanz, um sich für das Lob zu bedanken, blieb aber weiterhin geduckt, um jedes ausbrechende Schaf, das sich aus der Herde lösen wollte, sofort wieder einfangen zu können. Im Laufgang und beim Aussortieren arbeitete Sally wie eine Maschine, und die Menge lachte auf, als Rosie höflich »Vielen Dank, Sally« zu ihrer Hündin sagte, nachdem diese alles erledigt hatte, was von ihr verlangt worden war. Am Ende ihrer Demonstration nahm Rosie mit einem strahlenden Lächeln ihre Hündin hoch und tätschelte sie, während sie mit ihr aus dem Gehege kletterte. Die Menge applaudierte laut, beeindruckt von dem blonden Mädchen und der fügsamen kleinen Kelpiehündin.

Später am Vormittag zeigten auch Clyde und Coil ihre Künste, wobei Clyde zwischendurch unter die Schafe geriet und Rosie ihn erst wieder hervorlocken musste. Er war ein zäher Hund, weshalb er sich ohne einen Klagelaut wieder an die Arbeit machte, obwohl die Hammel mit ihren scharfen Hufen über ihn hinweggetrampelt waren. Nachdem sie drei ihrer vier Hunde vorgeführt hatte, hatten sich Rosies Nerven beruhigt, aber jetzt hatte sie es mit Chester zu tun – Mr Arroganz persönlich. Er war zu allem fähig. Sie fürchtete, dass er womöglich ein einzelnes Schaf von der Herde absondern und durch den Pferch hetzen könnte, nur um sie zu ärgern, oder dass er ihre Autorität in Frage stellen könnte, indem er nicht auf ihre Befehle reagierte. Aber stattdessen drückte er sich, als sie ihn in das große Gehege ließ, sofort flach auf die Erde und wartete ab, bis sich die Schafe beruhigt hatten. Auch später arbeitete er tadellos und folgte allen Kommandos. Er schien zu ahnen, wie wichtig ihr diese Vorführung war. Beim Anhalten im Gehege ließ er sich ein wenig bitten, aber Rosie spielte seine Spielchen mit und redete auf ihn ein wie auf ein ungezogenes Kind.

»Also bitte, Chester«, sagte sie zu ihm. »Ich sagte Stop! Und das heißt STOP... bitte. Na also! Vielen Dank!« Sie hielt ihre Hand hoch, um ihrem Kommando Nachdruck zu geben, und schon bald presste Chester den Bauch auf den Boden und sah sie scheel von unten an.

Rosie fürchtete, die Leute könnten ihn für ungehorsam halten, aber stattdessen hatte ihr Publikum kollektiv beschlossen, dass er ein Hund von Charakter war, und immer wieder brandete Gelächter auf, weil die Zuschauer seine Späßchen und die starke Beziehung, die er mit Rosie hatte, durchaus zu würdigen wussten. Die möglichen Käufer machten sich in ihren Katalogen ein Sternchen neben Chesters Eintrag... er war ein Hund, den man im Gedächtnis behielt... nicht nur wegen seiner Färbung.

Der Tag verging wie im Flug. Rosie fand kaum Zeit zu essen. Wenn sie ihre Hunde nicht vorführte, saß sie in dem großen Zelt auf einem Heuballen, umgeben von ihren Hunden, und unterhielt sich mit Leuten, die mit dem Gedanken spielten, bei der Auktion auf ihre Tiere zu bieten. Bei diesen Gesprächen streichelte sie den jeweiligen Hund und schilderte den Käufern seine Stärken und Schwächen beim Treiben und im Temperament. Jedes Mal erkundigte sie sich, wozu die Hunde gebraucht wurden. Manche wollten einen Hund für ihre Rinderherden, andere für ihre Schafe; manche für die Arbeit auf Kangaroo Island, wieder andere für die weiten Ebenen der Riverina oder die Buschweiden Tasmaniens. Die Menschen waren aus ganz Australien gekommen. Als der Termin für die Auktion näher rückte, lagen Rosies Nerven wieder bloß.

Ein Vertreter des Auktionators befahl den Verkäufern, ihre Hunde der Verkaufsnummer nach zu ordnen und sie am Auktionsplatz zu versammeln. Dort führten ein paar Stufen zu der behelfsmäßigen Bühne hinauf, auf der der breitschultrige Auktionator mit dröhnender Stimme in ein Mikrofon sprach. Rosie sah zu der Fußballzuschauertribüne hoch, die der Behelfsbühne gegenüberstand und auf der sich Unmengen von Schaulustigen drängten.

Sally war als Siebte an der Reihe. Als sie auf die Bühne trat, legte die kleine Kelpiehündin die Ohren an und begrüßte das Meer an Gesichtern mit einem rauen »Wuff!« Die Leute lachten.

»Da haben wir eine wirklich hübsche Lady, Ladys und Gents. Und ich weiß, dass Sie wissen, dass ich über die kleine Hündin hier auf der Bühne spreche, obwohl die Züchterin bei Gott nicht weniger ansprechend wirkt«, schäkerte der Auktionator.

Rosie lachte und ging in die Hocke, um Sally zu tätscheln, während der Auktionator um die Gebote bat. Sie merkte, wie ihr das Blut in die Wangen schoss, als die Gebote auf $ 2000 schossen und immer noch stiegen. Der Hammer fiel bei $ 2500, und die Menge applaudierte begeistert. Der beste Preis bis dahin. Aber Rosie wusste, dass noch mehr als siebzig Hunde folgen würden.

Es war wie ein Rausch. Clyde ging für $ 3000 weg. Rosie stand schon nicht mehr ganz so aufgeregt oben neben Coil auf der Bühne und versuchte auszumachen, woher die Gebote kamen, aber sie konnte niemand Bestimmten erkennen. Der Auktionator ratterte die Preise in einem so atemberaubenden Tempo hinunter, dass sie sich alle Mühe geben musste, um den Endpreis mitzubekommen. Die Zuschauer applaudierten laut, als Coil schließlich für $ 3700 verkauft war. Die Gebote wurden immer heißer. Der Kelpie vor Coil war für $ 4000 weggegangen... der bisherige Rekord.

Beim Wechseln der Hunde im Zelt merkte Rosie, wie eine Woge von Traurigkeit sie durchlief, als sie Coil wieder an die Kette schloss und Chester an die Leine nahm, um mit ihm auf die Bühne zu steigen. In wenigen Stunden würden all diese Hunde aus ihrem Leben verschwinden. Sie betete, dass sie ein gutes Heim finden würden. Zur Sicherheit gab sie auf jeden Hund eine zwölfmonatige Rücknahmegarantie, falls die neuen Besitzer nicht mit der Persönlichkeit des Tieres klarkamen.

Zum letzten Mal stieg sie auf die Bühne und ließ Chester zu

ihren Füßen Platz nehmen. Der Auktionator las die Beschreibung vor, die er in seinen Notizen stehen hatte.

»Dieser blau-graue Rüde von sechzehn Monaten hat in seinen Adern Blut aus den Beloka-, Pandara-, Capree- und Moora-Abstammungslinien. Er arbeitet gut auf der Weide und sehr gut im Gehege, im Schuppen und bei der Verladung. Mit seiner ausgeprägten Persönlichkeit zeigt er in jeder Lage eine Zähigkeit, die sich im ganzen Gehege bemerkbar macht; ein kraftvoller Hund, der angstlos die Schafe anspringt und anschlägt. Er ist auch als Hütehund für Rinder einsetzbar und könnte unter einer erfahrenen Hand im reiferen Alter bei Trials eingesetzt werden. Ladies und Gents, Rosie Jones hat bei der Ausbildung dieses Hundes einen phantastischen Job geleistet. Wer gibt das erste Gebot auf Chester ab... wie viel ist geboten?«

Rosie war fassungslos über die Reaktion. Die Gebote kletterten im Nu auf $ 2000 und stiegen in atemberaubendem Tempo weiter. Sie versuchte, die Bieter zu entdecken, aber sie konnte nur eine Dame in roter Jacke erkennen, die den Ellbogen ihres Partners drückte. Offenbar wollte sie den Hund um jeden Preis haben. Vielleicht sagte ihr die Färbung zu oder seine energische Reaktion bei der Vorführung. Warum auch immer, jedenfalls hatten es mehrere Bieter auf ihn abgesehen. Als die Gebote bei $ 4500 standen, holte der Auktionator kurz Luft. Soweit Rosie erkennen konnte, waren inzwischen nur noch drei Bieter übrig, von denen sich einer eben zurückgezogen hatte. Als der Auktionator weitermachte, bot er an, in Fünfzigerschritten weiterzusteigern, bis bei $ 5000 endgültig der Hammer fiel. Das Publikum jubelte, und Chester bellte, als wollte er sich für den Applaus bedanken. Rosie sprang von dem Anhänger auf den Boden, und sofort kamen mehrere Leute angelaufen, um ihr auf den Rücken zu schlagen.

»Gut gemacht«, meinte ein Mann.

»Mit dem hast du eindeutig einen Rekord aufgestellt«, sagte ein anderer.

Gleichzeitig aufgekratzt und betrübt kehrte Rosie ins Zelt zurück. Sie hatte gutes Geld mit ihren Hunden verdient... mindestens dreimal so viel, wie sie erwartet hatte. Aber trotz des Profits fühlte sie sich leer. Sie liebte diese Hunde und würde jeden einzelnen vermissen. Wenn sie weiterhin Hunde zum Verkauf züchten wollte, müsste sie abgebrühter werden, dachte sie bei sich.

Die Käufer kamen nach und nach vorbei, um den Händlern ihre Tickets zu zeigen und ihre Hunde abzuholen, und allmählich begann sich das Zelt wieder mit Gebell, Geplauder und Gelächter zu füllen. Die Menschen kamen und gingen wieder mit ihren Hunden. Rosie gab dem Mann, der Sally ersteigert hatte, die Hand und sah zu ihrer Freude, wie sich dessen Frau sofort bückte und tätschelnd auf Sally einredete. Die kleine Frau mit ihren grauen Haaren glühte vor Freude, Sally und Rosie kennen zu lernen. Rosie entsann sich, dass sie bereits am Vormittag mit den beiden geredet und schon da gehofft hatte, die beiden mögen ihr einen Hund abkaufen.

»Sie wird's bestimmt gut haben«, versicherte ihr die Frau mit breitem Akzent. »Sie kriegt dreitausend Schafe zum Spielen, wenn sie heimkommt. Auf der Veranda hinterm Haus hab' ich einen Zwinger aufgestellt. Wir werden uns mal melden und erzählen, wie sie sich macht.«

Coil und Clyde waren von einem Vater und dessen Sohn gekauft worden, die in Gippsland eine Rinderfarm betrieben. Den beiden hatte gefallen, dass beide Hunde ähnlich arbeiteten, wobei der eine nachgiebiger wirkte und in größerem Abstand zur Herde blieb, während der andere umso energischer vorging.

»Sie sind ein gutes Gespann«, versicherte Rosie. »Und ich bin froh, dass sie zusammenbleiben werden. Melden Sie sich, falls es Probleme gibt.«

Es war schon fast dunkel, als sich Rosie wieder auf den Ballen setzte und Chester zu sich rief. Er legte den Kopf in ihren Schoß. Die Aufregung hatte ihn müde gemacht, und er schien sich nach Ruhe zu sehnen. Inzwischen war das Zelt fast leer, und die Lichter strahlten verlockend aus dem Vereinsheim des Fußballvereins, wo man bereits am Feiern war, doch Rosie musste noch auf den letzten Käufer warten. Traurig streichelte sie Chesters Kopf und kämpfte gegen die Tränen an. Als sich der Käufer näherte, hatte sich Rosie gerade über Chester gebeugt. Noch während sie mit ihm redete und ihm erklärte, dass ihm nichts Schlimmes passieren würde, merkte sie, dass jemand vor ihr stand. Erst fiel ihr Blick auf seine Stiefel, dann wanderten ihre Augen langsam aufwärts, und als sie bei den breiten Schultern angelangt war, fühlte sie sich fast erschlagen von der Größe und der Präsenz des Mannes, der vor ihr stand. Dann kamen ihre Augen auf dem Gesicht zu liegen, das von seinem Hut überschattet wurde.

»Das hier ist doch die Versteigerungsnummer 73, oder?«, hörte sie die honigweiche Stimme fragen. Er streckte ihr die breite, sonnengebräunte Hand mit der Quittung entgegen.

Rosie brannten die Tränen in den Augen.

»Jim?«, fragte sie ungläubig.

Sie stand auf und warf sich in seine Arme. Jim drückte sie kraftvoll und voller Leidenschaft an sich. Sie schmiegte sich an ihn und atmete seinen Duft ein. Er roch nach Pferden und Straßenstaub. Er roch nach Ferne. Er roch einfach gut. Fragend sah er sie an und versuchte, ihre Reaktion zu deuten. Im ersten Moment hätte sie ihn am liebsten geschlagen. Er hatte sie verlassen. Er war so lange weggeblieben. Er hatte kaum je angerufen. Sie hatte ihn für tot gehalten. Doch stattdessen stiegen ihre Füße wie von selbst auf den Strohballen, damit sie ihn küssen konnte. Damit sie sich am Geschmack seines warmen Mundes laben konnte. Seine Berührung wie einen Stromschlag in ihren Adern spüren konnte.

»Rosie, es tut mir Leid. Es tut mir so Leid«, sagte er und streichelte ihren Rücken dabei. »Ich hätte dich nie verlassen dürfen. Ich war ein absoluter Volltrottel.«

»Allerdings, du verdammte Ratte!« Rosie löste sich aus seinen Armen und sah ihm ins Gesicht. »Sag bloß, du hast endlich begriffen, dass *du* der hochnäsige Snob bist!«

»Ja, ich weiß«, gab er zu. »Ich habe mich getäuscht. Total getäuscht.« Er hatte Tränen in den Augen. »Ich kann ohne dich nicht leben, Rosie Jones.«

Rosie küsste ihn rückhaltlos, drückte ihn und strich dann mit den Fingern über seinen Nacken.

Hinter ihnen meldete sich die Stimme des Auktionators: »Kriegt hier jeder so einen Bonus, der einen Spitzenpreis für einen Kelpie zahlt? Das scheint sich ja wirklich zu lohnen!«

Rosie löste sich lachend aus der Umarmung, aber Jims Gesicht blieb ernst. Er sah ihr in die Augen.

»Rosie, es tut mir *ehrlich* Leid. Du weißt, dass ich dich liebe, und ich werde dich nie wieder verlassen. Das verspreche ich dir.«

»Ich liebe dich auch«, sagte Rosie und schloss ihn gleich wieder in die Arme.

Chester, der ihre Ergriffenheit spürte, legte bellend eine Pfote auf Rosies Bein. Beide sahen ihn an.

»Was willst du denn?«, fragte Rosie. Er sah sie an, klickte mit den Zähnen und wedelte heftig mit dem Schwanz.

»Ich glaube, er versucht dir zu sagen, dass er sich darauf freut, endgültig mit dir zusammen auf die Highgrove Station zurückzukehren«, sagte Jim.

»Jetzt, wo er ein fünftausend-Dollar-Hund ist, wird er bestimmt im Haupthaus leben wollen«, sagte Rosie.

»Eigentlich«, widersprach Jim, »wird er vor allem bei uns leben wollen.«

»Bei uns? Wo denn? Im Quartier?«

»Nein«, sagte Jim. »In unserer Hütte auf dem Hügel.«

»Meinst du das ernst, Jim Mahony?«

»Warum nicht?«, fragte er. »Der alte Ronnie Seymour meint, wenn du es noch mal mit mir versuchst, wird er dich dafür fürstlich belohnen.«

»Was redest du da?«, fragte Rosie lachend.

»Ob du's glaubst oder nicht, Ronnie ist einer der reichsten Männer in Casterton. Alles, was er bei den Hunderennen und Pferdewetten gewonnen hat, hat er über viele Jahre hinweg investiert. Außer uns hat er niemanden, und er ist der Meinung, dass wir zusammenbleiben sollten. Er sagt, er möchte uns unter die Arme greifen.«

»Bei der Hütte?«

»Bei allem, was du dir in den Kopf setzt. Aber wenn du wirklich da oben leben willst, so wie du es gesagt hast, dann hieße das, dass wir uns einen Sonnenkollektor leisten könnten. Und ein paar Schuppen und Pferche anlegen könnten. Eine Zufahrt planieren. Die Hütte ein bisschen herrichten... na schön, *total* herrichten. Was meinst du dazu? Hältst du das für möglich?«

Ihre Haut kribbelte vor Begeisterung bei der Vorstellung, dass sie mit Jim oben im Busch leben sollte. In einem Blockhaus ohne Zäune und mit einem Garten voller Eukalyptusbäume, mit einem eigenen Weg zum Fluss hinunter und weiter zur Homestead. Nur sie, Jim und ein paar Pferde und Hunde...

»Und?«, fragte Jim, der gespannt ihre Antwort erwartete.

Rosie strahlte.

»Mit dir ist alles möglich!«

Epilog

Sechs Monate später

Sobald sich die Flagge senkte, spürte Rosie, wie sich Oakwoods Muskeln zusammenzogen und er in einem Satz nach vorn schoss. Die übrigen Pferde taten es ihm gleich, und alle rissen in gestrecktem Galopp den Grasboden auf. Rosie war mitten unter ihnen, den Staub im Gesicht, das Johlen der Menge in den Ohren und eine halbe Tonne galoppierendes Pferdefleisch unter ihren Schenkeln. Jim holte auf, war kurz neben ihr und grinste sie frech an, bevor er sein Pferd mit einem scharfen Zischen weitertrieb.

Rosie lachte und merkte, wie das Adrenalin sie durchschoss. Die schweißnassen Zügel fest umklammernd, beugte sie sich über Oakwoods Hals, dass ihr die lange Mähne ins Gesicht peitschte.

»Komm schon, Oaky«, flüsterte sie ihm ins Ohr und spürte im selben Moment, wie er anzog. Dann löste sie sich aus dem Lärm und dem Gedränge des Hauptfeldes. Bald kämpfte Oakwood, die Ohren flach angelegt, die Muskeln angespannt, nur noch darum, Jims Stute einzuholen. Schweiß rann in Rosies Augen. Der Wind pfiff an ihr vorbei. Sie genoss das Gefühl, mit dem wunderbaren Geschöpf unter ihr eins zu sein. Oakwood griff weiter aus, und bald waren sie auf einer Höhe mit Jim. Dann waren sie an ihm vorbei. Als Rosie auf die Gerade bog, drängte die Menge an die Absperrung und jubelte ihr zu. Derek tauchte mit hocherhobenem Stummelschwanz unter der Absperrung zur Rennbahn durch und kläffte Oakwood an. Sie hörte, wie Duncans aufgeregter Kommentar aus den Lautsprechern rund um die Strecke hallte. Er rief ihren Namen.

»Es ist Rosie Jones! Rosie Jones! Rosie Jones auf Oakwood! Sie gewinnt den *Stockmen's Challenge*!«

Oakwood erreichte die Ziellinie mit gut drei Längen Vorsprung, und Rosie merkte, wie ihr vor Glück heiß wurde.

»Braver Junge! Wunderbarer, phantastischer Junge!« Sie strich Oakwood über den schweißnassen Hals und lehnte sich im Sattel zurück, woraufhin er langsamer wurde. Das Johlen der Menge und Duncans Kommentar entfernten sich, während Oakwood schwer schnaufend ans andere Ende der Strecke trabte. Überglücklich begriff Rosie, dass sie endlich genau dort war, wo sie hingehörte. Ein glückseliges Gefühl breitete sich in ihr aus.

Gemessen ritt sie weiter, um Oakwood abzukühlen, und redete dabei sanft auf ihn ein. Als sie kehrtmachte, um zurückzureiten und nach Jim Ausschau zu halten, fiel ihr Blick auf den Glenelg River, der gemächlich im Schatten der majestätischen Eukalyptusbäume dahinzog. Zwischen den Bäumen sah sie im hohen grünen Ufergras einen jungen Mann mit seinem Pferd stehen. Ein schwarz-brauner Hund saß gegen das Bein des Mannes gelehnt. Der Mann folgte dem Blick seines Hundes, sah zu Rosie her und tippte sich an den Hut. Dann stieg er leichtfüßig in den Sattel und wendete das Pferd dem Fluss zu, dicht gefolgt von seinem Hund.

Rosie schaute ihnen nach, bis Jack Gleeson und Kelpie nicht mehr zu sehen waren.

Erläuterungen zu diesem Roman

Tal der Sehnsucht basiert zwar auf Jack Gleesons Leben, doch ich bin Schriftstellerin und keine Historikerin. Ich habe mein Phantasiegemälde an den historischen Haken aufgehängt, die mir phantastische Geschichtsschreiber wie Barbara Cooper, Robert Webster und A.D. (Tony) Parker zur Verfügung stellten – ich bin diesen klugen Menschen zutiefst dankbar –, aber meine Phantasie führte mich auch an Orte, die man in keinem historischen Dokument findet.

Ich habe versucht, die Ereignisse, die zur Entstehung der Kelpierasse führten, wahrheitsgetreu wiederzugeben und dem Vermächtnis von John Dennis Gleeson, besser bekannt als Jack Gleeson, Gerechtigkeit widerfahren zu lassen. Ich hoffe, seine Familie betrachtet diesen Roman als Ehrbezeugung gegenüber Jacks Beitrag zur australischen Kultur und Überlieferung und als Anerkennung seiner Verdienste um diese magische Kreatur, den australischen Arbeitshund Kelpie.

Danksagungen

Dieses Buch wäre ohne Ian O'Connells Enthusiasmus und seine Liebe zu Casterton und den Kelpies nicht entstanden. Denn es war Ian, der John und mich überzeugte, im Jahr 2002 auf der Auktion in Casterton einen Kelpie zu verkaufen. Es war Ian, der uns mit Rotwein abfüllte und Peter Dowsleys melancholisch-schönes Gedicht *Kelpie* vor mich hinlegte und sagte: »Könnte man aus dieser Sache mit Jack Gleeson nicht ein tolles Buch oder einen super Film machen?« Darum vielen Dank, Ian... unerbittlicher, einnehmender, ansteckender, wunderbarer Ian! Meinen herzlichsten Dank auch an Ians Familie, vor allem an Kay, die seither Jahr für Jahr während des Auktionswochenendes eine tasmanische Invasion über sich ergehen lassen muss.

Lob sei auch der unglaublichen Deb Howcroft, die als Erste Gleesons Geschichte der Vergessenheit entriss und die ganze Stadt inspirierte, ein Denkmal zu errichten, um der Vergangenheit zu gedenken. Mein Dank gilt auch den Menschen von Casterton sowie dem Glenelg Shire Council, der Bücherei von Casterton und dem Touristeninformationszentrum sowie vor allem Jim Kent von der Historischen Gesellschaft Casterton. Ich danke auch Joey Smith, der im rechten Moment auf seinem noch nicht zugerittenen Vollbluthengst vorbeikam und damit bei mir einen kreativen Anfall auslöste. An David Levy und die Veranstalter der *Kelpie Muster and Auction*, ihr seid ein phantastischer Haufen von Freiwilligen. Ihr versetzt jedes Jahr Berge, um ein atemberaubendes Fest auf die Beine zu stellen, und ich hoffe, dass durch dieses Buch noch mehr Zuschauer am langen Juniwochenende nach Casterton gelockt werden. (Die Damen von *Essen auf*

Rädern sind ganz bezaubernd und ganz und gar nicht so wie in meinem Buch dargestellt!) Ich danke auch den Besitzern der verschiedenen Stations, die mich empfingen, als ich Gleesons Weg verfolgte, darunter die Larkinses auf Warrock, die Murphys auf Dunrobin, die Walkers auf Bolero und Peter Darmody in der Nähe von Beckom. Ich danke meinen Freunden Marg und Barry Price von den *Moora Kelpies*, die mich zu Jack Gleesons Grab führten. Außerdem den Nachkommen Jack Gleesons, Geoff, Pat und Peter Gleeson sowie Anne English, die ihren Segen zu dieser Nacherzählung seines Lebens gaben. Ich hoffe, ich bin ihm gerecht geworden.

Meine ewig währende Dankbarkeit gilt jenem Viehtreiber, der mich zu alldem inspirierte, Paul Macphail von *Working Dog Education*. Du hast mir so viel gegeben, als du mir vor fast einem Jahrzehnt beibrachtest, wie man Hunde ausbildet und mit ihnen arbeitet. Danke Paul, für deine immerwährende Großzügigkeit und Freundschaft. Und meinem langjährigen Kelpiefreund und Viehtreiber Mathew Johnson: Ihr beide seid mit ein Grund, warum John und ich so gern mit dieser Hunderasse zu tun haben.

Barbara Cooper vom *Working Kelpie Council* möchte ich dafür danken, dass sie jahrelang Fakten über diese Rasse zusammengetragen hat. Und ich danke Tony Parsons, der wichtigsten Quelle meiner Kenntnisse über die Kelpies. Mit Ihren Büchern begann mein Weg als Schriftstellerin und als Hundeausbilderin.

Dank sei auch der wirklich sehr beschäftigten Tania Kernaghan, die eine erste Fassung des Romans gegenlas und mir erlaubte, ihre Songtexte zu verwenden, und die durch ihre brillante CD *Big Sky Country* meine Füße beim Tippen zum Wippen brachte.

Bei Penguin konnte ich mich wie immer auf die bewährte Unterstützung, Aufrichtigkeit und Integrität verlassen. Ich danke von Herzen Clare Forster, die mich dabei unterstützte, in der einen Hand ein kleines Kind zu wiegen, während ich mit der anderen an diesem Buch schrieb. Lob sei dem begnadeten John Canty und seinen zeichnerischen Fähigkeiten, und mein ganz großer Dank gilt dem ganzen großen Team von Penguin. Vor allem möchte ich meiner phantastischen Lektorin Belinda Byrne danken, die dieses Buch von den zarten Anfängen an unter ihre Fittiche nahm und mich gleich dazu. Und meiner Agentin Margaret Connolly, die stets mein Fangnetz und meine Freundin war. Ich danke dir dafür, dass du immer für mich da warst.

Ich danke auch den Menschen, die in Tasmanien in den Hagelschauern und Windböen beim Cover-Shooting froren. Ich danke Bill Bachman, Amy McKenzie, Aladair Crooke, Joe Holmes und meinem John sowie unseren unglaublichen Tieren und Greg Cowens Welpen. Auch Rachel Parsons gilt mein Dank.

Daheim hätte ich *Tal der Sehnsucht* nie fertig stellen können, wenn sich nicht die Levendale-Legende Maureen Williams meines Babys angenommen hätte, während ich schrieb. Maureen, dich haben die Engel geschickt! Danke! Meiner lieben Tagesmutter für die Hunde Kathy Mace danke ich für das Bad im Fluss und die Sixpack-Therapie, als mir alles zu viel wurde, und außerdem bin ich froh, dass noch jemand so verrückt nach Kelpies ist wie ich. Heidi und James, ich liebe euch für eure Liebe, eure Güte und euren Fisch. Danke Mum, dass du uns durchgefüttert hast, als ich zu müde zum Kochen war, und danke Dad, dass du mir Holz besorgt hast. Meinem Bruder Miles und Kristy danke ich dafür, dass sie immer für mich da sind, und Dr. Kristy für die Einblicke in Jack Gleesons Krankheit. Meiner fast verlorenen Freundin Pip danke ich dafür, dass sie fast in einem Fluss ertrunken wäre, als sie ein Schaf zu retten versuchte. Deine grausigen Abenteuer haben mich dazu inspiriert, meine Heldin ebenfalls in den Fluss zu werfen. Mein Dank gebührt auch Steph Brouder, meinem echten, inspirierenden süßen Viehtreiber; meinen Kameraden Luella und Prue von Levendale Lighthorse; und meinen ewigen Freundinnen Mev und Sarah. Die Crew von Malahide, John und Sandy Hawkins und Cat und Ian haben mich mit ihrer Liebe unterstützt und indem sie sich um unsere kleine Miss gekümmert haben. Dug und Mary, Rob und Sharon und die ganze Gang aus dem Victorian – danke, dass ihr alle runtergeflogen seid, um mich aufzumuntern, als mir alles über den Kopf zu wachsen drohte.

Vielmals danke ich auch Andrew, Amanda und Christine Dean, dass sie meine Pub-Charaktere abgeben... jetzt wird Andrew zum ersten Mal in seinem Leben ein Buch lesen müssen – abgemacht ist abgemacht!

Vor allem aber danke ich John, der Liebe meines Lebens, meinem Stockman und Soulmate, der mich auch in schwersten Zeiten unterstützte... und meiner kleinen Rosie Erin, die ihre Geburt mit einem Buch und ihren Namen mit einer Romanheldin teilen musste. Danke, dass du so ein hübsches, lustiges Baby bist, das viel schläft, gern lacht und kaum weint! Und zuletzt danke ich noch meinen Hunden Gippy, Blunnie, Sam, Manfred, Gemma, Diamond und Ralph und meinen Pferden Tristan, Jess, Maxine, Marigold, Edith und Morrison dafür, dass sie vor meinem Fenster sind und mich beim Schreiben inspirieren.

»Kelpie«

by Peter Dowsley

A tear rolled down Jack Gleeson's cheek
For the son he'd never see,
For the dogs he'd never work again,
And what he knew they could be.

He'd ridden all the eastern states,
And bred a strain of dogs, in time;
Now he was about to die,
A stockman cut down in his prime.

He left his wife an unborn child
And his dogs already famed,
His black and tan sheep dog bitch
After which a breed was named.

It all started on the Warrock run
Where Jack saw dogs that could work sheep,
Collies brought from Scotland
And a pup he wished to keep.

George Robertson wouldn't sell her,
Not to Jack or anyone.
»When you've got dogs like this,« he said,
»They pass them father on to son.«

But he gave one to a nephew
Who didn't follow in that course,
He knew Jack Gleeson pretty well
And had a liking for his horse.

He said he'd swap the dog
For Gleeson's stockhorse tall and stout,
By the old Glenelg at midnight
To save his uncle finding out.

And so down by the river
On an eerie moonlit night,
Where the Red Gums touch the water
And the yellow-belly bite,

Jack Gleeson sat there waiting
With the stockhorse on a lead,
Listening to the rippling waters
And the roos and emus feed.

Then a rustling from the bushes
Sent a shiver down his spine,
He looked up to see a horseman pause,
Then wave a knowing sign.

So Jack rode on towards the ford,
Where Warrock met Dunrobin run,
They exchanged the pup and stockhorse
And the midnight deal was done.

Both horseman rode off quietly
Through the fast descending fog,

Until Jack stopped above the river
To take a good look at his dog.

The sky was clear as crystal
And cold air made him shiver
As the full moon cast his shadow
Down across the fogbound river.

His thoughts turned back to Ireland,
Of haunted fords and streams,
By the spectre they called Kelpie
And how it filled his early dreams.

He could hear a horse at canter
As he fixed a thoughtful gaze
On the tops of lifeless Red Gums
Jutting out above the haze.

He glanced down at the pup
Who picked her ears up at his sight,
Then smiled, called her »Kelpie«,
And rode off into the night.

Perhaps he knew Jack Gleeson's Kelpie
Would be known throughout the land,
Her descendants strong-willed working dogs
Just as the stockman planned.

Jack headed north with Kelpie
And broke her in along the way,
A station north of Cootamundra
Was where he'd find the work to stay.

As he crossed the Murrumbidgee
He met Coonambil Station's boss.
It was here Jack mated Kelpie
With a Collie dog called Moss.

From Forbes to Yarrawonga,
Kelpie's pups would show their guile,
In the woolshed, on the paddocks
With mobs of thousands, or at trial.

They became, simply, Kelpies,
Sought for their desire to work,
For their pride, for their intelligence,
With so little that they shirk.

Now if you're heading into Casterton
And the sky is crystal clear,
Make a stop down by the river
And if you're quiet you will hear

A whistle through the Red Gums,
A mob of sheep take flight,
Then horses' hooves and barking
Will echo through the night.

But there ist no horseman out there,
No real dogs or running sheep,
Just Jack Gleeson working Kelpie,
A spectre Casterton will keep.

»Kelpie«

von Peter Dowsley

Auf Gleesons Wange stand eine Träne
für den Sohn, den er stets gewollt.
Auch seine Hunde würd' er verlieren,
und die waren wertvoll wie Gold

Den ganzen Osten hatt' er durchwandert,
das Land war für Kelpies bereit,
aber nun schlug ihm die Stunde,
ein Treiber, gefällt vor der Zeit

Er hinterließ eine schwangere Frau und
die Hunde, allseits bekannt,
seine schwarze und braune Hündin dabei,
nach der die Brut ward benannt.

Alles begann auf den Warrockschen Weiden,
dort sah Jack die Hunde beim Trieb,
Collies aus Schottland und auch dabei
ein Welpe, der bei ihm blieb.

George Robertson wollt' nicht verkaufen,
nicht mal für Jacks ganzen Lohn.
»Welpen wie diese«, so sprach er,
»vererbt ein Mann seinem Sohn.«

Doch einen gab er dem Neffen,
der kannte des Hundes Wert.
Doch kannte er auch Jack Gleeson,
und er begehrte Jacks Pferd.

Er sagte, er tausche den Welpen
am Glenelg nachts um zwölf Uhr
gegen den Hengst, wenn Jack wolle,
Solang es George nicht erfuhr.

Und so am Ufer des Flusses
in einer nebligen Nacht,
wo der Eukalyptus das Wasser streicht
und die Gelbbäuchige wacht,

sitzt Gleeson wartend am Ufer,
den Hengst dicht bei seinem Fuß.
So lauscht er dem Rauschen des Wassers
und dem Kauen der Kängurus.

Dann macht ein Rascheln im Grase
ihm eine Gänsehaut.
Er blickt auf und sieht einen Reiter,
der nickend herüberschaut.

Wo Warrock und Dunrobin grenzen,
reitet Jack den Hengst in die Furt,
sie tauschen das Pferd und den Welpen,
womit das Geschäft wirksam wurd'.

Beide Reiter eilen von dannen
durch den Nebel wieder nach Haus,

erst hoch über dem Fluss und weit entfernt,
wickelt Jack seinen Welpen aus.

Der Himmel ist klar wie Kristall,
die Kälte kriecht Jack ins Gebein.
Der volle Mond wirft Schatten
über den Fluss im Nebelschein.

Plötzlich denkt Jack an Irland,
an Buchten, des Meeres Saum,
an den Wassergeist namens Kelpie,
der ihm einst erschienen im Traum.

Er hört ein Pferd, das geht im Galopp,
und argwöhnisch steiget sein Blick
über die Wipfel der Bäume rundum,
und jetzt erst begreift er sein Glück.

Er blickt auf seine Hündin,
die eifrig die Ohren aufstellt.
Er tauft seinen Welpen »Kelpie«
und zieht mit ihm in die Welt.

Vielleicht wusste Jack stets, dass Kelpies
dereinst bekannt würden im Land.
Sie wären hart arbeitende Hunde,
so wie es Jack Gleeson geplant.

Jack reitet mit Kelpie nach Norden
und bildet sie dabei aus.
Eine Station nördlich von Cootamundra
wird fortan sein Zuhaus'.

Als er den Murrumbigdee durchschreitet,
spricht er auf Coonambil Station den Boss.
Und wirklich wirft bald seine Kelpie.
Der deckende Rüde hieß Moss.

Von Forbes bis Yarrawonga
bewiesen Kelpies Welpen Kunst,
auf der Weide oder beim Trial
gewannen sie jedermanns Gunst.

So wurden sie schlicht »Kelpies«,
begehrt, weil die Arbeit sie freut,
weil sie so stolz und klug sind
und weil ein Kelpie nichts scheut.

Und kommst du nach Casterton, Wanderer,
und der Himmel ist sternenklar,
dann halte inne am Ufer,
und in der Stille wirst du gewahr

wie ein Pfiff schallt durch die Bäume,
und tausend Schafe ziehn schnell.
Dann folgt aus weiter Ferne
Hufschlag und Hundegebell.

Doch ist kein Reiter zu sehen,
kein Hund, kein Schaf und kein Hengst,
nur Jack Gleeson mit seiner Kelpie –
Castertons Gespenst.